KB067979

집착 말고, 이혼해주세요! 2

집착 말고, 2
이혼해주세요!

은서빈 장편소설

Terrace Book

1권

[Contents]

2권

밝혀지는 과거

프라체 경이 에델리스를 서재로 데려다주었다. 그녀는 서재
에 들어서자마자 책부터 살펴보았다. 빛이 나거나 하지는 않
았지만 습관과도 같았다.

'더 이상 책에 신경 쓰지 않아도 되겠지?'

르한은 책의 내용과는 달리 전염병이 종식된 후에도 성녀와
자신을 대하는 태도가 변하지 않았다. 성녀가 돌아가지 않고 프
라체 경과 결혼해도 책의 내용과 멀어지는 것은 마찬가지였다.

"이제 책에 대해서 알아볼까?"

이전까지는 숨 돌릴 틈이 없었다. 어렸을 때는 연구소에 책을
뺏기지 않을까 걱정해서 못 맡겼지만, 지금은 그렇지 않았다.

'설마 황후의 책을 누가 뺏어갈 수 있겠어?'

에델리스는 우선 책을 챙겼다. 서재는 르한과 자신만의 공간
이니 자신의 응접실에 책에 대해 알 만한 사람을 부를 생각이
었다. 마음 같아서는 곧바로 황궁 도서관의 사서를 찾아가고
싶었지만 아직 성녀가 있으니 은밀하게 진행할 생각이었다.

어느새 프라체 경과 교대한 파시스 경이 대기하고 있었고, 그와 함께 루비 궁으로 돌아가려 했다. 그런데 서재에서 나오고 나서 얼마 되지 않아 책에서 환한 빛이 뿜어져 나와 깜짝 놀랄 수밖에 없었다.

"……이게 왜?"

"왜 그러십니까?"

"아, 아니에요."

파시스 경은 책이 반짝이는 것을 눈치채지 못하고 있었다.

'주요 인물이 아니라서 그런가?'

애써 태연한 척했지만 혹시 성내에서 들고 다니다가 주요 인물인 성녀가 알아채기라도 하면 어떡하나 고민이 되었다. 혹시라도 그녀가 책의 내용을 읽을 줄 안다면 문제가 생길 것 같았다.

'안 그래도 르한을 좋아하는데 사실은 자신이 황후가 될 예정이었단 걸 안다면.'

에델리스는 걸음을 빠르게 해 자신의 서재가 있는 에메랄드 궁에서 나와 루비 궁으로 향했다. 하지만 에메랄드 궁을 벗어나자 거짓말같이 책의 반짝임이 없어졌다.

'뭐지? 왜지? 갑자기 왜 사라진 거지?'

에델리스는 고민이 되었다. 이대로 자신의 궁으로 돌아가야 하는지, 아니면 서재로 돌아가야 할지.

"내가 서재에 놓고 온 것이 있는 것 같아요. 잠시 돌아가죠."

다른 사람을 마주칠까 봐 가장 안전하게 왔던 길을 되돌아

8

가기로 했다. 그들이 발걸음을 돌려 궁 안으로 돌아와서 복도에 도착하자 다시금 책이 반짝이기 시작했다.

'이게 뭐야, 대체 왜 이러는 거야?'

황궁에 들어온 뒤로 책을 서재에서 반출한 적이 없었기 때문에 이런 일은 처음이었다. 에델리스는 당황한 것을 최대한 티내지 않으려고 노력했다. 서재의 문앞에서 에델리스가 파시스 경에게 말했다.

"금방 가지고 올 테니까 여기서 잠시 기다려요."

"알겠습니다."

그리고 문을 닫자마자 에델리스는 책을 펼쳤다.

"어딨어? 대체 어디?"

몇 번이나 읽어봤던 책이었기 때문에 새로운 내용이 있는지만 대강 훑어보면서 넘겨 곧 찾아낼 수 있었다. 책의 내용은 어느새 후반부였다. '여기다!'라고 생각했을 때 에델리스의 눈앞에 또다시 영상이 펼쳐졌다.

영상에는 조금 전까지 자신이 있었던 에메랄드 궁의 복도가 나타났다. 그곳에서는 황제와 성녀가 행복한 표정으로 서로 끌어안고 있었다. 황제는 이따금씩 그녀의 이마와 볼에 입을 맞췄다. 그녀가 사랑스러워 참을 수 없다는 듯이. 마치 르한이 에델리스에게 그러는 것처럼.

『케이르한, 여기서 이러면 곤란해요.』

『왜 곤란하다는 거지?』

『다른 사람들이 보면 어떡해요?』

『당신은 내 아내야, 내가 내 아내와 사이좋게 지내면 좋은 것 아닌가.』

하나도 곤란하지 않은 말투로 곤란하다고 말해봤자 황제가 이를 받아들일 리가 없었다. 황제는 보란 듯이 그녀에게 입을 맞췄다.

"……저럴 거면 침실로 가지 그래? 바로 앞에 방 있으면서 왜 굳이 복도에서 그래?"

어차피 책 속에 나오는 황제는 그저 책 속의 인물일 뿐 저를 아끼고 사랑해주는 르한이 아니었다. 그렇게 생각을 해도 얼굴과 목소리가 같으니 속이 끓어오르는 것은 어쩔 수가 없었다. 에델리스가 화가 나 책을 던져버리기 직전에 또 다른 사람이 등장했다.

『케, 케이르한! 저기, 요하네스가…….』

성녀는 미안해 어쩔 줄 모른다는 표정으로 말했다. 황제는 품 안의 성녀를 놓지 않은 채, 오히려 팔에 힘을 쥐 그녀를 더욱 세게 끌어안고 프라체 경을 바라보았다.

『무슨 일이지.』

『……부르시지 않았습니까.』

『아, 그랬나. 그래, 그랬지.』

황제는 한쪽 입꼬리를 올려 비뚜름히 웃었다. 여유는 넘치

10

지만 어딘가 사람의 속을 긁는 듯한 표정이었다.

『일레인, 미안하지만 먼저 들어가 있어.』

『알겠어요, 케이르한. 그러면 요하네스, 나중에 봐요.』

『예, 폐하.』

『일레인, 프라체 경이라 부르기로 했잖아.』

『알겠어요, 그럼 먼저 가볼게요. 케이르한, 프라체 경.』

성녀가 미소 짓고는 건너편의 방으로 가버렸다.

『이제 그만 마음을 접지 그래?』

『……허튼 생각하고 있진 않습니다.』

『전혀 그래 보이지 않던데.』

『아닙니다. 그러니 제게 보여주기 위해 굳이 이렇게까지 하실 필요 없습니다.』

프라체 경이 주먹을 꽉 쥐고 말했다. 하지만 황제는 그런 프라체 경을 보고 피식 웃었다.

『생각해보도록 하지.』

지금의 둘 모습을 보면 전혀 상상이 가지 않았다.

'저렇게까지 사이가 안 좋다니……'

영상은 결국 두 사람의 일촉즉발의 상황을 보여주며 끝나버렸다.

영상이 끝나자마자 에델리스는 대강 아무 책이나 한 권 챙겨들고 밖으로 나섰다.

"파시스 경, 오래 기다렸어요?"

"아닙니다. 궁으로 모셔다드리겠습니다."

"고마워요. 늦었으니 빨리 가도록 해요."

사실은 성녀와 마주칠까 봐 걱정되어서 빨리 가고 싶었던 거지만 이유야 어찌 됐든 빨리 가는 것이 중요했다. 파시스 경은 에델리스를 궁에 데려다주면서도 자꾸만 주변을 살펴보았다. 멀지 않은 길이었고 매번 다니는 길이었음에도 호위에 충실하다고 생각했다.

그리고 에델리스가 루비 궁에 들어서자 또다시 책이 반짝이기 시작했다.

'혹시 책을 서재에서 가지고 나왔기 때문인가?'

그러고 보면 예전에 저택에 있을 때 서재에서 책을 펼치니 서재에서 있었던 일이 나왔고 복도에서 책을 펼쳤을 때는 복도에서 있었던 일이 나타났었다.

'그러면 책을 가지고 이곳저곳 돌아다녀볼까?'

혹시나 책의 내용을 알게 되어 새로운 단서를 얻을 수 있을지도 몰랐다. 연구소에 맡기거나, 황실 도서관의 사서에게 보여주기 전에 이것이 먼저라는 생각이 들었다.

'그러다가 성녀에게 들키면 어떡하지?'

하지만 책이 또다시 반짝거릴지도 모른다고 생각하니 더 이상 미룰 수가 없었다. 방으로 돌아가 책을 펼치자 책의 중반부에서 또다시 영상이 펼쳐졌다. 아니나 다를까, 배경은 이곳 루

12

비 궁이었다.

짜악!

갑작스러운 마찰음에 에델리스는 깜짝 놀랐다. 그곳에는 분노에 차서 씩씩거리고 있는 황후와 뺨을 맞아 고개가 돌아간 성녀가 있었다.

『네가 왜 이곳에 있어?』

『……폐하께서 제게 이곳에 머무르라고 했으니까요.』

『이곳은 황제의 여자만 머물 수 있는 곳이야! 너는 후궁도 뭣도 아니잖아!』

성녀는 황후에게 담담하게 답했지만 황후의 분노는 사그라들 줄 몰랐다.

『당장 여기서 나가!』

『황제 폐하의 명을 거스르라는 건가요?』

황후는 입술을 씹었다. 황제의 명령을 따르지 말라고 하는 것은 까딱 잘못했다가는 역심을 품고 있다고 몰릴 수 있었다.

곤란해하던 황후가 곧 입가에 미소를 띠었다. 조금 전까지 상대방의 뺨을 후려친 사람이라고는 믿지 않을 정도로 환한 미소였다.

『그래, 어쩔 수 없지. 그럼 이곳에 머물러. 하지만 알고 있어야 할 거야, 이 루비 궁에서 가장 높은 것은 황후인 나라는 것을. 내 말에 따라야 한다는 것을.』

『…….』

『대답해.』

『……네.』

그 후에는 갑자기 영상이 빠르게 움직이기 시작했다. 황후와 성녀가 하는 말조차 똑바로 들리지 않을 정도로 빠르게. 하지만 영상이 보여주는 것은 명확했다. 황후가 성녀를 막 부리고 있었다. 그녀는 성녀가 아닌 하녀에 가까워 보였다. 그리고 황후는 성녀가 고생하는 것을 굳이 옆에서 차갑게 지켜보았다.

"와……. 황후도 참 성격이 있네."

하지만 에델리스는 그녀를 비난하고 싶지 않았다.

'르한을 성녀에게 빼앗긴다면 아마 지금 본 것보다 더 심하게 대했을 거야.'

빠르게 돌아가던 영상은 누군가 성녀의 손목을 잡아 일으키면서 점점 느려졌다. 이윽고 원래의 속도로 돌아왔을 때, 손목을 잡은 사람이 보였는데 그건 바로 황제였다.

『폐, 폐하.』

『일레인, 이름으로 부르라고 하지 않았어.』

황제는 화를 꾹꾹 눌러 담은 목소리로 성녀에게 최대한 부드럽게 말했다. 하지만 그가 화가 났다는 것은 얼핏 봐도 알 수 있었다.

『하지만, 이 이상 황후 폐하의 진노를 사고 싶지 않아요.』

성녀가 그의 시선을 피하며 말을 하자 황제의 얼굴에 금이 갔다.

『이름이라니, 폐하! 제게는 허락해주지 않으셨잖습니까!』

『내가 왜 그대에게 내 이름을 허락해야 하지?』

그런 와중에 황후의 말이 이어지자 그는 기가 찬다는 목소리로 말했다. 그런 그의 눈빛이 어찌나 서늘한지 황후가 저도 모르게 뒷걸음질 쳤다.

『이 나라의 황후는 제가 아닙니까, 폐하의 아내는 전데…….』

『그대가 황후라는 것이 내가 이름을 허락할 만한 이유가 되지는 않지.』

『그럼 성녀라는 것은 이유가 되는 건가요?』

황제는 황후와 말을 주고받는 것조차 피곤해 보였다. 그는 성녀를 얼른 데리고 나가고 싶어 했다.

『내가 이름을 허락한 진짜 이유를 듣고 싶은 건가?』

『…….』

『그래, 잘 생각했어. 그렇게 계속 조용히 있으면 된다. 내가 참아주는 동안은.』

황후는 수치심에 눈물이 그렁그렁해졌지만 꾹 참았다. 그녀를 싸늘한 눈길로 노려보던 황제가 성녀의 손을 다정하게 잡고 방에서 나갔다.

황후의 악행을 못 본 체하던 궁인들이 황제의 손에 의해 모두 쫓겨나고, 빈방에 홀로 남은 뒤에야 그녀는 참아왔던 눈물을 터뜨렸다.

에델리스는 영상을 보면서 자꾸만 화가 나는 마음을 꾸역 꾸역 진정시켰다.

"분명 손님인 성녀를 괴롭힌 것은 잘못했지만, 그래도 아내 인 황후의 편을 들어줘야 하는 거 아냐?! 게다가 황후의 분노 를 사고 싶지 않다며 황제의 명을 거역하다니! 성녀가 황후를 놀리는 거 아냐?!"

에델리스는 황후에게 감정 이입을 하고 있었다. 그렇기에 영 상을 또 볼 수만 있다면 황후가 성녀의 뺨을 후려친 장면만 다시 돌려보고 싶을 정도로 성녀가 얄미웠다.

"후우, 일단 진정하자."

가장 중요한 건 책의 내용보다는 책이 한 번 더 반짝였다는 사실이었다. 책을 펼치기 전에 생각했던 그대로였다. '그 장소 로 가면 책이 반짝인다.'는 것. 그러면 역시 책을 가지고 다녀 야 한다. 성녀와 최대한 마주치지 않도록 조심하면서.

"우선 황성 안에서 내용을 최대한 모으는 것을 목표로 해 보자."

에델리스는 주먹을 불끈 쥐고 결의한 뒤 방을 나섰다. 걸음 을 서둘러 다음 장소를 찾기 위해서였다.

'또 어디 있을까. 이야기가 진행될 만한 장소.'

황제의 집무실. 이곳이 빠질 리가 없을 것 같았다. 성녀와 마주칠 가능성도 극히 낮으니 최적의 장소였다.

"르한과 차를 마시는 것이 좋을 것 같아요. 에메랄드 궁으로 가죠."

에델리스는 다음 이야기를 찾기 위해서 지름길로 에메랄드 궁으로 향했다. 그런데 궁으로 들어가기 직전, 마음을 놓았을 때 누군가 그녀를 뒤에서 불렀다.

"폐하!"

성녀였다. 에델리스는 곧바로 자신이 들고 있던 책을 등 뒤로 숨겼다.

"안녕하세요."

"네, 폐하. 산책 중이신가 봐요."

"이제 막 끝내고 돌아가는 중이었어요."

"아, 그러시구나."

그렇게 말하는 성녀의 눈이 뒤로 간 에델리스의 손으로 향했다. 하지만 어림도 없었다.

"그럼 이만 실례할게요. 르한과 차를 마시기로 해서."

실제로 약속을 잡은 것은 아니었지만 이미 약속이 되어 있는 것처럼 말했다. 상황을 모면하기 위해서는 어쩔 수 없었다. 르한이 자신과 차를 마시는 것을 거부하지 않을 거라는 믿음도 있었다.

에델리스는 발걸음을 떼려고 했다. 책이 성녀에게 보이지 않도록 하려면 어떻게 움직여야 하나 신경 쓰면서.

"잠시만요, 폐하."

"……네?"

"혹시 지금 가지고 계신 책은 무엇인가요?"

얼른 좀 갔으면 좋겠는데 계속 에델리스를 붙잡은 데는 이유가 있었던 것이다. 들켰나 싶어 조마조마해졌다. 하지만 그 전에 책을 못 본 것처럼 말했었는데?

"서재에 있던 책이에요."

"제가 잠시 봐도 될까요?"

평소와는 다르게 성녀의 손짓이 조금 다급해 보였다. 예민했던 에델리스였기 때문에 이를 알아채는 것은 어렵지 않았다.

"미안해요. 그건 조금 힘들 것 같네요."

"정말 잠깐이면 돼요, 잠시만요."

성녀가 에델리스를 향해 손을 내밀었지만 에델리스가 이를 피했다.

"호위는 지금 뭐 하는 거지?"

"아……."

"당연히 지금 나섰어야 하는 것 아닌가?"

파시스 경은 성녀의 신도이기에 나서기 쉽진 않았을 것이다. 그렇기에 그가 성녀와 에델리스 사이에서 눈치를 보는 것을 그녀는 이해했다. 하지만 상황이 상황이었기에 에델리스는 평소와는 다르게 고압적인 태도로 그를 나무랐다.

"파시스 경."

성녀가 도와달라는 듯한 태도로 파시스 경을 불렀다. 그것을 보고 에델리스는 기가 차 딱딱한 태도로 성녀를 불렀다.

"성녀님. 이곳은 신전이 아니에요. 그리고 그는 제 호위지요."

"아주 잠시만 책을 보여달라는 거잖아요!"

"제가 성녀님의 요청을 반드시 들어드려야 하는 이유라도 있나요?"

"제가, 제가 제국에 약을 드렸잖아요."

"대가를 바라고 하신 일인 줄은 몰랐네요."

"……."

에델리스의 말에 성녀의 말문이 막히자 에델리스는 그대로 돌아서 에메랄드 궁으로 향했다. 마침 멀리서 경비병이 무슨 소란이 있나 나와 있었기 때문에 그들을 불렀다.

"파시스 경은 성녀님을 거처로 데려다주세요."

"예."

"경도 이곳이 신전이 아니라는 것을 명확히 알고 있어야 해요."

"……알겠습니다."

에델리스는 경비병들과 함께 에메랄드 궁으로 들어갔다. 굳이 뒤돌아서 성녀에게 눈길을 주는 일 없이 르한에게로 갔다.

뒤에서 그들이 무슨 이야기를 하는지도 모르고.

에델리스가 집무실로 가자 르한은 회의에 들어간 건지 집무실은 비어 있었다. 차라리 잘되었다고 생각했다. 이곳에 들어오자마자 책이 반짝였기 때문이다.

에델리스는 경비병들에게 데려다줘서 고맙다고 한 뒤 한 명을 붙잡고 르한에게 자신이 이곳에 있다는 것을 알리라고 했다. 그러고는 준비를 마치고 심호흡을 한 뒤 책을 펼쳤다. 책의 후반부, 영상이 나타나자 황제와 성녀가 서로 끌어안고 있는 것이 보였다.

『일레인.』

『케이르한······.』

세상 애틋해 보이는 두 사람을 짜게 식은 표정으로 바라본 에델리스가 곧바로 책을 덮었다. 책을 덮어도 영상은 계속해서 나왔다. 글자 그대로 둘만의 세상에서 애정을 나누고 있는 두 사람의 모습을 계속 보고 싶지 않았다. 밖으로 나가고 싶었지만 멈춘 시간 속에서는 문이 열리지 않았다.

『케이르한, 나는······.』

에델리스가 잠깐 눈을 돌리자 황제는 성녀의 뺨을 매만지며 서로의 눈을 바라보고 있었다. 그것은 마치 르한이 에델리스에게 하던 행동 같았다. 아무리 책 속이라지만 르한의 손길이 성녀에게 닿으니 기분이 나빠졌다.

"꼴 보기 싫어."

에델리스는 구석으로 가서 덮은 책을 끌어안은 채로 눈을 감고 귀를 막았다.

실제로 르한이 좋아하는 것은 자신이라는 것을 알지만 그래도 지금 제 모습은 처량했다. 구석에서 웅크리고 있는 것이 예전과 다를 바가 없는 것 같아 울적해졌다.

"에델리스."

언제 영상이 끝난 건지 르한이 그녀의 이름을 부르며 귀를 막고 있던 두 손을 조심스럽게 떼어냈다. 갑작스럽게 느껴지는 체온에 놀란 에델리스가 제 눈앞에 있는 것이 르한이라는 것을 확인하고는 그의 목에 팔을 둘렀다. 그러는 와중에 책이 바닥으로 떨어지고 말았지만 그런 것까지 신경 쓸 겨를이 없었다.

"르한, 르한. 르한."

"예, 에델리스."

"어디 갔었어⋯⋯."

그가 없는 것을 확인하고 곧바로 책을 펼쳤던 에델리스였지만, 저도 모르게 그에게 우는소리를 했다.

"잠시 일이 있어서. 그동안 무슨 일이 있었던 겁니까."

"⋯⋯아니."

"아무 일도 없었는데 그런 겁니까?"

"이제 괜찮아졌어."

"말하기 싫으면 말하지 않아도 됩니다. 하지만 말할 마음이 생기면 언제든 말해요."

"응, 알겠어."

일단 지금은 이대로 르한의 체온을 느끼고 싶었다. 그의 품에 안긴 채로 마음의 안정을 찾으려고 했지만 그 안정은 오래가지 못했다.

"그런데 저 책 뭡니까?"

"어, 어?!"

"이전에도 당신이 서재에서 이러고 있을 때, 그때도 저 책을 보고 있지 않았습니까."

에델리스는 르한이 그걸 기억할 줄은 몰랐다. 벌써 한참이나 된 일이었다. 르한이 저택에 온 지 얼마 지나지 않았을 때였으니까.

"……애착 인형 같은 거라고 생각해줘."

내 눈에 띄는 곳에 두어야 마음이 편해진다는 점이 같았다.

물론 책의 내용은 불편하기 짝이 없었지만 별다른 핑곗거리가 떠오르지 않았다.

"당신이 불안정할 때마다 저 책이 있는데 그래도 저게 애착 인형 같은 것입니까?"

르한이 걱정스러운 눈빛으로 바라보았지만 에델리스는 아무 말도 할 수가 없었다. 르한은 한숨을 내쉬더니 그가 조금 전 들었던 소식을 전했다.

"당신을 습격했던 사람이 누구인지 밝혀졌습니다."

"뭐? 누구인데?"

"전 황제파의 잔당이었습니다."

우선 꼬리를 잡았으나, 머리를 잡을 때까지는 아직 안심할 수가 없었다. 그러니 르한은 최대한 빠르게 그들의 죄를 낱낱이 밝혀낼 생각이었다.

"왜 당신을 습격했는지는 아직 밝혀지지 않았지만, 곧 알아낼 겁니다."

그를 살려둘 수는 있어도 절대로 곱게 보내지는 않을 테니 걱정하지 말라는 이야기였다. 그렇게 말하는 르한의 목소리가 너무나도 스산해 어떻게 알아낼 생각인지, 곱게 안 보낸다면 어떻게 보낸다는 건지 물어볼 엄두조차 나지 않았다.

"그, 그래. 알았어."

"하아, 안전하게 한다고 했는데 아직도 반 황제파가 포기하지 않았을 줄이야."

"……정말 힘든 자리네. 올라가는 것도, 올라가서도."

"나는 괜찮습니다. 과거로 돌아간다고 해도 같은 선택을 할 테니까요."

"하지만……."

대공가로 가고 나서 얼마 지나지 않아 당시 황제파의 습격을 받아왔다고 했다. 그리고 프라체 경과 사선을 '몇 번이나' 넘었다고도 했다. 하지만 에델리스는 르한이 위험한 것은 싫었다.

그녀의 걱정하는 표정을 본 르한은 무슨 오해를 했는지 곤란한 듯 미소 지었다.

"미안합니다, 에델리스. 당신까지 습격받게 해놓고는 또다시 같은 선택을 한다고 해서."

"아, 아냐. 그런 게……."

"나는 당신이 내 옆에 있게 됐으니 후회하지 않습니다. 백 번이고 천 번이고 같은 선택을 하겠지요."

"르한……."

르한의 손이 에델리스의 손을 덮었다.

"정말 미안하지만, 이기적이라고 생각해도 어쩔 수 없습니다. 하지만 반드시 당신을 지키겠다고 약속하겠습니다."

에델리스의 심장이 세차게 두근거렸다.

'그렇게 죽을 고비를 몇 차례나 넘기는 선택을 백 번이고 천 번이고 하겠다니. 나를 만나기 위해서.'

에델리스는 몸을 기울여 그의 가슴팍에 이마를 대고 말했다.

"미안해하지 않아도 돼. 무슨 일이 있어도 나를 선택해줘. 이기적인 게 아니야, 내가 네 곁에 있고 싶으니까. 나를 위해서라도 같은 선택을 해줘."

"에델리스…… 그래도 괜찮겠습니까. 또다시 위험에 처할지도 모르는데도."

"지켜줄 거잖아."

"물론입니다."

무슨 일이 있어도.

르한이 작게 덧붙여 말했다.

에델리스는 벅차오르는 감정 탓에 어쩐지 눈물이 날 것만 같았다. 자신을 향한 르한의 무조건적인 애정 때문이리라.

에델리스는 제 감정을 주체하지 못하고 그에게 잡혀 있던 손을 빼냈다. 그리고 그의 목에 팔을 감았다. 르한의 몸이 그녀 쪽으로 숙여져 있어도 키 차이가 나는 탓에 에델리스는 발뒤꿈치를 살짝 들어 그의 입술에 입을 맞췄다.

잠깐의 시간이 흐른 뒤 에델리스가 입술을 떼어내며 얼굴을 붉혔다.

"하, 하하……."

멋쩍게 웃는 에델리스의 얼굴을 보자 르한은 그제야 정신이 들었다. 그는 곧바로 몸을 기울여 그녀에게 따라붙었다.

"다시."

"뭐, 뭐를."

에델리스가 쑥스러워하며 르한과 눈도 마주치지 못하자 그가 초조해했다. 결국 르한은 참지 못하고 에델리스의 입술에 입을 맞추었다가 황급히 떼어냈다.

"얼른. 참지 못할 것 같습니다."

그렇게 말하는 르한의 숨결은 이미 달아올라 있었다. 에델리스를 담고 있는 눈동자 역시 타오를 것처럼 짙어져 있었다. 르한은 제게 입을 맞춰달라면서도 그녀가 입을 맞출 시간을 주지도 않고 계속해서 에델리스의 입술을 탐했다.

그의 팔이 에델리스의 허리를 단단히 휘감고 있는 탓에 에델리스는 숨을 쉬기 위해 뒤로 물러날 수도 없었다. 결국 그를 받아들인 에델리스가 르한의 움직임에 호응했다.

르한은 그녀가 숨이 차 허덕이자 그제야 놓아주었다. 짙은 입맞춤의 흔적이 두 사람의 입술 사이에 늘어졌다.

"하아, 하아."

에델리스는 모자랐던 숨을 몰아쉬기 바빴다. 그런데 르한은 아직도 그녀의 입술이 모자란 사람처럼 계속해서 그녀를 갈망했다.

"에델리스, 얼른."

에델리스의 흐트러져 있던 숨결이 조금씩 자리를 잡아가는 것처럼 보이자 르한이 또다시 입술을 내렸다.

'이대로 가다간 곤란해!'

에델리스는 또다시 그에게 잡아먹히기 전에 얼른 그의 입술에 입을 맞췄다. 그리고 마치 과제를 수행한 학생처럼 의기양양한 표정으로 말했다.

"이제 만족하지?"

"만족……이라고 한 겁니까?"

하지만 어째 단어 선택을 잘못한 것 같았다.

"당신이 먼저 입을 맞춘 것에 대한 거라면 그렇다고 할 수 있을지도 모릅니다. 하지만 저를 만족하게 하려면 아직 멀었지요. 알고 있지 않습니까."

"아까 전에 말한 대로 다시 했잖아……."

에델리스가 말끝을 흐리며 눈을 피했다. 르한의 눈이 조금 전보다도 더욱 짙어져 있었기 때문이었다.

"그걸로 될 리가 없지 않습니까."

"별로였어?"

"그 뜻이 아니라는 것은 잘 알고 있을 텐데요."

르한이 보기 드물게 정색했다. 에델리스가 멋쩍어하며 눈을 데굴데굴 굴리다가 그의 입술에 다시 한 번 입을 맞췄다. 뭐든 처음이 어렵지 두 번째는 쉬운 것이었고, 세 번째는 더 쉬운 것이었다.

"이걸로 만족해줘."

"조금만 더."

하지만 르한은 만족할 줄 몰랐고, 또다시 그녀에게 파고들어 갔다. 그는 몇 번이나 '조금만 더.', '마지막으로 한 번만 더.', '이번엔 진짜 마지막.'을 말하며 그녀에게 매달렸다. 결국 에델 리스가 이제는 진짜 그만이라며 완강하게 요구하고 나서야 그 녀를 놓아주었다.

에델리스는 자신의 서재에서 책을 살펴보며 다음에 이동할 장소를 고르고 있었다.

'일단 주요 인물들이 나오는 곳이어야 하니까, 신전이나 황 성이 제일 가능성이 크겠지?'

여자 주인공이 성녀라는 것을 생각하면 신성 제국 내에서의 이야기도 있겠지만, 그곳으로 가는 것은 실질적으로는 불가능 했다. 신전으로 가면 성녀와 마주칠 가능성이 너무 높았다. 그 럼 결국 황성 내에서도 가본 적 없는 곳을 찾아야 했다.

'황후의 방, 황제의 집무실, 황제의 집무실 앞 복도, 정원은 이미 됐고. 침실은 절대 안 갈 거고.'

책을 휙휙 넘기며 빠르게 훑어보던 에델리스의 손이 어느 순간 멈췄다.

―황후를 별궁에 유폐하라. 그 후 처분에 대한 논의를 하도

록 하지.

황제가 황후를 별궁에다가 유폐하라고 했으니 황후는 별궁으로 갔을 것이다. 그런데 유폐로 그치지 않고 칼을 맞고 죽었으니 그사이에 무슨 일이 있었을 것이다. 별궁, 충분히 가볼 만했다.

황성 내에는 '별궁'이라 부를 만큼 외곽에 있는 성이 몇 개 있었다. 모두 인적이 드문 곳이었으니 호위 없이 갈 만한 곳은 아니었다.

"프라체 경, 이따가 성녀님이랑 몇 시에 보기로 했다고 했죠?"

"퇴근하자마자 바로 신전으로 모시러 가기로 했습니다."

오늘 에델리스의 호위는 프라체, 파시스, 페린의 순서였다. 파시스 경이 오고 나서 잠시 후에 프라체 경이 퇴근을 하니, 그 때 외곽의 별궁을 찾아가면 딱 좋을 것 같았다.

"프라체 경, 힘내요!"

"예!"

부디 프라체 경이 성녀를 밖에서 오래 붙잡아두기를.

에델리스는 프라체 경이 가고, 드디어 파시스 경이 오자 움직이기 시작했다.

"산책해요, 파시스 경."

"예, 알겠습니다."

에델리스는 책을 챙겨 들고 파시스 경과 정원으로 나섰다. 그런데 이전과는 달리 파시스 경이 책을 힐끔힐끔 보면서 관

28

심을 가졌다.

"폐하, 그 책이 뭔지 여쭤봐도 되겠습니까."

"별거 아니에요. 그냥 요즘 보고 있는 책이에요."

"잠시 봐도 괜찮겠습니까?"

"그건 안 돼요."

파시스 경은 책 속의 주요 인물이 아니었으니 내용을 볼 수 없을 것이다. 하지만 어제 성녀와 있었던 일이 마음에 걸려 선뜻 책을 내줄 수가 없었다.

에델리스는 그저 걸음을 빨리하며 책이 빛나는 위치를 찾아다녔다. 안 그래도 넓은 황성에서 유폐된 궁을 찾기 위해 외곽의 궁을 한 번씩은 들어가야 했기 때문에 시간이 꽤나 오래 걸렸다.

"성녀님께서 그 책에 많은 흥미를 갖고 있었습니다."

"다른 건 몰라도 이 책은 안 돼요."

"……."

북쪽으로 치우쳐서 조금 동쪽에 위치한, 루비 궁에서 마차를 타고 가야 나오는 궁에 도착했다. 궁이라고 하기도 민망한, 아주 조그만 곳이었다.

에델리스는 이 안 쓰는 궁으로 들어가 보기 위해 열쇠 꾸러미에서 열쇠를 찾아 문을 열었다. 안으로 들어가자 매캐한 먼지가 날려 기침이 나왔다.

"콜록! 콜록!"

손부채질을 해봤지만 소용이 없었다. 이곳도 아닌가 하며 나가려는데 안쪽에 방이 하나 더 보였다. 에델리스는 그 방의 열쇠를 찾으려고 열쇠 꾸러미를 절그럭거렸다.

그때 파시스 경이 다시 한 번 성녀의 이야기를 꺼냈다.

"폐하. 성녀님께서 폐하를 뵙기를 희망하셨습니다."

"알현을 신청하라고 해주세요. 경을 통해서 말하는 것이 아니라."

"아주 잠깐만 책을 갖고 나와달라고 했습니다."

"……경은 제국 기사단 소속의 내 호위 같지가 않네요."

알현을 신청해도 만나고 싶지 않았다. 그런데 치사하게 제 목숨에 결정적인 역할을 한다는 파시스 경에게 이런 부탁을 할 줄이야.

마침내 열쇠를 찾은 에델리스는 그것을 구멍에 넣고 돌렸다. 그러자 '달칵'하는 소리와 함께 문이 열렸다. 그리고 그녀가 안쪽으로 한 발짝 내딛자 책이 반짝이기 시작했다.

'좋았어!'

에델리스가 책을 펼쳤다. 이전에 보았던 부분의 다음이니 뒤쪽이리라.

책에서 영상이 펼쳐지려는 순간 갑자기 에델리스의 시야가 까맣게 물들었다. 곧이어 먼지가 뽀얗게 쌓인 바닥 위로 에델리스가 쓰러졌다.

"저도 이러고 싶지는 않았습니다."

파시스 경이 한 번도 본 적이 없는 차가운 표정으로 그녀를 바라보고 있었다.

베르만 파시스는 무표정한 얼굴로 몸을 숙여 에델리스의 옆에 떨어져 있던 책을 바라보았다.

'대체 이게 뭐라고.'

그는 책에 묻은 먼지를 탁탁 털어내고 품에 넣었다. 혹시라도 누군가 자신을 발견하기 전에 이곳에서 빠져나가기 위해 자신의 어깨에 에델리스를 짐짝처럼 둘러메고 유폐된 궁을 나섰다.

그는 황성 내 비밀 통로를 아주 잘 알고 있었고, 그중 가장 가까우면서도 눈에 띄지 않는 곳으로 이동했다.

"으으……."

얼마나 시간이 지났을까, 에델리스는 추위에 떨며 눈을 떴다. 주변을 둘러보았으나 창문 하나 존재하지 않아 사위가 어두웠다. 있는 것이라고는 랜턴 하나, 그리고 그 옆 의자에 앉아 있는 파시스 경뿐이었다.

"일어나셨습니까."

파시스 경은 단조로운 목소리로 말했다. 에델리스는 몸을 일으키려고 하다가 제 손목과 발목이 묶여 있다는 것을 깨달았다.

"파시스 경, 지금 경이 한 행동이 무슨 짓인지는 알고 있겠지요?"

"모르고 할 수는 없는 일이지요."

파시스 경은 마치 각오라도 한 것처럼 말했다. 황족을 납치하는 것은 중죄 중의 중죄. 당연 극형감이었다.

하지만 파시스 경이 이럴 리가 없다고 생각했다. 하더라도 뭔가 사연이 있을 것 같았다. 책에서도 마지막까지 자신이 궁에 유폐되는 것을 막았던 파시스 경이었기 때문이다.

"혹시 무슨 이유라도 있는 건가요?"

"……."

파시스 경의 표정이 일그러졌다. 에델리스는 역시 무슨 일이 있구나 생각했다. 그렇지 않고서야 이럴 리가.

그녀는 몸을 꿈틀거리며 겨우겨우 일어나 앉았다. 쓰러져 있을 때보다는 나았지만 바닥에서 올라오는 냉기에 몸이 오들오들 떨렸다. 아직 추위를 느낄 날씨는 아니었으니 납치된 장소는 지하인 것 같았다.

"혹시 협박이라도 당하고 있는 거예요?"

에델리스는 파시스 경이 협박을 당하고 있는 것이라면 무슨 수를 써서라도 도와주려고 했다. 약점을 잡혔다면 덮어줄 용의도 충분히 있었다. 그의 약점이 무엇이든 간에 에델리스에게 있어서 자신의 목숨보다 중요하진 않을 테니까.

하지만 파시스 경은 피식하고 웃으며 에델리스 쪽으로 걸어왔다.

"무엇으로 저를 협박할 수 있겠습니까?"

바닥에 쪼그리고 앉아 있는 그녀의 앞에 다부진 몸의 기사인 파시스 경이 오자 그녀의 위로 그늘이 졌다. 왠지 모를 위압감에 몸이 위축되었다.

"파, 파시스 경?"

"내게 아무것도 남지 않게 해놓은 게 누군데!"

분노에 찬 베르만 파시스가 소리치며 발길질하자 에델리스가 바닥으로 다시금 쓰러졌다. 발에 차인 어깨의 통증이 쓰라려 바닥의 냉기를 신경 쓸 겨를도 없었다.

"으윽!"

"다른 누가! 무엇으로! 나를 협박할 수 있겠어!"

맞은 부위가 너무 아파 손으로 감싸고 싶었지만 손이 묶여 있었기 때문에 에델리스는 그저 눈물만 주룩주룩 흘렸다. 그런 에델리스의 앞에 베르만 파시스가 쪼그려 앉아 그녀의 머리채를 잡아 들었다. 통증에 이를 악문 에델리스의 눈동자를 똑바로 바라보며 그가 말했다.

"그러니 조용히 기다려. 더 이상 입 열지 말고."

"베르만 파시스, 이러려고 나를 지켜줬던 거야? 고작 이러려고 목숨 바쳐서 나를 구한 거야?"

이럴 거였으면 왜 빈민가 근처에서 습격당할 때 그대로 두지 않았느냐고, 대체 왜 믿음을 주고 이러는 거냐고 따지고 싶었다. 심지어 자신을 좋아한다고 마음을 내비쳤던 사람이었기에 배신감은 더욱 컸다.

"목숨 바쳐서 구할 생각은 없었어."

"그러면 왜 그랬던 건데?"

"안 죽일 걸 알고 있었으니까. 나를 죽였으면, 그자들이 의뢰비를 받지 못했겠지."

"그 말은…… 네가 고용했다는 거야? 전 황제파의 잔당이라고 들었는데?"

"그딴 자식들과 한패로 몰리니까 기분이 별로 좋지 않네. 단지 이해관계가 일치했을 뿐이야."

베르만 파시스는 마치 더러운 것이라도 손에 닿은 사람처럼 에델리스의 머리채를 거칠게 뿌리쳤다. 그 탓에 바닥에 머리를 세게 부딪칠 뻔했으나 가까스로 부상은 면할 수 있었다.

"전혀. 이해가 가지 않아."

지금까지 저런 성격을, 자신에 대한 분노를 숨기고 그것도 모자라 제게 호감을 가진 것처럼 행동했다니. 정말 소름 끼치는 연기력이었다.

"굳이 설명하고 싶진 않지만, 한 가지 질문에 답을 한다면 나도 알려주지."

"무슨 질문?"

"이 책은 뭐지?"

"……."

"답하지 않는다면 나도 이야기할 생각이 없어."

그렇게 말하면서 베르만 파시스는 책을 들어 촤르르륵 넘겼다. 내용을 읽지 않는 것으로 보아 그 역시 책의 내용을 보지 못하는 것이 분명했다.

"책은 왜?"

"내가 질문할 차례 아닌가."

에델리스가 저도 모르게 혀를 찼다. 그에게 어디까지 말해도 좋을지 전혀 가늠이 가지 않았다.

"미래를…… 미래를 볼 수 있는 책이라고 알고 있어."

"아무것도 적혀 있지 않은데?"

"특정한 조건이 되어야 볼 수 있나 봐."

"그래서. 너도 볼 수 있나?"

못 본다고 할 수는 없었다. 그는 몇 번이나 자신이 책을 덮었다 펼쳤다 한 것을 보았으니까. 그리고 책을 펼친 채로 물끄러미 보고 있었으니 그녀가 책을 읽을 수 있다는 것을 모를 리가 없었다.

"일부만."

"……나도 볼 수 있었더라면."

"응?"

베르만 파시스가 조그맣게 중얼거려 에델리스는 그의 말을 제대로 듣지 못했다. 하지만 베르만 파시스는 슬픈 표정으로 중얼거리는 것도 잠시, 이전보다도 무섭게 굳은 얼굴로 되돌아왔다.

"무슨 내용이었나?"

"미래에 관련된 내용을 아무런 대가 없이 들으려는 건 아니겠지?"

베르만 파시스가 조금 고민하는 것 같더니 입을 열었다.

"……내가 왜 이러는지 물어봤었지?"

파시스 후작은 황제파의 대표적인 중신으로, 베르만 파시스는 후작이 즐긴 쾌락의 잔재에 불과했다.

다행히도 그는 검술에 뛰어난 재능과 엄청난 노력이 더해져 황실 기사단에 들어갈 수 있게 되었다. 그 덕에 베르만에게 '파시스'라는 성이 늦게나마 생겼다. 하지만 기사단에 온 뒤에도 사생아인 그가 설 자리는 없었다.

"4황녀님의 호위를 맡도록 해. 네 주제에 황족의 호위라니, 영광인 줄 알아."

그것은 말로만 호위지 이미 몇 명이나 되는 기사들이 거쳐 간, 까다롭기 그지없는 황녀님의 시중을 드는 일이었다. 황녀는 기사들에게 자질구레한 일을 시켜서 내쫓아왔다. 이번에도 그렇게 되겠지. 다들 그렇게 생각하면서 베르만을 그녀에게 보냈다.

"이번에는 너야?"

"……죄송합니다."

"잘못한 것도 없는데 사과하는 게 마음에 안 들어."

"죄송합니다."

"또 그러네."

사생아 따위가 황족을 상대로 뭐 어떻게 하라는 거냐는 반항심이 들었던 것도 사실이었다. 하지만 황족에게 뭐라고 말을 할 수 있을 리가 없었다.

황녀와 함께 있을 때는 황녀의 자질구레한 심부름을 하느라 훈련을 할 시간이 없었다. 돌아와서는 다른 기사들의 괴롭힘을 받으며 매일매일 지옥같이 살아갔다.

"뭐야?"

황녀의 명령에 따라 의미 없이 화분을 옮기던 도중 황녀에게 손목이 붙잡혔다. 짐을 들기 위해 팔을 올렸다가 올라간 소매 때문에 손목 부근에 멍이 든 것을 들킨 것이다.

"아무것도 아닙니다."

"누가 봐도 검에 맞은 건데?"

"훈련하다가 그런 겁니다."

"훈련할 시간 따위 없을 텐데?"

"……."

"내가 해결해줄게. 말해봐."

황녀는 재미있는 장난감을 발견한 사람처럼 즐거워하며 말했다. 그런 그녀의 반응에 베르만은 오히려 입을 다물었다.

"너는 꽤 내 마음에 들어서 그래."

"……괜찮습니다."

"후회하지 않겠어?"

"예."

"그럼 됐어."

황녀는 관심 없다는 듯이 원래 있던 소파로 돌아가 늘어졌다. 하지만 그날 밤, 평소와 똑같이 다른 기사들에게 괴롭힘을 당하고 있을 때 그녀가 나타났다.

"사생아 따위가 같은 황실 기사단 소속이라니."

여느 때와 다를 바 없는 말을 들으며 다가올 고통에 몸을 잔뜩 웅크리고 있을 때.

"본부인이 아닌 사람의 핏줄을 사생아라고 하지?"

"화, 황녀님?!"

"대답해."

"그, 그렇습니다."

"그렇다면 네 눈앞에 있는 나 역시 귀비의 딸이니 사생아가 아니더냐."

"저, 전하! 무슨 그런 말씀을!"

"사생아라며 나를 무시하는 게 아니라면 내 호위를 공격하는 행위를 뭐라 설명할 수 있을까?"

"전하! 그게 아닙니다!"

"황제 폐하의 핏줄인 나를 이리 업신여기다니. 내 동복 오라비인 1황자가 듣는다면 어떤 반응을 보일지 궁금하구나."

기사는 새하얗게 질려버린 얼굴로 손을 바들바들 떨다가 들고 있던 검을 바닥에 떨어뜨렸다.

"전하! 제가 그런 생각을 할 리가 없지 않습니까!"

"그걸 내 어찌 알겠느냐. 그것은 내 오라비가 판단해줄 것이다."

"전하, 제발! 제가 생각이 짧아 미처 헤아리지 못했습니다. 부디 한 번만 기회를……."

"기회라."

"예, 전하. 제발."

조금 전까지만 하더라도 오만하게 베르만을 괴롭히던 기사는 누구보다도 비굴하게 황녀의 옷자락을 붙들고 애원하고 있었다.

"그렇다면 내 오라버니께는 말하지 않으마."

"가, 감사합니다, 전하!"

"그러나 그와 별개로 네 행동에 책임을 져야 하지 않겠느냐."

"어, 어떻게……."

"흐음, 감옥에 처넣을 수도 없고."

황녀에 의해 감옥에 갇힌다면 기사로서의 인생은 끝장나는 것이나 다름없었다.

제발 다른 벌을 달라고, 뭐라도 이것보다는 나을 거라고 생각하는 그를 보며 황녀가 입꼬리를 말아 올려 미소 지었다.

"내 직접 벌을 줘야겠지만, 내 가녀린 손목으로 너를 벌하다가는 내 손목이 먼저 나가겠구나."

"그렇다면……?"

"베르만 파시스, 네가 직접 치거라."

갑자기 자신의 이름이 언급되자 베르만의 눈이 동그랗게 커졌다.

"예?!"

"나 대신이니라. 내게 무례를 범한 것을 탓하는 것이니 아주 아주 세게 쳐야 할 것이야."

"저 말입니까?"

"응, 너."

황녀는 키득키득 웃으며 기사가 떨어뜨렸던 검을 베르만을 향해 발로 툭 쳤다. 베르만이 검을 집어 들자 황녀는 아주 즐겁게 말했다.

"황실 모독죄에 준하게 때리거라."

"예."

베르만은 황녀의 재촉에 따라 숨이 턱 끝까지 차오를 때까지 검집 째로 기사를 때렸다.

"그만."

"허억, 허억."

"다음부터는 조심하는 게 좋겠구나."

"……"

기사에게 말했지만 그에게서 답이 들려오지는 않았다.

"자, 그럼 베르만, 나를 다시 궁으로 데려다줘."

"알겠습니다!"

"뭘 히죽히죽 웃는 거야? 얼른 앞장서기나 해."

베르만은 가벼운 발걸음으로 황녀의 방으로 갔다. 가는 동안 황녀는 전에 힘든 일은 없냐고 물었을 때 만약 그가 도움을 요청했으면 끝까지 안 도와주고 지켜보기만 했을 거라고 말했다.

"정말로, 네가 꽤 마음에 들었으니까. 매달리는 사람은 싫거든."

그날부터였다. 베르만이 황녀를 잘 따르기 시작한 것이. 그녀는 그가 사생아인 것 따위 신경 쓰지 않았다.

"어차피 황족 밑에 귀족이지."

오만하기 짝이 없는 그녀의 말도 베르만은 공작이나 사생아인 자신이나 똑같다고 말하는 것 같아 좋았다.

황녀도 무료한 궁전 생활에서 순수하게 저를 따르는 베르만의 모습에 점점 마음을 열어갔다. 그녀는 가족과도 연을 끊은 채 기사단에서 자유롭게 생활하는 베르만의 모습을 부러워하기도 했다.

"전하, 누운 채로 생활하지 말라고 제가 몇 번이나 말씀드리지 않았습니까."

베르만의 잔소리에도 황녀는 여유롭게 제 옆을 손바닥으로 톡톡 두드리며 그를 불렀다.

"네가 올까 싶어서."

"……전하."

"얼굴 빨개지기는, 뭘 기대한 거야? 하여튼 엉큼하게 자랐어."

황녀가 간단하게 슈미즈만 입고 침대에서 뒹굴거리면서 말하니 베르만은 아무런 말도 하지 못하는 게 당연했다. 그런 베르만을 보며 황녀는 이렇게 놀리는 재미가 있으니 그만두지 못하는 것이라며 낄낄대는 것이 일상이었다.

하지만 그날은 그렇지 않았다.

"베르만."

황녀의 손이 베르만에게 닿았다. 베르만이 화들짝 놀라 손을 빼내려고 했지만 차마 그녀를 뿌리칠 수 없었다. 바라보는 것만으로도 벅차오르는데 체온까지 전해지니 베르만의 심장이 터질 것 같았다.

"……예, 전하."

그 짧은 대답을 하는 동안에도 사정없이 떨리는 그의 목소리가 그의 심경을 대변해주고 있었다. 황녀는 피식 웃으며 그의 손을 더욱 세게 잡았다.

"이름으로 불러줘."

"제가 어떻게 감히 그러겠습니까."

"따라해봐, 아리엘라."

"……"

베르만은 그녀가 손을 잡아 주는 것만으로도 행복해 죽을 것만 같았다. 그런데 그녀의 이름을 부르라니, 베르만은 계속해서 오는 행복에 오히려 불안해졌다. 게다가 그녀의 이름을 불렀다가는 꾹꾹 눌러온 자신의 마음이 새어 나올 것 같았다.

"안 부를 거야?"

"예."

"내가 무슨 짓을 해도?"

"……"

"이래도?"

황녀는 그의 손을 잡고 있지 않은 다른 손으로 베르만의 뺨을 감쌌다. 당연히 그녀를 밀어내야 하는데, 베르만은 그렇게 하는 방법을 알지 못했다.

"그래, 내 이름을 부르지 않아도 괜찮아."

그녀의 얼굴이 점점 가까워져 그의 입술에 말랑한 감촉이 느껴졌다. 그리고 아직 숨결이 닿을 만한 정도의 거리에서 황녀가 그의 이름을 불렀다.

"베르만, 내가 너의 이름을 부르면 되니까."

베르만은 마음속으로 수백 번이나 그녀의 이름을 불렀다. 하지만 입 밖으로는 단 한 번도 나오지 못했다.

시간이 흘러 그녀의 미래가 다른 사람의 손에 결정되는 날까지도.

"베르만, 내가 만약에 황녀가 아니면 어떨 것 같아?"

황녀가 아닌 그녀라니. 상상할 수 있는 최대치는 딸바보인 아빠 밑에서 자란 안하무인의 고위 귀족가 영애 정도였다. 하지만 그걸 실제로 말했다가는 황녀님이 자신의 등짝을 후려칠지도 몰랐다.

"글쎄요."

"왜 나는 힘이 없는 걸까."

"황녀님보다 드센 분은 없을 겁니다."

"……."

황녀가 샐쭉한 표정으로 그를 노려보았지만 그는 꿈쩍도 하

밝혀지는 과거   43

지 않았다. 오히려 그것이 귀엽게 느껴졌으니 중증이라면 중증이었다.

"지금 대공가의 아들이 군세를 일으키고 있다지?"

"그렇다고 알고 있습니다."

"황제 폐하도 그렇고, 파시스 후작도 그렇고, 다른 이들도 그렇고 중간에서 참 많이도 착복을 한 덕택에 제국 기사단이 그들과 맞서기도 전에 항복을 하는 경우가 많다고 들었어."

"……황실 기사단은 그래도 귀족가의 자제들이니 대우가 좋았지만 제국 기사단은 그렇지 않으니까요."

아리엘라가 숨을 한 번 삼키고는 담담하게 이야기했다.

"그래서 그저께, 이오른 왕국에 시집가라는 말을 들었어."

"……예?"

"황제파가 기사들을 보내도 이길 수 없으니, 이오른 왕국에 시집가서 그쪽의 군사를 받아 오라더군."

갑작스러운 그녀의 결혼 소식에 베르만은 입도 벙긋할 수 없었다.

"그래서 말인데, 베르만."

"……"

"나와 도망가지 않을래?"

황녀는 평소의 장난스러운 모습이 아닌 아주 진지한 목소리로 말했다.

"내가 이대로 남아 있는다면 이오른 왕국에 시집가게 될 거야. 하지만 나는 그러고 싶지 않아."

44

"……."

"어디 한적한 곳으로 도망가서 둘이 같이 살자. 어차피 지금의 황실은 곧 무너지게 되어 있어. 누구라도 알 수 있어."

무너지는 집에서 쥐새끼가 제일 빨리 도망가는 것처럼, 최근 하녀들과 하인들이 금붙이를 들고 도망가는 경우가 발생하고 있었다.

"이미 밖으로 나가는 통로도 봐뒀어. 우리가 어제 갔던 별궁에 있어."

베르만은 황성의 구석진 곳에 자리한 별궁을 떠올렸다. 어쩐지 이런저런 짐을 많이 가져가더라니, 짐을 옮겨놓은 모양이었다.

"새로운 황제가 등극하게 되더라도 시골에서 평범하게 결혼해서 살고 있는 나를 벌하진 않겠지."

"……결혼이요?"

"싫어?"

"어떤 분과 결혼하시려는 겁니까?"

"그게 무슨 말이야? 당연히 너지. 너도 나와 같은 마음인 줄 알았는데, 아니었어?"

동경해 마지않던 황녀님과의 결혼이라니, 꿈만 같았다. 마음 같아서는 백 번이고 천 번이고 그녀의 뜻에 따르겠다고 답하고 싶었지만 그는 자기 자신에 대한 확신이 없었다.

고작 후작가의 사생아가 황녀님과 결혼해서 잘 살 수 있을까? 아무것도 가진 것이 없는 자신이 괜찮은 걸까? 황제나, 대공가의 아들로부터 무사히 도망칠 수 있을까? 황녀님께서 이 오른으로 시집을 가는 것이 자신과 결혼하는 것보다 훨씬 낫지 않을까?

"……생각할, 시간을 주십시오."

"생각할 시간……. 그래."

황녀의 눈이 차갑게 식는 것이 느껴졌다. 하지만 베르만은 지금 당장 답을 할 수 없었다. 다른 신분도 마련해두어야겠고, 한적한 시골에 집도 한 채 마련해두어야 했다. 이런저런 준비를 해놓아도 그녀에게는 한없이 부족했다.

그가 그런 준비를 하는 사이에 케이르한 라크시드는 무섭게 세를 불렸다. 그가 황제의 눈에 띄지 않을 만한 한적한 곳에 황녀와 함께 살 집을 고르고 골라 계약을 마치고 올라오는 길에 황궁이 습격당했다는 이야기를 들었다.

"황족은 한 명도 빠짐없이 처형됐다더군."

"그, 그럴 리가, 그럴 리가 없어!"

그는 잠 한숨 자지 않고 쉬지 않고 달려 황성에 도착했다. 다행히 그는 여전히 기사단의 소속이었기 때문에 거리낄 것 없이 황궁으로 들어갈 수 있었다. 곧바로 그녀가 머물렀던 방으로 갔지만 텅 비어버린 방은 이미 온기를 잃은 지 오래였다.

"……아, 아리엘라."

뒤늦게 그녀의 이름을 불러보았지만 되돌아오는 답은 없었다.

"아리엘라, 제발."

정신을 놓고 울면서 몇 번이나 그녀의 이름을 불러보아도 돌아오는 답은 없었다. 준비가 조금 덜 되어도 좋았으니 그녀를 데리고 도망칠걸 후회해봤자 아무런 소용이 없었다.

혹시 아리엘라가 저를 기다리고 있지는 않을까 부질없는 기대를 하며 그녀가 떠날 때 이용하자고 했었던 별궁의 통로를 찾아갔다. 그곳에는 아리엘라가 떠날 때 가져가려고 놓아둔 물건들이 있었다.

그중에서도 베르만의 시선을 가장 끈 것은 망토였다. 하나는 조금 작은 것, 하나는 조금 큰 것. 베르만과 아리엘라의 것이었다.

"아리엘라, 아리엘라. 크흑, 아리엘라……."

베르만은 한참이나 두 사람의 망토를 끌어안고 오열했다. 그리고 눈물을 그쳤을 때, 베르만은 황궁에 남아 아리엘라를 죽인 케이르한 라크시드에게 복수하기로 결심했다.

복수의 때를 기다리며 하루하루를 보냈다. 파시스 후작이 반란을 일으켰을 때는 모든 것이 수포로 돌아가는 줄 알고 마음이 철렁했다. 하지만 그가 사생아여서 후작을 오히려 싫어했다는 점과 파시스 후작가의 진압에 적극적으로 참여했기에 황실 기사단에 남을 수 있었다. 그러다가 에델리스와 케이르한이 결혼했다.

'찾았다, 케이르한의 약점.'

그녀와 함께 있는 황제의 모습을 보자 단박에 알아차릴 수 있었다. 자신이 그렇게 당했듯이, 케이르한이 가장 행복할 때 황후를 죽이겠다고 다짐했다.

'언제가 좋을까, 황후가 아이를 가졌을 때는 어떨까?'

제 눈앞에서 행복한 모습의 황제를 볼 때면 배알이 뒤틀렸지만 복수의 날을 상상하며 버텼다. 황후는 황제에게 마음이 있어 보이지 않았기 때문에 오히려 그사이를 비집고 들어가는 것도 재밌을 것 같았다.

'황후가 낳은 아이가 황제의 붉은 머리카락이 아닌 나와 같은 연회색 머리카락이라면 어떨까.'

어떻게 해야 케이르한 라크시드가 더 큰 절망을 얻을 수 있을까 고민하던 베르만에게 누군가 다가왔다.

"황녀, 다시 보고 싶지 않아?"

그 시각 황성에 있던 르한은 무언가 꺼림칙한 기분이 들어 보던 서류를 내려놓고 자리에서 일어났다.

"아내는?"

"베르만 파시스 경과 잠시 정원을 산책한다고 하셨습니다."

"이 시간까지도?"

황후의 방에서 조금 더 기다려봤지만 에델리스는 돌아올 기미가 보이지 않았다. 하필이면 호위가 베르만 파시스인 것을 떠올리고는 직접 정원에 나가 그녀가 있을 법한 곳을 다 걸어가봤지만 그녀의 옷자락조차 보이지 않았다.

"요하네스 프라체를 불러."

"이미 퇴궁하여 공작저로……."

"황명이다."

"예."

심상치 않은 분위기에 시종장이 고개를 조아렸다. 요하네스가 오기 전까지 모든 궁인들을 동원해 에델리스를 찾아보라고 했다. 그리고 제 침실과 서재, 다시금 정원 곳곳을 직접 뛰어다녔지만 그녀의 흔적조차 발견할 수 없었다. 뒤늦게 입궁한 요하네스가 황실 기사단 전원과 찾으러 다녔지만 그녀를 발견할 수 없었다.

수색 범위를 황궁 밖으로 넓혔다. 불안한 마음에 르한이 직접 말을 몰고 나가 수색에 동참하려 했으나, 황제가 황궁을 비울 수는 없다는 말에 차마 나가지 못했다.

"……내 아내가, 에델리스가 털끝만큼이라도 다쳐온다면 목이 달아날 각오를 하는 것이 좋을 것이다."

"예!"

"내 인내심이 다 닳기 전에 찾아라."

르한은 기사단을 다 내보낸 뒤에도 안절부절못하며 방 안을 돌아다녔다. 황성 내에서 어떻게 이렇게 흔적도 없이 사라질 수가 있는 건지. 당장이라도 에델리스가 문을 열고 웃으며 돌아올 것만 같았다.

그래도 그는 화도 내지 못하고, 그저 제 곁에서 떨어지지 말라고 이야기하겠지. 그는 국정 회의고 뭐고 앞으로는 무조건 함께하겠다고 다짐했다. 이의를 제기하는 이가 있으면 목을 처버릴 거라고.

똑똑.

그리고 그의 바람을 들어주기라도 한 듯 노크 소리가 들렸다. 르한은 마치 순간 이동이라도 한 것처럼 빠른 속도로 문앞에 가서 직접 문을 열었다. 하지만 그의 앞에 서 있는 것은 에델리스가 아니라 성녀였다.

"……무슨 일입니까."

"황성 내부가 소란스러운 것 같은데 무슨 일이 있나 해서요."

"별일……."

차마 르한은 별일 없다고 말하지 못했다. 지금 이 순간 에델리스에게 무슨 일이라도 생겼을까 봐.

"혹시 제가 도움을 드릴 수 있는 일인가요?"

그게 누가 됐든지 간에 도움을 받을 수 있다면 아이의 손이라도 빌리고 싶은 심정이었다.

"혹…… 사람을 찾을 수 있습니까?"

"사람이요? 누가 없어졌나요? 아, 혹시……."

"……."

"황후 폐하?"

"……예."

르한은 거짓말로 숨기는 것을 포기했다. 성녀에게 힘을 빌리려면 에델리스가 사라진 것을 밝혀야 했다.

"황후 폐하는 호위와 함께 있지 않나요?"

"그렇습니다."

"호위와 함께 있으니 괜찮지 않을까요?"

"……호위가 있다고 해서 모든 위험을 피해가는 것은 아닙니다."

"으음, 호위 분이 잘 지켜줄 것 같지만……."

성녀가 창가로 걸어가 기도를 하려는 것처럼 무릎을 꿇었다. 그리고 두 손을 모으고 고개를 숙인 뒤에 조용히 읊조리며 기도를 시작했다. 무언가 달라진 분위기에 르한은 숨죽이며 제발 에델리스를 찾을 수 있는 실마리를 얻을 수 있기를 빌었다.

"……혹시 황후 폐하께서 가출을 하신 것은 아니겠죠?"

"가출……이요? 그럴 리가 없습니다."

"하지만 본인이 숨기를 원하지 않는 이상 이렇게까지 목소리가 안 들릴 리가 없는데."

성녀가 고개를 갸우뚱하며 잘 모르겠다는 듯이 말했다.

르한은 피가 식는 기분이었다. 에델리스가 황궁 생활을 마음에 안 들어 했었나? 제게 말도 하지 않고 황성을 빠져나갈 만큼? 게다가 함께 사라진 이가 하필이면 베르만 파시스였다.

'설마…….'

성녀의 말 한 마디가 르한의 마음에 파문을 일으켰다. 그걸로도 모자라 성녀는 계속해서 그의 불안을 들쑤셨다.

"혹시 지금 같이 있는 호위 분은 어느 분일까요? 그분을 찾아달라고 기도해보려고 해요."

"……베르만 파시스입니다."

"저희 신도인 베르만 파시스 경 말씀하시는 거죠? 잘됐네요, 아는 사람이면 더욱 목소리가 잘 들리거든요. 왜 황후 폐하에 대한 소식을 알려주는 목소리는 안 들렸는지 모르겠지만."

성녀가 멋쩍어하며 덧붙인 말이 르한에게는 더욱 비수가 되어 돌아왔다. 성녀는 다시 두 손을 모으고 고개를 숙여 기도했다. 하지만 성녀는 또다시 갸우뚱하며 의아해했다.

"왜 파시스 경의 이야기도 안 들리는 걸까요?"

"……"

"아, 이런 말을 해도 될지 모르겠는데, 파시스 경이 신전에 와서 폐하가 좋아서 고민이라고…… 했어요."

"……"

"저도 보통 때였으면 절대 말 안 했을 거예요! 하지만 황후 폐하와 같이 사라진 게 파시스 경이라고 하시니까……."

"그래서."

"아니, 그게. 폐하를 좋아하는 파시스 경에, 찾지 않기를 바란다는 듯이 기도해도 답이 오지 않는 황후 폐하라니요."

"지금 무슨 말씀을 하고 싶은 겁니까."

보통 사람이었더라면 뒷걸음질 치고도 남았을 정도로 위협적인 모습이었다. 하지만 성녀는 꿋꿋하게 자신이 할 말을 전했다.

"황후 폐하께서 제 발로 나간 것일 수도…… 있다는 거지요."

"그만. 더 이상의 망언은 용납하지 않겠습니다."

"망언이 아니라, 그렇잖아요!"

"만일 그렇다 할지라도 에델리스가 제게 직접 말한 것이 아니라면 믿지 않을 겁니다."

설령 에델리스의 마음이 정말로 베르만에게 기울었다 할지라도, 그녀에게 직접 이야기를 들을 것이다. 그 후에 베르만의 사지를 찢어놓을지, 에델리스를 저만이 볼 수 있는 황성 내 깊숙한 곳에 숨겨놓을지는 나중에 결정할 일이었다.

"그럼 이만 방에서 쉬십시오."

성녀는 르한의 축객령에 쫓겨나는 그 순간까지도 계속해서 말을 덧붙였다. 자신이 없는 말을 하는 것은 아니라고, 잘 생각해보라고.

그렇게 몇 번이나 르한의 마음에 불을 지핀 성녀는 황성에서 몰래 빠져나왔다. 자신의 알리바이는 모두 만들어놓았으니.

"당신이 그렇게까지 쓰레기였다니."

베르만의 이야기가 끝나고 나서 에델리스가 제일 처음으로 한 말이었다.

"당신이 좋아 죽는 황제보다는 덜하지."

"……."

"그 후로 몇 번이나 당신을 납치하려고 했었는지. 참 고생스러웠어. 레이든도 습격하고, 내가 습격당한 것처럼 꾸미기도 하고."

어쩐지 빈민촌에 갈까 말까 망설일 때 계속해서 가자고 설득하더라니, 그게 다 자신이 습격당해서 믿음을 얻으려고 했던 것이었다.

"……그게 다 네 짓이었구나."

베르만은 에델리스의 질문에 그저 어깨를 으쓱였다. 그것이 무엇보다도 확실한 답이었다.

"그래서 황녀를 보여주겠다던 사람이 누군데?"

"그걸 내가 말해줄 수는 없지."

그 순간 에델리스의 머릿속에 떠오르는 얼굴이 있었다. 베르만과도 안면이 있으며 제게 그렇게까지 원한을 가질 만한 사람은 그리 많지 않았다.

"이제는 당신이 대답할 차례야, 책에서 본 내용이 뭐지?"

"당신에게 의뢰한 사람이 책 내용까지 알려달라고 했어?"

"말을 아끼도록 하지. 하지만 나도 합당한 이유를 알려줬으니 그쪽도 들려줬으면 좋겠는데."

베르만은 여유롭게 자신의 칼을 검집에서 뽑으며 이야기했다. 말은 권유고, 제안이었지만 그가 하는 행동은 명백한 협박이었다. 하지만 그에게 자신이 책에서 본 모든 이야기를 할 필요는 없었다.

"내가 황제에게 죽었어."

"정말인가?"

"그래, 그러니 내가 처음에 황제를 그렇게 무서워했지. 기억나지?"

"미래를 보여준다며?"

"그래. 그게 내 미래였어. 그러니 당신이 나를 죽이지 않더라도 황제에게 죽는다고."

미래가 바뀌었다느니 그런 이야기는 할 필요가 없었다. 하지만 거짓말을 하는 것도 아니었으니 에델리스는 당당하게 이야기했다.

"믿을 수 없군."

"내가 마지막으로 정신을 잃었던 곳, 거기에 내가 유폐돼. 그리고 당신은 나를 꺼내주겠다고 했어. 오히려 우리 둘이서 한편이었다고."

"……그럴 리가."

"내가 왜 당신을 일부러 호위로 뒀겠어? 미래에 내 편이 되기 때문이야."

"그렇다면 황제는?"

"나를 칼로 찔러 죽인 뒤에 우리 아버지가 반란을 일으키니 가문을 몰살시키던데?"

에델리스가 그 장면을 떠올리며 진심으로 몸서리치니 베르만은 그녀의 말을 완전히 믿게 되었다.

"그러면 나는 어떻게 되는 거지? 내가 황녀님을 만났다거나, 그런 내용도 있나?!"

그가 절박하게 매달리며 에델리스에게 답을 구했다. 하지만 황녀라니, 바로 조금 전 베르만 파시스에게 이야기를 듣기 전까지는 전혀 몰랐다.

"나도 책의 모든 내용을 아는 건 아니야. 책의 내용을 모으고 있던 중에 당신에게 납치당한 거고. 그게 궁금했으면 내가 책의 내용을 모을 때까지 더 기다렸어야지."

"그렇다면 성녀는?"

"갑자기 성녀라니? 성녀가 책에 나올 거라는 확신은 어디서 온 거지?"

"……몇백 년만에 등장한 성녀인데 당연히 나오겠지."

고작 그것뿐일 리는 없었다. 그렇지 않고서야 갑자기 성녀에 대해서 물어볼 이유가 없었다. 에델리스는 그의 배후에 성녀가 있다는 확신이 들었다.

"당신, 성녀랑 무슨 관계야?"

베르만 파시스는 말없이 책을 주웠다. 그리고 몸을 돌려 지하실을 나가는 계단 쪽으로 걸어갔다.

"잠깐, 어디로 가지고 가려는 건데!"

"의뢰한 사람한테."

"그게 누군데? 성녀야?"

"글쎄. 의뢰인이 누구인지는 조만간 알게 되겠지."

정황상 성녀가 의뢰인인 것이 분명했다. 그것에 대해 베르만 파시스가 인정한 것도 아니고 증거가 있는 것도 아니었다. 그래도 에델리스는 확신하고 있었다.

"오래 기다리게 하지는 않을 거다."

베르만 파시스는 계단을 밟고 올라갔다. 그리고 육중한 철문이 닫히는 소리가 났다. 에델리스가 그를 아무리 불러도 문이 다시 열리는 일은 없었다.

<hr />

"후, 일단 빠져나가야 해. 그런데 어떻게 빠져나가지?"

상황은 최악이었다. 있는 것이라고는 베르만 파시스가 앉아 있던 의자와 곁에 있는 테이블, 그 위에 가까스로 어둠을 밝히고 있는 랜턴이 전부였다. 게다가 손발까지 묶여 있는 상태였다. 우선 이것들을 풀어야 뭐라도 할 수 있을 것 같았다.

에델리스는 랜턴을 깨서 생기는 유리 파편으로 밧줄을 풀어야 하나 고민하다가 바닥에 자신의 머리핀이 떨어져 있는 것을 발견했다.

얼른 가서 핀을 주워들고 돌벽에 내려쳐 부러뜨린 후 더욱 날카롭게 만들었다. 같은 부분만 집요하게 핀으로 갈아내자 곧 손목 사이에 틈이 생기기 시작했고 어느 정도 여유가 생기자 손목을 바로 끄집어냈다. 손목이 아파왔지만 쉴 틈이 없었다.

'황후를 납치한 건데, 당연히 죽일 생각으로 데리고 왔겠지.'

에델리스가 무사히 돌아간다면 당연히 베르만 파시스는 죽은 목숨이나 다름없었다.

에델리스는 손을 더욱 바삐 움직여 손목에 묶여 있던 밧줄을 풀었다. 곧바로 발목에 묶여 있던 밧줄까지 끊고 어떻게 저 철문을 열고 안전하게 탈출할지 고민했다.

르한이 자신이 사라진 것을 알고 데리러 오면 좋겠지만 자신도 지금 제가 어디 있는지 모르는데 그건 너무나도 가능성이 낮았다.

'불을 붙여서 파시스가 스스로 철문을 열게 해야겠어. 철문 사이로 연기가 빠져나갈 테니까 그건 볼 거야.'

창문이 없는 지하실이었으니 그 외에는 방법이 없었다. 에델리스가 다른 사람들에게 발견되는 일을 막기 위해서라도 베르만은 이곳을 떠날 수 없을 것이다. 굳이 자신을 이곳까지 데리고 오는 위험을 감수할 정도이니 분명 저 문이 열릴 것이라고 믿었다. 에델리스는 불을 지필 준비를 하기 위해 드레스의 밑단을 찢어 입과 코를 막았다. 숨을 크게 들이켠 뒤에 랜턴에 피어 있던 불씨를 옮겨 불을 붙였다. 테이블을 최대한 철문 쪽으로 가깝게 밀어서 베르만 파시스가 얼른 발견하기를 바랐다.

다행히 기름에 젖은 드레스가 빠르게 타오르면서 연기가 뿜어져 나왔고, 에델리스는 계단 근처에서 몸을 낮추고 철문이 열리기를 기다렸다.

조금씩 숨을 내뱉으면서 기다리는 동안 어느새 방 안은 새카만 연기로 뒤덮였다. 마침내 철문이 열리며 연기가 빠져나갔으나 여전히 안쪽에는 연기가 머물러 있었고, 위쪽에서 내려오는 빛만으로 안을 밝히기엔 충분하지 않았다.

"콜록, 이게 무슨!"

에델리스가 죽는 것은 곤란했는지 베르만이 입을 가리고 한 손으로 앞을 내저으며 에델리스를 찾기 위해 지하실로 내려왔다. 그의 모습을 본 에델리스는 들킬까 봐 심장이 쿵쾅거려 터질 것만 같았다.

"어디 있어!"

베르만은 곧바로 그가 지하실을 나오기 전 에델리스가 있었던 곳으로 갔지만 손을 내밀어봐도 그의 손에 잡히는 것은 아무것도 없었다.

그리고 그때 쿵— 하는 소리가 들리면서 철문이 닫혔다. 어둠을 틈타 숨어 있던 에델리스가 계단을 오르는 데 성공한 것이다.

베르만이 살아 있으면 제 목숨이 위험하니 에델리스는 곧바로 철문을 닫아버리고 그 위로 의자와 상자 등 눈에 보이는 것을 올렸다.

"이런, 제기랄!"

베르만이 안쪽에서 철문을 열기 위해 쿵쿵 문을 치며 욕을 지껄이고 있었다. 아무래도 오래 버티지 못할 것 같아 에델리스는 책상 위에 올려져 있던 단도만 챙기고 곧바로 밖으로 나섰다. 시간이 얼마나 지났는지 벌써 어두워져 있었고, 이곳은 불 하나 없는 숲속이었다.

'민가라도 있다면 도움을 청해봤을 텐데.'

에델리스는 우선 베르만으로부터 멀어지기 위해 달빛에 의지해서 무조건 달려갔다. 숨이 끊어질 것처럼 차올라도, 발이 아파 제대로 걷기 힘들어도 무작정 발걸음을 떼었다.

그리고 그때, 어디선가 말소리가 들려왔다.

"황후를 찾아!"

베르만이 아닌 남자의 낮은 목소리였다.

"여기……!"

손을 들어 사람을 부르려던 에델리스가 무언가 이상한 낌새를 눈치채고 수풀 더미에 몸을 숨겼다.

"아직 멀리 가지는 못했을 것이다! 샅샅이 찾아!"

"예!"

지시하는 이의 목소리는 들어본 적이 없는데다가 그들이 입고 있는 것은 아무런 문양이 없는 짙은 회색의 옷이었다.

'제국 기사단이 나를 찾으면서 저런 옷을 입고 왔을 리가 없어.'

게다가 그들이 제대로 된 랜턴조차 들지 않고 어둠 속에서 사람을 찾을 이유는 없었다.

이상했다. 한 번 의심을 하기 시작하니 걷잡을 수가 없었다.

'제국 소속의 기사라면 황후가 아니라 황후 폐하를 찾으라고 하지 않을까? 게다가 멀리 가지 못했다는 말도 이상해.'

지금 제 위치를 모르긴 몰라도 황궁과는 멀리 떨어진 곳이라는 것은 확실했다. 그런데 멀리 가지 못했다고 말한다고?

'……그 기준이 되는 위치가 황궁이 아니라, 베르만 파시스가 있던 그곳 아냐?'

의심은 점점 확신이 되어갔고, 불안한 마음은 더욱 커져갔다. 에델리스는 손에 있던 단검을 매만졌다. 제 것이 아니라서 낯설었지만 기댈 곳이라고는 이것밖에 없었다.

에델리스는 사람이 없는 쪽으로 계속해서 달려갔다. 넘어져도 일어나서 다시 달려갔다. 얼마나 달렸을까, 마침내 저 멀리 나무들 사이로 성벽이 보였다. 그것은 수도를 방어하는 성벽이었다. 성벽에 그려진 문양을 보니 지금 이곳이 성의 남서쪽이었다는 것을 알 수 있었다.

어딘가에서 저를 찾는 목소리가 들려와 에델리스는 또다시 몸을 숨겼다. 혹시나 황실 기사단은 아닐까, 아니면 저를 쫓던 존재는 아닐까 가늠이 되지 않았다.

"다들 흩어져서 찾아라. 해가 뜨기 전에 찾아야 한다."

"예!"

반가운 목소리가 들려왔다. 프라체 경의 목소리였다. 하지만 에델리스는 그와 성녀의 친분이 신경 쓰여 쉽사리 나서지 못했다. 그런데 그때, 베르만이 쪼그려 앉아 숨어 있던 에델리스의 목에 칼을 들이대었다.

"숨소리라도 내면, 곧바로 목을 찌를 거다."

에델리스는 제 몸에 닿아오는 차가운 검 날의 촉감에 아무런 말도 못 하고 몸을 떨었다. 하지만 한 가지 확신이 들었다. 프라체 경이 만약에 저를 찾아 죽이려는 사람이었더라면, 베르만 파시스가 이렇게 조용히 저를 잡아가려고 하지 않을 거라고.

당장이라도 다리가 풀려 주저앉을 것 같았지만 에델리스는 지금이 마지막 기회라는 것을 본능적으로 눈치챘다.

'내 손에 단검이 든 것을 눈치채지 못했어.'

"조용히. 아주 조용히 자리에서 일어나."

에델리스는 손을 앞으로 모아 검을 숨겼다. 그리고 천천히 자리에서 일어났다. 에델리스를 강제로 안고 갈 생각이었는지 그의 몸이 가까워졌다.

두 번 다시 기회는 없을 것이다. 그러니 이번에야말로 정말 목숨을 건 도박을 할 때였다. 그녀는 제가 지니고 있던 단검을 양손으로 붙잡고 모든 힘을 실어 그의 검을 튕겨냈다. 그리고 그에게 잡히기 전에 앞으로 달려나갔다.

당황한 베르만이 순간적으로 검을 휘둘렀다. 검이 스쳐 지나간 에델리스의 등에 세로로 긴 상처가 생겼고 피가 맺히기 시작했다. 다행히 상처는 얕았지만 생전 처음으로 느껴보는 강한 통증에 눈에 눈물이 고였다.

"프, 프라체 경!"

얼른 프라체 경을 불러봤지만, 너무 긴장한 탓인지 제가 생각해도 별 볼 일 없는 목소리가 흘러나왔다. 에델리스는 곧바로 자신의 생명줄과도 같은 단검을 프라체 경의 목소리가 들린 방향으로 내던졌다.

"……무슨 소리 안 들렸나?"

"단장님, 저기!"

검이 챙그랑하며 떨어진 덕분에 에델리스가 있는 방향으로 그들이 달려왔다. 프라체 경은 곧바로 비상용 신호탄에 불을 붙여 붉은 연기가 나게 했다. 붉은 연기가 '위급'을 뜻하며 다른 기사들을 부르는 신호라는 것을 모를 리 없는 베르만이 혀를 찼다.

"쓸데없는 짓을."

베르만이 아직도 제 시야에서 벗어나지 못한 에델리스를 확실하게 죽이기 위해 달려나가면서 검을 휘둘렀다. 몇 번 휘두르는 동안 머리카락이 베어져나갔고 등에는 자잘한 상처가 생겼다.

"거기까지다, 베르만 파시스."

"……단장."

요하네스가 에델리스를 제 품에 당겨 안고 마지막 일격을 날리려던 베르만의 검을 막아냈다.

"황족 시해 혐의로 체포한다. 현행범이니 할 말은 없겠지."

"……"

"왜 그런 거냐."

요하네스의 물음에 답하지 못 하던 베르만은 에델리스를 죽이는 것을 포기하지 못하고 계속해서 검을 휘둘렀다.

"큭, 폐하! 뒤로!"

제아무리 단장인 요하네스라 해도 신분이 우위에 있을 뿐 실력은 베르만과 비등비등했다. 더군다나 에델리스를 근거리에서 지키면서 그를 이기는 것은 불가능에 가까웠다.

요하네스는 에델리스를 우선 제 뒤에 있던 기사들에게 떠밀듯 보냈다. 그는 베르만을 막으며 제가 쏘아 올린 신호탄을 보며 지원군이 오기를 기다렸다.

그가 알고 있는 케이르한이라면 궁을 지키고 있어달라는 그의 부탁은 깨끗하게 무시한 채 황후를 구하러 올 것이다. 하지만 그가 기다리던 이들이 오는 것보다 추적자들이 오는 것이 더 빨랐다. 그들 역시 요하네스가 쏘아 올린 신호탄을 보고 온 것이다.

"여기다!"

"포위해!"

순식간에 추적자들이 주변을 둘러쌌다. 수적인 열세가 너무 분명했기에 기사단은 그들을 보며 침음했다.

"내가 베르만 파시스를 상대하는 동안 퇴로를 확보하도록 해라."

"알겠습니다, 단장님."

지원군이 달려오는 말 소리도 들리지 않았기 때문에 결판이 나는 것은 시간문제라고 생각했다.

에델리스는 책에서 보았던 것보다 이른 죽음을 예감했지만 그래도 후회는 하지 않았다. 책 속에서의 황후는 불행한 결혼 생활을 보냈지만, 적어도 자신은 그렇지 않았으니까.

"폐하, 저희가 어떻게든 퇴로를 확보할 테니 포기하지 마십시오."

"……고마워요, 나 때문에."

"폐하를 위해 목숨을 걸 수 있어서 영광입니다."

"황실 기사단으로 입단하면서 이러한 일을 대비해 훈련받아왔습니다. 그러니 믿어주십시오."

에델리스는 저 말들이 허세라는 것을 모를 리가 없었다. 추적자들은 지금도 계속해서 그 수를 늘려가고 있었다.

"얼른 폐하를 모시고 가!"

프라체 경의 외침에 그를 두고 가는 것을 망설이던 기사들이 마음을 굳혔다. 이대로 다 같이 개죽음 당하느니, 프라체 경의 희생을 헛되이 하지 않겠다고.

"단장, 곧바로 구하러 오겠습니다!"

"얼른 꺼지라고!"

에델리스가 기사들과 함께 도주하려고 하자 도착해 있던 추적자들 중 네 명이 에델리스를 향해 곧장 달려와 맞붙었다. 다수의 실력자들을 기사들이 전부 다 상대할 수는 없었다. 결국 막지 못한 한 명이 에델리스에게 검을 휘둘렀다.

다행히 에델리스는 손에 쥐고 있던 단도로 그의 검을 막았다. 그렇지만 힘이 부족했던 그녀의 팔이 바들바들 떨리며 점점 내려갔다.

"크악!"

그런데 남자의 고통에 찬 비명 소리와 함께 그의 검에 실린 무게가 가벼워졌다. 남자의 팔에 화살이 관통한 것이었다.

"방패를 올려라."

낮은 목소리가 내리는 명령에 기사들이 상대하고 있던 적을 밀쳐내고 손에 쥐고 있던 방패를 머리 위로 들었다.

"폐하, 이쪽으로!"

기사들이 붙어 에델리스를 안쪽에 놓고 방패로 위를 가렸다. 그리고 그와 동시에 위에서 화살이 비처럼 쏟아져 내렸다.

"크헉!"

화살들은 성벽에 붙어 있던 추적자들뿐만 아니라 그들을 향해 달려오고 있던 추적자들에게도 쏘아졌다. 추적자들 중 일부는 화살받이가 되는 것을 피하기 위해 숲속으로 몸을 숨겼다.

에델리스는 갑작스러운 성안의 지원에 어안이 벙벙해졌다. 그녀의 주변에 있던 추적자들은 이미 화살을 여러 발 맞은 채 바닥에 쓰러져 있었다. 어느새 옆에는 프라체 경까지 와 있었다.

"괜찮으십니까."

"이게 대체 어떻게 된…… 거죠?"

신호탄을 보고 성 안에서 지원 병력이라도 온 건가 싶었다. 하지만 곧이어 들려오는 목소리에 현재 상황을 알 수 있었다.

"한 놈도 빠짐없이 모두 잡아들여라. 반발할 시 사살해도 좋다."

에델리스가 그토록 기다리던 르한이었다.

베르만은 계획이 실패했다는 것을 직감하고, 황제의 기사들이 포위망을 좁혀오기 전에 이곳을 떠나기로 했다. 그때 그의 눈 옆으로 한 발의 화살이 스쳐 지나갔다. 만약 아주 조금이라도 더 오른쪽으로 쐈다면 그의 왼쪽 눈이 꿰뚫렸을 것이다. 뒤를 돌아보니 석궁으로 그를 노리고 있는 황제가 있었다.

"살아서 갈 수 있을 거라고 생각하나."

"황후는 내게 물어볼 게 많을 텐데?"

르한의 눈이 에델리스를 향하자 그녀가 부정하지 않았다. 사라진 책과 이 사건의 배후에 성녀가 있을지도 모른다는 가능성, 그것을 입증할 수 있는 사람은 오직 베르만 파시스뿐이었다.

"……에델리스가 묻는 질문에 답하는 데에, 굳이 사지가 멀쩡할 필요는 없지."

르한은 그의 머리에 화살을 쏘고 싶은 것을 가까스로 참아내며 산 채로 포박하기 위해 그의 다리에 또다시 화살을 쏘았다. 간발의 차이로 피하기는 했지만 관통되는 것을 면했을 뿐, 화살이 스쳐 지나간 그의 다리에는 피가 주르륵 흘러내렸다. 생명에 위협을 느낀 베르만은 숲속으로 숨어들었다.

"황후를 황궁에 모시고 의사를 불러 치료 받게 해라. 그리고 내가 오기 전까지 반드시 네가 붙어 있도록 해라, 요하네스 프라체."

"예, 알겠습니다."

"그리고 저것들은 황궁으로 끌고 가 자결하지 못하게 입에 재갈을 물려두어라."

"지난번과 같은 놈들인가 봅니다."

"그래."

르한이 에델리스에게 걸어갔다. 그리고 자신이 착용하고 있던 망토를 벗어 에델리스에게 둘러주었다.

"지금 당신의 모습을 본 이들의 눈을 뽑아버리고 싶습니다."

"르한 어, 어쩐지 평소와 다르네……?"

아무리 반정을 무자비하게 진압한 르한이라고 할지라도 에델리스의 앞에서는 사근사근 이야기했었다. 하지만 지금은 평소와는 다르게 싸늘하게, 잔인한 말을 서슴지 않고 했다.

"당신이 평소와 같지 않기 때문입니다."

"……미안."

"잠시 머리 좀 식히고 오겠습니다. 그러니 에델리스, 부디 방에서 저를 기다리고 있어주십시오."

"……알았어."

르한은 기사 두 명과 함께 베르만을 잡기 위해 숲으로 들어갔다.

"그럼 궁으로 귀환하시죠."

"그래요, 프라체 경."

에델리스는 살았다는 안도감에 르한이 둘러준 망토를 꼭 쥔 채 마차 안에서 잠들었다. 황후 납치 사건은 그렇게 실패로 일단락되었다.

책의 행방

에델리스가 갇혀 있던 오두막 안에 한 사람이 서 있었다. 그녀는 베르만이 가져온 책을 보고 입꼬리를 끌어 올려 웃었다.

"드디어 찾았다. 대체 이 책은 왜 이렇게 얻는 게 힘든 거야?"

새하얀 손이 책을 펼쳤다. 이윽고 에델리스가 책을 펼쳤을 때와 마찬가지로 새하얀 빛이 흘러나왔다. 그리고 잠시 뒤에 손 주인의 잇새로 빠드득 이를 가는 소리가 새어 나왔다.

❧

에델리스가 황궁에 도착하자마자 황궁의가 찾아와 그녀의 상처에 약을 발라줬다. 프라체 경은 파티션을 사이에 두고 있었다.

"어떻게 된 건지 여쭤봐도 되겠습니까."

"……산책을 하다가 파시스 경, 아니 베르만 파시스에게 납치당했어요."

"그 후에 기억나는 것은 없으십니까?"

에델리스는 자신이 갇혀 있던 집의 구조와 대략적인 위치를 설명했다. 책에 대한 것은 말할 수 없었고, 성녀가 확실히 베르만의 배후에 있는지도 몰랐기 때문에 그에 관련된 내용도 빼고 말할 수밖에 없었다.

"성녀님께 물어보고 싶은 것이 있으니 불러줄 수 있나요?"

"시각이 너무 늦었는데 우선은 쉬시고 내일 부르시는 것이 어떻겠습니까?"

시계를 확인해보니 이미 자정이 훌쩍 지나 있었다. 성녀가 확실한 범인이라면 모를까, 증거도 없이 억지로 불러올 수는 없었다.

"그러면 성녀님께 가능한 시간에 만나고 싶다는 의사만 전달해주세요."

"예."

"아, 그리고 혹시 모르니 성녀님께서 안전하게 잘 있는지도 확인해주세요."

"······성녀님의 안전에 문제가 있을지도 모른다는 말씀입니까?"

"네."

정확히는 성녀가 의뢰인이라면 자리를 비웠을 가능성이 높다고 생각했다. 그러니 프라체 경이 성녀가 사라지진 않았는지 확인하도록 그녀의 안전을 들먹인 것이다.

70

"알겠습니다."

프라체 경의 확답에 에델리스의 마음이 편안해졌다. 많은 일을 겪어 고단했던 그녀는 침대에 눕자마자 그대로 잠에 빠져들었다.

에델리스는 추위가 느껴져 바르르 떨며 잠에서 깨어났다. 이불을 끌어오려고 몸을 비틀었다가 누군가의 시선이 느껴져 눈을 번쩍 떴다. 그녀는 자신 앞에 앉아 있는 르한을 발견했다.

"르한?"

"그게, 그러니까."

"걱정 끼쳐서 미안해."

에델리스는 르한에게 제일 먼저 하고 싶었던 말을 했다. 그녀가 사과하자 르한의 눈에는 눈물이 그렁그렁했다. 아까 전에 기사들 눈 뽑아버린다고 했던 게 맞나 싶었다.

"……두 번 다시 이런 일은 사양하고 싶습니다."

"미안해, 앞으로는 더욱 조심할게."

에델리스는 피곤한 나머지 이불을 덮은 채로 르한과 이야기를 나눴다. 눈은 반쯤 감겨 있었지만 그와 나눠야 할 이야기가 많았다.

"베르만 파시스는?"

"지하 감옥에 갇혀 있습니다. 혹시 모를 상황을 대비해 제공

되는 식사에 독이 있는지 확인한 후에 식사를 제공하기로 했습니다."

"그렇게까지 해야 해?"

"예. 맨 처음 당신이 입궁할 때 습격했던 자들과 한패인 것 같습니다."

"아, 맞아. 반 황제파와 자신이 결탁했다는 것도 인정했었어."

"그건 취조할 때 문서로 남겨놓아야겠군요."

르한이 베르만을 끌고 온 직후 곧바로 에델리스를 보러 왔기 때문에 아직 본격적인 심문이 시작되기 전이었다. 에델리스는 심문에 참고할 수 있게 자신이 베르만 파시스에게 들었던 이야기들을 전달했다.

"그런데 있잖아, 르한."

"예."

"베르만이 말하기를 누군가 나를 데리고 오라고 했대."

"……베르만이 당신을 좋아해서 납치한 게 아니었습니까?"

"아니야, 의뢰인이 있다고 했어."

"그런 거라면 더 이상합니다. 죽이는 게 아니라 납치를요?"

"응, 나와 무슨 할 이야기가 있었나 봐."

"……귀족이 아닌 건가. 알현을 신청하면 될 것을."

만약 의뢰인이 성녀라면 알현을 신청해서 나눌 수 있는 이야기는 아닐 것이다.

"그리고 한 가지 더. 내 책을 보고 싶어 했어."

"책이요?"

"응, 내가 들고 다니던 책 있잖아. 그거."

"그 아무런 내용도 없는 책 말입니까?"

에델리스가 고개를 끄덕였다.

"……그게 바로, 성녀가 이야기했던 미래를 볼 수 있는 책이거든."

"그 책이요?"

르한이 놀라움을 감추지 못했다.

"그런데 르한도 봐서 알겠지만, 이게 보통 사람들에게는 내용이 보이지 않잖아."

"그렇습니다."

"의뢰인은 볼 수 있나 봐. 아니면 내용을 알기 위해서 나를 데리고 오라고 한 것이거나."

"그렇다면 당신은 책 내용을 볼 수 있습니까?"

"응? ……응."

"무슨 내용인지 말해줄 수 있습니까?"

에델리스의 말문이 막혔다. 내용을 볼 수 있다고는 하나 말할 수 있는 것이 아니었다.

괜히 아버지의 반란에 대해서 이야기했다가 아버지가 정말 반역을 저지를 수도 있다고 르한이 의심하면 어떡하지? 성녀에 대한 이야기를 꺼냈다가 괜히 성녀에 대해서 신경 쓰게 된다면? 베르만 파시스가 나를 구명해준다고 했는데, 괜히 그와의 사이를 의심하면 어쩌지?

"말하기 힘들면 하지 않아도 괜찮습니다."

"그, 그게 나도 모든 내용을 보는 게 아니라 중간 중간 띄엄 띄엄 보는 거라서!"

"예, 나중에 말하고 싶은 내용이 있을 때 얘기해주십시오. 아무래도 다른 사람에게 말을 하기에는 어려운 이야기 아닙니까."

그건 사실이었다. 애초에 르한과의 결혼을 거부할 때, 에델리스는 그가 자신을 믿지 않고 저를 정신 병원으로 넣어버릴까 봐 두려울 정도였다. 누구에게 말해도 거짓말 같은 이 이야기를 믿고 기다려주겠다고 하는 르한이 너무 고마웠다.

"그렇게 얘기해줘서 고마워."

에델리스가 제 곁에 앉아 있던 그의 손을 잡고는 빙그레 웃었다.

"안심된다."

"잠들 때까지 곁에 있을 테니 걱정하지 마십시오."

"고마워, 르한."

싱긋 미소 지은 에델리스는 많이 피곤했는지 금방 잠이 들었다. 르한은 혹시나 그녀가 더 다친 곳은 없는지 조금만 더 살펴보다가 베르만 파시스를 취조하러 가려고 했다.

"으, 으으……. 살려줘."

그러나 에델리스는 자는 동안에도 공포에 질려 끙끙 앓다가 발작하듯 일어나는 것을 반복했다. 그럴 때마다 르한은 베르만 파시스가 제발 죽여달라고 빌게 만들고 싶었다.

결국 에델리스가 깊게 잠이 드는 것을 기다렸다가 자리에서 일어나 황성 깊숙한 곳에 숨겨진 특별 감옥으로 향했다. 그곳은 황제가 특별한 이유로 따로 '보관'하는 사람들을 가두기 위한 용도의 장소였다. 지금의 황제인 르한에게 베르만 파시스가 그러하듯이.

"깨워."

르한의 말에 대기하고 있던 남작이 그에게 찬물을 냅다 들이부었다. 갑작스러운 찬물 세례에 정신을 잃고 기절해 있던 베르만 파시스가 정신을 차렸다. 그리고 곧 르한의 옆에 서 있는 남작을 보고 소스라치게 놀랐다.

"남작이 오랜만에 일을 하는 거라 걱정을 많이 했는데, 기우였나 보군."

"하하, 지난 쿠데타에서 저를 살려주셨으니 그만큼의 가치는 해야 하지 않겠습니까."

남작은 원래 선황제의 밑에 있던 사람이었다. 선황제는 무료한 삶에서 재미를 찾기 위해서 그를 시켜 고문을 일삼았다. 아마 르한이 반정에 성공하지 못했다면, 이곳을 거쳐갔을지도 모른다.

선황이 죽고 나서 아무도 없던 남작의 비밀 장소에 아주 오랜만에 손님이 왔다. 그게 바로 베르만 파시스였다. 남작은 그를 환대하며 맞아주었다.

베르만 파시스는 고문에 숙련된 남자의 손에 의해서 죽기 직전까지 몰려갔다. 차라리 죽여달라고 할 만하건만, 황녀를

다시 한 번 보기 전까진 살아남겠다는 그 일념 하나로 버티고
버텼다.

"베르만 파시스. 몇 가지 질문에 답하면 편하게 해주겠다."

"성……녀를……."

"성녀?"

르한의 질문에 베르만 파시스가 힘겹게 고개를 끄덕였다.
불과 몇 시간 전까지만 하더라도 에델리스의 목숨을 위협하
던 사람이라는 것이 믿기지 않을 만큼 미약한 움직임이었다.

"성녀는 왜?"

"……성녀를."

"이유도 말하지 않고 성녀를 불러올 수 있으리라고 보는 건
가."

"내, 내가…… 내가 죽기 전에 찾는다고……."

르한은 그가 성녀를 찾는 것이 의아했다. 성녀는 에델리스
가 납치되었을 때 그에게 에델리스가 베르만 파시스와 같이
도망친 것은 아니냐는 말도 안 되는 소리를 지껄이던 사람이
었다. 그런 사람이 있어봤자 본인에게 무슨 도움이 된다고.

"죽기 전에 기도라도 올리고 싶은 건가?"

르한의 말에 파시스가 고개를 끄덕였다. 하지만 르한은 그
를 보고 실소했다.

"신관도 아니고 성녀라, 내가 그 요구를 들어줄 거라 생각하
는 것은 아니겠지?"

"제, 제발. 아주 잠시면 되니까……."

76

"그런 요구는, 에델리스를 납치하기 전에 했어야지."

"······."

"하지만 들어줄 수 있을지도 모르지."

베르만 파시스가 희망을 갖고 고개를 들었다. 무슨 일이든 시키는 대로 다 할 수 있을 것 같았다. 그런 그의 눈을 보고 르한이 하찮다는 듯 코웃음 쳤지만 베르만에게는 그리 중요하지 않았다.

"배후. 배후가 누군지 밝혀. 그러면 성녀를 불러주지."

"······."

"왜, 이제 와서 의뢰인이 누군지 밝히는 것이 고민되나? 성녀를 불러준대도."

하지만 베르만 파시스는 그저 고개를 떨굴 뿐이었다.

"그렇게 성녀를 찾더니, 배후를 밝히면서까지 찾을 만큼 절박하진 않은 모양이군."

"······그 외에 다른 것 무엇이든."

"내가 그 외에 네게 요구할 게 있으리라고 보는 건가."

"······."

"말하기 싫으면 어쩔 수 없지, 말하고 싶게 하는 수밖에."

르한은 주변에 있던 도구를 손에 쥐고 가차 없이 베르만을 몰아세웠다. 남작이 그렇게 하면 그가 죽을 수도 있다고 몇 번이나 말릴 때까지.

결국 그는 분노를 삭이지 못하고 손에 있던 도구를 바닥으로 내동댕이쳤다. 그러고는 남작에게 베르만이 죽지 않게 치료를 잘해두라는 말을 남기고 지상으로 올라왔다.

에델리스가 있는 방으로 곧장 가려던 르한은 제 몰골을 보고 먼저 대욕탕으로 향했다. 베르만 파시스를 단죄하는 것에 정신이 팔린 탓에 지금의 제게서 피비린내가 나는 듯한 느낌이었다. 르한은 피 냄새를 빼기라도 하려는 듯 욕탕에 오랫동안 몸을 담그고, 나와서는 향유를 덕지덕지 발랐다. 그리고 머리를 말리고 아무런 일도 없었다는 듯이 에델리스의 옆에 누웠다.

'감히 내게서 빛을 앗아가려고 하다니.'

때마침 에델리스가 깨려고 하는지 숨소리가 바뀌었다. 르한은 소유욕이 짙게 묻어나는 눈을 눈꺼풀 속으로 감추었다. 하지만 그녀를 끌어안은 팔에는 힘을 빼지 못했다. 혹여나 그녀가 사라질세라.

선잠에서 깬 에델리스는 평소와 같은 포근한 이불 속이라는 것에 안심했다. 만약 어제 탈출하지 못했다면 지금쯤 차가운 흙바닥 속에 묻혀 있을지도 몰랐다. 아직도 지하실 바닥의 축축한 습기와 지하실 가득 맴돌던 냉기가 손에 잡힐 듯 선명했다.

그랬기에 에델리스는 온기를 찾아 더 파고들었다. 이윽고 햇살보다 더 따스한 온기가 느껴지자 에델리스는 저도 모르게 배시시 웃음이 나왔다. 그 온기의 주인이 다급하게 그녀를 불렀다.

"에, 에델리스!"

"으응?"

"일어난 거 아닙니까."

"조금만 더 잘래."

어제 많은 일이 있어서 그랬는지 아직도 너무 피곤했다. 그러니 오늘만큼은 조금만, 아주 조금만 더 자고 싶었다. 어젯밤은 정말 없었던 일이었던 것처럼, 따사로운 햇살과 상쾌한 공기, 따뜻한 체온이 에델리스를 안심시켰다.

'······따뜻한 체온?'

에델리스는 고개를 슬쩍 들어봤다. 언젠가 봤던 것처럼 르한은 얼굴을 붉히며 에델리스를 끌어안고 있었고, 에델리스는 그의 품을 파고든 채였다.

'또야?!'

그래도 이번에는 저번처럼 크게 당황하지 않았다.

'눈 떠보니 지하실, 납치범 앞인 것도 아니고 따뜻한 내 방에서 르한과 있는 건데, 뭐.'

게다가 우린 부부잖아! 앞으로는 더한 일도 할 텐데 이 정도로 얼굴 붉힐 수는 없지!

"르하안."

"에델리스?!"

에델리스가 르한의 품으로 더욱 파고들자 그가 당황한 것이 여실히 느껴졌다.

"이, 이제는 일어나는 게 좋지 않겠습니까?"

"왜?"

"피곤하면 먼저 일어나보겠습니다."

"……갈 거야?"

르한이 몸을 뒤로 빼는 게 느껴져 에델리스가 그를 붙잡았다. 어차피 어젯밤에도 붙잡았는데, 오늘 하루 더 붙잡는다고 별일이야 생기랴.

"가는 것이 여러모로 좋을 것 같습니다."

"조금만 더 있자, 응?"

"에델리스."

"응."

르한이 세상 진지한 표정으로, 평소보다 조금 낮아진 목소리로 이야기했다.

"살려주십시오."

"어, 어?"

"이러다 말라 죽겠습니다."

그렇게 말하는 르한의 얼굴에 그림자가 내려앉았다. 하지만 에델리스는 한창때인 르한이 매일 밤 초인적인 인내심을 발휘하여 얼마나 힘겹게 참고 있는지 알지 못했다.

"나는 얼른 마음의 준비를 하고 싶어."

에델리스의 말에 르한이 놀라움을 감추지 못했다. 듣던 중 반가운 소리였기 때문이다.

"그러니 르한, 조금만 도와줘. 내가 익숙해질 수 있게."

"……그렇게 말하면 협조할 수밖에 없지 않습니까."

"헤헤, 그렇지?"

에델리스는 르한의 허락이 떨어지자 더욱 신나서 그의 품을 파고들었다. 몸을 뒤로 빼고 싶은 마음과 그녀를 더 세게 끌어안고 싶은 마음이 르한의 안에서 서로 다투었다.

"……에델리스."

"응?"

"적극적으로 협조하는 것이 좋지 않겠습니까."

"여기서 더……? 이 정도면 충분한 것 같은데."

"아닙니다."

르한이 한쪽 입꼬리를 끌어올려 미소 지었다. 에델리스는 그것을 보고 조금 불안한 마음이 들었다.

"끌어안기만 해서 언제 마음의 준비를 할 수 있겠습니까."

"……아니야, 할 수 있어!"

"내가 돕는다면 더 빨리 준비할 수 있겠지요."

"아니야, 괜찮아!"

"사양하지 않아도 됩니다."

"꺄악! 괜찮다니까!"

"싫습니까?"

르한이 평소의 자신만만한 모습과 달리 눈꼬리가 내려간 채로 물었다. 그 모습을 보자 에델리스는 마음이 약해졌다. 르한이 그것을 노리고 일부러 그런 것도 모르고.

싫다고 말할 수 있을 리가 없었다. 르한은 그저 애정을 담아 입을 맞추었을 뿐이었다. 손끝에서부터 손목, 팔목, 어깨를 지나 목덜미, 그리고 입술까지.

"아니, 싫은 건 아닌데……."

르한은 그런 에델리스의 말을 기다렸다는 듯이 평소와 같은 장난기 가득한 얼굴로 다시금 입을 맞추었다. 르한에게 사랑받는 기분이 들어서 좋았다. 역시 성녀가 우리의 틈에 끼어들 수는 없다고, 그렇게 믿었다.

"르한."

"예."

"좋아해."

"지금 이런 분위기에서 그런 말을 한다고……?"

"응?! 왜?!"

에델리스는 이런 분위기이기 때문에 분위기에 편승해서 제 마음을 고백한 것이었다. 그런데 르한이 생각하기에는 썩 좋지 못한 타이밍인 것 같았다.

"나를 너무 시험하지 마세요."

르한은 자신만 초조해하는 것 같은 기분이 들어 그의 욕구를 가득 담은 손길로 그녀의 허벅지를 쓸었다. 분명 옷 위를 쓰다듬었지만 르한이 의미하는 바는 명백했기에 에델리스는 그것만으로도 몸이 바짝 굳었다. 게다가 부드럽게 쓰다듬던 그의 손길마저 이제는 다른 의미로 받아들여졌다.

에델리스가 보여주던 여유는 어디로 날아갔는지 그녀의 몸이 긴장해 굳어버렸다.

"조, 조심할게."

에델리스는 다시 한 번 맹세했다. 책임지지 못할 행동은 하지 않기로. 그래도 성녀가 아닌 제게 목을 매는 르한의 모습에 에델리스는 애써 미소를 숨겼다.

'성녀……'

에델리스는 성녀에 관해서 르한과 상의할 것이 있음을 떠올렸다. 그가 자신의 편을 들어줄 것이라는 믿음이 있으니 말해도 거리낄 것이 없다고 생각했다.

"르한, 있잖아. 어제 베르만 파시스가 말했는데."

"파시스. 그냥 파시스라고 하면 됩니다. 어차피 파시스 가의 생존자는 그 하나뿐이니."

"그, 그래. 파시스가 나를 납치한 이유가 책 때문이었잖아."

"예, 그랬었지요."

"그런데 내가 그 책을 가지고 있다는 것을 아는 사람이 두 명이 있어."

"누굽니까."

르한이 차디찬 목소리로 용의자를 물어왔다.

"한 명은 르한."

하지만 에델리스는 르한을 티끌만큼도 의심하지 않았다. 결국 가장 중요한 건 다른 한 사람.

"나머지 한 명은 성녀야. 나는, 그 성녀가 의심스러워."

"성녀. 이전 연회 때 당신에게 책에 대해서 말을 해준 것도 성녀였지요."

"응, 게다가 파시스가 책에 성녀는 어떻게 쓰여 있는지 물어봤었어."

"확실히 성녀가 의심스럽기는 합니다. 궁에서도……."

말을 하려던 르한은 갑자기 표정이 딱딱하게 굳고는 입을 다물어 버렸다. 대체 무슨 일이 있었길래 저런 표정을 지은 것인가 싶어 걱정이 되었다.

"궁에서 무슨 일이 있었어?"

"……입에 담고 싶지도 않습니다."

성녀가 했던 말이 떠오르자 르한의 미간에 깊은 주름이 잡혔다.

―황후 폐하께서 제 발로 나간 것일 수도…… 있다는 거지요.

돌아온 에델리스의 모습을 보고, 성녀가 했던 말이 얼마나 말도 안 되는 이야기인지 알게 되었다. 그때만 생각하면 성녀가 좋게 보이지만은 않았다.

"이미 심적으로는 성녀가 거의 확실하다고 생각하지만, 물증이 없어."

이 나라의 귀족이었다면 잘잘못을 명백하게 따질 수 있었지만, 하필이면 상대는 수백 년 만에 나타난 성녀였다.

"파시스가 성녀를 만나게 해달라고 요청을 하기는 했습니다."

"그것만으로 성녀가 배후에 있다고 지목할 수는 없잖아."

"……배후를 대면 성녀를 불러주겠다고 했는데, 입을 다물었습니다."

"설마, 배후가 성녀라서 그런 건 아니겠지?"

"그럴지도 모릅니다."

"하지만 그것만으로 성녀를 엮을 수가 있을까? 성녀는……
성녀잖아."

"예, 더불어 성녀는 파시스를 만나는 것을 거부하고 있기도
하니 힘들 겁니다."

꼬리 자르기가 되었든, 원래부터 연관이 없었든 성녀는 파시
스와 만나기를 원치 않아 했다. 그리고 성녀는 이른 아침, 신
관을 통해 서신을 보내 파시스의 행동에 대해 유감을 표하며
황후를 걱정하는 말을 전하기까지 했다. 그러니 뚜렷한 증거
없이 파시스와 성녀를 엮는 것은 힘들어 보였다.

"혹시 성녀와 대화를 나누고 싶다고 한 건, 답이 왔을까?"

"예, 언제든 괜찮다고 했습니다."

"그러면 지금 시종을 보내줘. 얼른 준비하고 대화를 나눠봐
야겠어."

"파시스에게서 정보를 얻은 뒤에 가는 것이 좋지 않겠습니
까?"

"그래도 돼?"

현재 파시스와 성녀가 분리된 상황이니 둘이 말을 맞추기는
힘들 것이다. 그렇다면 지금이 가장 파시스에게서 정보를 얻
어내기에 좋은 시기가 아닐까?

"가능하긴 합니다만, 몇 가지 제한이 있습니다."

"제한?"

"우선 파시스를 직접적으로 보는 것은 안 됩니다."

"왜?"

"지난 새벽 몇 가지 문제에 대한 답을 구하느라."

르한은 거기까지만 말했지만 에델리스는 이어질 답을 예상할 수 있었다. 몇 가지 문제에 대한 답을 구하기 위해서 '고문'을 했다는 것이겠지. 그리고 그 고문의 흔적이 남아 있을 테니 에델리스에게 직접 보지 않는 것을 권한 것이었다.

"이, 일단 알았어."

그러고 보니 잊고 있었다. 황제가 얼마나 잔혹한 성정을 지니고 있는 사람인지. 저와 함께 있는 르한이 언제나 다정한 사람이라서 책 속의 황제와 동일 인물이라고는 생각하지 못 하고 있었다. 어쩐지 몸에 한기가 드는 기분이었지만, 아군일 때는 이렇게 든든한 사람도 없었다.

에델리스는 곧바로 지하 감옥으로 향했다. 르한의 손을 잡고 어두운 지하로 내려가다 보니 전날 납치되었을 때가 떠올랐다. 하지만 르한이 단단히 붙잡고 있는 손에 기대어 마음을 놓을 수 있었다.

'괜찮아, 괜찮을……'

그렇게 되뇌던 에델리스였지만 문이 열리자 코를 찌르는 피비린내에 저도 모르게 움찔할 수밖에 없었다.

86

곧바로 르한의 커다란 손이 에델리스의 눈앞을 막았다. 하지만 그의 손이 그녀의 눈을 채 가리기도 전에 에델리스는 이미 봐버리고 말았다. 사지가 결박된 채 의자에 묶여 있는 베르만 파시스를. 그의 옷은 이미 색깔을 알아볼 수 없을 정도로 피로 뒤덮여 있었다.

"……말을 할 수 있기는 한 거야?"

그녀의 질문에서 에델리스가 베르만 파시스를 봤다는 것을 알아챈 르한이 작게 한숨을 내쉬었다.

"할 수는 있습니다."

르한이 턱짓하자 남작이 베르만 파시스에게 물을 뿌려 깨웠다.

"큭, 허억……!"

"베르만, 일어났어?"

"……서, 성녀는?"

"성녀를 찾는 이유는 뭐지?"

"기도, 드리려고."

"기도를 드리는데 꼭 성녀가 필요한 것은 아니잖아."

"……신관, 이라도 불러주십시오."

베르만 파시스는 신관에게 말을 전할 생각이었다. 이곳을 탈출하지 못해도 괜찮으니 단 한 번만 아리엘라를 볼 수 있게 해달라고. 그럴 수 있다면 역겨운 황제도, 이렇게 밤새 고문을 받는 것도 참아낼 수 있었다.

"베르만 파시스, 이제 더는 귀족이 아니잖아? 기도를 위해 신관을 불러달라고 요청할 수는 없어."

"……신관을 불러주지 않는다면 아무런 이야기도 하지 않을 겁니다."

"내가 궁금한 것은, 내 책은 왜 가져간 건지, 나를 굳이 죽이지 않고 왜 데리고 간 건지, 배후는 누구인지. 이 세 가지야."

"제게서 답을 얻기를 바라신다면 신관을."

베르만 파시스의 말이 채 끝나기도 전에 에델리스가 그의 말을 잘랐다.

"착각하지 마, 베르만 파시스. 순간이지만 나는 이곳이 어떤 곳인지 봤어."

얼핏 봐도 그저 대화만 하는 곳이 아니라는 것을 알 수 있었다.

"네가 얼마나 버틸 수 있을지 몰라도, 결국엔 말을 하게 될 거야."

"아무리 그러셔도 제 답은 변함이 없습니다."

처참한 몰골을 하고서도 아주 단호했다. 대체 무슨 생각으로 저러는 것인지.

"……아리엘라 황녀."

에델리스가 황녀를 언급하자 베르만의 동공이 빠르게 흔들렸다.

"아리엘라 황녀를 보여준다고 한 사람이 있다고 했지."

"에델리스, 지금 황녀라고 했습니까? 황녀를 보여줄 수 있다고?"

"……."

르한이 가능할 리가 없다는 식으로 말하자 베르만의 잇새로 뿌득 이가 갈리는 소리가 났다.

"만약 내가 황녀를 보여줄 수 있다고 한다면, 의뢰인이 누군지 밝힐 거야?"

"무슨 수로 보여줄 수 있다고 하는 거지?"

"말을 높이는 것이 좋을 거다, 베르만 파시스. 그래야 조금이라도 더 오래 살 테니."

"황녀가 나온 영상석을 소유하고 있는 가문 자체가 거의 없을 테니 금방 배후가 들통날 거야, 파시스."

하지만 그것만으론 의뢰인을 완벽하게 잡아낼 수 없었다. 그러니 베르만에게 영상석을 넘겨주고 자백을 받는 것이 일을 훨씬 수월하게 끝낼 수 있는 방법이었다.

"필요 없습니다."

"뭐?"

"고작 영상석 따위……."

"고작 영상석이라고?"

영상석을 얻기 위해서 에델리스를 납치한 것이 아닌가?

"그래, 영상석 따위는 필요 없다는 말이지."

베르만은 제 뜻에 변함이 없다는 듯 그를 바라만 볼 뿐 아무런 대답도 하지 않았다.

"그래, 그렇다면 어쩔 수 없군. 신관을 불러 답을 듣도록 하지."

"르한?!"

어차피 조금만 기다리면 답을 얻을 수 있을 텐데, 신관을 데리고 오면 베르만이 무슨 일을 저지를지 몰랐다. 불안해하는 에델리스에게 르한은 괜찮다는 듯 미소 지으며 그녀를 안심시켰다.

"이만 올라가도록 합시다."

"하, 하지만."

"괜찮습니다."

"……."

에델리스는 이대로 가도 괜찮겠나 싶었지만 베르만이 있는 곳에서 대화를 나누기에는 적합하지 않아 우선 올라가기로 했다. 르한은 무슨 생각인지 남작에게 잠시 고문을 중단하고 쉬라고 지시하며 나왔다.

"르한, 무슨 생각이야?"

"당신 말대로, 배후에 성녀가 있는 것 같습니다."

르한은 에델리스에게 그가 의구심을 느꼈던 점을 하나씩 설명했다.

"고작 영상석 따위라고 할 정도면, 영상석보다 더 가치 있는 것을 준다고 약속했을 겁니다."

"하지만 황녀는 이미 죽었는데, 그녀를 보려면 초상화나 영상석 외에는 방법이 없잖아."

"그런 이야기가 아닌 것 같습니다."

"그러면?"

"어쩌면…… 성녀가 죽은 황녀를 만나게 해줄 수 있다고 한 것은 아닐까요?"

"뭐? 그게 가능해?"

"이교도 중에는 그것이 가능하다고 주장하는 이들이 있었습니다. 하지만 사실은 아니었지요. 성녀는 어떨지 모르겠습니다."

"아니, 그래도 죽은 사람을 만나는 건데…… 그게 될 리가 없잖아."

"하지만 절박한 사람은 무엇에라도 매달리지 않겠습니까. 하물며 수백 년만에 등장한 성녀라면 한 번쯤 믿어보고 싶을지도 모릅니다."

영상석 이상의 것을 제시할 수 있는 사람이라는 점에서 성녀가 가장 유력한 용의자로 떠올랐다.

"그래서 죽기 전에 잠깐이라도 좋으니 성녀를 보자고 한 건가?"

"그럴 수도 있습니다."

"어떻게 보여주길래 잠깐이면 된다고 한 거지? 살릴 수 있다는 건 아니겠지?"

"……그건 아닐 겁니다. 나 역시 추측일 뿐이니 예상이 가지 않습니다."

"음, 이따가 성녀를 보게 되면 한번 떠봐야겠네."

성녀에게 어떻게 말을 꺼내면 좋을까 고민이 되었다.

"그런데 베르만에게 진짜로 신관을 보내줄 거야? 그래도 괜찮아?"

"신관들이 성녀의 산하에 있는 것이 걱정되는 겁니까?"

"응, 혹시라도 무슨 일이 생길까 봐."

"걱정하지 마십시오. 베르만이 신관인지 아닌지 구분할 수 있겠습니까?"

"그게 무슨 말이야?"

"신관인 척 꾸며도, 그가 신관인지 아닌지 구분할 방법이 없지 않겠습니까."

진짜 신관을 부른다면 파시스의 위치를 성녀에게 전달할지도 몰랐다. 그래서 르한은 시종장을 통해 라크시드로 서신을 보냈다. 신관을 포섭하는 것은 불가능에 가까우니 신관으로 완벽히 위장할 수 있는 사람을 만들어 보내라는 내용이 적혀 있었다. 사람을 준비하는 데까지 시간이 걸리니 우선은 성녀를 만나 정보를 얻기로 했다.

"에델리스 괜찮습니까?"

"긴장, 했을지도 몰라."

르한이 손을 잡아주었지만 에델리스는 긴장이 되었다. 가장 유력한 용의자인 성녀와의 만남을 앞두고 있었기 때문이다.

"……그런데 르한."

"예."

"너는 어떻게 그렇게 나를 믿을 수 있는 거야? 그렇잖아, 고작 책 때문에 황후를 납치한 거라고 주장했잖아. 하물며 그 상대는 성녀였고."

"에델리스, 솔직히 말해도 됩니까."

"응."

"사실…… 제게는 누가, 어째서 당신을 납치했는지는 크게 중요하지 않습니다."

"왜?!"

"범인이 남아 있으면 위험한 것은 당신이니 굳이 거짓말할 이유가 없다는 게 첫 번째고."

"그, 그건 그렇지."

"누구를 벌해달라 당신이 이름을 말하기만 하면, 그렇게 할 거니까."

"내, 내가 엉뚱한 사람의 이름을 대면서 되도 않는 이유로 벌해달라고 그러면?!"

"그럴 만한 이유가 있겠죠."

에델리스가 채신머리없이 입을 딱 벌렸다. 하지만 그녀는 당황스러워 제 모습을 신경 쓰는 것조차 잊고 있었다.

"뭐, 이번에는 상대가 상대인 만큼 이유를 찾아야 하니 예외라고 합시다."

"만약에 상대가, 신성 제국의 성녀가 아니라면?"

"고위 신관 정도만 되어도 뭐……."

르한은 자세히 설명하지 않았지만 뒤에 이어질 말이 예상이 갔다. 백작 영애 시절에 단 한 번 본 게 다일 정도로 고위 신관은 귀하디귀한 존재인데, 르한이 이렇게 하찮게 생각할 줄은 몰랐다.

"그냥 해본 말이야! 절대 죽이면 안 돼!"

"죽인다고 하지는 않았습니다."

"거짓말!"

르한의 눈이 말하고 있었다. 만약 에델리스가 하는 말이 진심이라면, 정말 죽이겠다고.

"어쨌든 당신은 이름만 말하면 됩니다. 당신의 심기를 거스른 사람이 누구인지. 이유야 붙이기 나름 아니겠습니까."

르한이 낮은 목소리로 느릿하게 에델리스의 귓가에 속삭였다. 진심을 눌러 담은 그 목소리에 에델리스의 온몸에 희열감이 뒤덮였다.

책에서도 성녀의 말 한마디에 자신이 죽었을 수도 있었다. 하지만 지금은 칼끝이 저를 향한 게 아니었고, 오히려 칼을 손에 쥐고 있었다. 두 개의 서로 다른 상황이 주는 만족감에 에델리스의 심장이 떨려왔다. 그녀가 벅차오르는 마음으로 르한의 볼에 입을 맞추었다.

"그렇게 말해줘서 고마워, 르한."

르한은 갑작스러운 그녀의 입맞춤에 잠시 어안이 벙벙해졌다가 이내 정신을 차리고는 짙어진 눈빛으로 그녀를 바라보았다.

"말한 것만으로도 이 정도라면, 진짜로 제가 칼을 빼 들면 어느 정도일지 궁금합니다."

"……글쎄, 그런 일이 없어서 나도 잘 모르겠어."

"시험해보시지 않겠습니까, 에델."

르한이 느른히 웃으며 그의 손끝으로 에델리스의 팔을 훑어 내렸다. 그의 손길이 닿는 곳마다 에델리스의 모든 신경이 그리로 쏠렸다.

"그게 아니라면, 제가 칼을 빼 들기 전에 보상을 먼저 주는 건……."

여기서? 지금?! 밖인데? 성녀가 언제 올지 모르는 상황인데도?

에델리스는 너무 놀라 말 한 마디 못 하고 눈을 깜빡였다. 그 순간에도 르한은 에델리스의 입술에서 시선을 떼지 못하고 점점 가까워졌다.

"……크흠."

"서, 성녀님!"

헛기침 소리가 들려와 에델리스가 얼른 고개를 돌려 보니 성녀가 있었다. 에델리스는 새빨개진 얼굴로 르한을 밀어냈다. 하지만 르한은 불만이 많은 얼굴을 하며 밀려날 생각이 없는 듯했다.

"성녀님. 실례가 안 된다면 잠시 후에 다시 방문할 수 있습니까."

"네?"

"르, 르한!"

아니, 얘가 대체 왜! 성녀 보내고 뭐 하려고!

"5분, 아니 10분, 30분?"

"왜 점점 시간이 늘어나는 거야?!"

"……."

성녀의 웃는 얼굴에도 금이 가 어색한 표정이 되었다.

"아, 아니에요, 성녀님. 앉으세요."

성녀는 에델리스의 말에 냉큼 자리에 앉았고 에델리스는 르한에게 얼른 가라고 작게 외쳤다. 르한은 혀를 한 번 차더니 자세를 바로 했다. 얼굴이 새빨개진 에델리스는 손으로 부채질을 하며 숨을 크게 내쉰 후 성녀와 마주했다.

'나를 살해가 아닌 납치하라고 한 거면 성녀도 내게서 얻어 내고 싶은 정보가 있을 거야.'

그런 점에서는 성녀나 자신이나 크게 다를 것이 없었다. 에델리스도 왜 자신을 납치한 것인지, 책을 볼 수 있는 건지, 책에 대해서 얼마나 알고 있는 건지 성녀에게 묻고 싶었기 때문이다.

"성녀님을 초대해놓고 미안해요."

"아, 아니에요."

대답하는 성녀의 표정은 전혀 괜찮은 것 같지 않았다.

"그보다 지난밤에 고생하셨다고 들었어요."

96

"아, 네⋯⋯. 정말이지 놀랐답니다."

먼저 이야기를 꺼내줄 줄이야. 안 그래도 어떻게 이야기를 꺼낼까 고민하던 에델리스는 시름을 덜었다.

"어떻게 황후 폐하께⋯⋯."

이후로도 성녀가 걱정하는 말을 하고, 에델리스가 적당히 걱정해줘서 고맙다는 논조로 대화를 나누었다. 지금까지 성녀의 모습을 보면 믿었던 신도에게 배신을 당해 안타까운 성녀님 같았다.

"정말, 믿었던 베르만 파시스가 저를 납치할 줄은 몰랐어요."

"그럴 분으로는 보이지 않았는데⋯⋯."

"전쟁터에서는 베르만 파시스보다 아무것도 모른다는 얼굴로 사람을 죽이는 자들이 더 많습니다."

"그렇긴 하지요."

주제가 '베르만 파시스'로 옮겨가자 성녀가 눈에 띄게 불편한 기색을 보였다. 하지만 이 정도로는 아직 멀었다. 에델리스가 과하게 슬퍼하며 한숨을 내쉬었다.

"그러고 보니 성녀님의 말씀이 맞았네요."

"네? 무슨⋯⋯."

"베르만 파시스가, 제 목숨과 관련되어 있는 아주 핵심적인 인물이라고 했잖아요?"

"그, 그랬었나요?"

"그랬습니다."

"저를 죽일 뻔했으니 이보다 더 연관성이 크지는 않겠지요."

"만약 그런 이야기를 듣지 않았더라면 베르만 파시스를 호위로 두지 않았을 텐데."

르한이 팔에 핏줄이 솟을 만큼 주먹을 꽉 쥐는 것이, 그가 얼마나 분노했는지를 보여주고 있었다. 르한의 날 선 반응에 성녀는 안절부절못했다. 마치 '네 말을 들었다가 에델리스가 위험에 처한 것이다.'라고 말하는 것 같아서.

"성녀님도 조심해야겠어요, 신도들 중에 그런 무서운 사람이 있다니."

"그, 그럴 리가요! 저희 신도들 중에는 그런 사람이……!"

없다고는 말 못 할 것이다. 왜냐하면 베르만 파시스가 신전을 드나드는 것을 본 이가 한둘이 아닐 테니까.

"혹시 모르니 당분간은 예배를 제한하는 게 어떨까 싶어요."

"아니요! 그럴 필요는 없어요!"

"무슨 말씀이세요, 성녀님. 베르만 파시스의 배후에 있는 진범이 또 다른 사람을 노리지 않는다는 보장이 없잖아요."

"아니에요! 저희 신전에 오는 평범한 사람들을 노리는 사람은 없을 거예요."

"신전에는 많은 귀족들도 오지 않나요? 그들도 얼마든지 노릴 수 있죠. 그러면 안전을 위해서 귀족들만 가지 못하게 제한할까 봐요."

성녀의 낯빛이 점점 어두워져갔다. 신전에 오는 귀족들이 내는 수많은 기부금이 신전을 지탱하고 있었다. 그들이 신전에 오지 않는다면 당연히 기부금도 걷히지 않을 것이다. 그런

식이라면 신전은 오래 유지되지 못할 것이다.

'심지어 제국에서 그런다면 이웃 국가들도 따라할 테니 신성 제국으로 들어가는 전체적인 기부금의 액수가 줄겠지.'

아직 성녀가 의뢰인이라는 증거는 부족했지만 이 정도의 압박은 가능했다. 대륙에서 가장 큰 국가인 크로나드 제국의 황후가 죽을 뻔했다. 그것도 신탁의 내용을 따랐다가. 다른 나라의 왕족들이 충분히 경계할 만한 이야기였다.

"신전 측에 그렇게 하도록 명령하겠습니다."

"폐하!"

"진범이 잡혀 안전하다고 판명되면 해제할 터이니 너무 걱정하지 마십시오."

하지만 만약에 정말로 에델리스의 추측대로 진범이 성녀라면 영원히 해제가 되지 않을 것이다.

"그리고 성녀님. 베르만 파시스가 성녀님을 찾았었잖아요."

"아, 네 그랬었죠."

성녀가 에델리스의 눈을 피하며 답했다. 아무래도 극형에 처할 게 뻔한 흉악범이 자신을 찾았으니 당황스럽기도 하겠지.

"혹시 성녀님을 찾는 이유가 뭔지 아세요?"

"그, 글쎄요. 잘 모르겠는데요."

성녀는 다급하게 부정을 했는데, 그 모습이 조금 전보다 초조해 보였다. 계속 초조해하다 보면 평소에는 하지 않을 실수도 하기 마련이다. 에델리스는 그 실수를 기다렸다. 압박이라는 이름의 미끼를 여기저기 뿌리면서, 성녀라는 대어를 낚기 위해.

"그가 기도를 하기 위해서, 라고는 하는데, 믿을 수가 있어야 말이죠."

"다른 말은 안 하던가요?"

"다른 말이라뇨?"

"아, 아뇨. 혹시나 사건에 관련된 다른 말을 한 것은 없나 해서 여쭤본 거예요."

사건과 관련해서 한 말은 많았다. 베르만 파시스는 힌트가 될 만한 이야기를 했었다. 그 덕분에 에델리스는 성녀가 이 사건에 연관이 되어 있음을 확신한 것이다.

"파시스가 이것저것 제게 물어봤어요."

"파시스가 황후 폐하께 관심이 많기는 했어요."

"아뇨, 파시스가 물어본 건 성녀님에 관한 거였어요."

저를 납치했던 파시스가 제게 호의를 갖고 있다는 얘기를 굳이 꺼내는 성녀의 저의가 궁금했다.

'혹시 성녀가 일부러 이야기를 꺼낸 건가? 화제를 바꾸려고?'

하지만 어림도 없었다. 슬슬 주제에서 벗어난 이야기를 해서 저와는 관련이 없다고 선을 그으려는 모양인데, 그렇게 쉽게 놓아줄 생각은 없었다.

"……저요?"

"네."

"저에 대해서 뭐라고 말하던가요?"

"죄송해요, 취조 중에 얻은 이야기라 말씀드리기가 어렵네요."

"······."

에델리스는 조용히 차를 들이켜며 성녀가 입을 열기를 기다렸다. 베르만 파시스가 너에 대해서 이야기를 하더라, 이것만으로도 그녀를 초조하게 만들기엔 충분했다. 베르만 파시스가 그녀에 대해서 모든 것을 말하지는 않았어도, 일부를 흘린 이상 성녀는 그가 나머지도 곧 이야기를 할까 걱정이 될 것이다.

에델리스는 일부러 한숨을 크게 쉬었다. 그러자 르한이 에델리스가 의도한 대로 물었다.

"왜 그럽니까, 에델리스?"

"그게, 파시스에 대해 이야기를 하니까 또 생각이 나서 울적해요."

"······죽일까요?"

"아니에요! 아직 그에게서 들을 이야기가 더 남아 있으니까요."

에델리스는 일부러 성녀가 들으라는 듯이 이야기를 하는 것을 잊지 않았다. 그리고 이번에는 다른 것으로 성녀를 압박하기로 했다. 그동안 당한 게 많았던 만큼 되돌려줄 것도 산더미였다.

"게다가, 책을 잃어버렸잖아요. 책의 행방도 알아야 해요."

"당신이 있던 곳에 기사단장이 다시 한 번 가봤는데도 없다고 하더군요."

"네, 성녀님이 책에 대해서 관심이 많았었는데 보여드리지도 못하고."

전혀 보여줄 생각은 없었지만! 그래도 궁금하기는 했다. 성녀가 이 책을 볼 수 있을지 없을지.

"저는 신경 쓰지 마세요, 폐하. 그렇게 고생하시고……."

"그래도 전날 오후에 성녀님이 책을 보고 싶어 했잖아요."

"그렇긴 하지만, 이제는 괜찮아요."

이제는 괜찮다고? 왜 이제는 괜찮아졌을까? 어쩌면 성녀가 이미 책을 손에 넣었기 때문은 아닐까?

"하필이면 책을 갖고 다니다가 그렇게 되는 바람에."

"그런데 에델리스, 당신이 목적이라면 책은 두고 당신만 데려가지 않았을까요?"

"의뢰인이 제 책에 관심이 많았나 봐요."

물론 이것은 베르만 파시스가 해준 이야기이기도 했다. 의뢰인이 책을 가지고 오라고 했다고.

그런데 베르만 파시스를 비롯한 보통 사람들이 생각하기에는 아무것도 적혀 있지 않은 책을 군이 가져갈 이유가 없었다. 하지만 의뢰인은 책이 아무것도 적혀 있지 않은 책이 아니라는 것을 알고 있을 것이다. 제 미래를 바꿀 수 있을 만큼 엄청나게 가치 있는 책이라는 것도.

"그런데 성녀님은, 그 책을 왜 보여달라고 하셨던 거예요?"

"그, 그게……."

"그렇게 강하게 뭔가를 요구한 적이 없어서 조금 의아했어요."

"지, 지금 저를 의심하시는 거예요?!"

도리어 큰소리를 치는 성녀를 보니 헛웃음이 나왔다. 그녀는 본인이 의심을 받는 위치에 있다는 것을 아는 모양이었다.

"아뇨, 그 의뢰인이라는 사람이 굳이 책을 챙겨갈 만큼 왜 관심을 갖는 건지 궁금해서요."

"……."

"베르만 파시스가 잡혀갈 때 그에게는 책이 없었어요. 그런데 그가 머물던 곳에도 책이 남아 있지 않았죠. 그렇다면 그가 잡혀갈 때 누군가 그를 구하기보다는 책을 가져가는 것을 택했다는 건데, 왜 그랬을까요?"

"글쎄요. 저는 잘……."

"그렇죠? 저도 잘 모르겠어요. 그래서 성녀님께 물어보는 거예요, 그 책이 뭐길래 그렇게까지 관심을 가졌는지."

에델리스의 맹공에 성녀는 입을 꾹 다물었다. 보나 마나 무슨 대답을 해야 할지 몰라 고민하는 거겠지. 납치를 하고 책을 가지고 갈 때까지는 크게 고민해보지 않은 것 같았다.

"성녀님은 그때 왜 제게 책을 보여달라고 한 거였어요?"

에델리스는 입꼬리가 올라가는 것을 억지로 끌어내렸다. 하지만 차마 다 숨기지는 못했는지 르한이 그녀의 얼굴을 쓰다듬으며 미소 지어주었다. 덕분에 에델리스도 자연스럽게 환한 미소를 지을 수 있었다.

"그, 그 책이……."

"그 책이요?"

"미래를 보여주는 책……이라서 그런 게 아닐까요?"

"그 책이 미래를 보여주는 책이라고요?"

어머, 그것을 어떻게 알았을까?

드디어 에델리스가 뿌린 미끼를 대어가 덥석 물었다. 하지만 그녀는 아직 마음을 놓지 않았다. 대어가 물었을 뿐, 아직 낚은 것은 아니니까.

"그 책이 이전에 성녀님이 말한 그 책이었습니까?"

그제야 성녀가 아차했지만 이미 뱉은 말을 주워 담을 수도 없었다.

"아, 아니!"

"만약 그 책이 정말 미래를 볼 수 있는 책이라면 성녀님이 관심을 갖는 것도 이해가 되네요."

"……."

아무도 눈치를 못 채기를 바라며 입을 꾹 다물고 있는 것이 우스웠다. 에델리스는 단번에 그녀의 기대를 박살내주었다.

"그런데 그 책이 미래를 볼 수 있는지는 어떻게 알았을까요?"

"그…… 책의 제목이 보였어요. 제목이 미래를 보여주는 책과 같았고요."

"책의 제목이 전래되지 않는다고 하지 않았나요?"

이전에 성녀가 책에 대해서 처음 언급했을 때 그렇게 말했던 것을 떠올렸다.

―혹시 그 책의 제목이 무엇일까요?

―안타깝게도 책의 제목은 전해오지 않았어요. 만약 전해
   져왔으면 제가 먼저 찾아봤을지도 몰라요.

당시에는 아주 여유로운 표정을 지으며 에델리스를 압박하
던 성녀의 표정이 지금은 당혹으로 물들어 있었다.

"저도 그때 같이 들어서 기억하고 있습니다."

당시에 동석하고 있던 르한이 에델리스의 편을 들어주었기
때문에 성녀는 더 이상 잡아뗄 수도 없을 것이다.

"신탁, 신탁을 들었어요! 그때 당시에는 몰랐지만 나중에 신
탁을 들었어요."

"그런데 왜 말씀하지 않은 겁니까?"

"신탁의 내용을 제가 반드시 말해야 할 이유라도 있나요?"

성녀가 위기를 타개했다고 생각했는지 다시 자신만만하게
말했다. 더군다나 오히려 분위기가 반전되었다고 생각했는지
에델리스를 압박하려 했다.

"그보다 황후 폐하, 왜 미래를 보는 책을 갖고 있으면서 제게
말하지 않은 거죠? 당연히 신전에 말해야 하는 거 아닌가요?"

"그 책이 미래를 볼 수 있는 책인지 몰랐어요."

"거짓말! 전에 책에 대해서 다 설명했는데!"

"비슷한 점이 많다고 생각했을 뿐이지, 그 책이라고는 생각
하지 않았어요."

"책에서 본 내용이 실제로 일어나지 않았나요? 그래도 그렇
게 잡아뗄 생각인가요?"

성녀가 계속 인정하라는 듯이 소리쳤지만 에델리스는 눈 하나 꿈쩍하지 않았다.

"그만. 더 이상의 무례는 간과하지 않겠습니다."

"하지만 황후께서 이렇게 거짓을 말하는 건 괜찮나요?!"

"실제로 그 책이 미래를 볼 수 있는 책인지 아닌지는 중요하지 않습니다."

"그게 중요하지 않다뇨! 그게 얼마나!"

"처음 책에 대해서 이야기가 나온 이유를 기억하고 있습니까."

"의뢰인이, 책을 가져갔다고······."

르한이 고개를 끄덕였다. 결국 책이 어떤 책인지가 중요한 게 아니라, 가져갈 만한 이유가 있음을 성녀가 알고 있느냐가 중요했다. 의뢰인이 굳이 책을 챙기려고 했던 이유를 아는 사람이 용의자가 되는 거니까.

"그렇습니다. 지금 크로나드 제국에서는 책의 가치를 알고 그것을 노리고 있는 사람을 범인으로 여기고 있습니다."

"그건 몇 번이나 말씀하셔서 알고 있어요!"

"그런데 다른 사람의 눈에는 책이라고 생각지도 않는 것을 성녀님은 책이라고 단언했고, 이전부터 찾고 있던 책이라고까지 말씀하셨지요."

르한이 보았을 때는 어떤 내용도 없고 오직 제목만 적혀 있는 종이 뭉치나 다름이 없었다. 그런데 성녀는 그것을 '책'이라고 지칭한 데다가 그것의 가치까지 스스로 증명했다.

"제목……을 보고 알아챘을 수도 있죠."

"신탁을 통해서 책의 제목을 알았다고 하지 않았습니까? 그러나 신탁은 그것에 연관된 사람에게만 말할 수 있다고 했습니다. 그러니 다른 사람이 그 책의 제목만 보고 미래를 볼 수 있는 책이라고 생각할 이유는 없습니다."

결국 지금 이 순간까지도 책의 가치를 알고 있는 사람은 세 명밖에 안 된다는 것이었다. 납치당한 에델리스, 그녀의 남편인 르한, 그리고 나머지 한 사람인 성녀.

"성녀님이 아니라면 책과 연관된 사람에게 신탁의 내용을 이미 전달했다는 건데…… 그렇습니까?"

"자, 잘 기억이 나지 않아요. 신탁을 다른 사람에게 쉽게 이야기할 수도 없고요!"

"그게 아니라면 황후 납치 사건의 범인이 성녀님이 되는 것이니 말을 하는 게 좋을 겁니다."

"……그, 그럴 수가."

찻잔을 쥐고 있는 성녀의 손이 바들바들 떨렸다.

"새, 생각났어요. 누군가에게 말을 하기는 했는데, 처음 봤던 사람이라 잘 기억이 나지 않네요."

"그 책은 황후에게 있었으니 가장 연관이 큰 사람은 황후겠고, 그 외에도 관련이 있는 것은 황후의 주변 사람일 텐데 처음 본 사람이라고요?"

"그, 그래요!"

말도 안 되는 소리였다. 다른 사람들이라면 모를까 에델리스는 그것이 거짓말이라는 것을 단번에 간파했다.

"책에 관련된 사람이라고 하면 주요 인물이겠죠, 저, 르한, 성녀님, 그리고 프라체 경까지."

"프라체?"

"아닌가요?"

에델리스가 자신이 책에서 보았던 내용을 성녀에게 말했다. 그녀는 미간에 주름이 잡혀 잔뜩 분노한 표정이었다.

"역시 네가……."

"말씀이 지나치시네요. 일단 그것은 차치하고, 납치가 제 자작극이었으면 이렇게 책을 찾아다니진 않았을 테고 파시스가 감옥에 구금되지도 않았겠죠."

"저도 당연히 아닙니다."

"알고 있어요, 르한. 그렇다면 남는 것은 프라체 경인데…… 프라체 경에게 말했나요?"

에델리스가 성녀에게 물었지만 답은 이미 알고 있었다. 애초에 인물 소개부터가 황실에 충성을 다한다고 한 그 프라체 경이 반역이나 다름없는 짓을 벌일 리가 없었다. 결국 남은 사람은 성녀뿐이었다.

"……."

"프라체 경을 이 자리로 불러보면 알겠네요."

"잠시만요! 그 책의 가치를 알고 있다고 해서 꼭 범인이라고 확정 지을 수는 없지 않나요?"

"만약 의뢰인이 책의 가치에 대해서 몰랐더라면 불필요하게 땅에 떨어진 책을 줍기보다는 재빨리 황후를 데리고 황성을 빠져나갔을 겁니다."

조금이라도 지체해서 잡혔다가는 그대로 도륙이 났을 테니.

"……꼭 미래를 보는 책이 아니어도 의뢰인이 폐하가 가진 책 중에 그럴 만한 가치가 있는 책을 알고 있었을지도 모르죠."

"물론 가치가 있는 책은 많습니다. 그렇다 해도 미래를 볼 수 있는 책만 하겠습니까. 그러니 시간 끌기 식의 불필요한 논쟁은 이만 접도록 하겠습니다."

"……."

"결국 에델리스가 당시에 갖고 있던 책을 가져가려는 사람은 책에 대해서 정확히 아는 사람이지. 그리고 그건 당신밖에 없어."

르한이 손짓하자 주변에서 대기하고 있던 기사들이 달려와 주변을 에워쌌다.

"이 정도면 당신을 구금하는 데 필요한 조건은 다 갖춘 것 같은데?"

"폐하!"

"당신을 황후 납치 사건의 용의자로 다루도록 하지, 일레인 라이네드."

기사들이 곧바로 성녀의 양팔을 잡고 일으켜 세웠다. 아무리 성녀라고는 하지만 제국에서는 황제보다 밑이었다. 그리고 사안이 단순한 사건이라면 모를까, 황후를 납치한 것이 아닌가. 오히려 기사들에게 끌려가는 것은 정중한 경우였다.

"제게 이런 짓을 해도 될 거라 생각하십니까?! 신성 제국에서 가만히 있으리라 여기는 겁니까?!"

"성녀라고 불리기 때문에 불필요한 설명까지 했는데, 더 설명이 필요한가? 네가 성녀가 아니었더라면 많이 달랐을 거다."

"폐, 폐하가 어떻게 내게……."

성녀는 예상치 못한 상황에 혼란스러워 어떻게 제게 이럴 수 있느냐는 말만 자꾸만 반복하여 중얼거렸다.

"폐하!"

"무슨 일입니까, 에델리스?"

"성녀를 구금할 거라면 내가 유폐, 아니 내가 납치되었던 그 궁으로 보내줘."

"알겠습니다."

"말도 안 돼! 거기를 내가 왜 가!"

르한이 눈살을 찌푸리자 기사들이 빠르게 성녀를 끌고 갔다. 그녀는 끌려가는 중에도 계속해서 소리를 질렀다.

르한은 고생이 많았다며 에델리스를 위로했지만 그녀는 알고 있었다. 성녀를 구금한 것으로 사건이 끝나지는 않는다는 것을.

'그런데 성녀는 왜 책을 가져가려고 한 거지?'

가져가봤자 어차피 보지도 못할 텐데.

'……혹시 책을 읽을 수 있는 건가?'

하지만 지금껏 제 주변의 그 누구도 읽지 못했다는 점이 마음에 걸렸다.

'성녀라서 읽을 수 있는 건가? 하지만 나는 성녀도 아닌데 읽었잖아. 아니면 성녀니까 다 볼 수 있는 건가? 뭐지?'

혼자서 아무리 고민해봤자 답이 나올 리가 없었다. 역시 성녀에게 물어봐야 했다. 에델리스는 곧 자리를 박차고 일어났다.

"에델리스?"

"어?"

그러고 보니 앞에 르한이 있는 것을 까맣게 잊고 있었다.

"계속 대화가 이어지지 않는 듯한 느낌이 들기는 했습니다만."

"미, 미안."

르한이 서운하다는 듯 가볍게 타박했지만 이내 웃으면서 에델리스에게 져주었다.

"성녀가 신경 쓰여서 그런 겁니까?"

"······응, 미안해."

"원하는 게 있습니까?"

르한의 물음이 대체 무엇을 의미하는지 이해가 가지 않았다. 영문을 모르고 그를 바라보니 르한이 피식 웃으며 친절하게 예를 들어주었다.

"사람들이 보는 앞에서 처형할 수도 있고, 분이 풀릴 때까지 괴롭힐 수도 있습니다."

"뭐?!"

저를 납치 살해하려고 했으니 곱게 넘어갈 생각은 없었지만 공개 처형이라니.

"당신을 납치하지 않았습니까."

"하지만 증거가 없는걸. 심증만 있지 물증은 없잖아."

"가끔 당신은 자신이 누구인지 잊는 경향이 있는데, 납치했다는 의심을 받았다는 것만으로도 충분합니다. 필요하다면 증거도 증언도 만들면 됩니다."

"……그러면 안 되는 거잖아."

"당신을 납치하는 것도 안 되는 건 똑같습니다."

"그건 그렇지."

베르만 파시스는 에델리스가 직접 범인임을 확인했으니 사형, 성녀는 명확한 증거가 없어 단순히 신성 제국으로 귀국할 것이라고 생각했었다. 그런데 명확한 증거가 없으면 만들면 된다니. 생각지도 못한 사고방식이었다.

"일단 나는 책을 돌려받고 싶어."

"그럼 책을 찾는 것 외에 지금 바라는 것은 없습니까?"

"음, 성녀에게 왜 나를 납치했는지 물어보고 싶어."

"알겠습니다."

"그럼 바로 가도 돼?"

"원하는 대로."

안 그래도 10년 가까이 되는 시간 동안 저를 몰아넣었던 책에 관련된 것이라 더 이상 기다리기는 힘들었다. 그래서 곧바로 일어났는데 이상하게도 르한이 제 손을 놔주지 않았다.

"……같이 가게?"

"예."

"나 혼자 가면 안 될까? 응? 르한이랑 같이 가면 성녀가 제대로 대답해주지 않을 것 같아."

"확실하게 답을 얻는 방법이 있습니다만."

르한이 부드럽게 미소를 지으면서 말했지만 눈은 전혀 웃고 있지 않았다. 어쩐지 위험한 느낌이 들어 에델리스가 조심스럽게 이야기했다.

"그 방법은 내가 물어봐도 되는 거야?"

"때로는 모르는 게 더 좋은 것도 있지요."

"그, 그래. 일단 평화롭게 대화해볼게."

르한이 원래 이런 아이였던가. 이따금씩 르한에게서는 마치 책 속 황제가 나온 것 같은 분위기가 느껴졌다. 다른 점이 있다면 황제가 성녀를 대하는 것보다 지금 르한이 제게 더 부드럽게 대한다는 것. 역시 르한이 제 편이라 다행이라는 생각이 들었다. 하지만 무언가 놓치고 있다는 느낌이 들었다. 그런데 그게 무엇인지 도무지 떠오르지 않았다.

"이따가 성녀와 대화가 끝나면 곧바로 집무실로 갈게."

"기다리고 있겠습니다."

르한은 그제야 잡고 있던 에델리스의 손등에 입을 맞추고 그녀를 놔주었다.

유폐된 별궁

　분명 얼마 전까지만 해도 주변에 아무것도 없던 외곽의 작은 궁은 삼엄한 경비하에 있었다. 황후가 데려온 기사들이 다시 한 번 별궁을 포위하듯 경비한 뒤에야 굳게 닫혀 있던 문이 열렸다.

　에델리스가 들어서자 곧바로 창가에 앉아 창밖을 바라보는 성녀의 모습이 보였다. 문이 닫히자마자 성녀가 입을 열었다.

　"언제 오나 했어."

　"파시스도 그렇고, 너도 그렇고. 다들 말이 짧아지네."

　"네가 뭐라고."

　성녀가 놀리듯이 웃었다. 하지만 지금 발목에 구속구를 차고 있는 것은 성녀였기 때문에 그녀의 웃음은 더욱 기괴하게 느껴졌다.

　"크로나드 제국의 황후잖아."

　"그러게, 왜 네가 아직도 황후인 거지?"

　"……아직도라니? 그게 무슨 말이야?"

"알고 있잖아."

한숨 쉬듯이 말하는 성녀의 말에 에델리스의 눈이 사정없이 떨렸다.

'아직도'라는 것은 자신이 황후가 아니었어야 한다는 말이었다. 자신의 추측이 사실인 것만 같아 에델리스가 떨리는 목소리로 말했다.

"내가…… 이미 죽었을 테니까?"

사실 에델리스는 아직 책의 전체적인 내용은 파악하지 못하고 있었다. 군데군데 빠져 있는 부분이 많았기 때문이다. 하지만 그녀가 확실하게 알고 있는 것은, 황후가 죽는다는 것이었다. 그것도 아주 젊은 나이에. 영상을 떠올려보면 지금의 에델리스와 죽을 당시의 황후의 외모는 크게 다르지 않았다.

"……."

성녀는 에델리스의 질문에 아무런 대답도 안 하고 입꼬리를 올려 미소 지었다. 그것이 바로 성녀의 답이었다.

에델리스는 성녀가 질문한 의도를 떠올리자 그 미소에 소름이 돋았다. 왜 아직도 안 죽었냐는 질문을 저렇게 웃으면서 할 수 있다니.

"책은, 어디에 있어?"

"글쎄? 그건 나에게 물어보면 안 되지."

"그 책을 볼 수 있어?"

"그 책은 주인밖에 읽지 못해."

"그래서, 그 책을 읽을 수 있냐고!"

"책의 주인이라면 읽을 수 있겠지."

성녀의 대답은 핵심에서 벗어나 있었다. 그러다 보니 에델리스는 아무것도 얻은 것이 없었다.

"너는 책을 어디서 얻은 거지?"

"지금 상황 파악이 제대로 안 되나 본데, 내가 답할 이유라도 있어?"

"상황 파악이 안 되는 건 내가 아니라 너야. 네 질문에 답할수 있는 사람은 나밖에 없잖아. 그러면 답해야 하지 않을까?"

그렇다, 책에 관한 질문에 답할 수 있는 것은 현재로서는 성녀밖에 없었다.

"그렇지."

에델리스가 순순히 시인하자 성녀가 여유롭게 미소 지었다. 승자의 미소였다. 마치 그 얼굴은 과거 에델리스가 끌려갈 때황제의 품에 안겨 있던 성녀의 미소 같았다. 그러나 이미 전세가 역전되어 책과는 전혀 다른 현실이 펼쳐지고 있는 상황이아닌가.

"하지만 상황 파악이 제대로 안 되는 건 네가 맞아. 일레인라이네드."

"뭐?"

"내가 책에 대해서 알고 싶은 것은 그것이 내 인생에 큰 영향을 끼쳤기 때문이야."

인생에 큰 영향을 끼친 것은 사실이었다. 책이 아니었더라면 10년에 가까운 세월을 전전긍긍하며 살지 않았을 것이다. 르한을 만나기 위해 그동안 관심도 없던 투기장에 갈 일도 없었을 것이고.

"그렇다면 내 질문에 대답해!"

"아니지, 일레인 라이네드."

성녀는 계속해서 '성녀'가 아닌 자신의 이름으로 불리자 기분 나쁜 기색이 역력했다. 하지만 에델리스는 그녀를 성녀로 대우해줄 마음이 없었다.

"네가 책에 대해서 물은 시점부터 이미 너는 진범이라고 인정한 것이나 다름없어. 보통이라면 자신의 무죄를 주장할 테니까."

"지금 그게 중요해?"

"적어도 나한테는 그래. 궁에 갇혀 신성 제국에서 구해주길 하염없이 기다려야 하는 너는 어떨지 모르겠지만."

에델리스의 신랄한 말을 들은 성녀의 얼굴이 일그러졌다.

"네가 파악하지 못하고 있는 상황은 이런 거야. 결국 너는 궁에 유폐되어 있고, 이 나라의 황후는 나야. 그리고 너는 감히 황후를 살인 교사한 혐의를 받고 있지."

에델리스는 어린아이에게 말하듯 성녀에게 차근차근 설명해주었다. 현재 상황이 얼마나 성녀에게 불리하게 굴러가고 있고, 그녀 자신이 얼마나 우위를 점하고 있는지.

"……가짜 주제에!"

"처음부터 황후는 나였어. 르한이 결혼하자고 말한 것도, 황후로서 대관식을 치른 것도 모두. 그러니 가짜라고 할 수는 없잖아?"

"네가 책을 얻고 난 뒤에 어떻게 한 건지는 몰라도, 원래 황후의 자리는 네 자리가 아니야!"

"내 자리가 아니라면 누구의 자리인데? 르한에게 물어볼까?"

에델리스는 답을 알기에 자신감에 차서 말했다.

"자, 이제는 상황 파악이 되었니? 책 속에서는 내가 너의 뜻대로 당하다가 죽었을지 몰라도, 현실에서는 전혀 그렇지 않아."

그것이 바로 지금의 상황이야. 그러니까 내 질문에 네가 답해야 하지 않겠어?

"참고로 내가 네게서 답을 듣기 위해서 할 수 있는 방법은 아주 많아."

"무, 무슨……."

"음, 책 속에서 황제가 무슨 짓을 했었는지를 떠올려보면 쉽게 추측할 수 있지 않을까?"

분명히 밝고 명랑하고 유쾌한 방법은 아닐 것이다.

"너, 너……. 이런 사람이었어?"

"아니? 그럴 리가 없잖아."

이렇게 원하는 답을 얻기 위해서 협박을 일삼는 사람이 어디에 있다고. 하지만 이제는 거칠 게 없었다. 반동으로 억눌려 있던 것이 터져버린 것 같았다.

"내가 그 긴 시간 동안 얼마나 가슴 졸이며 살아왔는데 고작 이 정도로."

성녀는 이런 에델리스의 모습은 생각지도 못했는지 당황스러워 아무런 말도 잇지 못했다.

"그럼 몇 가지 확인만 할게. 말하기 힘들면 고개만 움직여도 괜찮아."

"……."

"책은 네가 가져간 거지?"

"그렇다는 증거 있어?"

"내가 책을 얻고 무슨 짓을 해서 황후 자리에 있을 사람이 바뀌었다며."

"그래서?"

"그 말은 책에서 황후였던 내가 내려온다는 걸 알았다는 거 잖아."

"추측에 불과해."

"내가 이런 사람인지 몰랐다는 것은 책 속의 나와 다르기 때문에 그렇게 말한 거 아냐?"

"황제, 황제랑 있을 때 너의 모습과도 많이 다르잖아."

말을 더듬으면서까지 부정하는 이유가 뭘까. 역시 인정하는 순간 황족 납치, 살해 교사한 것을 시인하는 꼴이라 그런 것 같았다.

"책의 주인밖에 보지 못하는 것을 네가 어떻게 본 거야? 넌 책의 주인이 아니잖아."

"책의 주인이 아닌 건 너야."

"무슨 소리야, 그 책은 원래부터 내 것이었어."

"원래? 네가 말하는 원래가 언제인데?"

"8년 반 전."

에델리스의 대답에 성녀가 피식 웃었다. 계속해서 대화가 겉돌니 에델리스의 인내심에 슬슬 한계가 왔다. 이렇게 계속해서 말장난을 하고 싶지가 않았다.

"일레인 라이네드, 슬슬 입을 여는 게 어떨까? 거친 방법을 쓰기 전에."

"내게 그런 짓을 하고도 신성 제국이 가만히 있을 것 같아?"

"어차피 정황상 증거들이 모두 너를 가리키고 있어."

"정황상의 증거만으로 많은 신도들을 거느리고 있는 성녀를 잡아 가두는 게 말이 되는 거라고 생각하는 거야?"

"나도 그게 안 될 줄 알았는데 된다고 하더라고."

네가 그렇게 좋아해 마지않은 이 나라의 황제인 르한이.

확신에 찬 에델리스의 말을 성녀는 아직 믿을 수 없는 것 같았다.

"나만 궁금한 게 있는 게 아니라, 너도 궁금한 게 있을 텐데. 서로 질문에 대답하는 게 더 생산적이지 않아?"

"……"

"어차피 네가 범인이라는 걸 알고 있어. 네가 여기서 부정한다고 해서 현실이 달라지진 않아."

"……그래, 그건 그렇지. 너는 나를 범인으로 만들려고 하고, 신성 제국에서는 내가 실제로 죄를 저질렀든 아니든 나를 데려가려고 할 거야. 그리고 나를 범인 취급한 제국을 지탄하겠지."

120

"이의가 없다면 본론으로 넘어갈까?"

성녀와 에델리스는 서로 질문만 던지며 설전을 벌이다가 몇 가지 규칙을 만들었다.

첫째, 질문은 하나씩 돌아가면서 할 것.

둘째, 한쪽이 질문할 게 없어지면 중단할 것.

셋째, 본인이 원하지 않을 경우, 질문에 대한 답을 하지 않아도 될 것.

넷째, 두 번 이상 답하지 않으면 즉시 중단할 것.

"그러면 나 먼저 물어보도록 할게. 책을 어떻게 볼 수 있는 거지?"

"내가 책의 주인이니까."

에델리스의 첫 번째 질문에 대한 성녀의 답이었다. 그녀가 그 책의 주인이라는 에델리스의 추측이 맞았다.

"내 차례. 책 어떻게 얻었어?"

"어떻게라고 할 것도 없었어. 내 서재에 그 책이 꽂혀 있었으니까."

성녀는 기가 차서 웃더니 에델리스가 그랬듯이 그녀가 한 말을 곱씹어 숨겨진 의미를 유추하는 것 같았다.

"나를 납치한 이유가 뭐야?"

"잘못된 현실을 바로잡으려고."

"잘못된 현실이라고?"

"그래, 네가 죽어야지. 내가 말했잖아, 우리 모두에게 행복한 결말이 올 거라고. 네가 두 가지 질문을 했으니 나도 두 가지를 물어볼게."

하마터면 에델리스의 입 밖으로 욕설이 튀어나올 뻔했다. 저도 모르게 되물었다가 아까운 질문 횟수 하나를 날린 것이 첫 번째 이유였고, 두 번째는 성녀가 언제 그 말을 했었는지 떠올랐기 때문이었다.

―그 끝에는 행복한 결말이 있을 거예요.

결혼하기 전에 막 제국에 온 성녀와 이야기를 나누었을 때가 아닌가. 성녀가 그때부터 제 죽음을 기다렸다니 소름이 돋았다.

"무슨 짓을 했기에 이렇게까지 미래가 바뀐 거지?"

"미래가 아니라 현실이야."

"묻는 말에 대답이나 해."

"얘기하지 않겠어."

성녀의 표정이 급격하게 굳더니 에델리스를 표독스럽게 노려보았다. 하지만 에델리스는 정말이지 말하고 싶지 않았다. '잘못된 현실'을 바로잡으려고 하는 성녀에게 말한다면 정말로 책에서 보았던 내용으로 바뀌는 것은 아닐까 걱정이 되기도 했다.

"그렇게 나온다 이거지? 다시 내가 질문할 차례야."

"……."

"베르만 파시스는 어디에 있어?"

아. 에델리스는 할 말을 잃었다. 하필이면 물어도 그걸 물어보다니.

"비밀 감옥에 있어."

성녀가 베르만 파시스를 처리한다면 곤란한 일이었다. 아직 중언할 게 많이 남았기 때문이다. 그러니 답을 우회적으로 했다.

"일반적인 지하 감옥에 있지 않은 건 이미 알고 있어. 정확한 위치가 어디인지 말해줘야 하지 않아?"

"비밀감옥이라고밖에 나도 말을 못 해. 숨겨진 곳이고, …… 그래, 그런 이유라서."

하마터면 추가적인 정보를 줄 뻔해서 얼른 입을 다물었다. 언제부터 그렇게 친절하게 대답을 했다고. 이 정도면 충분했다.

"그럼 이제 내 차례야. 베르만 파시스에게 황녀를 어떻게 보여줄 셈이지?"

"넘어가도록 할게."

제길. 성녀는 에델리스의 질문에 적잖이 놀란 눈치였다.

'어떻게 끌어들였는지 알면 그것을 파고들어서 베르만 파시스의 입을 열게 할 수 있을 것 같았는데.'

하지만 성녀가 입을 다물어버리니 방법이 없었다. 이제 하나씩 질문을 건너뛰었으니, 무조건 답하지 않으면 중단이 될 것이다.

"황제의 마음을 어떻게 얻은 거야?"

"미래를 어떻게 바꿨냐는 질문에 답을 안 해서 이런 질문을 한 것 같은데."

르한을 투기장에서 꺼내 왔다는 이야기는 할 수가 없었다. 그게 미래를 바꾼 첫걸음이었다고 생각하기 때문이다.

"황제의 마음을 얻으려고 한 적 없어."

"거짓말하지 마."

"정말이야. 굳이 한 가지 말을 덧붙이자면, 황제는 원래부터 나를 좋아했어."

"믿을 수 없어."

에델리스는 오히려 황제라면 학을 뗐지, 황제의 마음을 얻고자 한 적이 없었다. 그리고 르한은 황제가 되기 이전부터 자신을 좋아했다고 했으니, 거짓은 아니었다.

"그럼 내 차례야."

"대답하지 않겠어."

"아직 질문을 꺼내지도 않았는데?"

"아니, 내가 원하는 질문에 답을 얻을 수 없다는 것을 알았으니 더 이상의 문답은 무의미해."

"책에서 본 대로 현실을 바꾸기 위한 답?"

에델리스의 물음에 성녀는 아무런 대답도 하지 않고 고개를 돌렸다. 성녀는 아마도 에델리스를 납치한 뒤 책과 현실의 다른 점을 확인하고 책의 내용대로 그녀를 죽였을 것이다. 황제가 죽이지 않으니 황제가 아닌 다른 사람의 손으로라도.

"……그래, 그러면 내가 책을 얻고 난 뒤에 마저 묻도록 하지."

"네가 책을 찾을 수 있을 것 같아?"

"두고 보면 알 일이야."

에델리스는 자신만만하게 답하고 폐궁을 나왔다. 성녀는 그녀가 나간 문을 바라보며 초조한지 손톱을 잘근잘근 씹었다.

에델리스가 문밖을 나서자 그곳에는 르한이 서 있었다.

"르한?!"

"대화하는 데 방해가 될까 하여."

"아, 그…… 고마워. 끝나자마자 곧바로 돌아가려고 했는데."

"그때까지 기다릴 수가 없어서 왔습니다."

자신이 성녀와 대화를 끝낼 때까지 기다려준 게 고마워 에델리스는 그의 넓은 어깨에 기댔다. 그러자 르한은 낮은 목소리로 웃고는 에델리스가 쉴 수 있게 그녀를 궁으로 이끌었다.

"대화는 잘 마치셨습니까."

"아직 궁금한 게 산더미야. 얼른 책을 찾았으면 좋겠는데."

"이미 검문을 강화하고 수색을 지속하고 있으니 곧 찾을 겁니다."

"정말 고마워, 만약 내가 이제 와서 책을 찾으려고 했다면 이미 늦어버렸을지도 몰라."

"말로만 고맙다고 하는 겁니까?"

"그럴 리가 있겠어?"

에델리스의 장난스러운 말투에 르한이 웃었다. 하지만 르한은 에델리스의 말을 그저 웃어넘기지만은 않을 것이다.

"기대해도 되는 겁니까?"

에델리스가 얼굴을 붉히며 섣불리 대답하지 못했고, 그녀의 침묵이 길어졌다. 이윽고 들려오는 목소리는 에델리스의 것이 아니라 신관들의 것이었다.

"황제 폐하! 이것이 어떻게 된 일입니까!"

신관들이 달려오며 항의하자 에델리스와의 시간을 방해받은 르한이 냉랭한 목소리로 답했다.

"무엇이 말인가."

"성녀님을 구금하신 것을 다 알고 있습니다!"

"그래서?"

"만약 성녀님을 억울하게 가둔 것이 밝혀지면 어쩌려고 그러십니까!"

"만약 정말로, 아무런 관련이 없다면 내 신성 제국에 크게 사죄하도록 하지. 크로나드 제국의 황제의 이름으로."

분노하던 케레스가 르한의 말을 듣고 낯빛을 달리했다. 황제의 이름으로 하는 사죄가 고작 머리를 숙이는 정도는 아닐 것이기 때문이었다.

"제국에 전염병이 퍼져 친히 이곳에 방문해 도움을 드린 성녀님께 저지른 무례에 대한 대가가 어느 정도일지 상상이 가지 않습니다."

"그것까지 모두 포함해서 감사와 사죄의 의미를 담도록 하지. 추호도 관련이 없다면."

"이 사건은 교황님께 모두 보고할 겁니다!"

"마음대로."

케레스 신관은 두근거리는 심장을 움켜쥐고 마음을 가라앉혔다.

"그러면 성녀님을 뵙고 가겠습니다."

"불가."

"불가능하다니요!"

"황족의 살인 교사 혐의를 받고 있는 자와 대화를 나누려 하다니. 그대들도 공범인가."

"그게 무슨 억지십니까!"

"내 공범이라 생각되니, 목을 친 뒤에 신성 제국에 사과하면 되려나."

케레스 신관은 얼른 제 목을 감쌌다. 혹시라도 제 목에 칼이 들어올까 걱정이 된 것이었다.

"이것도 교황님께 모두 보고드릴 것입니다!"

케레스 신관이 씩씩대며 말했고 르한은 귀찮다는 듯 양손을 휘휘 저으며 그들을 보냈다.

"……그렇게 보내도 괜찮아?"

"예."

"교황까지 나서면……."

"나쁠 것 없습니다."

르한이 자신만만하게 말했지만 에델리스는 현재 상황이 이해가 가지 않았다. 황후가 된 지 벌써 여러 시일이 지났건만 아직 그녀가 모르는 것투성이었다.

에델리스는 여느 때와 다름없이 자리에서 일어나 르한의 집무실로 향했다. 에델리스가 나타나자 문 앞에 있던 시종장이 놀란 눈으로 그녀를 바라보았다.

"왜 그래요?"

"아니, 그게……."

평소 같았으면 곧바로 황후가 왔음을 고했을 시종장이 그녀가 왔음을 알리지도 못하고, 그녀를 보내지도 못하고 우물쭈물하고 있었다.

"안에 다른 여자라도 있나요?"

"그럴 리가 있겠습니까! 차라리 소인의 목을 쳐주십시오!"

시종장이 펄쩍 뛰며 난색을 표했지만 그래도 문을 못 여는 것이 수상하기 그지없었다. 에델리스가 불만스러운 눈으로 시종장을 바라보자 시종장이 어쩔 수 없이 입을 열었다.

"안에는…… 황실 기사단장인 요하네스 프라체 경이 있습니다."

"아. 괜찮으니 문 열어주세요."

"폐, 폐하."

"괜찮으니까."

성녀를 짝사랑하던 프라체 경이었다. 시종장이 문을 열지 못하는 것을 보면 아마 유쾌하고 아름다운 이야기가 오가고 있지는 않을 것이다.

그는 우물쭈물하다가 이전에 '황후의 명령을 최우선으로 하라.'고 지시받았던 것을 떠올렸다. 그가 눈을 질끈 감았다 뜨고는 문을 두 번 두드렸다.

"내 아무도 들이지 말라 하지 않았느냐!"

"나야, 르한."

　에델리스가 슬며시 문을 열고 들어가려고 하자, 르한이 다급하게 그녀를 막았다.

"잠시만요, 에델리스. 기다려주십시오."

"폐하, 부디 제 말을 들어주십시오!"

"그 입 닫아! 요하네스 프라체."

　르한이 신경질적으로 숨을 내뱉었다. 에델리스의 앞에서는 언제나 분노를 숨기고 침착한 르한이었다. 그렇기에 에델리스는 대체 무슨 상황인가 싶어 고개를 내밀었다.

　르한은 한쪽 손으로 머리카락을 넘기며 분노에 찬 표정으로 프라체 경을 노려보고 있었고, 그의 손에는 칼이 쥐어져 있었다. 더 놀라운 것은 프라체 경이 그의 앞에 무릎을 꿇고 있다는 사실이었다.

"프, 프라체 경?!"

　소공작이자 황실 기사단장이며, 르한의 오랜 친우인 프라체 경이 무릎을 꿇은 모습을 보고 에델리스는 다급하게 방으로 들어갔다. 그녀가 방에 들어오는 것을 보고 르한이 검을 무서워하는 에델리스를 의식해 들고 있던 검을 얼른 칼집에 넣었다.

"에델리스, 잠시 뒤에 오면 안 되겠습니까."

"이게 지금 무슨 상황인데?"

"황후 폐하! 성녀님이 궁에 갇혀 있다고 들었습니다."

역시나, 프라체 경이 꺼낸 이야기는 예상대로였다. 마음속 깊은 곳에서는 아니길 바랐는데.

"프라체 경, 성녀님이 왜 궁에 갇혀 있는지도 알고 계시겠죠."

"성녀님이 그런 짓을 했을 리가 없지 않습니까, 그분은……."

"르한이 사건의 정황을 말하지 않았나요? 심지어 납치되었던 저를 데리고 온 것도 프라체 경이잖아요."

"성녀님을 모함하는 다른 사람일 겁니다, 그분이 그럴 리가!"

프라체 경은 신관과 똑같이 말했다. 그가 성녀를 얼마나 좋아했는지 알고 있었기에 이해가 가지 않는 것은 아니었다.

"프라체 경, 당신은 제국의 소공작이며 황실 기사단 단장이잖아요. 사건에 있어서 모든 가능성을 염두에 두어야 하는 거 아닌가요?"

"황후 폐하, 성녀님이 의심받을 수 있다는 것은 저도 인정합니다. 제발 한 번만, 한 번만 성녀님을 만나게 해주십시오. 그분의 무죄를 입증해보겠습니다."

프라체 경이 막무가내로 말하니 르한이 개입했다.

"무죄를 무슨 수로 입증할 것이냐, 요하네스 프라체. 그렇게 자신 있다면 지금 여기서 해라."

"성녀님을 만나서, 그분이 어떤 행적을 보였는지 알면 할 수 있어!"

"자신의 모든 행적을 다 알고 있는 본인도 못 한 것을 그저 전해 듣는 네가 할 수 있다고?"

"이런 상황이 처음이라 당황스러워서 그랬을 거야. 내가 도 와주면……."

프라체 경이 성녀를 얼마나 좋아하는지는 굳이 책을 들춰보지 않아도 지금까지 보았던 모습으로도 알 수 있었다. 그렇기에 에델리스도 성녀가 프라체 경에게 마음을 열고 둘이 행복하게 지냈으면 하는 생각을 하기도 했다.

하지만 황족에 대한 모독도 아닌, 자신의 납치 살해 교사 혐의를 받고 있는 사람이라면 말이 달라졌다. 지금 프라체 경은 그녀를 감싸는 것만으로도 정치적으로 위험한 상황이었다. 그러니 그가 얼른 정신을 차릴 수 있게 설득해야 했다.

"정말로 그녀가 범죄를 저질렀다고 해도 공작가의 힘을 빌리면 무죄가 될 수도 있지요."

"폐하! 저는 범죄를 감싸고자 하는 것이 아닙니다!"

프라체 경이 정말로 억울하다는 듯이 에델리스에게 호소를 했다.

"폐하, 폐하도 성녀님을 보셔서 아시겠지만 그분이 폐하를 납치할 이유가 무엇이 있겠습니까. 분명 범인은 따로 있을 겁니다."

"범인이 따로 있다고요?"

"예, 그러니 애꿎은 성녀님을 잡아 가두는 것이 아니라 진범을 찾는 것이 제가 황실 기사단장으로서 해야 할 일이 아니겠습니까!"

"프라체 경. 경이 지적한 나를 납치할 만한 이유에 대해서는 본인과 이야기를 했고, 직접 인정을 받았어요."

"그, 그럴 리가."

"그 자리에는 황제 폐하도 같이 있었어요. 그래도 부정하실 건가요?"

에델리스를 향해 있던 프라체 경의 시선이 정처 없이 허공을 맴돌다 바닥으로 떨어졌다.

"요하네스 프라체, 머리를 식히고 오도록 해."

프라체 경의 눈시울이 붉어지며 그의 눈에 눈물이 그렁그렁 맺혔다. 그가 눈물을 참기 위해 고개를 들었지만 이미 차오른 눈물은 그의 얼굴을 타고 또르르 떨어졌다.

"프라체 경, 우선 저택에서 쉬고 있어요. 추후 연락을 하겠습니다."

"······예."

프라체 경은 여전히 눈물이 가득한 눈으로 르한과 에델리스를 향해 고개 숙여 인사했다. 그가 떠난 뒤에도 르한은 여전히 착잡한 표정으로 깊은 한숨을 내쉬었다.

며칠이나 시간이 흐르는 동안에 별다른 진척은 없었다. 성녀는 여전히 자신의 무죄를 주장하며 궁에 갇혀 있었고, 베르만 파시스 역시 성녀를 불러달라는 말 이외에는 하지 않았다.

"르한."

"예."

"아무래도 성녀와 파시스를 만나게 해보아야 할 것 같아. 그렇지 않고서는 아무것도 진행되지 않을 것 같아."

"……이전에 당신을 습격했던 자들은 배후가 누군지 심문하기도 전에 그들 모두 감옥 내에서 독살을 당했습니다. 이번에도 의뢰인이 누구인지 묻기 전에 입막음 당할 수도 있습니다."

"그래서, 베르만 파시스가 비밀 감옥에 있는 거구나."

"그 이유만 있는 것은 아니지만요."

르한이 곱게 웃으며 뼈가 있는 말을 하더니, 이내 눈꼬리를 내리며 침울한 표정으로 한숨을 쉬었다.

"이런 거, 알게 하고 싶지 않았는데."

"현실에서 눈 돌리고 싶지는 않아."

"하지만 걱정되는 건 어쩔 수 없습니다."

"뭐가?"

"당신은 황후에 오르고 싶어 하지도 않았고, 영지에서 소박하게 그저 평범한 누군가의 아내로 살고 싶어 하지 않았습니까."

분명 그랬다. 르한이 에델리스를 데리러 오기 전까지는. 물론 지금도 평범한 누군가의 아내로 살아도 괜찮다고 생각한다. 그 '누군가'가 누구냐의 문제이긴 하지만.

"르한, 나는 분명 소박하게, 평범한 누군가의 아내로 살고 싶어 했어."

"알고 있습니다."

"그리고 내가 결혼할 생각이었던 사람은 검투사 출신의 평민인 한 사람밖에 없어."

"……."

"아, 물론 까다로운 조건도 있었지. 가문에 속해 있지 않으면서─."

"호위할 정도의 무력을 갖추고 있는…… 그런 사람 말입니까?"

르한이 지난날 자신이 했던 말을 떠올리면서 피식 웃었다. 에델리스가 저택에서 나갈까 고민하며 르한에게 물었을 때 그가 했던 말이었다.

"맞아."

에델리스가 환히 웃으며 얘기하자 르한이 벅차오르는 감동에 에델리스의 손을 잡아끌어 자신의 품에 안았다.

"그러니 르한, 너무 걱정하지 마."

"……예."

마음을 다잡은 르한이 파시스와 성녀를 만나게 할 계획을 세웠다. 가능한 한 빨리 두 사람을 만나게 해 정보를 얻을 생각이었다.

하지만 다음 날, 에델리스보다 더 빠르게 움직인 이들이 있었다.

"밖이 무슨 소란이지?"

멀리서 어수선한 소리가 나기 시작한 지 얼마 지나지 않아 르한이 방 안으로 들이닥쳤다.

"에델리스, 혹시 모르니 몸을 피해 있으십시오."

"무슨 일인데?"

"……민란이 일어났습니다."

"반역?!"

"반역과는 조금 다릅니다, 귀족이 주축이 된 것이 아닌 일반 제국민들이니까요."

무슨 이야기인지 이해가 가지 않았다. 민중이 들고 일어날 만한 일이……. 거기까지 생각이 미친 에델리스가 놀란 목소리로 말했다.

"성녀?"

"그런 것 같습니다. 아직 그들의 목적이 무엇인지 확인되지 않았으니 일단 몸을 피하시죠."

"르, 르한. 너는? 나만 갈 수는 없어!"

"황제가 궁을 비울 수는 없습니다."

"황제는 궁을 비울 수 없지만 황후는 궁을 비워도 된다고? 말도 안 되는 얘기잖아."

"시간이 없습니다, 에델리스."

르한이 답답한 듯 그의 어깨에 걸치고 있던 망토를 벗어 에델리스의 머리에 덮어줬다.

"페린이 함께 갈 겁니다. 프라체에게도 급히 사람을 보냈으니 곧 무마될 겁니다. 너무 걱정하지 마세요."

그들이 설전을 하고 있는 와중에도 사람들의 목소리가 점점 크게 들려왔다. 역시나 그들은 성녀를 돌려달라고 외치고 있었다.

"르한. 네 곁이 제일 안전하지 않을까? 그들의 목적은 성녀잖아."

"아닙니다. 왕궁의 비밀 통로를 통해 가는 것이 가장 안전합니다. 혹여 내게 무슨 일이 있더라도, 당신만은 안전하길 바랍니다."

"……르한."

에델리스는 금방이라도 울 것 같았다. 분명 얼마 전까지만 하더라도 승리감에 도취되어 있었다. 이제 남은 것은 얼마 없다고, 곧 행복한 결말이 우리의 앞에 있을 거라고. 그런데 신도들이 궁을 습격할 줄이야.

"얼른 가십시오. 저는 곧바로 군을 통솔해야 합니다."

"……금방 돌아올게."

페린이 자신이 알고 있던 비밀 통로로 에델리스를 이끌었다. 몇 번 뒤돌아보던 에델리스는 곧 그를 따라 사라졌다. 그녀의 뒷모습이 보이지 않을 때까지 살펴보던 르한은 곧장 기사들에게 명령했다.

"성녀가 유폐된 궁으로 향하라!"

황제의 명령에 따라 궁 내부를 지키던 병사들이 성녀가 유폐되어 있던 궁으로 향했다. 이번 사건은 귀족들이 선두에 선 '반역'이 아니라 민중이 들고 일어난 '폭동'에 가까웠다. 그렇기에 르한은 황좌를 지키기보다는 기사들과 함께 성녀를 쫓았다.

궁 앞에서는 신도들과 병사들이 대치하고 있었다. 신도들 중에는 무기를 지니고 있는 자도 있었다. 그들 중 몇은 일반 신도인 것 같았으나, 훈련을 받은 것으로 추측되는 자도 있었다.

"신도가 아닌 자도 섞여 있나 보군."

"외관으로 추측하건대 인접한 국가에서 온 자들인 것 같습니다."

"내 생각도 그렇다."

그들 중에 르한이 얼굴을 아는 자는 없었다. 즉 귀족은 이번 소란에 참여하지 않은 것이다.

'제국의 귀족이 단 한 명도 없는데 곧바로 성녀가 유폐되어 있는 곳으로 왔다고?'

르한이 오는 동안 민중은 약속이라도 한 듯 성녀가 유폐된 궁으로 집결했다. 만약 그들이 일반 신도들이었다면 내부의 지리를 알 턱이 없었다. 심지어 성녀가 이곳에 구금된 것은 일주일도 되지 않은 아주 최근의 일이었다. 그런데 민중이 곧바로 오다니, 이것은 황성의 지리를 알고 황궁 소식에 빠삭한 배후가 있다고밖에 보이지 않았다.

'누가 신도를 집결하고, 통솔한 것이지?'

"폐하!"

'폐하'라는 말에 신도들이 르한을 보고 주춤하는 것이 느껴졌다. 그들은 가까이에서 황제를 본 것은 처음이라 어떻게 대해야 할지 가늠을 못 하는 것 같았다.

"검을 내려놓아라."

"……"

그들은 서로 눈치를 보며 검을 내려놓아야 하나 고민했다.

"저항하는 자는 즉시 사살해도 좋다."

르한이 명령을 내리며 직접 허리춤에 있던 칼을 뽑았다. 그에 호응하듯 르한이 몰고 왔던 기사들도 검을 뽑았다. 신도들 중 검을 들고 있는 이들은 소수에 불과했으니 기사단이 훨씬 우세했다. 결국 눈치를 보던 이들이 하나둘씩 바닥에 검을 떨어뜨렸다.

"왜 온 것이지?"

르한이 낮은 목소리로 말하자 공기가 얼어붙는 듯했다. 왠지 모를 한기에 바르르 떠는 이도 있었다. 황제의 질문에 대답해야 했지만, 그 누구도 입을 열지 못했다.

"우선 이들을 연행해 심문하도록 하겠습니다."

"왔나, 요하네스."

불과 일주일 정도밖에 지나지 않았는데 요하네스의 얼굴은 무척이나 핼쑥했다.

"……예."

그의 시선은 성녀가 갇혀 있는 궁으로 향했다. 떨어질 줄 모르는 프라체의 시선을 르한이 이해하지 못하는 것은 아니었다. 그 역시 에델리스가 황비가 되는 것을 막기 위해 갖은 노력을 다 하다가 결국 반역까지 일으켰으니까.

"이런 소란에 성녀님께서 무사한지 걱정이 됩니다."

"……그래, 그러면 잠시 확인해보도록 해라."

"가, 감사합니다."

"길게는 할애할 수 없다는 건 알고 있겠지?"

"예!"

여기 있는 수많은 사람들을 조사해서 주동자를 색출해야 했다. 그러니 요하네스가 성녀의 얼굴을 잠깐 보고 짧은 대화를 나누는 것 정도가 한계일 것이다. 그 역시 그것을 잘 이해하고 있었는지 조금은 다급한 걸음으로 성녀에게로 향했다.

이미 그가 지휘하는 황실 기사단원들은 신도들의 무기를 회수하고 그들을 줄지어 연행할 채비를 하고 있었다. 마침내 요하네스가 떨리는 손으로 조심스레 문을 열었다가 내부를 확인하더니 갑자기 벌컥 문을 열고 들어갔다.

"폐, 폐하!"

"무슨 일이냐"

"성녀님이…… 성녀님이 없습니다."

"뭐라고?"

르한 역시 성녀가 있던 궁으로 가보았지만 그곳에는 아무도 없었다.

"경비병, 신도들이 왔을 때 근무 중이던 경비병이 누구냐!"

"저, 접니다!"

"성녀가 나가는 것을 보았느냐."

"보지 못했습니다! 분명 여기 서 있었는데, 그랬는데……!"

아무래도 신도들이 몰려와 혼란스러운 틈을 타서 나간 것 같았다. 경비병도 한패가 아니라는 보장이 없으니 그들도 조사해야 했다. 르한이 답답한 마음에 혀를 찼다.

"멀리 가지는 못했을 것이다, 성녀를 찾아라!"

"예!"

"안 돼!"

얌전히 연행되는 줄 알았던 신도들이 줄지어 기사들을 막았다. 기사들이 그들을 베지 않고 힘으로 뜯어내려 했지만 쉽지 않았다.

"성녀가 정말 죄가 없다고 생각하나."

"그렇습니다!"

"너희가 이곳에 쳐들어온 덕에 나의 황후는 위험을 피해 떠나야 했지. 그리고 우연찮게도 그녀를 죽이려고 했던 성녀까지 사라졌다."

"성녀님께서 황후 폐하를 죽이실 리가……."

"만약 내 아내에게 무슨 일이 생기기라도 하는 날에는……."

르한이 잠시 말을 멈추고 숨을 삼켰다. 단지 가정일 뿐이지만, 혹시라도 그렇게 될지도 모른다는 불안감이 엄습한 탓이었다.

"황후 살인 교사 혐의를 쓴 자와 동조한 것으로 판단해 그 죄를 물을 것이다."

"저, 저희는 그럴 생각이 없었습니다!"

"너희들이 그럴 생각이 없었다 할지라도, 너희들에게 이야기를 한 사람은 어떨지 모르지. 부디 내 아내가 무사하기를 바라야 할 것이다."

"……"

"알아들었으면 비켜!"

살인자의 공범인 것만으로도 감옥 안에서 평생 썩을 수 있었다. 그런데 황후를 살해한 자의 공범이라니, 일가족이 몰살되어도 할 말이 없었다. 지금에야 그들은 자신들이 얼마나 엄청난 사건에 연루되었는지 알게 되었다. 상황을 파악한 이들은 털썩 주저앉으며 힘없이 기사들에게 이끌려 갔다.

"절반은 황후 폐하를 찾고, 나머지 절반은 성녀를 쫓도록 해라!"

"프라체, 너는 황후를 수색하도록 해라. 페린을 따라 지하 통로로 갔으니 그쪽으로 가면 된다."

"……알겠습니다."

"성녀의 소식을 듣는다면 제일 먼저 전하도록 하지."

"예."

요하네스가 먼저 성녀를 찾는다면 그녀를 놓아줄지도 몰랐다. 그를 믿고 싶었지만, 그를 믿는 만큼 그가 성녀를 좋아하는 것도 사실이었기에.

요하네스는 르한에게 머리 숙여 인사한 뒤 곧바로 황실 기사단의 절반을 이끌고 출발했다. 르한에게서 전달받은 이야기를 토대로 비밀 통로와, 그곳의 출구 부근으로 인원을 나눠서.

"와, 이런 곳이 다 있었네."

"폐하는 괜찮으십니까?"

"괜찮아요. 어쩔 수 없지."

에델리스와 페린은 황성에 숨겨진 비밀 통로를 걷고 있었다. 아주 어둡고 눅눅한 곳이었다. '비밀'통로였기 때문에 하인들이 청소를 하는 것도 아니었으니 당연했다.

이 길은 에메랄드 궁과 루비 궁, 그리고 황성 내 몇몇 곳과 이어져 있었다. 출구도 여러 개가 있었는데 페린 경이 선택한 길은 에델리스가 황성에 들어올 때 이용한 게이트가 있는 쪽이었다. 최악의 상황에 브릴 후작의 영지로 갈 수 있었기 때문이다.

"폐하, 잠시. 저쪽에서 발소리가 들립니다."

에델리스와 페린은 잠시 숨죽이고 있었다. 다른 기사 셋도 데리고 왔지만 이쪽의 수는 고작 다섯, 게다가 황후를 위험에 처하게 둘 수 없으니 실질적인 전투 요원은 셋뿐이었다.

"수가 많은 것 같지는 않습니다."

페린의 말에 검을 뽑은 기사들은 점점 가까워 오는 발소리에 숨죽이고 다가올 전투를 위한 마음의 준비를 했다. 그런데 이곳에서 들릴 리가 없는 목소리가 들렸다.

"이쪽으로 조금만 더 가면 돼."

"어떻게 그렇게 잘 알고 계시는 겁니까?"

"다 아는 방법이 있지. 그래서 로렌츠는 언제 오는 거지?"

"그것이…… 국경에서 대기하고 있으니 곧 만날 수 있을 겁니다."

성녀였다. 성녀가 다른 이들과 대화하는 목소리가 들렸다.

'갇혀 있어야 할 성녀가 어째서 여기에 있는 거지?'

자신이 비밀 통로로 도망치듯 오면서 신도들이 성녀를 요구하는 목소리를 들었다. 그런데 그들과 따로 움직인다니, 신도들이 그녀를 구하기 위해 온 것이 아니었나? 게다가 저도 몰랐던 황성의 비밀 통로를 어떻게 성녀가 아는 거지?

에델리스가 생각하는 사이에 성녀가 그녀를 발견하고 점점 가까이 걸어왔다.

"어머, 이게 누구야?"

"……어떻게 여기에 있는 거야?"

"글쎄, 지금 그게 중요한 게 아닌 것 같은데."

성녀가 사르르 웃었다. 그녀의 옆에는 신관 둘과 기사 둘이 있었다. 그리고 그녀의 손에는 책이 한 권 들려 있었다.

"책을…… 가지고 있었어?"

"아니, 되찾은 것뿐이야."

"어디에 숨겨놨나 했더니 황성 비밀 통로에 숨겨놨구나."

성녀는 부정하지 않고 생긋 미소 지었다.

"폐린 경, 이거 나중에 진술해줄 수 있죠?"

"물론입니다."

"괜찮아, 그래도 상관없을 테니까."

성녀와 함께 있던 두 명의 기사도 검을 꺼내 에델리스의 일행과 대치하게 되었다. 그들의 전투 인원은 고작 두 명이었다. 아무리 신관들과 성녀가 그들을 회복시켜준다고 할지라도 힘의 차이는 너무도 명백했다. 하지만 성녀는 아주 자신만만하게 말했다.

"시간도 없는데 얼른 가지?"

성녀의 말이 신호라도 된 듯, 폐린 경의 뒤에 있던 기사 둘이 에델리스를 향해 검을 겨누었다.

"이게 무슨……!"

"종교라는 건 말이야, 충성심보다도 더 깊은 곳에 자리 잡고 있거든."

순식간에 전세가 역전되었다. 폐린 경이 아무리 강하다고 해도 저쪽은 이쪽의 배가 되는 데다가 치료에 능한 신관까지 있었다. 전투에 관해서는 잘 모르는 에델리스가 보아도 결과는 뻔했다.

"걱정하지 마, 죽이지는 않을 테니까. 죽이고 싶었지만."

"……왜지?"

"내일 자고 일어났을 때를 기대해."

대체 무슨 짓을 하려고……?

성녀는 에델리스의 마음에 커다란 파문을 던졌다. 그리고 성녀 일행은 여전히 에델리스와 기사들을 경계하면서 차츰 멀어져갔다. 통로와 연결되는 출구는 한 곳이 아니었기에 그녀가 어느 곳으로 가는지는 알 수가 없었다. 성녀를 붙잡고 싶었지만 지금으로선 목숨을 부지하는 것이 고작이었다. 에델리스는 기회를 놓친 것을 탄식했다.

"크게 마음 쓰지 마십시오, 폐하. 별다른 일이야 있겠습니까."

"……그렇겠죠?"

"있어도 황제 폐하께서 막아주실 겁니다."

성녀가 도대체 무슨 일을 하려고 그러는 걸까. 그런 생각이 들면 안 되지만, 역시 기회가 왔을 때 성녀를 죽였어야 했나 싶은 어두운 감정도 샘솟았다.

어차피 르한의 곁에 있는 것은 자신이라는 생각에 너무 물렀던 것 같았다. 성녀가 또다시 베르만 파시스 같은 사람을 이용하여 제 목숨을 위협할지도 몰랐다.

생각에 빠져 걸음이 느려지자 페린 경이 발걸음을 재촉했다.

"폐하, 지체되었습니다. 어서 가셔야 합니다."

"……그래요, 알겠어요."

에델리스는 페린을 따라 남은 한 명의 기사와 함께 이동했다. 멀리서 들려오는 발소리에 혹시 모를 전투에 대비해 움직였다. 성녀가 얌전히 지나가긴 했어도 궁을 습격했던 수많은 민중을 경계해야 했기 때문이다.

선두에는 페린 경이, 후미에는 기사가 자리 잡아 가운데에 에델리스를 두어 호위하는 형태였다. 에델리스의 일행을 좇는 이들은 갈림길이 보일 때마다 수를 나눠 모든 통로를 수색하려는 듯했다. 잘 도망친다고 생각했는데 언제나 자신을 찾는 발소리가 뒤따랐다.

'성녀를 잡지 않으면 평생 이런 기분을 느끼게 되는 걸까.'

마침내 멀리서 빛이 들어오는 것이 보였다. 하지만 그쪽에서도 사람들이 들어오고 있었다.

"폐하, 전투를 피할 수 있을 것 같지 않습니다."

"잠시 기다려봐. 갑옷이 부딪히는 소리가 들리잖아."

신경이 날카로워진 페린 경이 기사의 섣부른 추측에 짜증스럽게 답했다.

"신도들이 갑옷을 입고 다닐 리가 없잖아. 성 기사가 아니고서야."

"……성 기사일지도 모르지 않습니까."

"성 기사가 잘도 제국에 들어왔겠다."

"혹시 모르지 않습니까."

"그래, 네 말대로면 지금 이 대화가 마지막일 테니 아니길 빌기나 해."

"페린 경, 다른 출구로 가는 길은 없을까요?"

"안타깝지만 이제 외길이라서, 아니면 뒤쪽에 오는 인원이

146

적으니 빠르게 그들을 제압하고 지나가는 방법도 있습니다."

그들이 빠르게 작전을 세우는 중에도 에델리스 일행과 출구 쪽에서 모든 이들은 시시각각으로 가까워졌다. 오래 생각할 시간이 없었다. 출구 쪽에서 오는 많은 수의 기사들과 조우하기 전에 도망쳐서 거리를 벌려야 했다.

"밖에 더 많은 인원이 대기할지도 몰라요, 안으로 들어가요."

"저도 그게 좋다고 생각합니다."

페린 경이 손에 들고 있던 랜턴을 꺼버렸다. 미약한 불빛이기는 했으나, 그마저도 없으니 이제는 눈앞이 거의 보이지 않았다. 페린 경은 가능한 조용히 안쪽으로 뛰어들어가 기사들을 향해 검을 휘둘렀다.

"으윽! 습격이다!"

"빌어먹을, 검이 얕았어!"

페린 경이 순식간에 공격했지만 기사가 급습을 막아냈다. 그리고 페린 경이 다시 검을 휘두르려는데, 출구 쪽에서 달려온 기사들이 들고 온 랜턴을 높이 들어 그들을 밝게 비췄다.

페린 경의 눈에 들어온 사람은 제 수하였다.

"이 자식이 감히 황제 폐하를 배신해?"

"페린 경?! 경은 황후 폐하와 함께 계신 게 아니었습니까?"

"그걸 왜 물어봐!"

페린 경이 분노에 차 죽일 듯이 칼을 휘두르는데 뒤쪽에서 기사단장의 목소리가 들려왔다.

"황후 폐하! 페린 경, 그 칼 멈춰!"

"페린 경!"

프라체 경의 다급한 목소리에 에델리스가 상황을 파악하고 급하게 페린 경을 불렀다. 하지만 이미 칼을 휘두른지라 그가 뒤늦게 멈추려고 해도 멈춰지지 않았다.

"페린!!!!"

에델리스는 차마 보지 못하고 눈을 질끈 감았다가 한쪽 눈을 힘겹게 떴다. 가까스로 주변에 있던 기사가 검집 채로 막아준 덕분에 그에게 닿기 직전에 페린 경이 휘두른 검을 멈춰 세울 수 있었다.

"하아, 하아……."

"……페린 경이 정말, 저를 죽이는 줄 알았습니다."

그의 목소리에는 울음기가 서려 있었다. 에델리스는 가슴속 깊숙한 곳에서부터 안도의 한숨을 내쉬었다. 그리고 상황을 정리하기 위해 나섰다.

"저희를 쫓는 신도들인 줄 알았어요."

"황성 안의 상황이 정리되어 모시러 왔습니다."

"정말, 이번에야말로 어떻게 되는 줄 알았어요……."

"괜찮습니다, 폐하."

에델리스는 긴장을 풀고 페린 경과 저를 따라왔던 기사를 크게 칭찬했다. 짧지만 힘든 시간이었을 텐데 저를 지켜줘서 정말 고맙다고. 그녀의 칭찬에 페린 경이 여느 때와 같이 능글거리며 말했다.

"칭찬하실 거면 휴가나 수당, 진급으로 주시면 좋을 것 같습니다."

조금 전까지만 해도 그렇게 신경이 날카로웠던 페린 경이라고는 믿을 수 없었다. 에델리스가 피식 웃었다. 역시 그렇게 나와야 페린 경이었다.

"특별 수당을 받게 될 페린 경의 진급을 축하하며 위로 휴가를 드릴게요."

"역시, 폐하이십니다. 제 충성심은 모두 폐하의 것입니다."

페린 경이 과장된 포즈로 감사 인사를 하는 것에 하마터면 웃음이 터질 뻔했다. 에델리스는 웃음보가 터지기 전에 얼른 프라체 경의 도움을 받아 그의 말에 올랐다. 궁으로 돌아갈 때가 된 것이다. 아마 르한이 엄청나게 걱정하고 있을 것이다.

그녀가 말에 타자 그녀를 호위하고 있던 이들도 각자 다른 기사들과 함께 말에 올랐다. 그리고 빠른 속도로 말을 몰아 궁으로 향했다. 에델리스는 궁에 도착하기 전에 프라체 경에게 상황을 물었다.

"그런데 정리되었다니, 어떻게 된 거예요?"

"성녀님이 사라졌고 신도들은 와해되었습니다."

"성녀는, 지하의 비밀 통로에서 봤어요."

"……어디 다친 데는 없었습니까, 혹시 안 좋은 곳은……."

프라체 경의 다급한 물음에 에델리스는 한숨을 내뱉었다.

"프라체 경, '나는' 다치지 않았고, 다행히 안 좋은 곳은 없어요."

"……."

"프라체 경은 르한의 친우고, 황실 기사단장이죠. 나는 당신이 그 위치를 깨닫길 바라요."

"……죄송합니다."

"이번이 두 번째죠, 다음은 없을 거라 믿어요."

"예."

프라체 경은 어두운 얼굴로 에델리스의 말에 답했다. 그리고 둘은 그 후로는 아무런 대화를 나누지 않았다.

황성에 도착하니 미리 전갈을 받았던 르한이 나와 있었다. 프라체 경이 르한의 바로 앞까지 말을 몰고 가자 에델리스가 르한의 품으로 뛰어내렸다.

"르한!"

"어디 다치지는 않았습니까."

르한이 그녀의 얼굴을 살피고 다친 곳은 없는지 보려고 했지만 에델리스가 르한을 끌어안고 놔주지 않았다.

"다친 곳은 없어, 그러니 지금은 잠시만 안아줘."

"……예."

"르한은 다친 곳 없어? 사람들이 무사히 물러갔다는 이야기는 들었는데."

"다치지 않았습니다. 그저 당신이 걱정되어 마음이 타들어갔을 뿐이지."

"이제 괜찮아. 정말로 괜찮아."

에델리스와 르한은 짧은 이별이었지만 재회의 기쁨을 나누었다. 그리고 프라체 경은 그런 그들을 복잡한 얼굴로 바라보왔다.

르한은 곧바로 성녀 수색을 위해 프라체 경을 파견하고 에델리스와 함께 궁으로 돌아왔다. 에델리스도 르한도 많이 피곤했기 때문에 그들은 일찍 저녁을 먹고 잠자리에 들기로 했다.

그런데 에델리스는 내일이 되기 전에 반드시 오늘 있었던 일을 말해야 할 것 같은 느낌이 들었다. 그래서 침대에 누워 여느 때처럼 르한의 팔을 베고 있을 때 말을 꺼냈다.

"아까 전에 지하의 비밀 통로에서 성녀를 봤어."

"성녀가 그곳에 있었단 말입니까?"

"응, 나도 몰랐던 비밀 통로를 성녀가 알고 있어서 충격 받았어."

"……국가 기밀 사항을 어떻게."

르한 역시 적잖이 충격을 받은 눈치였다. 그도 황위에 오른 뒤 전임 황실 기사단장으로부터 전해 들은 것이었다. 그런 것을 황성에 온 지 반년도 채 되지 않은 성녀가 알고 있었다는 것이 충격적이었다.

"몇 군데 새로운 출입구를 만들고, 기존에 있던 곳 중 일부를 폐쇄해야겠습니다."

"그래, 혹시 모르니까 그게 좋을 것 같아."

"예."

"아, 그리고 성녀가 내일을 기대하라고 했는데, 이건 무슨 이야기일까?"

"내일······이요?"

"응, 자고 일어났을 때를 기대하라고."

성녀가 했던 말을 떠올리자 가슴이 쿵쾅거리면서 속이 울렁거렸다. 속이 메슥거려 헛구역질이 올라왔다.

"에델리스, 괜찮을 겁니다. 걱정하지 마세요."

"······그렇겠지?"

"예, 혹시 모르니 주변을 더욱 경계하라 이르겠습니다."

"응, 고마워."

에델리스는 왠지 불안한 마음이 자꾸만 생겨나 르한의 품을 파고들었다.

이 하루만 잘 보낸다면 정체 모를 불안감도 사그라들 것이다.

"자고 일어나면 괜찮을 겁니다. 성녀가 했던 말 따위는 신경 쓰지 마세요."

"응."

"성녀가 할 수 있는 일이 밝혀진 것은 몇 안 되지만 제까짓 게 무엇을 할 수 있겠습니까."

"성녀를 그렇게 무시하는 것은 아마 르한밖에 없을 거야."

"내 아내를 그렇게 무시하는 것도 성녀밖에 없을 겁니다."

르한의 말에 에델리스가 키득키득 웃었다. 르한은 그런 에델리스의 등을 토닥이며 얼른 자라고 했다.

"오늘 고된 일을 겪은 탓에 정신적으로 힘들어서 더 그런 걸지도 모릅니다."

"쉬고 나면 괜찮아질 거라고 믿어."

"예, 잘 생각했습니다."

에델리스는 눈을 감기 전에, 한 가지 더 말하고 싶었다. 어쩌면 불안한 마음 때문에 더욱 말하고 싶었는지도 모른다.

"르한. 좋아해."

"······나도, 말로 다 하지 못할 만큼 좋아합니다."

"나는 좋아한다는 말로 표현하지 못할 만큼 좋아해."

에델리스를 안고 있던 르한의 팔에 힘이 들어갔다. 그가 숨이 막힐 것처럼 세게 끌어안았는데도 마음은 이전보다 더욱 안정을 찾아갔다. 빠르게 뛰고 있는 그의 심장 소리에 귀를 기울이니 불안감은 점점 멀어져갔다. 긴장이 풀린 에델리스는 그의 체온을 느끼며 깊은 수마에 빠져들었다.

케이르한 라크시드 크로나드

"황후."

에델리스는 새벽 달이 떠오를 무렵 저를 부르는 목소리에
잠에서 깼다. 창밖은 여전히 어두웠다. 하지만 그걸로 칭얼거
리기에는 르한의 목소리가 평소와는 다르게 매우 딱딱하게 느
껴졌다.

"당장 일어나시오."

"……조금만 더 자면 안 돼?"

눈 뜨기에는 익숙지 않은 시간인 데다가 전날 고초를 겪었
기에 그녀의 몸은 아직 휴식을 요구하고 있었다. 그렇기에 에
델리스는 다시 눈을 감고 잠을 청하려고 했다. 하지만 르한의
경직된 목소리가 에델리스의 정신을 붙잡아들였다.

"그대가 왜 여기에 있는 건지 답하시오."

"응?"

"이제는 하다 하다 내 침실에 숨어들기까지 하는 것이오?"

"그게 무슨 소리야, 르한."

에델리스는 그때만 하더라도 르한이 제게 장난을 치는 줄 알았다. 그래서 헤실헤실 웃으며 답했는데, 그녀가 그의 이름을 부르자 눈앞의 남자가 미간을 와락 구겼다.

"아무리 황후라고는 하나 황제에 대한 모독이 허락될 거라 생각하는 거라면 오산이오."

"모독이라니, 무슨 말도 안 되는……."

"그게 아니면 황제에 대한 존칭은 어디로 간 것이오?"

"……."

"게다가 르한이라니, 대체 누가 그대에게 그 이름을 알려줬는지 모르겠지만 내 기분을 더럽게 할 생각이었다면 아주 효과가 좋았소."

에델리스는 잠이 싹 달아났다.

"왜, 왜 그래, 르한."

"한 번 더 그따위로 부른다면 좋은 꼴을 보지는 못할 거요."

"……."

"정신을 차렸다면 당장 나가시오."

지금 이게 무슨 상황인지 전혀 이해가 가지 않았다. 분명 지난밤까지만 하더라도 사랑을 속삭이며 서로를 보듬지 않았던가.

'그런데 어떻게 하루아침에 이렇게…….'

하루아침, 그 단어를 떠올리자 누군가의 말이 머릿속을 스쳐 지나갔다.

─내일 자고 일어났을 때를 기대해.

그녀의 목소리를 떠올리자 에델리스의 얼굴이 삽시간에 어두워졌다.

'이게 가능한 거야? 말이 되는 거야?'

머리로는 말도 안 되는 거라고 외치고 있었지만 성녀가 아니라면 달리 의심이 될 만한 것이 없었다. 게다가 미래를 보는 책을 가지고 있는 성녀라면 가능할지도 모른다는 의심이 들었다. 우선 지금 이 상황이 어떤 상황인지 확인해야 했다.

"폐하……라고."

에델리스의 부름에 이전 같았으면 폐하라고 하지 말라며 만류했을 르한이었다. 하지만 지금은 어디 한번 말해보라는 듯이 고개를 치켜들고 그녀를 응시하고 있었다.

"혹시 저와 처음 만났을 때를 기억하세요?"

"그런 시답잖은 것을 묻기 위해 나를 부른 것이오?"

"대답, 해주세요."

에델리스가 절박하게 묻자 황제가 어쩔 수 없이 입을 열었다.

"내가 그대를 황후로 맞기 위해 백작저로 갔었지."

"……백작."

"듣고 싶은 것은 다 들었나?"

"……."

"나도 이제 그만 훈련하러 가야 하니 그대도 나가시오."

황제는 친히 문을 열어주며 에델리스를 방에서 쫓아내다시피 했다.

아무리 새벽 시간이라 사람이 없다고 한들, 나신이나 다름

없는 모습으로 쫓겨나는 황후라니. 에델리스는 제 처지를 생각하니 기가 차서 헛웃음이 나왔다.

지나가던 하녀가 에델리스를 발견하고는 깜짝 놀랐다. 하녀는 우선 빈방으로 에델리스를 안내한 후 옷매무새를 가다듬게 한 뒤 루비 궁으로 그녀를 모셔갔다. 자신의 방에 도착한 에델리스는 몸도 마음도 피곤했지만 다시 잠이 들 생각은 씻은 듯이 사라진 뒤였다.

'오랜만이네, 내 침실.'

밤에는 항상 에메랄드 궁에 있던 르한의, 황제의 침실에서 잤었다. 그런데 평소 같았으면 자고 있을 시각에 제 침실에 있으니 어색하기 그지없었다.

에델리스는 설렁줄을 당겨 하녀를 불렀다. 새벽녘의 이른 시각이었지만 곧바로 하녀가 올라왔다.

"폐하, 부르셨어요?"

"차 좀 가져다주겠니?"

"네, 평소에 드시던 차로 내올게요."

"그래."

에델리스는 창가에 놓여 있던 테이블에 자리를 잡았다. 그녀가 창밖을 바라보며 생각에 잠겨 있는 동안 하녀는 차를 우렸다. 생각에 잠겨 있던 에델리스가 고심 끝에 한 가지 질문을 던졌다.

"……그런데 말이야."

"네, 폐하."

"성녀가 신전에 있을까?"

"글쎄요. 황제 폐하께서 제일 먼저 신전으로 향하셨었는데 못 찾으신 것 같아요."

"……."

"성녀가 어디에 있든 프라체 경이 열심히 찾고 있을 테니 폐하께서는 너무 걱정하지 마시고 쉬세요."

"……고마워."

"뭘요, 폐하께서 안전하게 돌아오셔서 기뻐요."

하녀는 웃으며 에델리스의 찻잔에 차를 따라주었고, 에델리스는 그것을 마시며 다시금 창밖으로 시선을 돌렸다.

하녀에게 필요하면 다시 부를 테니 쉬고 있으라며 그녀를 내보냈다.

"백작, 백작이라고."

르한을 떠올리며 그와 했던 대화를 곱씹어보았다.

"아버지는 후작인데, 백작이라니."

마치 책에서 본 내용 같지 않은가. 분명 책에서 아버지는 백작이었다. 그렇기에 아버지께서 후작이 되었다고 했을 때 놀랐었다.

그렇다고 지금 제 눈앞에 펼쳐져 있는 현실이 책의 내용 같지는 않았다. 그것을 확인하기 위해서 하녀에게 책의 내용이어도, 자신이 알고 있는 현실이어도 이상하지 않은 중의적인 질문을 던진 것이다. 만약 책의 내용대로였다면 '성녀가 신전에 있느냐'는 질문에 황성에 머물고 있다는 답변을 했을

158

것이다.

그러니 현재 상황 자체가 변한 것은 아니었다. 변한 것은 르한 한 명뿐. 단지 르한 한 명뿐이었는데, 모든 것이 부정당한 기분이었다.

책에서만 보던 저를 냉대하던 그 눈빛을 실제로 보게 될 줄이야. 그나마 책에서 볼 때는 자신이 아닌 책 속의 황후를 향한 것이라고 생각했는데, 조금 전 르한의 눈빛은 아주 똑바로 자신을 향하고 있었다.

"르한을 원래대로 되돌리려면 어떻게 해야 하지……."

원래대로 돌릴 수는 있는 걸까? 만약 영영 돌아오지 않으면 어떡하지?

만약 르한이 책에서 보았던 대로 움직이더라도 죽음을 피할 수는 있을 것 같았다. 성녀가 등장했을 때 굳이 그녀를 괴롭히지 않고, 그녀에게 얌전히 자리를 넘겨주면 될 것이다. 하지만 그건…….

'어쩐지 진 기분이잖아.'

결국엔 성녀의 뜻대로 되는 것이지 않은가. 성녀에게 지고 싶은 마음은 털끝만큼도 없었다.

"어떻게 해야 할까……."

에델리스는 턱을 괴고 멍하니 창밖을 응시했다. 무언가 방법이 떠오를까 해서. 하지만 획기적인 방법은 떠오르지 않았다. 결국 이전까지 에델리스가 하던 대로, 할 수 있는 모든 방법을 동원하는 것밖에 없었다.

르한이 새벽 훈련을 마친 뒤 씻고 나오자 시종장이 그를 맞이하며 평소와 같은 질문을 했다.

"그럼 이제 황후 폐하께 가시는 겁니까?"

"왜?"

"……예?"

"내가 왜 황후에게 가야 하지? 무슨 일이라도 있나?"

"아, 아닙니다. 매일 훈련하신 뒤에 황후 폐하께 가셨는데, 오늘은 황후 폐하께서 루비 궁으로 가셨으니까요."

"내가 매일 훈련하고 황후에게 갔다고?"

그저 허울뿐인 황후, 그 이상도 이하도 아니었다. 그러니 자신이 그녀를 매일 찾아갈 이유 따위 없었다. 굳이 번거롭게 왜?

그런데 시종장은 고개를 격렬하게 끄덕이며 묻지도 않은 황후의 정보를 제게 건네는 것이 아닌가.

"황후 폐하께서는 지금 차를 마시고 계신다고 합니다. 그에 어울리는 간식을 준비해두었으니 은근하게 들고 가시는 것은 어떨까요?"

"말도 안 되는 소리."

자신이 뭐가 아쉬워서 황후에게 간식을 들고 간단 말인가. 그녀가 저를 찾아올 때에도 상대하기 번거로워 돌려보내기 일쑤였다.

"그러면 이전에 몰래 주문해두신 목걸이가 왔으니 그걸 준비할까요?"

갈수록 가관이었다. 이게 무슨 말도 안 되는 소리인지.

"내가 목걸이를 주문했다고?"

"예, 황후 폐하의 눈동자와 같은 에메랄드로 장식된 목걸이 말입니다."

"그런 적 없다."

"황제 폐하께서 황후 폐하의 목에 걸면 그렇게 아름다울 것이라고 수도 없이 말씀하셨는데 제가 헷갈릴 리가 있겠습니까."

시종장의 말을 들은 르한의 턱이 저절로 벌어졌다. 게다가 시종장이 언제부터 제게 이렇게 편하게 말을 걸어왔는지 이해가 되지 않았다.

분명 시종장도 어제까지만 하더라도 제가 말을 할 때 그저 예예, 하면서 시키는 대로 했었는데 오늘은 단체로 정신에 문제가 생긴 것 같았다. 그게 아니라면 혹시 제 정신에 문제가 생긴 것인가 싶은 생각이 들 지경이었다.

"우선 어디 한 번 목걸이를 가지고 와보아라."

"예."

잠시 후 시종장이 직접 목걸이를 들고 왔다. 시종장이 말한 대로 불순물 없는 고품질의 에메랄드로 장식된 목걸이였다.

시종장의 급여로는 절대로 살 수 없을 만한 엄청나게 화려한 목걸이였다. 그런데 이것이 존재한다는 것은 정말 자신이 목걸이를 샀다는 증거였다.

'이게 어떻게 된 거지. 정말로 내 정신에 문제가 생기기라도 한 건가?'

르한은 식사도 하지 않고 제 집무실로 갔다. 서류를 넘겨보던 르한의 눈에 말도 안 되는 글자가 들어왔다.

"조에른 브릴 후작. ……후작?"

황후의 아버지인 조에른 브릴이 올린 서류에 후작이라고 적혀 있었다. 조에른 브릴은 황후인 에델리스 크로나드의 아버지였고, 분명 백작이었다. 그런데 후작이라니?

후작을 사칭한 죄는 가볍지 않았다. 아무리 황후의 아버지라지만 이것은 질서를 어지럽히는, 용서할 수 없는 죄였다.

르한이 종을 울리자 밖에서 대기하고 있던 시종장이 곧바로 안으로 들어왔다.

"황실 기사단장을 불러라."

"그러면 성녀님에 대한 수색을 중지하고 오라고 전합니까? 아니면 수색은 계속하면서 프라체 경만 오라고 전달합니까?"

"……지금 기사단장이 누구를 수색한다고?"

황실 기사단장이 움직였으면 황제인 르한이 명령을 내린 일일 것이다. 그러니 자신이 이것을 묻는다면 시종장이 이상하게 여길 것이 분명했다. 그런데도 르한은 되묻지 않을 수가 없었다. 제국을 위해 그렇게 헌신한 성녀를 왜 추적한단 말인가.

"성녀를 수색하고 있습니다."

"성녀를 왜."

"황후 폐하 살해 교사 혐의로 궁에 유폐되었다가 탈옥하지 않았습니까."

"……그, 그래. 그랬지."

르한의 얼굴에 당황한 기색이 역력했다. 시종장이 의아하게 여길 것을 알면서도 표정 관리가 되지 않았다.

'성녀라 불리는 사람이 살해에 유폐에 탈옥이라니. 이렇게 안 어울리는 조합이 또 있을까.'

게다가 이번에도 '황후'와 연관되어 있었다.

의문이 해소되기도 전에 새로운 의문점이 쏟아져 나왔다. 제 침실에 숨어든 황후, 그녀를 위해 준비한 목걸이. 후작이라는 그녀의 아비에 이어 그녀를 죽이려 했다는 성녀까지.

르한은 황실 기사단장을 부르기 전에 현재 상황을 아는 것이 먼저라고 판단했다.

"황실 기사단장은 추후에 부르도록 하지. 나가보도록 해."

"예."

시종장이 허리를 깊게 숙이며 인사하고 나갔다.

르한은 옆에 메모할 것을 두고 귀족 연감부터 먼저 살펴보았다. 그런데 정말로 조에른 브릴이 후작이라고 적혀 있었다.

"진짜로 조에른 브릴이 후작이라고?"

대체 조에른 브릴이 뭘 했다고 후작인지.

기억 속 조에른 브릴은 그저 영지나 잘 돌보는 귀족에 불과했다. 수많은 귀족이 숙청당하고 남은 몇 없는 중립파 귀족 중 하나였다. 그런 그의 딸을 황후로 삼은 이유는 철저하게 정치적인 계산 때문이었다. 다른 마음을 먹기 쉬운 공, 후작가가 아닌 백작가의 에델리스를 황후로 맞은 것이다. 그러니 조에른 브릴에게 자신이 권력을 얹어주었을 리가 없었다.

"대체 이게 어떻게 된 거지……."

그것으로 끝이 아니었다. 제 후궁이거나 귀비였던 이들이 다들 어딘가의 백작 부인, 후작 부인으로 나와 있었다. 이를 믿을 수가 없어 황실 계보를 살펴보니 정말로 황족은 저와 황후밖에 존재하지 않았다.

"정말로 내가 미치기라도 한 건가."

르한은 라크시드 정보부에 연락해 최근 몇 년간 자신에게 있었던 일을 정리한 자료를 요구하려다가 그만두었다. 이렇게 주변이 바뀌었는데 라크시드 정보부를 믿을 수 있을지 확신이 들지 않았기 때문이었다.

'누구에게 이 일을 의논할 수 있을까.'

그동안 힘겹게 황권을 강화시켜 왔는데, 이 일을 잘못 발설했다가는 정신이 온전치 못한 황제라며 순식간에 저를 얕잡아볼 것 같았다.

혹시 제 주변에 벌어지는 이 기현상에 대해서 성녀라면 알까 싶었다. 전염병도 예지와 성력을 이용해 해결하지 않았던가. 지금 제 눈앞에 펼쳐진 현실과는 다를지 몰라도, 적어도 제 기억 속의 성녀는 분명 그러한 힘이 있었다.

신전에 사람을 보내 성녀를 보내달라고 하려다가 황실 기사단장에게 쫓기고 있다는 이야기를 떠올렸다. 역시 자신이 직접 성녀를 찾아 신전에 가보는 것이 좋을 것 같았다.

'신전이라면 성녀의 위치를 알고 있겠지.'

르한에 대해서 고민하던 에델리스는 식사 시간이 다 되도록 방에 있었다. 저도 모르게 평소처럼 르한이 자신을 에스코트하러 올 거라 생각했던 것이다.

에델리스는 자리에서 일어나 에메랄드 궁으로 향했다. 굳이 그가 자신을 데리러 오지 않더라도, 직접 가면 되니까. 지금의 르한이 무섭냐고 물으면 아니라고 답할 자신은 없었다. 황후를 죽였던 그 황제였으니까.

'그렇다고 내가 르한을 피한다면, 성녀에게 빼앗기고 말 거야.'

성녀의 소행이 분명하니 그녀는 시기를 봐서 황성으로 돌아올 것이 분명했다. 그러니 그 전에 르한과 이야기를 나눠봐야 했다. 에델리스가 황제의 집무실 앞에 도착하자 밖에서 대기하고 있던 시종장이 문을 두드렸다.

"황제 폐하, 황후 폐하께서 오셨습니다."

"……."

"폐하?"

평소 같았으면 황제가 곧바로 문을 열고 나왔을 텐데 도무지 답이 없자 시종장이 이를 의아하게 여겼다. 에델리스가 직접 문을 열려고 하자 시종장이 그녀를 만류했다.

"폐하! 아직 황제 폐하께서 허락하시지 않으셨습니다."

"괜찮아."

"아니, 그게……."

에델리스가 시종장을 바라보자 시종장이 그녀에게서 한 발짝 물러섰다. 황제 폐하가 평소와 다를지언정 그가 알고 있던 황제는 허락 없이 문을 열고 들어온 황후보다 그녀를 만류한 저를 벌할 것이 분명했기 때문이다.

그런 그에게 에델리스가 가볍게 인사하고 안으로 들어갔다. 하지만 안에는 아무도 없었다.

"르한?"

에델리스는 그를 부르며 방 안을 서성였다. 시종장이 앞에서 기다리고 있었으니 르한이 어딘가 외출하겠다고 한 것은 아닐 것이다. 창문도 굳게 닫혀 있었다. 그런데 아무도 보이지 않았다. 기억도 온전치 못한 그가 사라지니 불안감이 엄습해왔다.

"르한!"

그가 사라졌다면 비밀 통로로 갔을 것이다. 에델리스는 신도들에 쫓겨 도망치기 위해 르한이 알려준 비밀 통로의 입구를 기억해냈다. 에델리스가 장식용 검을 반 바퀴 돌리자 통로가 반쯤 열렸다. 그 안에는 저를 차가운 눈으로 바라보고 있는 르한이 서 있었다.

"르…… 폐하."

그가 '르한'이라고 불렀을 때 불쾌해했단 것을 알았기에 그를 폐하라 칭했다. 역시나 '폐하'라고 칭하자 르한의 표정이 아주 조금은 부드러워졌다.

"여길 어떻게 알고 있는 거지."

"폐하께서 설명해주셨으니까요."

"……."

에델리스의 예상대로 르한은 자신과 나눴던 대화를 기억하지 못했다. 그는 외출을 하려던 참이었는지 허리춤에 검을 찬 채로 로브를 뒤집어쓰고 있었다. 굳이 문 밖으로 당당하게 나가지 않고 비밀 통로를 이용하는 걸로 보아 은밀하게 움직이려고 하는 것 같았다.

"외출하시려던 건가요?"

"……그래."

"식사는 하셨나요?"

"……."

자꾸만 침묵으로 일관하려는 르한의 모습에 에델리스는 마음이 아팠다. 평소 같았으면 도란도란 대화를 나누며 즐겁게 식사를 하고 있었을 것이다.

하지만 침울해할 시간이 없었다. 그가 만약 자신의 기억이 온전치 못한 것을 안다면 찾을 이들은 한정되어 있으니까.

물론 다른 이들에게 정보를 얻는다면 저와 얼마나 사이가 좋았는지에 대해서 알 수 있을 것이다. 그러나 에델리스는 그 전에 미리 자신이 말해두고 싶었다. 다른 사람이 아닌 자신의 입으로 전달하고 싶었다. 우리 둘의 관계에 대해서.

"지금, 조금 혼란스럽다는 거 알고 있어요."

"……황후가 허락도 없이 들어오니 혼란스러울 수밖에."

"폐하는 저를 한 번도 황후라고 부른 적 없어요."

"……."

"후작인 저희 아버지를 백작이라고 칭한 점, 매일 같이 잤는데 그것을 알지 못했던 것, 그리고 아침마다 저를 에스코트하러 왔는데 오지 않았던 것도."

"무슨 말이 하고 싶은 거지?"

"그리고 제게 그렇게 하대하는 것까지."

"……."

"기억……하고 있는 것과 현실이 다르죠?"

르한의 얼굴에 지금 이 상황을 낭패라고 느끼는 마음이 여실히 드러났다. 역시 그가 제게 숨기려 했음을 알고 나니 마음이 복잡해졌다.

"제가 도움을 드릴 수 있어요. 알려드릴게요."

"하나 지금까지 확인한 바에 따르면 내 기억과 다른 부분은 모두 그대에 관한 것이더군."

"……그렇겠죠."

미래를 바꾸기 위해서 그렇게 노력했으니까. 당연히 저와 관련된 부분이 바뀌었을 것이라고 생각했다.

"대체 내게 무슨 짓을 한 거지."

"저는 아무것도."

"아무것도 하지 않았는데 지금 내가 이렇다고?"

르한이 서늘하게 말하니 긴장이 되었다. 하지만 정말로 그에게 무슨 짓을 한 것은 자신이 아니라 성녀였다.

"그대가 아무것도 하지 않았는데, 그대의 주변만 이렇게 바뀌었다는 게 말이 된다고 생각하나?"

"제 주변이 바뀐 것이 아니라, 폐하의 기억이 바뀌었다는 생각은 해보지 않으셨나요."

"지금 그게 말이 된다고 생각하는 건가?"

그렇게 말을 하는 르한의 눈이 사정없이 떨렸다.

그도 어딘가 짐작 가는 것이 있는 모양이었다.

"제가 도움을 드릴 수 있어요."

"……무슨 도움을."

"지금 상황이 어떤 상황인지, 기억과 다른 점은 무엇인지."

"도움을 받아 내가 얻는 이점이 뭐가 있지?"

"다른 귀족들에게 들키지 않을 수 있겠죠."

"들켜도 상관없다만."

"저도 생각해본 적이 있어서 아는데, 정신이 온전치 않다고 판단될 경우 정신 병동에 가게 될 거예요."

예전에 르한이 결혼하자고 했을 때 생각했었다. 책의 내용을 들먹이며 결혼하고 싶지 않다고 하려다가 정신 병동에 가고 싶지 않아 마지못해 수락했었지.

"감히 황제인 나를?"

"정신이 온전치 않다고 판단된다면 언제든지 끌어내리고 싶어 하는 귀족들이 있을 텐데요."

"……."

르한도 에델리스의 말을 어느 정도 수긍하는 분위기였다. 아직 저를 습격한 반 황제파 사람을 다 잡지 못했기 때문에 꺼낸 이야기였는데, 책 속에서의 황제도 같은 고민을 하고 있었던 모양이었다.

"궁금한 점에 대해서 제가 아는 한 모두 답해드릴게요."

"그래서. 그래서 그대가 얻는 이점은 무엇이지?"

에델리스를 시험이라도 하겠다는 듯이 르한이 그녀를 직시하며 물어왔다.

"저도 조건이 있어요."

"조건? 감히 나를 상대로 조건을 걸어?"

"이것만 수락해주시면 전적으로 도와드릴게요. 어차피 제게는 들켰고 다른 사람에게는 들키고 싶지 않잖아요."

"대체 그 조건이 뭔지 일단 들어는 보도록 하지."

"어렵지는 않아요."

지금 그녀가 가장 바라는 것은 르한이 원래대로 돌아오는 것. 하지만 그에게 부탁한다고 해서 그게 이루어질 것이라곤 생각하지 않는다. 그렇다고 '나를 죽이지 마세요.'와 같은 수상쩍은 부탁을 할 생각도 없었다.

"매일 나와 식사하기로 해요."

"그래. 그 정도면 뭐. 아침 식사면 되겠나."

"아뇨, 원래 우리는 아침, 점심, 저녁을 모두 함께했어요."

"식사는 하루에 한 끼, 아침 또는 저녁만 함께하도록 하지.

군이 모든 끼니를 같이 해야 할 이유를 느끼지 못하겠군."

"사람들이 이상하게 여길지도 모르는데도요?"

"식사하는 빈도가 줄어든 것만으로 나를 정신이상자 취급하지는 않겠지. 그들도 생각이라는 걸 한다면 말이야."

에델리스는 그와 최대한 많은 시간을 보내고 싶었다. 그동안 그가 과거의 기억을 떠올릴 수 있도록 할 계획이었기 때문이었다. 하지만 그가 이렇게까지 거부하니 방도가 없었다. 그가 직접 느끼는 수밖에.

"……알겠어요."

"그러면 왜 그대의 아버지가 후작인지부터 말해줄 수 있나."

에델리스와 협의가 되자마자 르한은 곧바로 본론부터 꺼냈다.

"폐하가 반정을 일으킬 때 군사를 지원했다고 들었어요."

"군사를 지원한 이들은 많았는데 백작만 후작이 된 이유는 뭐지?"

"……."

"모르나?"

"그, 그게……. 아무래도 저 때문이라고 들었는데요."

"계속해."

"백작 영애인 채로 결혼하면 다른 귀족들에게 무시당할 수도 있어 후작위를 주었다고……."

"……."

르한의 표정이 믿을 수 없다는 듯이 굳어졌다.

"그렇다 치고. 성녀가 그대를 죽이려고 했다는 건 뭐지?"

르한의 질문에 에델리스가 사건에 대해서 간략하게 설명했다. 에델리스의 짧은 설명을 들은 르한이 담담하게 물었다.

"기억이 온전치 않아도 그대가 베르만 파시스를 얼마나 아껴왔는지 알고 있다. 이건 변함이 없겠지."

"아주 다르진 않아요. 제 목숨을 지켜주었다고 믿은 적도 있었으니까."

"그리고 나는 그대가 성녀를 얼마나 마음에 들어 하지 않는지도 알고 있어."

"……그래서 하고 싶은 말이 뭐예요?"

"그대의 자작극일 가능성은? 없다고 할 수 있나."

르한의 차가운 질문에 에델리스는 숨을 삼켰다. 무슨 일이 있어도 제 편이라던 르한이 자신을 의심하는 말을 하다니. 눈 앞에 있는 사람은 르한이 아니라 황제라고 생각을 하며 위안 삼고 있었다. 하지만 르한과 같은 얼굴에 같은 목소리라서 그런 걸까? 마음이 찢어질 듯 아파왔다.

"내가, 아니 제가……."

"……."

"성녀를 불편해하긴 했지만, 그 정도까지는 아니었어요."

"불편해했던 이유는?"

에델리스는 말이 제대로 나오지 않을 만큼 먹먹했지만 르한은 시종일관 담담하게 말을 했다.

"……성녀가 당신을 마음에 두는 것 같아서요."

172

"불편할 수는 있지만 그 정도는 죽일 이유가 되지 않지."

성녀가 도망치고 나서 진작에 처리할 걸 그랬다고 후회하기는 했지만, 우선은 입을 다물기로 했다.

"그러면 성녀가 범인이라고 생각하는 건가? 정말로?"

"네."

르한이 제 책상 위에 있던 서류를 뒤적였다. 그러다가 한 서류를 집어내고는 한 장씩 넘기면서 그것을 보았다.

"그런데 조금 전에 그대에게 사건에 대한 설명을 들었을 때도 그렇고."

"……."

"그리고 사건에 대해 적혀 있는 서류를 보아도 그렇고."

르한이 서류를 팔랑이던 것을 정리하고 다시 책상 위로 올려놓았다.

"나는 별로 성녀가 범인이라고 생각되지 않는데? 고작 책 하나를 훔치려고?"

"고작 책 하나가 아니라……!"

"아니면?"

성녀가 책을 훔친 결과 르한이 이렇게 변해버렸다. 책에서의 기억을 덧씌우기라도 한 것처럼. 그러니 성녀가 고작 책 한 권 훔쳐보겠다고 그런 것이 아니었다.

"폐하의 기억에 혼돈이 왔잖아요."

"그래서 성녀가 얻을 수 있는 건? 제국과 전쟁이라도 할 참이라던가?"

"아, 아뇨. 그건 아니지만……. 폐하에게 호의를 갖고 있어서……."

"그렇다면 그대를 죽이는 것이 가장 간단하지 않나?"

"저를 죽일 생각이 없었던 것은 아니에요."

"그러면 굳이 납치하고 죽일 이유도 없지 않나."

"책에서 성녀가 봤던 대로 이야기를 바꾸려고 하는 것 같았어요. 현실은 책의 내용과 다르니까. 그래서 어디서부터 어떻게 달라진 건지 제게 물었어요."

에델리스는 계속해서 자신의 결백함과 성녀에 대한 의심을 쏟아냈다. 천천히 하나씩 설명한다면 분명 르한이 저를 이해해줄 것이라고 생각하면서.

"하지만 제가 도망가고, 구조되면서 베르만 파시스는 붙잡혔고, 성녀까지 잇따라 잡아들일 수 있었어요."

"한 나라의 성녀를 건드린 것치고는 증거가 많이 부실한데?"

"……르한이."

에델리스가 '르한'이라는 이름을 입에 담자 르한의 미간에 주름이 잡혔다. 그녀 또한 그가 '르한'이라는 이름을 언급하지 말라고 했던 것을 기억하고 급하게 정정했다.

"폐하가, 그 정도로도 충분하다고 했어요."

"턱없이 부족해. 물적 증거도 없고, 자백이 있던 것도 아니고, 심지어 성녀는 계속 결백을 주장하지 않나."

"하, 하지만! 제 책을 성녀가 가지고 가는 것을 보았어요!"

"납치된 이후에 우연히 책을 손에 넣었을 수도 있지."

"제가 구조되고 곧바로 제가 납치됐던 곳에 기사들을 파견했으니 그런 우연이 있을 리가 없어요!"

"그래, 그럴 수도 있겠지. 하지만 내가 지금 성녀가 책을 얻은 계기를 추측하는 것과 그대가 납치 사건의 배후를 성녀라고 추측하는 것과 뭐가 다르지?"

르한의 말에 에델리스의 눈에서 눈물이 또르르 흘러내렸다. 자신이 가장 신뢰하던 사람에게서 의심을 받는 것이 이렇게 마음 아플 줄 몰랐다.

"……나를, 나를 믿겠다고 했었잖아요."

"내가?"

에델리스가 빨갛게 부어오른 눈으로 그에게서 시선을 떼지 않고 고개를 끄덕였다. 하지만 그의 말은 그녀의 희망을 무참히 부숴버렸다.

"나는 내가 본 것만 믿어. 그대가 말하는 나는 지금의 내가 아니지 않아?"

"……."

"기억에 혼란이 생기기 전, 그때를 말하는 거 아닌가?"

에델리스는 아무런 대답도 하지 못했다.

그가 말한 것이 사실이었기 때문이다.

"나는 성녀보다 오히려 그대가 더 의심스러워."

"……저요?"

"그래, 그대는 이전부터 성녀를 마음에 들어 하지 않았지. 이건 그대도 조금 전에 인정한 것이니 부정할 생각은 하지 않는 것이 좋을 거야."

에델리스는 그것을 딱히 부정할 생각이 없었다. 그녀가 르한에게 호의를 갖고 있는 것을 보고 마음에 들지 않았던 것은 사실이었기 때문이다.

"그러니 성녀에게 누명을 씌울 수도 있는 거 아닌가? 그대라면 충분히 그럴 수도 있으리라 보는데."

"……당신의 아내인 저보다 성녀를 더 믿으시는군요."

"전염병이 퍼졌을 때 의료진들을 이끌고 아버지인 브릴 백작을 고치기 위해 갔던 그대보다야 제국인들을 위해 신관들을 데리고 왔던 성녀가 더 믿음직스럽긴 하지."

"나는 그런 적 없어요."

"기록을 찾아보면 알 일이지."

아무래도 르한은 책에서 황제가 갖고 있었던 기억 그대로 갖고 있는 모양이었다.

그래서 에델리스가 하지도 않은 일을 했다고 철석같이 믿고 있는 것 같았다.

"저를 그렇게 믿지 않는데, 제 제안은 왜 받아들이신 거죠?"

"성녀를 만나기 전에 그대의 이야기를 한 번쯤은 들어보고 싶었을 뿐이야."

"성녀를 만난다고요?"

"성녀라면 이 상황에 대해서 알고 있을 거라고 생각했거든."

"알고 있겠죠, 이 사건은 저지른 장본인이니까!"

176

"글쎄, 서류에 적힌 내용만으로 성녀가 범인이라고 주장하기에는 턱없이 부족한데?"

그가 의도하는 것을 알 것 같은 느낌이었다. 대화가 겉도는 이유는 둘이 의도하는 것이 다르기 때문이겠지. 믿고 싶지 않았고, 르한이 그럴 리가 없다고 생각했었는데.

"……성녀가 죄를 지은 적이 없던 걸로 만들려는 거군요."

"사건에 대해서 재조사하려는 것뿐이야."

"이미 성녀에게는 죄가 없다는 것을 확정 짓고서요?"

"죄를 지은 자에게는 처벌을 하고, 누명을 쓴 자의 결백을 믿는 것이지."

"누명……, 누명이라고."

"오히려 성녀가 유폐되었던 것이 더 이상하군. 대체 무슨 생각으로 성녀를."

"하……!"

르한의 말에 에델리스는 헛웃음이 나왔다.

그래, 성녀를 유폐하기엔 증거가 다소 부족했던 것은 맞았다.

하지만 그녀가 범인인 것은 확실했다. 그래서 르한이 에델리스를 믿고 성녀를 유폐한 것이었다. 그런데 지금은 다른 사람도 아닌 르한이 성녀가 그럴 리가 없다며 그녀를 풀어준다고 하니 어이가 없을 지경이었다.

르한은 곧장 시종장을 불렀다.

"예, 폐하. 부르셨습니까."

"황실 기사단장을 불러들여라."

"그 말씀은……."

"성녀에 대한 수색을 중단하라고 하여라."

"폐하!"

시종장이 저도 모르게 황후인 에델리스의 눈치를 보았다.

"그리고 자네가 직접 신전에 가도록 해라. 성녀님을 모시러 왔다고."

"……예?"

"억울하게 누명을 쓰신 것 같으니, 그에 따른 보상을 논의해 봐야지."

"아, 아니……."

"아, 혹시라도 신전에 안 계신다면 오실 때까지 기다리도록 해라."

시종장은 하루아침에 변한 황제를 이해할 수 없었으나 그의 명령을 따르기 위해 군말없이 머리를 깊이 숙여 인사를 하고 나왔다.

그가 나가고 르한은 눈앞에 펼쳐진 현실을 믿을 수 없다는 듯 허망하게 서 있는 에델리스에게 다가섰다. 그리고 몸을 숙여 그녀의 귓가에 속삭였다. 이전 같았으면 그녀의 귓가에 사랑을 속삭였을 르한이었겠지만.

"그대가 잘 모르는 모양인데."

"……무엇을요?"

"나는 그대가 그럴수록 성녀에게 더 마음이 가."

그가 속삭인 것은, 사형 선고나 다름이 없었다.

에델리스가 천천히 고개를 돌려 흔들리는 눈으로 르한을 보았다. 눈이 마주치자 르한이 싱긋 미소 지었다. 이전과 같은 얼굴로, 다른 의미의 미소를 짓는 모습에 하마터면 무너질 뻔했다.

"더 할 말이 없다면, 가보는 게 좋을 것 같은데?"

"……."

"앞으로 쓸데없는 생각은 하지 말고."

에델리스는 눈물을 흘릴 것 같아 입술을 짓씹으며 참아냈다. 그리고 떨리는 손으로 드레스를 잡아 겨우겨우 황제에게 예를 갖춰 인사를 하고 그의 방에서 나와 루비 궁에 있는 자신의 거처로 갔다. 자신의 침실에 도착해 문을 닫자마자 가까스로 버텨왔던 다리에 힘이 풀려 쓰러지듯 주저앉았다. 그리고 참아왔던 눈물을 주르륵 흘러내리며 절규했다.

바로 얼마 전까지만 하더라도 행복에 겨워 더 이상 바랄 것도 없었는데, 순식간에 나락으로 떨어져버렸다.

'어떡하지, 어떡해야 하지?'

불과 반년 전까지만해도 충분히 예상했던 일이 눈앞에 펼쳐졌을 뿐인데 현실은 생각보다도 훨씬 더 힘들고, 악몽 같고, 지옥 같았다.

'르한의 마음을 돌릴 수 있을까? 내가 그의 마음을 돌리려 할수록 성녀에게 마음이 간다고 하는데.'

게다가 자신이 성녀에게 누명을 씌웠다고 생각하다니, 불길한 예감이 들었다.

'혹시…… 책 속에서 황제가 말했던 악행에 이것이 추가되는 것은 아닐까?'

머리가 지끈지끈했다. 하지만 이대로 가만히 있을 수는 없었다. 이대로 가만히 있는다면 성녀가 바라는 결말을 맞이하게 될 것이다.

에델리스는 눈물을 닦고 자신이 할 수 있는 일을 찾기 시작했다.

'내 손에 쥐어진 것은 뭘까, 그중에서 내가 쓸 수 있는 것은 뭘까.'

머릿속에 떠오르는 것들은 많았지만 그것들을 어떻게 활용할 수 있을지 정리가 되지 않았다.

"폐하, 들어가도 되겠습니까."

문 밖에서 조그맣게 속삭이는 목소리가 들려왔다. 황실 기사단장인 요하네스 프라체였다. 에델리스는 곧바로 문을 열어 프라체 경이 들어올 수 있도록 했다.

"……무슨 일로 오신 건가요?"

조금 전까지 울고 있었기 때문에 에델리스의 목소리에는 울음기가 섞여 있었고 눈가도 발갛게 부어올라 있었다. 하지만 프라체는 애써 그녀의 얼굴에서 눈을 떼며 모른 척해주었다.

"어디서부터 어떻게 말씀드려야 할지 모르겠습니다."

"경이 귀환했다는 것은 임무가 종료되었다는 것이지요?"

"예. 신전에서 시종장과 마주쳤습니다."

프라체는 성녀의 뒤를 쫓기 위해 신전으로 찾아갔다. 그런데 그곳에서 성녀가 숨지도 않고 아주 여유롭게 있는 것을 보고 깜짝 놀랐다. 순간 자신의 위치도 잊고 성녀에게 이곳에 있으면 어떡하냐고, 왜 더 멀리 도망치지 않았냐고 다그칠 뻔했다.

그를 막은 것은 황제가 보낸 시종장이었다. 그를 보자마자 성녀는 기다렸다는 듯이 유유히 걸어 나왔다.

"황제 폐하께서 제게 성녀를 수색하는 일을 맡기셨으니 제가 데리고 가겠습니다."

"그 임무는 폐하께서 조금 전에 거둬들였습니다. 그리고 저를 보낸 것입니다."

"제가 아니라?"

"예. 제게 이곳에서 성녀님께서 오실 때까지 기다렸다가 성녀님을 모셔 오라고 하셨습니다."

자신이 성녀를 구명하고자 할 때 황제가 얼마나 단호하게 거절했었는지 똑똑히 기억하고 있었다. 그런데 하루아침에 바뀌어 그녀를 모셔 오라고 했다는 것이 믿을 수 없어 곧바로 황제를 알현하기 위해 황성으로 향했다. 시종장과 성녀, 프라체는 황제가 있는 응접실 문 앞에 섰다.

"폐하, 성녀님을 모시고 왔습니다."

"그래, 어서 들어오거라."

"그리고 프라체 경도 알현을 하고자 합니다."

"우선 성녀부터 들여라."

단호한 황제의 답에 프라체는 성녀를 먼저 해하려고 하는 것은 아닌지 걱정이 되었다. 걱정되는 마음이 점점 커져 결국 얼마 기다리지 못하고 황제의 허가도 없이 문을 박차고 들어갔다.

하지만 그의 걱정이 무색하게도 성녀는 아주 편안하게 황제의 옆자리에 앉아 있었다. 당연히 황후 폐하가 있을 거라고 생각했던 자리에 성녀님이 자리하고 있는 것이었다. 그것도 황제와 아주 가까운 위치에.

"뭐지, 요하네스 프라체."

"……아, 아닙니다."

황제는 얼마 지나지 않아 신경도 쓰지 않는다는 듯이 그에게 닿아 있던 시선을 거둬갔다.

"그보다, 일레인."

"네, 폐하."

"벌써 잊은 건가, 내가 이름으로 부르라고 하지 않았어?"

"그래도 될까요? ……케이르한."

"듣기 좋군."

프라체는 자신의 앞에서 황제를 보며 맑게 웃는 성녀의 모습을 보고 당황을 금치 못했다. 분명 케이르한은 성녀에게 한 톨의 관심도 없었다.

그뿐이랴, 황후가 말리지 않았더라면 이미 성녀는 이 세상 사람이 아니었을 것이다. 그런데 이제 와서 그녀를 가까이하는 모습을 보니 굉장히 낯설었다.

케이르한보다 더욱 이상한 것은 자신의 목에 칼을 들이밀었던 케이르한의 호의를 아주 당연하다는 듯이 받아들이고 있는 성녀였다.

아무런 말도 못 하고 멀뚱히 서 있는 프라체에게 성녀와의 시간을 방해받고 싶지 않았던 케이르한이 축객령을 내렸다.

"고생했다, 요하네스. 그러면 이제 원래 하던 업무로 복귀하라."

"알, 알겠습니다. 이전에 지시하셨던 대로 황후 폐하를 호위하도록 하겠습니다."

"……뭐? 그걸 네가 왜 해?"

"이전에 제게 지시하지 않으셨습니까."

"황성 안에 있는 황후에게 위험한 일이 뭐가 있다고?"

"황성 안에서 납치를 당했던 걸 벌써 잊으신 겁니까? 그리고 이전에도 습격을 받은 뒤에……."

이전의 케이르한은 황후를 과보호했는데, 어떻게 이렇게 손바닥 뒤집듯 쉽게 바뀔 수 있는 것인지도 이해가 가지 않았다. 그래서 프라체가 폐하께서 왜 그런 결정을 내렸는지 상세히 설명하려던 찰나에 성녀가 끼어들었다.

"케이르한, 저 지금 피곤해요."

"아, 그래. 내가 배려가 부족했다. 요하네스 프라체, 되었으니 나가보도록 해라."

"……예."

황제의 응접실에서 나온 뒤에도 프라체는 찜찜함을 덜어낼 수가 없었다. 대체 간밤에 무슨 일이 있었길래 이렇게 바뀌어 버린 걸까?

가장 당황스러운 것은 당연히 황후 폐하겠지만 그분이라면 지금 이 믿을 수 없는 사태에 대해서 무언가를 알지도 모른다 고 생각했다.

왜냐하면 황후 폐하는 케이르한과 지난밤까지 같이 있었고, 시종장이 저에게 말하기를 황제 폐하의 이 이상한 행동은 새 벽에 황후 폐하를 내치는 것부터 시작되었다고 했기 때문이었 다. 그렇기에 요하네스 프라체는 짧은 고민을 마치고 곧바로 황후가 머물고 있는 궁을 향해 발걸음을 떼었다.

"……제가 본 것은 그것이 다입니다."

그의 이야기를 들은 에델리스의 표정이 심각해졌다. 책에서 보았던 것처럼 성녀가 황제를 '케이르한'이라고 부르기 시작했 다. 어느 정도 예상을 했건만 막상 프라체 경에게 이야기를 들 으니 정신적인 충격이 적지 않았다.

"폐하께서는 기억이 온전치 않으세요."

"예?"

"조금 당황스러울 수도 있지만, 사실이 그래요. 하지만 다른

184

귀족들에게는 알려지지 않도록 부탁드릴게요."

프라체 경이라면 르한에게 해가 되는 행동은 하지 않을 것이라고 믿었기 때문에 이야기했다. 더 큰 이유는 그가 성녀를 좋아했고, 책 속의 주요 인물 중 한 명이기에 협력을 구하기 위해서였다.

"기억이 온전치 않다는 게……."

"제가 납치당했던 것을 저의 자작극이라고 생각하고 있고, 그전에 저와 보냈던 시간을 기억하지 못하는 것 같았어요."

"어떻게, 그게 어떻게 자작극이 될 수 있단 말입니까! 제가 폐하를 발견할 당시만 하더라도 정말……!"

"그것까지도, 폐하가 나를 구해주었던 것까지도 기억하지 못하는 모양이에요."

에델리스의 답변에 프라체 경의 얼굴이 어두워졌다.

"폐하께서 갑작스럽게 변했다고 이야기를 들었습니다."

"……네, 정말 놀랐었죠. 일어나보니 정말, 다른 사람처럼 변했으니까요."

"다시 자고 일어난다고 원래대로 돌아오시진 않겠죠?"

"그건 아닐 것 같아요."

"하지만, 어떻게 될지 모르는 일 아닙니까. 내일까지 기다려 보면……."

에델리스는 조금 답답했다. 내일까지 기다린다는 이야기는 무작정 하루를 소비한다는 것이었다. 그랬다가 변하지 않으면? 그렇게 하루하루 지나가기를 바라야 하는 건가?

"어제, 비밀 통로에서 성녀와 마주쳤었어요."

"성녀님 말입니까?"

"성녀가 그러더군요. 내일 아침에 눈을 떴을 때를 기대하라고."

"말도 안 됩니다."

"이번에 르한이 변한 건 성녀와 무관하다고 생각하지 않아요, 적어도 나는."

"아니, 하지만 어떻게 그럴 수 있단 말입니까? 게다가 성녀님이 그러실 이유가……."

"아직도 성녀가 그럴 리가 없다고 생각하는 거예요?"

"……."

"오늘 새벽부터 제가 만났던 사람 중에 변한 사람은 딱 한명, 르한이었어요. 그리고 제가 만나지 않았던 사람 중에 변한 사람이 딱 한 명 더 있네요."

한참이나 입을 달싹이던 프라체 경이 힘겹게 답을 도출해 냈다.

"……성녀님."

"그래요. 게다가 지금 상황이 너무 성녀에게 유리하게 돌아가고 있다고 생각하지 않으세요?"

성녀가 바닥의 바닥까지 떨어진 상황 속에서 대역전극을 펼친 것이다. 그러니 당연히 그녀를 의심하지 않을 수 없는 것이다.

"상식적으로 생각해봤을 때, 성녀가 탈옥을 한 이후에 뭔가를 했을 가능성이 높지 않을까요?"

"성녀님께서 궁을 빠져나오기 전에는 할 수 없었다는 말입니까?"

"아무래도 유폐되어서 다른 사람과의 교류가 차단되어 있는 상황에서 무언가를 하기는 쉽지 않았겠죠."

"……"

"그리고 탈옥하지 않고 할 수 있었더라면 갇히자마자 하지 않았을까요?"

탈옥을 하고 오늘 새벽이 오기까지 만 하루도 채 지나지 않았다. 그 짧은 시간 내에 사람에게 이렇게까지 큰 영향을 끼칠 수 있는 방법이 뭐가 있을까?

"……사건의 원인이 성녀에게 있다는 것을 전제로 수사하겠습니다."

"그래요."

이전에 성녀가 유폐될 때보다 지금 프라체 경의 얼굴이 훨씬 어두웠다. 하지만 의심 한 자락 하지 않던 프라체 경이었는데 이 정도만 하더라도 큰 발전이었다.

"뭐가 되었든 르한을 원래대로 돌리는 것에 대해서는 반대하지 않으리라고 생각해요."

"물론입니다."

"그러면 공통된 목표가 있으니, 그것에 대해서 생각해보도록 하죠."

"방법이 있습니까?"

"아뇨. 일단 이것저것 다 해보는 거죠."

에델리스는 성녀가 돌아올 당시 어땠는지 얘기해줬던 것을 떠올리며 방법이 없을까 골똘히 생각했다.

"이전에 제가 습격을 받았다는 이야기를 했을 때, 성녀가 갑자기 피곤하다고 했댔죠?"

"그랬습니다."

"그게 과거의 얘기를 했기 때문인 건지, 아니면 저에 관련된 얘기를 했기 때문인지 모르겠는데 혹시 르한을 만나면 과거의 저에 관한 얘기를 해주실 수 있나요?"

"예, 알겠습니다."

그리고 또 뭘 해야 할까? 성녀와 성녀의 주변 사람들. 신전의 사람들은 자신이 어떻게 할 수 없을 것이다. 그렇다면 선택할 수 있는 것이······.

"베르만 파시스."

"예?"

"베르만 파시스가 있어요."

그래, 베르만 파시스. 베르만 파시스는 성녀를 찾고 있었고, 그 성녀가 나타났다.

"베르만 파시스를 어떻게 하실 생각입니까?"

"풀어줘야 해요."

"예? 폐하를 죽이려던 자가 아닙니까."

"하지만 그대로 두었다가는 그가 죽을 거예요."

황성 안을 자유롭게 누빌 수 있게 된 성녀라면 유일한 증인인 베르만 파시스를 제일 먼저 죽일 것이다.

"그러면 일반 감옥으로 옮기……려고 할 수는 없겠군요."

그는 베르만 파시스와 관련 있는 '황후 습격 사건의 범인'들이 투옥되었다가 독살된 것을 기억했다. 크게 한숨을 내쉰 프라체 경이 입을 열었다.

"프라체 공작저 지하의 감옥에 가두는 것은 어떻겠습니까."

"좋아요. 죽지 않게, 잘 부탁할게요. 범인을 말하게 하면 더 좋고."

프라체 경이 고개를 끄덕였다. 어느 정도 대화가 일단락되었다고 생각하는 찰나에 거칠게 문이 열리는 소리가 들렸다. 깜짝 놀란 프라체 경과 에델리스의 고개가 문 쪽으로 돌아갔다. 그곳에는 심기가 불편해 보이는 티가 역력한 르한이 있었다.

"르한!"

무심코 그를 불렀다가 황제의 찌를 듯한 안광에 주춤한 에델리스가 그를 정정해서 불렀다.

"……폐하, 무슨 일로 오셨어요?"

"무슨 일이 있지 않으면 오면 안 되는 건가."

"아뇨, 이전에는 무슨 일 없어도 항상 오셨지만 이제는 그렇지 않을 거라고 생각했거든요."

"원래부터 내게 따박따박 말대답하는 성격이었나? 그렇지 않았던 것 같은데."

책에서 본 황후는 분명 황제에게 아무런 말도 못하고 그저 웅크리고 있었다. 그렇게 지내던 황후가 어떤 최후를 맞이했는지 잘 알고 있었기 때문에 에델리스는 일부러라도 할 말을 다 하기로 했다.

조금이라도 책 속의 황후와 달라 보이기를. 같은 사람이라고 생각하지 않기를. 비록 아직까지는 성녀를 괴롭히는 황후라고 본 첫인상을 지우지 못했다고 할지라도.

"폐하께서 기억이 혼란스러우셔서 그러신가 본데."

"크흠!"

르한이 크게 헛기침하며 괜스레 프라체 경 쪽으로 시선을 돌렸다

"프라체 경은 이미 눈치채고 있었기 때문에 말했어요."

"왜지?"

"폐하께서는 함께 식사하면 말씀드리겠다는 저의 제안을 수락하지도 않으셨잖아요."

"겨우 그것으로?"

"그리고 프라체 경은 황실 기사단장으로서 황실을 위해 움직일 테니까 해가 되진 않을 거예요."

"얼마나 머릿속이 꽃밭인 건지."

'지금 누구의 머릿속이 꽃밭이라는 거야? 지금 누구보다도 어둡고 습한 미래를 걱정하는 게 누군데!'

에델리스가 발끈했지만 르한은 신경 쓰지도 않는다는 듯이 화제를 바꾸었다.

"그것보다 왜 요하네스가 여기에 있는 거지?"

"폐하께서 갑자기 변하시니 무슨 일이 생긴 건가 해서 제게 온 거예요."

"내게 무슨 일이 생겼는데 왜 그대를 찾아가?"

"어제까지는 그러는 게 당연했으니까요."

"하지만 오늘부터는 그렇지 않을 거야."

르한은 굳이 안 해도 될 말을 덧붙여서 괜스레 에델리스의 심기를 어지럽혔다.

"그러니 요하네스는 이만 가보도록 해."

"저는 폐하께서 이전에 지시한 황후 폐하의 호위를 해야 하기 때문에 이곳에 남겠습니다."

"내가 분명 황후의 호위는 필요 없다고 하지 않았어?"

"필요해요. 호위."

아무래도 황제는 프라체 경을 에델리스에게서 떼어내고 싶어 하는 것 같았지만 그녀로서는 양보할 수 없었다. 제 안전을 위해서도, 르한을 원래대로 돌리기 위해서도.

"……황성 안에 위험한 일이 뭐가 있다고."

"그보다 폐하는 여기에 왜 오신 거예요?"

"나? 나는……."

에델리스와 프라체 경의 시선이 르한에게 닿았다. 르한은 입을 다물고 있다가 그들의 시선을 의식했는지 프라체 경을 불렀다.

"요하네스를 부르려고 왔다."

"시종장을 통해 부르지 않고 왜……."

"내가 직접 오면 되는 건데 굳이."

"그러면 여기서 대화를 하시겠어요?"

"아니, 내가 요하네스와 나가도록 하지."

르한이 프라체 경에게 눈짓하자 프라체 경이 에델리스에게 인사를 올렸다.

"그러면 저는 가보겠습니다."

"잘 가요, 프라체 경. 조금 전에 이야기했던 거 잊지 마시고요."

"뭐. 무슨 이야기?"

"폐하께서는 신경 쓰시지 않으셔도 돼요."

"알겠습니다, 황후 폐하."

프라체 경은 성큼성큼 걸어가서 문을 열었다. 르한은 앞에 있는 프라체와 뒤에 있는 에델리스를 번갈아 가면서 보다가 이내 밖으로 나갔다.

앞장서는 황제의 뒤를 프라체가 따랐다.

"무슨 일로 찾은 겁니까?"

"가봐야 할 것 같아서 간 거지, 별 이유는 없었다."

"예?"

"안 좋은 느낌이 들었거든. 별일 없다니 다행이군."

르한은 여유롭게 프라체의 팔을 툭툭 두드리더니 제 갈 길을 갔다.

"황후의 호위는 다른 사람을 보내도록 하고."

"……예."

가벼운 발걸음으로 나서는 르한의 모습이, 프라체는 어쩐지 낯설지가 않았다.

'황후 폐하와 대화를 나누고 있을 때 방해하려고 달려온 케이르한.'

황후 폐하가 황성에 들어온 뒤로 수없이 보았던 그의 모습이었다.

"아, 폐하."

"군이 둘이 있는데 그렇게 부를 필요가 있나. 조금 전에는 황후가 있었으니 그렇다곤 해도."

"그럼, 케이르한."

"그래."

"예전에 우리 둘이 처음 만났을 때 기억해?"

"……황후와 같은 걸 묻는군."

순식간에 케이르한의 표정이 굳어버리는 것까지 익숙했다. 그런 모습은 예전과 다르지 않았는데 이렇게까지 바뀌어버리다니.

"왜 그런 걸 묻는지는 모르겠지만 기억하지. 그게 왜?"

"아니, 기억에 혼란이 왔다고 해서 어디서부터 혼란스러운 건가 했지."

"기억이 안 날 리가 있나."

르한은 프라체에게 처음 그들이 만났을 때부터 어떤 사건이 있었고 누구를 포섭해서 어떤 전투를 치렀는지 정확히 얘기했다. 오히려 프라체가 기억이 안 나는 것까지 술술 말해 프라체를 당황하게 했다.

하지만 황성에 들어온 이후부터의 기억은 프라체가 알고 있던 것과는 전혀 달랐다. 특히 황후에 관한 부분은 완전히 달랐다.

'왜 황후 폐하에 대한 기억만 이렇게 다른 걸까?'

그때 그의 머리 속에 어떤 생각이 스쳐 지나갔다. 어린 시절 르한이 그렇게 말했던 여자아이. 반정을 일으키는 이유라던 그녀.

케이르한이 황제가 되려는 이유가 그녀를 아내로 맞기 위해서라고 했었으니까 지금의 황후가 분명했다.

"그러면 그 아이는?"

"누구."

"너를 투기장에서 꺼내주었다던."

"아아. 그 아이는 어디선가 잘 지내고 있겠지."

르한은 오랜 추억을 되새기듯 아련해 보였다.

"어디선가 잘 지내고 있을 거라고?"

"그래, 그러고 보니 그 아이를 찾으려고 했던 적은 없군. 황제가 되면 제일 먼저 찾으려고 했었던 것 같은데."

"기억이 전혀 나지 않는 거야?"

"이제는 얼굴도 기억이 나지 않는군. 너무 오래되어서 그런가."

르한이 고개를 숙이며 피식하고 웃었다. 마치 오래전 추억을 말하는 것처럼. 물론 오래전 이야기가 맞기는 했지만 프라체가 지금껏 보아왔던 르한은 그것을 그저 '추억'으로 만들 사람이 아니었다.

"혹시 그 사람이 금색 머리카락이라던가 그러지 않았어?"

"그랬던 것 같기도 하고. 그런데 귀족 중에 금발이 한두 명이어야지."

"투기장에서 너를 구한 다음에 꽤 오랫동안 같이 지냈다면서."

"그렇게 긴 시간은 아니야. 지나간 시간에 비하면 오히려 아주 짧은 시간이지."

"아니, 그래도! 나한테는 황제가 되면 그렇게 데리러 가겠다, 결혼을 하겠다 그래놓고서는!"

프라체는 어이가 없어서 저도 모르게 소리쳤다. 지금의 황후를 황후로 맞이하기 전까지 얼마나 그녀를 그리워했던가. 얼마나 자주 말했으면 기억이 또렷하게 났다.

―비록 7년이 지났지만 나는 한눈에 알아볼 수 있을 거야.

―10년이 지나도, 20년이 지나도 계속 기다릴 거야. 다른 사람은 필요 없어.

―만약에 다른 남자랑 결혼했으면 그 남자는 소리 소문도 없이 사라질 거야, 하하.

―내가 죽기 전에 그녀가 나를 좋아해줄 날이 하루쯤은 있겠지.

'그래놓고 지금은 뭐라고?!'

저를 황후에게서 떼어내려고 한 것을 보면 분명 르한의 모습이 남아 있기는 한데, 이전에 비하면 황후를 생각하는 마음이 턱없이 모자랐다.

"이미 지난 일은 어쩔 수 없지 않은가. 내게는 많은 후궁과…… 아, 지금은 후궁이 없지. 그리고 황후가 있지 않나."

"그 황후 폐하를 어디서 본 것 같지 않아?"

"음…… 그래, 내가 있던 투기장이 브릴 영지와 가까웠지."

"그렇지?!"

"내가 목숨 걸고 싸우고 있을 때 나를 보며 환호하던 사람 중 한 명인가."

케이르한이 조소했고, 프라체는 더욱 답답해졌다. 마음 같아서는 멱살이라도 잡고 흔들고 싶을 정도로.

"내 기억 속에서 네가 찾던 여자는, 지금의 황후 폐하와 아주 흡사한데."

"말도 안 되는 소리. 이전까지는 한 마디 말도 없다가 이제 와서 그런 말을 하는 이유가 뭐지?"

프라체는 아무런 대답도 할 수 없었다.

그가 말을 하지 못한 이유는 황제가 곧바로 황후를 찾아왔기 때문이다.

케이르한이 당사자를 직접 찾아온 데다가 누가 봐도 예전부터 찾던 여인인 것을 티 냈기에 구태여 물을 필요를 못 느꼈었다. 게다가 말했더라도 어차피 기억에 혼동이 온 지금은 잊었을 거면서.

"혹시 너, 황후와 손을 잡기라도 한 건가?"

"내가 황후 폐하와 손을 잡았다고?"

"그게 아니라면 나를 구해줬던 그 여자에 대해서 두 번 다시 언급하지 마. 괜히 내게 있는 좋았던 기억을 더럽히지 말라고."

프라체는 답답한 마음에 한숨을 푹 쉬었다. 왜 황후 폐하가 울고 있었는지 한순간에 이해가 되었다.

"내가 황후 폐하와 협력하는 것은 너의 기억을 찾기 위해서야."

"그것뿐이야?"

"그래, 너와 반정을 일으키면서 내가 황가에 충성하기로 맹세했던 것, 기억하잖아."

"그랬지."

이후 케이르한이 기억을 되찾기라도 하면 어떻게 되는 걸까. 황후 폐하께 눈물을 흘리며 읍소하는 것은 아닐까 걱정이 되었다.

"그러니까 지금 내게 했던 이야기, 비밀로 해줄게."

"누구에게?"

"누구에게든."

차마 황후 폐하라고 말을 할 수는 없었다. 지금 황후 폐하라고 말해봤자 얼마든지 가서 이야기하라고 할 것 같았다. 하지만 나중에 기억을 찾고 나면 분명 자신에게 고마워할 것이라고 확신했다. 부디 그전까지, 분명히 후회할 만한 이야기를 굳이 말하며 입으로 죄를 짓는 것은 그만둬줬으면 좋을 것 같았다.

"흠, 그래. 굳이 다른 사람들에게 알려서 좋은 이야기는 아니겠지."

"뭘 알면 좋지 않은 건데요?"

"성녀님!"

갑자기 등장한 성녀 탓에 케이르한도 프라체도 깜짝 놀랐다. 성녀는 생글생글 미소 지으며 그들의 곁으로 다가왔다.

"무슨 이야기를 했는데요?"

"나오지 말고 쉬라니까, 왜 굳이 나온 거지?"

"케이르한이 돌아오지 않아서 나왔어요. 요하네스, 반가워요."

"……건강해 보여서 다행입니다."

"염려해준 덕분이에요."

성녀가 살짝 미소 짓자 케이르한은 보란 듯이 그녀의 머리를 쓰다듬었다.

그러자 성녀도 그를 올려다보면서 마주 웃었다.

"……성녀님은."

"네?"

"성녀님은 케이르한이 낯설지 않으십니까. 어제와는 분명히 다른 행동을 하고 있는데."

프라체의 말에 성녀가 피식 웃었다. 그 모습은 이전에 프라체 경에게 보여주던 살가운 미소와는 달리 마치 비웃는 것 같았다.

"어제와 '조금' 다를 수는 있죠."

"조금……이라고요?"

제 목에 칼을 들이밀던 사람이 지금은 사랑스럽다는 듯이 머리를 쓰다듬는 게 어떻게 조금이라고 할 수 있는 건지 이해가 가지 않았다.

"하지만 저는 지금의 케이르한이 훨씬 더 좋네요."

"……낯설지는 않으시고요?"

"저는 지금의 모습이 케이르한의 본래 모습이라고 생각해요."

그렇게 말하면서 성녀는 케이르한을 향해 곱게 눈꼬리를 접으며 미소 지었다. 케이르한 역시 그런 그녀가 귀엽다는 듯 마주 웃어주었다.

'혹시 정말로 성녀님이……? 아니겠지, 아닐 거야.'

"일레인, 이만 들어가도록 하지."

"그래요, 케이르한."

케이르한이 프라체에게 눈짓하자 퍼뜩 정신을 차린 프라체가 케이르한을 향해 경례했다. 그런 그에게 성녀도 목례를 하며 인사를 하고 케이르한의 에스코트를 받으며 성 안으로 들어갔다.

프라체는 그들의 모습이 보이지 않을 때까지 눈으로 좇았다. 직접 자신의 눈으로 보았지만, 믿을 수 없는 상황이었다.

성녀의 마음은 가벼워졌다. 모든 것이 자신의 뜻대로 되는 듯한 기분이었다.

'아주 순조로워. 수색조도 설마 내가 비밀 통로를 알 거라고 생각하지는 못했겠지.'

아무도 성녀에게 비밀 통로를 가르쳐준 적이 없다고 생각할 것이다. 하지만 성녀는 이미 책을 통해 보았기 때문에 비밀 통로의 존재도, 그것이 통하는 길도 모두 알고 있었다. 그렇게 비밀 통로에 숨겨둔 책을 얻은 뒤 성력을 이용해 그 내용을 바꾸었을 뿐이다.

그러나 책의 내용을 바꾸는 것에는 많은 성력이 필요했기 때문에 한계가 있었다. 그렇기 때문에 구태여 황후를 죽이지 않고 납치해서 어디서부터 책과 달라진 것인지 알아내려고 했던 것이었다. 거기서부터 황제의 기억을 고치는 것이 가장 효율적이니까.

그녀에게서 정확한 시점을 알아내지는 못했지만 대강 둘이 만났을 것으로 추정되는 반정에 성공하고 황후를 데리러 가는 시점부터 기억을 덮어씌웠다. 그리고 그녀의 기대대로 되는 것 같았다. 케이르한은 성녀에게 호의를 갖고 있었고, 황후를 냉대하고 있었으니까.

"케이르한이 무엇 때문에 나를 좋아했는지 알고 있으니까, 그대로 하면 되겠지. 아주 간단해."

케이르한이 제게 호의를 가지게 된 계기는 전염병을 물리치는데 지대한 공헌을 했을 때. 현재 케이르한이 갖고 있는 기억은 황위에 오른 뒤 전염병을 물리치고 나서 조금 지난 뒤까지였다. 그러니 지금의 그가 제게 호의를 갖고 있는 것은 확실히 알고 있었다.

'내게 반한 뒤의 기억을 갖고 있었다면 더 좋았을 텐데.'

하지만 그렇게까지 할 수 있는 성력은 없었다. 그렇기 때문에 미처 덮어씌우지 못하고 남은 기억은 아예 없애버렸다.

"그나마 케이르한이 황후와 만난 지 오래되지 않았기에 망정이지."

그랬더라면 아주 오래전의 기억부터 최근까지 황후와 관련된 모든 기억을 바꿔야 했는데 그것은 이번처럼 단시간에 할 수 있는 게 아니었다.

"아, 피곤해……."

가능한 성력을 최대한 털어 넣어 그의 기억을 바꿨기 때문에 제게 남은 성력은 거의 없다시피 했다. 그리고 기억에 손을 댄 것의 악영향인지 계속 피곤하고, 황성에 들어오기 직전에는 기침을 한 뒤 피를 토하기도 했다.

"성력 써봐."

"하, 하지만 성녀님……."

"쓰라고 했잖아."

"……예."

성녀가 피를 토할 때 그녀를 치료하기 위해 신관들이 성력을 썼다. 그때 성녀는 자신의 성력이 차오르는 것을 느꼈고, 그 후로도 계속해서 신관들에게 성력을 요구했다. 혹시 또 성력을 써야 할 때가 있을지도 몰랐기 때문에.

"하아."

아주 미미하지만 성력이 차오르는 느낌에 만족스러운 한숨을 흘렸다. 신관이 땀을 삐질삐질 흘리는 것은 눈에 들어오지도 않았다.

어쩔 수 없지 않은가, 저는 성녀고, 저자는 그저 하급 신관에 불과한 것을. 그런데 갑자기 제게 들어오는 성력이 끊기는 기분이 들었다.

"뭐야, 왜 멈추는 거야?"

"더 이상 성력을 쓰게 되면 제 성력이 완전히 고갈됩니다."

"그래서?"

"고갈이 되면 다시 성력이 차오르지 못하고, 저는 일반인이 되어버리니……."

"그래서 못 쓰겠다는 거야?"

"아뇨, 다시 차올라야 그때 성녀님께 다시 성력을 드릴 수 있지 않겠습니까."

"……그건 그렇지."

"그러면 기도를 올려 성력을 채운 뒤에 다시 드리도록 하겠습니다."

"그래, 알겠어. 그만 나가봐도 돼. 대신에 다른 신관을 불러와."

신관은 인사를 올리고 방에서 나갔다. 저따위 미미한 성력을 받는 것으로는 제 성력을 채우는 데 한참이나 걸릴 것 같았다.

"안 돼, 케이르한의 마음을 얻기 위해서는."

결국 또 다른 신관이 왔을 때 그의 성력이 완전히 고갈되기 직전까지 성력을 받아 회복했다.

다음 단계를 위해서.

르한의 기억

"이게 뭐지?"

업무를 보고 있던 자신의 책상 위로 난데없이 쏟아진 문서들을 보고 르한이 물었다. 정작 문서들을 쏟아낸 에델리스는 아무런 표정 변화도 없었다.

"어제저녁엔 왜 제게 오지 않았죠?"

"그대의 제안을 받아들인 적이 없어. 조건만 들었을 뿐이지."

"기다렸는데."

"그래?"

기다렸다는 에델리스의 말에도 심드렁하게 말하며 르한은 보고 있던 서류로 다시금 눈을 돌렸다.

"내가 기다렸다니까요?"

"앞으로는 기다릴 필요가 없으니 잘됐군."

"……."

에델리스는 손을 꽉 말아쥐면서 가까스로 한숨을 참아냈다. 이렇게 변한 르한을 보니 변하기 전의 르한이 제게 얼마나 잘해주었는지 더욱 뼈저리게 느껴졌다.

"그래서 이 문서들은 뭐지? 일에 도움을 주지는 못할망정 방해라니."

"폐하가 기억하지 못하는 시간에 보냈던 편지와 과거에 당신이 썼던 일기예요."

"그런 게 있었나?"

"제가 보관하고 있던 것도 있었고, 시종장이 따로 분류해둔 것도 있어요."

"그런데 내가 썼다는 일기를 왜 그대가 가지고 오는 거지?"

"일기를 썼다는 것도 모르실 것 같아서 제가 챙겨 왔어요."

에델리스는 종종 자다가 깼을 때, 르한이 무언가를 쓰고 있는 것을 봤다. 펜이 사각거리는 소리가 듣기 좋아서 그대로 조용히 그를 지켜보았었는데 나중에 눈이 마주친 르한이 황급하게 쓰던 것을 숨겼었다.

대체 뭐길래 그렇게 황급하게 숨기냐는 말에 그는 일기를 쓴다고 했었다. 무슨 내용을 썼기에 그런 반응을 보이느냐고 물었지만 르한은 얼굴을 붉히며 협탁 서랍에 숨기고 알려주지 않았다. 일기를 훔쳐볼 만큼 양심이 없지는 않았기에 내용은 잘 모르지만, 무슨 내용이든 지금의 르한이 쓰는 내용보다는 훨씬 밝고 건전한 내용일 거라고 확신했다.

"읽어보시고 오늘 저녁 식사 때 소감을 말해주세요."

"유의미한 내용이 있다면 말이지."

"있을 거예요."

에델리스는 황제에게 올리는 인사를 하며 예를 갖추고 방을 나섰다.

르한은 서류를 마저 보려다가 자꾸만 에델리스가 가져온 문서에 관심이 쏠려 그것을 펼쳐보았다. 혹시나 제 기억의 파편을 찾기를 기대하면서.

일기는 두께가 꽤 있으니 간단하게 읽을 수 있는 낱장의 편지들부터 읽기로 했다.

> 에델리스, 만나서 그렇게 많은 말을 하고도 하고 싶은 말이 아직도 많이 남아 있습니다.

머리로는 비난하는 말일 거라고 생각하면서도 마음속 깊은 곳에서는 자신이 기대하는 내용이 나오지 않을 거라는 확신이 들었다. 마저 읽어야 하나 말아야 하나 짧게 고민했지만, 혹시 모르니 마저 읽기로 했다.

> 대체 책이 얼마나 좋으면 나를 집무실에 혼자 두고 서재로 간 겁니까.

그만 읽기로 하자. 분명 필체는 자신의 필체가 맞았다.

'내가 이런 부끄러운 내용을 문서로 남겨놨다고?'

차라리 에델리스가 구두로 말을 한 것이라면 그럴 리가 없다고 부정할 수 있었다. 하지만 이 편지를 에델리스가 직접 가져왔다는 것은, 이미 그녀도 이러한 내용이 있다는 것을 알고 있다는 뜻이었다.

'대체 왜 나는 기억에도 없는 일로 수치스러워해야 하는 것인가.'

에이, 설마. 이런 편지가 또 있을까 싶은 마음에 손에 들고 있던 편지를 제일 바닥으로 숨기고 다음 것을 꺼냈다.

나를 옆에 두고 잠이 옵니까? 나는 매일 불면의 밤을 보내는데 당신은 아주 잘 자더군요. 물론 그렇다고 잠을 편히 자지 말라는 것은 아닙니다. 그건 그런데, 그래도! 한 번쯤은! 내가 말하는 것이 재촉하는 것처럼 들리겠지만 그렇지 않습니다. 그래도 조금은 재고해줬으면 좋겠습니다.

르한의 손에 힘이 들어가 편지를 와락 구겼다. 후궁은 한 명도 없고 황후밖에 없었다. 그런데 그 황후는 마음의 준비가 필요하다며 저를 밀어내고 있는 상황인 것 같았다. 심지어 왜 황제인 자신이 황후에게 경어를 쓰는 건지 이해할 수가 없었다.

더 이상 편지를 읽는 것은 자신의 정신 건강에 좋지 않을 것 같았다. 또 다른 편지를 읽었다가 또 이와 비슷한 내용의 편지라면 정신에 심각한 타격을 받을 것 같았다.

'일기…… 일기는 다르겠지. 그동안 무슨 일이 일어났는지 썼을 테니까.'

세 번째 물의 날, 에델리스

르한은 에델리스의 이름을 보자마자 덮어버렸다. 분명 편지와 같은 내용이 적혀 있을 것이 뻔했기 때문이다. 르한은 숨을 깊게 들이쉬고, 폐에 있는 모든 공기를 뱉으려는 것처럼 내쉰 뒤에야 다른 페이지를 펼쳤다. 다행히 첫 단어부터 황후의 이름이 나오는 대참사는 피했다.

> 두 번째 봄의 날, 성녀가 등장했다.
> 그런데 성녀는 내게 호의를 갖고 있는 것 같았다.
> 쥐가 되었든 이용할 가치는 충분했다. 정치적으로든, 사적으로든.

그래, 이건 자신이 생각했던 과거와 같았다.

> 에엘리스가 그런 성녀를 보고 질투를 하는 것 같았는데
> 너무 귀여웠다.

하지만 이건 아니지. 르한은 한숨을 푹 내쉬고 일기를 덮었다. 일기와 편지들 모두 보고 싶지 않았다. 자신이 혼동하는 기억의 편린을 찾고자 읽으려고 했던 건데 알게 된 거라고는 자신이 황후를 굉장히 좋아했다는 사실밖에 없었다.

'대체 왜? 대체 왜 내가 갖고 있는 기억과 이렇게 다르지?'

기억 속의 황후는 분명 자신에게 호의를 갖고 있지만 멀리서 지켜보기만 할 뿐, 제 의견 하나 제대로 못 펴는 그런 사람이었다.

그리고 전염병이 돌았을 때 많은 수의 황궁의를 데리고 도망친 생각 없는 여자.

'예전의 나도 그렇게 생각했을 것이 분명한데. 그렇지 않나?'

그 답이 궁금했기에 르한은 적혀 있는 일기로 다시 눈길을 보냈다. 저걸 다시 펴봐야 한다는 생각에 한숨이 나왔다.

그나마 다행인 것은 워낙에 전염병이 충격적인 일이었기 때문에 보고 받은 정확한 날짜를 기억하고 있다는 것이다.

> 다섯 번째 흙의 날, 드디어 수도에서도 전염병이 발발했다는 보고가 들어왔다.

'뭐지? 수도에서 전염병이 발견된 것은 훨씬 이후인데…….'

이때는 국경에서 전염병이 겨우 확인되었던 걸로 기억하고 있었다.

르한의 손이 홀린 듯 페이지를 앞으로 넘겼다.

> 네 번째 달의 날, 국경 지역의 치료소에 전염병 환자가 많이 찾는다고 한다. 약품이 부족해서 큰일이다. 그나마 에델리스가 방비해두지 않았더라면 더 큰 화를 입을 뻔했다.
> 역시 나의 아내…….

그 밑으로는 주르륵 에델리스에 대한 찬양의 말이 적혀 있었다.

르한은 자신이 알고 있던 에델리스의 행적과는 판이하게 다른 이야기에 놀라움을 금치 못했다. 자신의 기억과 대조하며 전염병의 경과를 보기 위해 꼼꼼히 읽었다. 자신이 알던 병의 진행 양상과 많이 달랐고, 피해 규모 또한 훨씬 적었다. 혹시나 싶어 관련 기록을 찾아보니 일기장의 내용이 사실이라는 것만 알 수 있었다.

"정말로 내 기억이 잘못되기라도 한 것인가."

일기는 어느새 전염병이 종식된 것을 기념하는 축하연이 열린 날까지 펼쳐져 있었다.

'그래, 연회가 끝나고 성녀와 테라스에서 이야기를 나누었지.'

성녀에게 부디 이곳에 머물며 다음에 또 이런 일이 생겼을 때 막을 수 있도록 도움을 달라고 요청했었다. 그래서 그녀가 황궁에 머물기로 결정하고, 이후 자신과 보내는 시간이 많아져 사담을 나누는 정도가 되었다. 그것이 제 기억의 전부인데, 일기는 그 뒤로도 한참이나 더 적혀 있었다.

그는 곧바로 시종장을 불렀다. 그는 시종장이 들어오자마자 곧바로 본론부터 꺼내었다.

"오늘 날짜가 어떻게 되지."

"열 번째 달, 첫 번째 물의 날입니다."

자신이 알고 있던 것과 몇 개월이나 차이가 났다. 정말로 제 기억에 문제가 생겼던 것이 맞았다.

"정말로…… 내 기억에 문제가 생겼던 것이 맞군."

오래전의 일은 기억이 나지 않아도 제가 즉위한 이후의 일은 아주 또렷했다. 그런데 주변에서 자신을 대하는 태도, 일기, 편지, 업무 기록, 귀족 연감, 심지어 날짜까지 제 기억을 부정했다.

"아직 귀족파에서 알고 있는 사람은 없습니다."

"그렇다면 다행이군."

아무리 황제라고 하더라도 정신병을 앓고 있다고 하면 귀족 파는 '기회는 이때다.' 하고 자신을 끌어내리려고 할 것이다. 후사도 없는 데다가 저 역시 반정으로 올라왔기에 충분히 그럴 가능성이 높았다.

"하아, 이 일을 어쩐다."

"그간의 일은 황후 폐하께서 제일 잘 알고 계실 겁니다."

왜냐고 묻고 싶지도 않았다. 일기만 보아도 자신이 가장 많은 시간을 보낸 것은 그녀 같았다. 하지만 믿고 싶지가 않았다.

'내 기억이 이렇게 또렷한데!'

이제 곧 있으면 저녁 식사 시간이자 황후에게 소감을 말하기로 약속한 시간이었다. 그리 생각하니 머리가 아파왔다. 이걸 대체 뭐라 말해야 하나.

"하아, 편지들은 가져가도록 해."

"일기는 남겨둘까요?"

"……그래."

"아, 황후 폐하가 황제 폐하께서 편지를 다 읽으신다면 서랍 제일 첫 번째 칸을 살펴보시라고 전해달라고 했습니다."

"첫 번째 칸?"

"예, 제가 알고 있기로는 거기에 황후 폐하가 보낸 편지들이 보관되어 있는데……."

불길한 예감이 들었다. 시종장을 내쫓듯이 보내고 서랍을 열어보았다. 그곳에는 자신이 보낸 편지보다는 조금 적어 보이는 양의 편지가 있었다.

"왜 편지가 적어? 설마? 설마 내가 보낸 편지에 답장도 안 한 거야?"

대체 황후가 뭐라고!

자신이 침실에서 내칠 때 하늘이 무너질 듯한 황후의 표정을 잊을 수가 없었다. 그런 황후에게 목매던 자신을 믿을 수가 없었다. 위에 있는 몇 개만 읽어볼 생각에 편지를 들었던 르한의 표정이 구겨지다 못해 찌그러졌다.

> 르한, 일 안 해도 돼? 국무 회의 때 말고는 계속 같이 있는데 편지는 언제 쓰는 거야? 회의 중에 쓰는 거라고 하지는 말아줘.

르한의 마음에 안 드는 것이 한두 개가 아니었다.

첫째, 투기장 시절의 끔찍한 기억을 떠올리게 하는 '르한'이라고 저를 부르는 것. 둘째, 국무 회의 때 회의에 집중하지 않고 그런 편지를, 그렇게나 많이 썼던 자신을 알게 된 것. 셋째, 그것을 황후에게 지적당했다는 것이다.

나라가 지금까지 굴러간 것이 용했구나. 내용은 이것이 끝이었기에 다음 장을 보았다.

> 그래 그래, 나도 보고 싶어.

뭐야. 이 영혼 없는 말은. 고작 글자일 뿐인데도 성의가 없는 것이 전해져왔다. 근데 그걸 뭐가 좋다고 이렇게 서랍 안에 보관을 해둬?

황후의 답 편지는 대부분이 위와 같은 내용이었기에 휘리릭 넘겼다. 한참을 넘기다가 드디어 마지막 장이 되었다.

> 결혼하기를 정말 잘한 것 같아, 르한. 매일 행복해. 고마워.
> 이것도 편지니까 할 수 있는 말이겠지?
> 이따가 나한테 이 얘기하면 두 번 다시 편지 쓰지 않을 거야.
> 부끄러우니까, 알았지?

이게 마지막 장인 것으로 보아 결국에는 자신이 황후에게 가서 이 이야기를 했구나 싶었다.

"내가, 내가? 나 맞아?"

이전에 요하네스 프라체를 불러서 이야기를 했을 때, 분명 자신이 어렸을 때 투기장에서 목숨 걸고 싸웠던 것이 맞았다. 그리고 사선을 넘나들며 각고의 노력 끝에 황제의 자리에 오른 것도 맞았다. 그런데 그 이후 이렇게 황후한테 미쳐서 살고 있다니 믿을 수가 없었다. 그래, 아무것도 보지 않은 것으로 해야겠다. 본 적 없는 것이다. 차마 현실을 받아들일 수가 없었다.

"나는 아무것도 보지 못했어."

한참 동안이나 멍하니 앉아서 현실을 부정하던 르한의 집무실에 손님이 찾아왔다. 성녀였다.

"케이르한."

"왔나."

오자마자 성녀의 눈이 르한의 책상 위에 어지럽혀져 있던 문서로 향했다.

"그게 뭐예요?"

"그동안에 있었던 일을 훑어보고 있었다."

"……뭐 특별한 거라도 찾았어요?"

"그래, 내가 갖고 있던 기억이 기록과 다르더군."

"기록이 무슨 상관이에요? 지금의 케이르한이 진짜 케이르한인 걸요."

이상한 말이었다. 지금의 자신이 진짜 자신이라니. 마치 과거의 자신은 자신이 아니라는 말 같지 않은가. 그저 사고와 행동이 바뀌었다고는 해도 자신이 어디서 갑자기 등장한 것도 아닐 텐데 말이다.

"그러고 보니 그대를 찾아가려고 했었어."

"정말요? 저를 찾으려고 한 이유가 뭘까요?"

"그대는 성녀잖아. 성력을 쓸 수 있는. 혹시 기억을 되돌린다거나 할 수는 없나?"

"……기억을 되돌린다고요?"

"그래. 내 기억에 공백이 생기기까지 했어. 가능한 한 빨리 기억을 되돌리고 싶은데. 방법이 없나?"

"없어요. 그런 방법은."

"그런가."

자신의 행동을 자신조차도 이해할 수가 없었다. 그렇기 때문에 어떻게든 기억을 찾는 것이 가장 좋을 것 같았다. 그런데 성력으로도 해결이 안 된다니 다른 방법을 찾아야 했다.

"그런 것보다 오늘 저녁 식사를 함께하는 건 어때요?"

저녁이라면 황후와 보기로 했었다. 하지만 소감을 말할 생각을 하니 그녀와의 식사를 거절하고 성녀의 제안을 수락하는 것이 편할 것 같았다.

하지만 제 기억이 잘못된 것을 깨닫게 되었다. 기록 속의 그녀는 자신의 기억과는 다른 사람이었다. 그런데 그렇게까지 무시하고 냉대했으니, 소감을 말하든, 말든 우선 잠시 후에 만나서 사과는 하는 게 맞다고 생각했다.

"아니, 이번 저녁은……."

"약에 대한 답례라며 동대륙에서 귀한 식재료를 보내줬어요."

"약?"

"네, 동대륙은 아직도 전염병이 창궐해 있거든요."

"그러면 그대가 받은 건데, 신관들과 함께 들도록 해."

"그게, 이미 황궁 요리장에게 손질을 부탁해서……."

성녀가 미안함을 가득 담고 말하는데 거기에 대고 화를 낼 수가 없었다. 일기에서는 황후의 노력으로 전염병이 금방 잡혔다고는 하지만 신성 제국의 성녀와 신관들이 도움을 준 것 또한 사실이었기 때문이다.

"그렇다면 그대의 정성을 봐서라도 함께하도록 하지."

"좋아요!"

성녀의 재촉에 르한이 그녀와 함께 다이닝룸으로 향했다. 에델리스가 조금 마음에 걸렸지만 굳이 이번이 아니더라도 다음에 식사를 같이하면 되니까 괜찮을 거라고 생각했다. 그래봤자 황제는 자신이었으니 아쉬울 것이 없다고, 그렇게 되뇌었다.

그런데 다이닝룸의 문이 열리자마자 이미 에델리스가 자리하고 있는 것을 보고 흠칫 놀랐다. 자신과 성녀가 함께 들어온 것을 본 그녀의 표정이 더욱 굳었다. 그 모습을 본 르한은 괜히 긴장이 되었다.

"오늘 저녁은 저와 함께하는 게 아니었나요?"

"아뇨, 저와 함께하기로 했어요."

"성녀가 귀한 식재료를 받아와서 함께하자고 권유하기에……. 아니, 아니지. 내가 누구와 같이 식사를 하던 그대가 무슨 상관인가."

대체 왜 이러지? 왜 내가 그녀의 눈치를 봐야 하는 거지?

"케이르한, 저는 괜찮으니까 자리에 앉으세요."

"그래, 그러도록 하지."

자신이 눈치를 보는 것은 황후였는데 엉뚱한 성녀가 괜찮다고 답하니 조금 떨떠름한 마음이 들었지만 일단은 자리에 앉기로 했다. 그래도 제국에 도움을 준 성녀를 계속 세워둘 수는 없었기 때문이다.

"저는 괜찮지 않은데요. 왜 황제 부부의 만찬에 부외자가

끼어드는 거죠? 그 정도는 제게 상관할 권리가 있는 것 아닌
가요?"

"질투하는 건가?"

"질투라뇨?"

에델리스의 정색한 말투로 보아 질투가 아니라 정말 방해
받는 게 싫은 것 같았다. 편지에서는 질투하는 에델리스의 모
습이 예쁘고 귀엽다고 했는데. 하지만 자신이 그녀에게 쏟아
내듯 뱉어냈던 말들이 머리를 스쳐 지나가자 그녀의 싸늘한
반응도 어쩔 수 없는 것 같았다.

"……일단 함께하도록 하지."

"저는 저를 죽이려고 했던 사람과 함께 식사하고 싶지 않은
데요."

"그러면 어쩔 수 없네요, 폐하."

"그래, 식사는 내가 방으로 보내주도록 하지."

에델리스가 입술을 짓씹으며 자리에서 일어나자 르한이 그
녀의 손목을 잡았다.

"그대가 왜?"

"저는 방에서 맛있게 혼자 식사할 테니 이만 놓아주세요."

"그게 무슨 말이야. 자리에 앉아."

르한이 그녀의 손목을 놓아주지 않은 채로 그녀를 자리에
앉혔다. 그리고 성녀에게 시선을 돌려 말했다.

"그대에게는 미안하지만 식사는 다음에 하도록 하지."

"네? 하지만 저와 함께 식사하신다고 하셨잖아요!"

"황후가 그대를 이렇게까지 불편해할 줄은 미처 생각지 못했다."

"하지만, 하지만!"

"이번 일의 사죄는 내 따로 하도록 하지. 성녀를 거처로 모셔라."

황제의 말에 주변에서 대기하고 있던 하인과 하녀들이 우루루 몰려나와 그녀를 내쫓듯이 몰고 갔다. 에델리스 주변에서 일하고 있는 사람들은 모두 그녀의 편이었기 때문에 성녀가 달갑지 않은 것은 마찬가지였기 때문이다.

"이게 무슨 일이죠?"

"뭐가."

"제가 하는 행동들이 오히려 성녀에게 마음이 가게끔 한다면서요."

"그, 그건."

에델리스의 생각지도 못한 말에 성녀를 쫓아내고 돌아온 하녀들의 따가운 시선이 르한에게 꽂혔다.

"뭔가 오해를 했던 것 같아."

"오해라뇨? 토씨 하나 안 틀리고 똑똑하게 기억하고 있는데요."

"아니, 내가 오해를 한 것 같다고."

에델리스가 어디 계속 말해보라는 듯이 그를 바라보았다. 그것은 그녀뿐만 아니라 하녀들 역시 마찬가지였다.

"그간 그대에 대해서 오해를 했어. 내가 알고 있다고 생각한

218

것과는 많이 다르더군."

"그래서요."

"……사과하지. 그대도 알고 있겠지만 황제가 사과하는 경우는 아주 드물어."

"그럴 리가요. 하루에도 백 번씩은 들었는걸요."

르한은 한숨을 삼켰다. 일기와 편지에서 본 자신은 그러고도 남았을 것을 알기 때문이다.

"다시. 다시 시작하도록 해. 내 기억이 나는 그때부터."

"……생각해보도록 할게요."

영 석연찮은 허락이었지만 그래도 하녀들은 그것으로 만족했는지 그제야 음식을 내오기 시작했다. 르한은 침묵을 버티지 못하고 얼른 음식을 입에 넣었다.

"그대도 들어."

르한의 권유에 에델리스가 고개를 끄덕이고 식사를 시작했다. 르한이 막 마음을 놓으려던 찰나에 예기치 못한 에델리스의 공격이 들어왔다.

"제가 보내드린 건 읽어보셨나요?"

르한은 당황스러워서 입안에 들었던 음식을 하마터면 뿜을 뻔했다. 그는 음식을 가까스로 삼키고 아무 말도 못 한 채 고개를 끄덕였다.

"여, 여봐라. 성녀가 동대륙에서 보낸 진귀한 식재료가 있다던데 그걸로 만든 것은 어떤 것이냐."

"이것입니다."

"황후. 그, 그대도 드시오."

르한은 어떻게든 화제를 돌리고자 그녀에게 음식을 권유하며 자신이 한 입 베어 물었다. 그리고 그때, 몸에 이상한 반응이 나타났다. 르한은 곧바로 손을 들었고 에델리스는 곧바로 그의 이상 신호를 감지했다.

"폐하?"

르한이 갑자기 숨을 끅끅 몰아쉬더니 테이블 위로 쓰러졌다.

"르한! 황궁의, 황궁의를 불러라!"

르한은 정말 금방이라도 숨이 넘어갈 것처럼 껵껵대며 제대로 호흡을 못하고 있었다. 게다가 눈도 새빨개지며 눈꺼풀까지 부어오르고 피부 전체에 붉은 반점이 피어났다.

"황궁의는 왜 아직도 오지 않는 것이냐!"

"조금 전에 달려갔으니 잠시만 기다려주십시오, 폐하!"

"기다려달라니, 지금 이 사람의 모습을 보고도 그런 말이 나와?"

에델리스는 쓰러져 있는 르한을 끌어안고 그의 귓가에 괜찮다고, 곧 황궁의가 올 거니 조금만 버텨달라고 중얼거렸다. 하지만 잠시 뒤에 문을 열고 뛰어 들어오는 사람은 황궁의가 아닌 성녀였다.

"비켜요!"

성녀가 에델리스를 확 밀치고 르한의 가슴께에 손을 올렸다. 그리고 그녀의 손에서부터 하얀빛이 나더니 이내 르한의 가빴던 호흡이 고르게 정돈되었다.

"르한! 괜찮아?"

"흐읍, 내가, 르한이라고 부르지 말라고……."

곧 죽을 것 같은 목소리로 지적하는 르한이었지만 그마저도 반가웠다. 정말이지, 조금 전까지는 어떻게 되는 줄 알았는데.

"케이르한, 괜찮아요?"

"……그대가 여기에 왜."

"급하게 황궁의를 찾기에 달려왔는데 이런 일이 벌어졌을 줄이야."

"그대가 성력을 써서 치료해준 건가?"

성녀가 고개를 끄덕였다.

"고맙군. 진심으로."

"아니에요, 도움이 되어 다행이에요. 제가 없었으면 어쩔 뻔했을지."

이번만큼은 에델리스도 성녀가 있어서 다행이라고 생각할 수밖에 없었다. 그녀에게는 성력이 없었기에 무력하게 그를 지켜봐야만 했기 때문이었다.

"폐하, 일단 들어가서 쉬는 게 낫겠어요."

"……그래. 그대에게도 걱정을 끼쳤군."

"그럼 이곳의 정리는 제가 해도 될까요?"

"그래, 부탁하지."

르한이 몸을 일으키는 것을 에델리스가 도왔다.

"폐하께서 드신 음식에 대해서 조사하라. 독이 들었는지, 누구의 손을 거쳐서 식탁에 올라오게 되었는지."

"예."

"그리고 조사가 끝날 때까지 식자재에 접근할 수 있었던
사람은 물론, 현시점에 이 궁에 있는 모든 이를 구금하도록
한다."

"알겠습니다!"

에델리스가 조사를 지시하자 입구를 지키고 있던 경비병들
이 들어왔다. 그리고 르한이 발걸음을 떼려 하자 성녀가 옆에
서 부축하려고 따라붙었다. 하지만 르한이 그녀에게서 한 발
짝 물러나며 휘청였다. 성녀는 곧바로 그를 붙잡았지만 르한
은 싸늘하게 거절했다.

"부축은 다른 이의 도움을 받도록 하지."

"괜찮아요, 제게 기대세요."

"아니, 그대는 어차피 구금당하지 않나."

"네? 그게 무슨……."

르한의 품에 파고들어 그를 부축하려던 성녀가 당황했다.

"폐하께서 말한 그대로예요. 조사 대상은 폐하를 제외한 전
부가 될 테니 조사에 협조해야죠."

"저는 폐하를 치료하기 위해서 온 것뿐이에요!"

"그렇게 진술해주시면 됩니다. 빠르게 와주신 건 감사하지
만, 궁 안에서 대기하고 있던 황궁의보다 빠르게 온 것은 조금
의아했거든요."

"그, 그건. 식사하러 이곳에 왔었으니까 주변에 있었죠!"

"네, 하지만 이곳을 떠나고 나서 시간이 조금 지났는데 아직

222

도 에메랄드 궁에 남아 있었던 이유를 잘 모르겠네요."

"……지금 치료해준 사람을 의심하는 거예요?"

"조사 대상이라고 했을 뿐인데요."

"케이르한, 뭐라고 말 좀 해주세요. 저는 억울해요."

에델리스의 단호한 말에 성녀가 르한에게 매달렸다. 어쩐지 확신을 갖고 있기까지 한 표정이었다.

"물론 그대가 나를 치료해준 것은 참작의 여지가 있겠지만 그것이 조사의 대상에서 벗어난다는 이야기는 아니지."

"어떻게 저에게 이럴 수가 있어요?!"

"황제를 암살하려는 사건에서 예외는 없지."

"아니, 그건……. 그렇다면 함께 식사를 한 황후 폐하도 제외할 수 없는 것 아닌가요?"

"뭐?"

에델리스는 어이없는 표정으로 성녀를 봤다. 그 사이에 황실 기사단원들이 우르르 달려들어왔다. 그중에는 프라체도 있었다. 수사를 프라체에게 맡겨야 하나 싶었는데, 그녀가 말을 꺼내기 전에 르한이 먼저 입을 열었다.

"아니. 황후는 아니야."

"예외가 없다고 하지 않았나요?"

"저에 대한 조사는 프라체 경이 따로 해도 좋아요."

"그럴 필요 없어."

"아뇨, 깔끔한 게 제일 낫죠. 결과가 나왔을 때 승복할 수 없는 분도 있는 것 같으니까."

"……."

"이야기는 끝난 것 같군요. 그렇다면 프라체 경, 폐하를 방으로 모셔주세요."

"예, 알겠습니다."

"잘 부탁하지."

르한의 말에 에델리스가 고개를 끄덕이며 검거 의지를 불태웠다. 지금은 비록 르한의 기억이 온전치 못하고, 그가 변했을지언정 그는 여전히 르한이었다. 그런데 그런 르한을 그 지경으로 만들다니. 반드시 잡아내서 죗값을 톡톡히 치르게 할 생각이었다.

하지만 조사 결과 황궁의의 소견으로는 르한의 체질에 맞지 않는, 다른 이에게는 괜찮지만 르한에게는 독이나 다름없는 음식이 있을 수 있다고 했다. 그래서 독을 배제하고 '어떻게 황제의 몸에 그렇게까지 안 맞는 음식이 식탁 위에 올라갈 수 있는가.'에 대한 수사만 남았다.

"제국 안에서도 구하기 힘든 재료였어요! 하지만 우연찮게 주방에 들어왔어요."

"이것을 어떻게 손질하는지도 몰랐어요!"

"원래 오늘 올라가려던 메뉴는 아니었습니다. 하지만 재료가 들어오자마자 바로 섭취하는 게 좋다고 하셔서……."

그리고 그 모든 질문의 답에는 성녀가 있었다. 성녀가 동대륙으로부터 귀한 재료를 선물 받았다고. 성녀가 어떻게 손질하는지 동대륙 사신에게 들었다고. 성녀가 오늘 바로 요리해달라고 했다고. 이런데 어떻게 성녀를 의심하지 않을 수 있을까.

"제가 케이르한을 죽이려고 할 리가 없잖아요."

"그런데 어떻게 알고 식탁 위에 하필이면 그 메뉴를 올리려고 한 거지?"

"어차피 오늘이 아니더라도 언젠가는 요리사가 요리했을 거예요."

"모르지. 손질하는 방법조차 모르고 있던 사람들인데."

"아뇨. 했을 거예요."

"그걸 어떻게 그렇게 확신해? 이번에도 신탁을 들먹일 거야?"

에델리스의 날 선 말에 성녀가 피식 웃었다.

"폐하. 저는 이제 죄수가 아니랍니다. 신성 제국을 대표하는 성녀인데 제대로 된 예로 맞아주셔야죠."

"죄수는 아니어도 황제 암살 미수 사건의 용의자이긴 하지. 황후 암살 미수에 이어서 황제 암살 미수라니."

"제가 아니었더라면 '미수'가 아닌 황제 암살 사건을 조사해야 했을 텐데요?"

"네가 아니었더라면 여유롭게 저녁 식사를 마치고 산책하고 있었을지도?"

"어쨌든 조사해봐야 소용없을 거예요."

"그건 해봐야 아는 거지."

에델리스는 이번 사건으로 성녀를 국외 추방하거나 사형시킬 수 없다는 것을 알고 있었다. 물적 증거가 남는 독을 쓴 것도 아니고, 단지 '선물 받은 식재료를 나누고 싶었다.'고, '그게 그렇게 몸에 안 좋은 작용을 하는 줄 몰랐다.'고 잡아뗄 수 있으니까.

하지만 정황상의 증거를 탄탄하게 모아 이것을 르한에게 가져다주면 어떨까. 적어도 이전처럼 사건이 발생했을 때 '성녀가 그럴 리가 없어!'라고 하지는 않겠지. 그리고 고의가 아니더라도 저를 죽일 뻔했던 사람인데 그녀를 마음에 두지도 않겠지.

"자, 그러면 말해봐. 왜 다이닝룸에서 나간 뒤에 그 근처에서 머물고 있었는지."

에델리스는 한밤중이 되어서야 조사를 모두 마칠 수 있었다. 그녀는 조사한 내용을 정리해서 르한에게 올릴 것을 명령하고 르한을 찾았다. 이미 자고 있을 시각이었겠지만 그의 건강이 염려됐기 때문이다.

문앞을 지키고 있던 병사를 보고 검지를 입술에 대어 조용히 할 것을 명령하고는 슬며시 문을 밀고 들어갔다. 르한은 다이닝룸에서 봤을 때보다 훨씬 편안해 보이는 얼굴이었지만 땀을 조금 흘리고 있었다.

에델리스가 손수건을 꺼내 그의 이마를 콕콕 찍어 땀을 닦아주는데 그 기척에 르한이 눈을 떠버렸다.

"르한! ……폐하. 몸은 괜찮으세요?"

"그래."

"그렇다면 다행이네요. 제가 잠을 방해한 것 같은데 그럼 이만 물러갈 테니 다시 주무세요."

에델리스가 그의 이마에서 손을 거뒀다. 저를 간호해준 것을 알아챈 르한의 시선이 그녀에게서 떨어질 줄을 몰랐다.

"편지. 읽은 뒤에 소감을 들려달라고 했었지."

"분명 그렇긴 하지만, 일단 쉬세요."

"성녀는 그대를 조사해야 한다고 했지만, 나는 그대가 그런 짓을 벌일 리가 없다고 확신해. 그게 내 소감이야."

"……."

"나는 그대를 매우 아꼈고, 그대 역시 그러하다는 것을 알고 있어."

아꼈다는 말로는 모두 표현할 수 없었다. 그것이 못내 서운하면서도 그가 자신을 믿어주는 것이 기뻤다.

"그리고 내가 오해를 하는 동안 그대에게 한 말이 그대에게 상처가 됐을 거라는 것도 알고 있어."

"침실에 숨어들었다는 것과 르한이라고 부르지 말라고 한 것, 저를 믿지 않고 성녀를 무죄로 방면한 것 중에서 어떤 거요?"

"……그대는 정말 기억 속의 그대와 다르군."

"저도 예전의 저와 다르다고 생각해요."

그전에는 르한이 주는 애정을 받으면서 유하고, 부드럽고, 싸움을 회피하려고 했었다. 하지만 이제는 자신을 지킬 수 있는 것은 저밖에 없다는 것을 알았고, 마냥 당하고 싶지도 않았다. 그래도 르한이라면 분명 이 모습도 좋다고 할 것이다.

"내 기억 속의 그대보다, 지금의 그대가 훨씬 좋아."

"……그렇다면 다행이네요."

"그대는 예전의 내가 더 좋겠지만."

"부정할 수는 없어요."

감히 비교할 수가 없었다. 그래, 어쩌면 성녀가 이런 심정이었는지도 모르겠다. 저를 좋아한다고 철석같이 믿었던 상대가 자신을 등졌다는 점에서. 하지만 르한이 성녀를 좋아했던 건 책 속에서지 현실은 아니었다.

"그래서 아직도 생각할 시간이 필요한가?"

"네?"

"내가 다시 시작하자고 했던 말. 그 말에 대해 생각할 시간이 필요하느냐고."

"……기억을 되돌리고 싶은 생각은 있으세요?"

"기억을 되돌리면 후회할 것 같긴 해."

"기억을 되돌린 것에 대해서요?"

"그대에게 그렇게 상처를 주었던 것에 대해서."

르한이 잔뜩 작아진 채로 하는 말에 에델리스가 괜스레 더 장난스럽게 이야기했다.

"여기서 되돌리지 않는다고 하면 더 큰 상처를 받을 것 같아요."

"그렇다면 더 후회하지 않기 위해서라도 기억을 찾으려는 노

228

력을 해야겠군. 내 기억 속에 공백이 있는 것 같아 찜찜하기도
했어."

"얼른 기억을 되찾아야겠네요."

"기억을 되찾을 방법을 알고 있나?"

"네. 그전에 프라체 경과 알아봤었어요."

"뭔데?"

여러 가지 방법이 있었다. 그의 기억을 돌아오게 하려는 일
념 하에 많은 서적을 뒤져봤으니까. 효과적일 것 같은 방법은
몇 개 되지 않았지만 그래도 도전해 봄 직했다. 하지만 아파서
쓰러진 환자를 붙잡고 할 만한 방법은 아니었다.

"우선 지금은 시간이 늦었으니 주무세요."

"그래야지."

에델리스가 다시금 발걸음을 돌려 방에서 나가려고 하자 르
한이 그녀의 손목을 잡았다. 아직 몸이 회복이 되지 않은 것
인지 손목을 잡은 손에 힘이 없었다.

"이 늦은 시각에 어딜 가?"

"네?"

"그대는 내 아내잖아. 여기서 자."

"침대에 숨어들지 말라고 그러신 건 폐하 아닌가요."

"숨어드는 게 아니라 당당하게 자는 거잖아."

"……제안은 고맙지만 많이 회복된 걸로 보이시는 데다가
어차피 제 방이 멀지 않으니 제 침실로 가도록 할게요."

외관만 같지 속은 완전히 다른 사람이 되어버린 르한이었기

에 낯선 사람이라는 느낌이 들었다. 그렇기 때문에 그와 한 침대에서 자고 싶지는 않았다. 하지만 르한은 그렇게 생각하지 않는지 에델리스의 손목을 놓지 않았다.

"가지 마."

"……."

"아직 건강하지 않아. 그러니까."

"……그러면 잠드실 때까지 있을게요."

"눈 뜨고 나서도 있었으면 좋겠어."

에델리스는 일련의 대화의 흐름이 낯설지가 않았다. 익숙한 느낌의…… 계속되는 유혹.

"저 싫어하는 거 아니었어요?"

"다시 시작하기로 한 거 아니었나?"

"아직 확답을 드리지 않은 걸로 기억하는데요."

르한이 골똘히 생각하더니 정말 그녀에게서 답을 들은 기억이 없다는 걸 눈치챈 듯 당황한 기색이 역력했다.

"그래서, 답은?"

"폐하가 저를 싫어하지 않는다면서요."

"싫어하지 않아."

르한의 즉답에 에델리스가 푸흐흐 웃었다. 그런 그녀의 얼굴을 보고 르한이 멍하니 그녀의 얼굴을 응시했다. 그의 기억 속 에델리스는 언제나 상처받은 얼굴, 슬퍼하는 얼굴, 눈물 흘리는 얼굴, 억지로 미소 띤 얼굴이었다.

그녀의 그런 모습들을 떠올리자 르한의 가슴이 괜히 따끔해졌다.

"폐하의 기억도 돌아오지 않고, 저를 여전히 싫어하면 어떡하나 고민했는데."

"어떻게 할 생각이었지?"

"솔직히 말씀드릴게요. 아까 전에 폐하도 솔직히 말씀해주셨으니까."

"그래."

에델리스가 한 번 숨을 골랐다. 생각은 여러 번 해왔으나 자신의 입 밖으로 내는 것은 많은 용기가 필요했기 때문이다.

"노력하고, 노력하다가 정 안 되면."

"……"

"이혼하려고 했어요."

"뭐?"

"폐하께서는 누군가를 좋아하면 정말 온 마음을 다해서 그 사람만 좋아하거든요. 그런데 그 사람이 제가 아니라면 당신의 아내인 제가 곱게 보일 리가 없으니까요."

그래서 책 속에서 황후를 그렇게 죽였던 거잖아. 르한이 성녀와 행복하게 사는 것을 지켜보느니 차라리 죽는 게 낫지 않을까 생각도 했었다. '도망친 후에 성녀와 국혼을 한다더라.', '공주, 왕자가 태어났다더라.'와 같은 소문을 듣고 싶지 않았기 때문이다.

하지만 언젠가는 르한이 자신을 기억해줄 거라 믿었기 때문에 그의 기억이 돌아오기를 기다리고 싶었다. 만약 자신이 죽은 후에, 르한이 저를 죽인 기억을 떠올린다면 그건 너무 잔인하지 않을까 싶어서 계속 기다리려고 했다. 언제 기억이 돌아올지 모르는 그를.

"그렇게까지 좋아하는 사람은 없으니 이혼하지 않아도 괜찮아."

"……아, 그래요."

에델리스는 르한이 말하고자 한 바가 무엇인지 이해했다. 그가 성녀를 그렇게까지 좋아하는 것이 아니니 걱정하지 말라고. 그러니 이혼할 필요 없다고. 하지만 그 순간 에델리스는 '내가 온 마음을 다해서 좋아하지 않는 것은 너도 마찬가지야.'라는 의미로 받아들였다.

"알겠어요. 이만 쉬세요, 저도 가볼 테니."

"내가 지금까지 한 이야기를 뭘로 들은 거지? 여기서 자고 가라니까."

"명령인가요?"

"……아니."

에델리스는 그것 보라는 듯이 그를 바라보았다. 그러다가 붙잡힌 자신의 손목을 놔달라는 듯이 르한의 손으로 시선을 옮겼다.

에델리스는 르한이 이해가 되지 않았다. 그렇게 저를 냉대하더니, 왜? 물론 편지와 일기를 보게 한 이유는 '우리가 이렇게 사이가 좋았으니 그렇게까지 냉대하지 마라. 의심을 살지도 모른다.'는 이유였다. 그런데 그것이 생각보다 효과가 좋았던 것 같다. 에델리스를 보는 시선이 달라진 것을 보면.

잠시 머뭇거리던 르한이 무언가 좋은 생각이 났는지 에델리스를 잡고 있던 손목을 제 쪽으로 슬며시 잡아당기며 말했다.

"내가, 어쩌다가 기억에 혼란이 왔다고 했지?"

"전날 밤까지도 아무런 징조가 없다가, 새벽에 일어나보니 그랬어요."

"그대와 자다가?"

"네. 이것도 혼란이 오시나요?"

"아니. 내가 그대와 함께 자다가 기억에 혼란이 왔는데, 똑같은 행위를 반복하면 다시 원래대로 돌아갈 수 있지 않을까?"

"……그럴 수도 있겠네요."

일단 확실한 것은 이보다 더 악화될 일은 없다는 것이었다. 자고 일어나니 책 속의 황제와 같은 기억을 갖게 되었으니, 또 다시 자고 일어났을 때 그 기억이 사라지지는 않을까? 프라체와 상의했을 때는 르한이 워낙에 에델리스를 냉대했기 때문에 이런 방법은 생각지도 못했었다.

"그러면 잘 채비를 하고 올게요. 피곤하면 먼저 주무시고 계세요."

"그전에 우리가 함께 잘 때는 어땠지?"

르한의 눈이 괜스레 짙어진 느낌이 들었지만 에델리스는 그것을 외면했다.

"대부분 저를 기다려주셨죠. 아니면 제가 기다리기도 하고요."

"그러면 나도 기다리도록 하지."

르한이 씨익 미소 지으며 잡고 있던 에델리스의 손목을 놔주었다. 그런 그의 모습을 보고 에델리스는 조금 더 심경이 착잡해졌다. 미소 짓는 얼굴이 이전의 르한과 똑같아서.

에델리스가 잘 채비를 마치고 르한의 처소로 돌아왔을 때, 정말로 그는 자고 있지 않고 그녀를 기다리고 있었다.

"늦었군."

"주무시고 계시지 그러셨어요."

"기다린다고 하지 않았나."

침대의 가운데에 누워 있던 르한이 창문 쪽으로 몸을 옮기며 그녀가 누울 공간을 만들어주었다. 굳이 그러지 않아도 넓은 침대였지만 에델리스는 그것이 떨떠름했다.

"비켜주세요."

"응?"

"창가 쪽이 제자리예요."

"……."

"기억에 혼란이 생기기 전과 최대한 비슷하게 하는 게 좋지 않을까요?"

"그렇긴 한데……. 아주 자연스럽게 자신의 자리를 주장하는 걸 보니, 정말 같이 침실을 썼나 보군. 게다가 나를 아주 편하게 생각해."

언뜻 들었을 때는 비꼬는 듯했으나 르한의 표정이나 말투는 전혀 그렇지 않았다. 정말로 흥미로워하는 느낌이었다.

에델리스는 조심스럽게 이불을 들추고는 르한이 비켜준 창가 쪽 자리에 누워 이불을 덮었다. 익숙하면서도 낯설게 느껴진 탓에 긴장이 되었다.

"자기 전에는 주로 뭘 했지?"

르한이 자연스럽게 이야기를 꺼내며 그녀를 향해 몸을 돌렸다. 그러고는 한쪽 팔을 괴어 자신의 턱을 한 손으로 받치고는 그녀를 바라보았다. 에델리스는 그런 자세를 한 르한이 익숙하여 고개를 들어 그를 마주 봤다.

"대화요."

"어떤 대화?"

"그냥 오늘 뭘 하고 보냈는지, 예전에 했던 일을 추억하기도 하고."

"흐음, 오늘 뭘 했는데?"

"갑자기 쓰러진 폐하 대신에 서류 작업을 했지요."

"……평소에 이런 대화를 했다고?"

르한이 믿을 수 없다는 듯이 이야기했다. 평소의 르한이었다면 에델리스가 이렇게 날 선 말투로 이야기를 하지 않았을 테니 그가 믿지 못하는 것도 이해가 갔다.

"아뇨. 프라체 경과 폐하의 기억이 되돌아올 방법에 대해서 이야기했어요."

"그렇군."

"폐하는요? 아, 편지도 읽고 일기도 읽으셨지."

"……이만 자도록 하지."

에델리스가 이불로 입을 가린 채 키득키득 웃었다. 이전에 르한에게 애정 표현이 가득 담긴 편지를 받았을 때는 평소와 같다고 생각했지만, 지금의 황제라면 그렇지 않을 거라고 생각했었다. 그리고 그의 반응은 에델리스의 예상대로였다.

"근데 정말로 내가 그 편지를 쓴 건가?"

"못 믿으시겠어요?"

"아니, 그게. 하, 아니다."

"잠시 외출하고 오면 테이블 위에 서신이 놓여 있기도 하고. 회의 끝나고 돌아와서 사람을 바로 앞에 두고 말을 하는 대신에 굳이 편지를 손에 쥐여주기도 했어요."

그렇게 이야기를 하는 에델리스는 즐거워 보였다.

"그래서?"

"앞에서 지켜보고 있는데 답장을 쓰기도 했고, 똑같이 회의에 들어갔을 때 집무실 책상 위에 답장을 놓기도 했었죠."

"즐거웠나 보군."

"네."

"……이 얘기는 그만하도록 하지. 옛 추억을 논하는 건 충분히 한 것 같으니."

"그리 예전도 아니에요. 일주일 전에도."

"그만."

르한은 에델리스가 즐겁게 이야기하는 것을 그다지 듣고 싶은 생각이 없었다. 분명 자신과 편지를 주고받았다는 이야기인데 마음속 깊은 곳에서부터 끓어오르는 분노를 어찌할 바를 몰랐다.

자신이 남편인데 이상하게 다른 남자와 편지를 주고받은 듯한 느낌이 들었다. 그것이 그의 마음에 들지 않았다.

"이만 자도록 하지."

"네, 잘 자요."

에델리스는 예전의 르한과 대화를 나누는 듯한 기분이 들어서 마음이 편해졌다. 물론 그 안에 들어 있는 것은 르한이 아니지만, 그래도 이전에 비하면 많은 발전이 있는 것 같았다.

"에델리스."

눈을 감고 잠을 청했던 에델리스는 자신을 부르는 그의 목소리에 눈이 번쩍 뜨였다.

"르한?"

그리고 조금 떨리는 목소리로 그의 이름을 불렀다. 황제의 기억을 가지게 된 르한은 제게 '그대'라고 칭했지 이름을 부른 적이 없었다.

'르한의 기억이 돌아온 건가? 정말로?'

에델리스는 르한의 목에 팔을 감아 그를 끌어안았다. 그러자 르한도 에델리스의 목덜미에 얼굴을 묻었다.

"르한……."

그리고 그에게 자신이 얼마나 마음고생을 했는지 아냐고,

대체 어떻게 된 건지 알겠냐고 물으려고 할 때였다.

"분위기 깨는 것 같아서 미안하지만 르한이라고 부르지 않으면 안 되나?"

"……뭐?"

"편지를 보니 나를 르한이라고 불러온 것 같은데, 그걸 감안하더라도 너무 불편하군."

그를 끌어안고 있던 에델리스의 몸이 굳으며 삐그덕대는 것 같았다. 계속 그를 끌어안고 싶은 마음이 싹 사라졌다. 에델리스는 혹시나 하는 마음으로 그를 올려다보면서 그를 불러보았다.

"……폐하?"

"그래. 그렇게 부르도록 해. 아니면 그대도 성녀처럼 케이르한이라고 부르겠나?"

"……"

"그대는 내 아내니 내 이름을 부르는 것을 허하도록 하지."

르한이 마치 대단한 선심이라도 쓰는 것처럼 이야기했다. 하지만 에델리스는 그가 자신이 기다려왔던 르한이 아니라는 것에 심장을 누군가 세게 쥐고 비트는 것처럼 아팠다. 이전의 르한처럼 자신을 '에델리스'라고 부르기에 르한의 기억이 돌아온 줄 알았다.

'그래, 이렇게 쉽게 기억이 돌아올 리가 없지.'

그럴 리가 없다고 생각하면서도 마음이 울적해지고, 눈에 눈물이 차오르는 것까지 막을 수는 없었다. 에델리스는 울음기가 가득한 목소리로 그를 불렀다.

"폐하."

"그래."

그의 대답에 에델리스는 확답을 얻었다. 그는 그녀가 찾던 르한이 아니라고. 그는 에델리스가 무슨 생각을 하는지도 모르고, 자신이 '케이르한'이라고 이름을 부르는 것을 허하는데도 폐하라고 불러서 기분이 나쁜 기색이었다.

"나를, 아니 저를…… 에델리스라고 부르지 마세요."

"뭐? 나는 그대에게 이름을 허하는데 왜 나는 그대의 이름을 부르면 안 되지?"

"제 이름을 부를 수 있는 것은 한 사람뿐이에요."

"그게 그대의 남편인 내가 아니면 또 누가 있단 말이지? 편지를 보니 나 외에 다른 남자가 있는 것 같지도 않던데. 만에 하나 있더라도 나라면 이미 죽였을 것 같고."

에델리스는 입을 꾹 다물었다.

"말하지 않을 텐가? 대체 왜 나를 거부하는 거지? 그대가 좋아하는 건 나잖아?"

"제가 좋아하는 건 당신이 아니에요. 착각하지 마세요."

"거짓말 하지 마. 내가 그대가 보내준 편지와 일기만 봤을 것 같아? 친히 그대가 보낸 답장이 어딨는지까지 알려줘놓고 내가 그걸 안 봤으리라고 생각하는 거야?"

"폐하께 보내는 답장이 아니었어요."

"나 말고 또 다른 '르한'이 있나보지?"

르한이 코웃음 쳤다. 자신이 편지에서 본 '르한'이라는 이름이 수백, 수천 개는 되는데 무슨 말도 안 되는 핑계를 대나 싶었다.

"폐하는 르한이 아니잖아요. 폐하는 내가 르한이라고 부를 때마다 불쾌한 표정을 지어요."

"……."

"그것 말고도 폐하와 르한은 다른 점이 아주 많아요."

자신을 바라보는 눈빛이라든지, 말투라든지, 하루를 어떻게 보내는지. 에델리스가 사랑하는 르한은 눈앞의 남자가 아니었다. 그저 외모가 같고, 목소리가 같은 사람일 뿐.

"그러니까 사람 헷갈리게 저를 이름으로 부르지 마세요."

"내가 기억에 혼란이 왔기 때문에, 그대가 좋아하는 사람이 내가 아니라는 건가?"

"아니죠. 폐하는 저와 결혼했을 뿐이지 저와 함께했던 기억을 갖고 계신 게 아니잖아요."

"그렇게 나를 좋아한다고 편지에 썼으면서?"

"말은 정확하게 해주세요. 제가 좋아하는 건 폐하가 아닌, 르한이에요. 폐하는 르한이라고 불리는 거 싫다면서요."

"그야 당연히 싫지!"

르한이 씩씩거리며 말하는데 사실 에델리스는 그가 왜 '르한'이라고 불리는 게 싫은지 이해하지 못했다. 에델리스에게 있어서 르한은 처음부터 르한이었다. 재회한 뒤에도 그것은 변하지 않았다. 그녀에게 있어 르한은 황제가 아니라 저와 어린 시절부터 함께해 온 인연이었다.

"……그대는 내가 왜 '르한'이라고 불리는 게 싫은지 모르는 건가?"

"네."

"어지간한 귀족이라면 다 아는 사실을 그대만 모른다니 어처구니가 없군."

"어지간한 귀족들도 모를 걸요."

에델리스가 본 것이라고는 '케이르한'이라고 부르는 프라체 경이 '르한'이라고 부르려다가 말았을 때. 그것밖에 없었다. 그런데 이렇게 정색할 정도로 싫어할 줄이야. 혹시 르한도 자신을 '르한'이라고 부르는 것을 싫어했지만 그것까지도 맞춰줬던 걸까 싶었다.

"이것까지도 내 기억에 혼란이 온 건가."

"무슨 말씀을 하시는 건지 잘 모르겠어요."

"아니, 차라리 알려지지 않았다면 다행이군."

"무슨 말씀이세요?"

르한은 자신이 투기장에 있던 시절의 이름인 '르한'이라고 불리는 것을 매우 불쾌하게 여겼다. 그때 누군가 자신을 구하지 않았더라면 아마 그곳에서 생을 마감했을 것이다. 그만큼 투기장에서 지냈던 시간은 끔찍한 악몽과도 같았다.

절대로 떠올리기 싫은 그때의 기억. 그런데 당시의 이름을 부르다니.

그리고 그것은 에델리스라고 예외는 아니었다. 자신의 속을 뒤집으며 자신의 과거를 상기하게 하려는 목적으로 부른다고 생각했다. 지금은 황제의 껍데기를 입고 있지만 알맹이는 검투사 따위라고. 그래서 더욱 에델리스를 싫어했었다. 제 침실에 기어들어 온 것으로 모자라 저를 '르한'이라고 불렀기 때문에.

하지만 그 오해는 르한의 편지를 읽고 나서야 풀렸다. 그전부터 그녀는 르한이라고 불러왔고, 애정을 담아 불렀다는 것을 알게 되었기 때문이다. 그렇지만 르한은 여전히 그녀에게 '르한'이라고 부르는 것을 허락한 자기 자신을 이해할 수가 없었다.

"아니다."

르한은 에델리스가 의아해하든 말든 그녀의 물음에 답할 이유가 없었다. 아무래도 자신이 검투사 출신이었다는 것을 그녀가 모르는 모양이니.

그래도 명색이 제 아내인데 어린 시절 만났던 여자아이를 잊지 못한다는 이야기까지 구구절절 설명하고 싶지 않았다. 그렇게 생각하며 저를 바라보며 답을 요구하는 에델리스를 내버려두고 침대에 드러누웠다.

"그건 그렇고, 황후."

"네?"

"그대가 나를 거부하니 말인데."

"거부라니요!"

에델리스가 펄쩍 뛰었다. 아니, 이름조차 부르지 말라는데 그게 거부가 아니면 뭐란 말인가.

"그게 거부가 아니면 아까 전에 하던 것을 계속 이어서 해도 되겠나?"

"아까 전에 하던 거요?"

"그래."

벌써 까맣게 잊은 것인지 에델리스의 눈에 의문이 가득했다. 신체 건장한 르한으로서는 그녀를 이해할 수가 없었다.

"부부가, 야밤에, 침대 위에서 하던 것 말이야."

"……!"

"그리고 그대도 알다시피 나는 후궁이 없잖아? 숨겨둔 정부가 있는 것 같지도 않고."

"……없죠."

"내 기억 속에서도 정부는 없었지만 후궁은 있었는데 말이야."

유혹의 의미가 명백한 르한의 손길이 에델리스에게 닿자 그녀가 파르르 떨었다. 마치 아무것도 모르는 사람처럼 떠는 것이 귀엽게 보이기는 했다.

르한이 여유롭게 그녀의 이마에 입을 맞추자 에델리스의 얼굴이 붉어졌다. 물론 여러 여자를 거느릴 수 있는 황제라는 위치가 가진 특성상 경험은 자신이 더 많을 수밖에 없었다. 그렇다곤 해도 이렇게 순진한 반응이라니. 마치 첫날밤을 떠올리게 할 정도였다.

"너무 긴장하는 것 아닌가?"

르한이 여유롭게 그녀의 위로 올라탔다. 그리고 그녀가 입고 있는 슬립을 벗기기 위해서 어깨 끈에 손가락을 걸었다. 그런데 에델리스가 그의 손을 덥석 잡았다.

"폐하."

"이 손은 놓고 말하지?"

"이름을 부르는 것도 허락하지 않는데, 설마 제가 이런 것을 허락할 거라고 생각하는 건 아니죠?"

에델리스가 그의 손을 밀어 제 옷에서 손을 떼게 하려고 했다. 하지만 르한이 고작 그녀의 미약한 손길에 밀려날 리가 없었다.

"황후. 그대가 거부할 수 있는 권리는 없어."

"왜요?"

"황후로서 해야 하는 가장 큰 일은 후사를 보는 거잖아. 그걸 모른다고 하지는 않겠지."

"……모를 리가 없죠."

"그래, 그대가 황후인 이상 후사를 보기 위한 노력은 항상 해왔잖아? 한 달에 며칠씩. 오늘도 그 기간인지는 모르겠지만, 얼추 날짜를 보니 맞는 것 같기도 하고."

르한은 후사를 갖기 위해 매달 황궁의가 지시하는 날짜에 그녀를 침실로 불렀던 것을 기억하고 있었다. 그리고 아무리 기억이 혼란스러울지언정 이건 어느 나라나 공통된 문제였으니 한 치의 의심도 하지 않았다.

지금과는 다르게 예전의 에델리스는 자신과 아주 금슬이 좋았으니 어쩌면 황궁의가 시키지 않더라도 몸을 섞었을지도 몰랐다. 거기까지 생각이 미치자 괜히 기분이 나빴다. 자신의 아내인데 애꿎은 놈한테 뺏긴 기분.

"됐으니까 내게 맡기도록 해."

사람 일은 모르는 거라더니, 언제나 제 앞에서 얼굴을 붉히며 조금은 기대하는 표정을 하던 황후를 설득하는 날이 오다니.

"폐하."

"왜? 내가 그대에게 맡겼으면 좋겠어?"

르한이 한쪽 입꼬리를 올려 능글맞게 웃었다.

"네, 제게 맡겨주세요."

"그래."

지금의 황후라면 르한은 기꺼이 그녀에게 맡길 용의가 있었다. 황후의 대범한 성격을 보건데, 그녀가 하고 싶은 대로 둬도 좋을 것 같았다. ……어쩌면 더 좋을 것 같기도 했다. 장난삼아 이야기를 꺼낸 건데 은근히 기대가 되었다.

괜히 기대감에 웃음이 비집고 나오려는 것을 입술을 깨물어 참고 그녀의 옆에 누웠다. 이렇게 심장이 세차게 뛰는 것은 꽤나 오랜만인 것 같았다.

'전염병도 내 기억보다 훨씬 결과가 좋았고, 황후가 활약해 황권도 강해졌고, 성녀의 활약도 적으니 신성 제국의 입김이 세질 일도 없지.'

르한이 이런저런 생각을 하는데, 어찌 된 일인지 에델리스는 제 옆에 가만히 누워만 있었다.

'대체 언제까지 나를 내버려두는 것이지? 얼마나 애를 태우려고 하는 건지.'

황후는 제 예상보다 훨씬 남자를 다룰 줄 아는 사람인 것 같았다.

'혹시 이것도 기억이 돌아오기 전의 나에게서 배운 건가?'

이걸 좋아해야 할지 싫어해야 할지. 결국 참다못한 르한이 자신이 입고 있던 가운을 슬쩍 열었다. 르한의 움직임에 에델리스의 시선이 그가 움직인 가운으로 향했고, 가운 사이로 나타난 다부진 가슴팍에 그녀의 얼굴이 더욱 붉어졌다.

자리에 앉은 그녀의 하얀 손이 르한의 가운에 묶인 매듭으로 향했다. 천천히 움직이는 그 손길에 르한은 더운 숨을 토해내며 그냥 자신이 매듭을 확 풀어버릴까 고민했으나 그럴수록 더욱 커지는 기대감에 얌전히 기다렸다.

르한이 이제 더는 참을 수 없다는 생각이 들 무렵, 마침내 에델리스의 고운 손이 르한의 가운을 고정하고 있던 매듭을 풀었다.

르한은 자신의 가운이 열리는 느낌에 더욱 몸에 힘이 들어갔다. 하지만 에델리스는 르한의 바람과는 다르게 가운을 잘 정돈한 뒤에 다시 매듭을 단단하게 묶었다.

"지금 뭐 하는 거지?"

"……글쎄요, 평소와 같은 잘 준비?"

"장난하지 마, 나 지금 장난할 정도로 여유롭지 않아."

"하지만 말씀드렸잖아요, 평소와 같이 행동한다고."

"평소에 후사를 보기 위해 노력을 하지 않은 것은 아닐 테지. 그날이라고 생각해."

"……."

자신의 기억 속에서라면 모를까 편지로 본 르한과 에델리스의 사이는 더없이 좋았다. 그런데 이런 장난이라니, 누가 믿는다고. 모르긴 몰라도 다른 황실이나 왕실의 부부보다도 더 잦은 빈도로 거사를 치렀을 것이 분명하다고 생각했다.

하지만 에델리스는 태연하게 르한을 바라보았다. 갑자기 그에게 불길함이 엄습했다.

"설마. 에이, 거짓말하지 마."

에델리스의 시선에 르한이 부정을 해보았지만 그녀는 여전히 흔들림 없는 눈으로 그를 응시하고 있었다.

"적잖이 당황스럽긴 하지만 그래도 상관없지. 그대에게 의무가 있는 것은 여전하니."

르한이 에델리스를 잡아먹을 듯한 눈빛으로 바라보았다. 에델리스는 당황할 법도 한데 여전히 변함이 없는 눈빛이었다.

"폐하, 제가 누누이 말하지만 폐하는 르한이 아니죠."

"그게 이유가 된다고 보는가?"

"저는 폐하의 기억을 찾기 위해 노력할 뿐, 그게 아니라면 이전에 말했던 방법을 선택해도 상관없어요."

"이전에 말한 방법이라니, 뭐."

"이혼."

"그게 말이 된다고 생각해? 이혼은 안 돼. 그대가 아무리 이혼을 하고 싶다고 해도 해줄 수 없어."

"왜요?"

"당연한 거 아닌가? 무슨 이유로 이혼을 하려는 건데? 나는 여전히 황제야."

"저는 원래부터 황제인 폐하와 이혼하려고 했어요."

에델리스의 단호한 대답에 르한은 당황할 수밖에 없었다. 그렇게나 사이가 좋았으면서 이혼을 이야기하다니.

"나와 이혼하고 난 뒤에 후회하지 않을 자신 있나?"

"……."

"나는 황제니 그대와 이혼하고 나서도 다른 여인을 황후로 다시 맞아들이겠지. 그리고 그대가 이혼하지 않더라도 그대가 나를 거부한다면 후사를 봐야 하니 후궁을 들이지 않을 수 없어."

"폐하의 침실에 후궁이 갔다는 이야기를 전해 듣느니 차라리 이혼하는 게 낫겠네요."

"그 말에 후회는 없겠지."

르한이 짐짓 엄한 표정으로 이야기했다.

"후회하겠죠. 무슨 선택을 하더라도."

"……그대의 의사를 존중하지. 이미 분위기도 깨지고, 흥도 식어버렸으니 말이야."

"하지만 폐하."

"또 뭐지?"

"만약 나중에 기억이 돌아오신다면, 저와 이혼하거나 후궁을 들인 것을 후회하지 않을 자신이 있으세요?"

248

그녀의 말에 르한은 한 방 먹은 듯했다. 그는 황위에 오른 뒤 누군가의 눈치를 볼 일이 없다고 생각했었다. 기껏해야 귀족파와의 알력 다툼 정도. 그런데 에델리스의 질문에 르한은 아니라고 말할 수 없었다. 그 절절한 편지들을 읽은 이상 당연한 일이었다. 자신이 황후의 눈치를 보는 날이 다 오다니.

"……아니."

"한 번 이혼한 황후와 다시 재혼하는 것을 귀족들이 뭐라 생각할지. 후궁을 들인다면 나중에 내쫓을 수나 있을지. 그리고 내게 이렇게 대했던 것은 어떻게 수습할 것인지."

"……내, 내가 뭐."

"모르시진 않겠죠."

최근 황후와 마찰을 빚었을 때의 상황이 머릿속을 스쳐 지나갔다. 결국 르한은 포기한 채로 몸에 힘을 빼고 누웠다.

"……이만 자도록 하지. 평소처럼."

"네."

"그리고 후사 문제는 고민해봐. 그대가 나를 좋아하지 않더라도. 귀족들도 마음 없이 정략결혼하는 것이 일상인데 황실은 오죽하겠나."

"……고민해볼게요. 그건 폐하가 아닌 제 연인과 의논하고 싶지만."

"말끝마다 나와 그대의 연인을 분리하는데 말이지, 기억이 다시 돌아오지 않는다면 어쩌려고 그러는 거지?"

한 가지 가능성을 말했을 뿐인데 이야기를 들은 에델리스의 표정이 이전까지 본 적 없는 슬픔으로 물들었다. 그녀의 얼굴을 보고 있는 르한에게조차 슬픔이 전이될 정도로 애달픈 얼굴이었다.

그녀에게 그런 사랑을 받고 있는 자신이자 자신이 아닌 르한이 부러워졌다. 이럴 줄 알았으면 예전부터 황후에게 잘해 줄 것을. 그랬다면 이런 사랑을 받을 수 있었을까.

"그만 슬퍼하도록 해. 기억을 찾기 위해 최대한 협조할 테니."

"고마워요."

"그래도 한 번 생각해줘. 나를 좋아하는 것은 어떨지. 평소처럼 말이야."

그녀에게 마음을 요구하는 것마저 과거의 자신에게 기대어야 말할 수 있는 것이 괜히 서글퍼졌다. 이게 다 그 편지와 일기 때문이었다. 단 한 번도 행복하다고 느껴본 적 없었는데 그녀를 사랑하던 자신은 너무나도 행복해 보여서.

"나도 그대를 좋아하도록 노력할 테니."

그러니 과거의 나로 가득 찬 그 마음 안에, 구석이라도 좋으니 지금의 내게 한 자락만 내어줘.

기억을 되찾는 방법

"꼭 이렇게까지 해야 하나?"

"그럼!"

'르한의 기억을 되찾는다.'는 공통적인 목표를 갖고 있는 르한, 에델리스, 프라체가 모여 있었다. 르한은 의자에 앉은 채 긴장하고 있었고, 프라체는 그의 뒤에서 방패를 들고 숨을 몰아쉬고 있었다. 에델리스는 불안한 눈으로 그들을 바라보면서 두 손을 꼭 모았다. 그러다가 르한과 눈이 마주치자 저도 모르게 고개를 휙 돌려버렸다.

"자, 그럼 간다."

"위험하지 않을까요? 혹시 잘못되면……."

"그러면 프라체를 반역죄로."

"반역죄라니! 황후 폐하와 논의 끝에 나온 방법인데!"

"……후사도 없이 잘못되면 큰일인데."

"프라체 경, 뭐 해요. 빨리 진행하지 않고!"

'후사'라는 단어에 예민하게 반응한 에델리스가 프라체를

독촉하자 그가 들고 있던 방패로 르한의 머리를 후려쳤다. 뎅
―하는 소리와 함께 르한이 짧은 비명을 내지르고는 털썩 쓰
러졌다.

"꺄아아악! 르한!"

"케이르한, 이대로 죽어서는 안 돼! 황제 암살 사건의 범인이
내가 될 수는 없어!"

"황궁의……."

"아, 알았어!"

에델리스가 혹시 몰라 밖에 대기시켜둔 황궁의가 곧바로 들
어와 르한의 머리를 치료했다. 비정상적으로 부풀어 톡 튀어
나온 혹에 연고를 바를 때마다 르한의 눈썹이 찡그려졌다.

"이 방법도 아닌가?"

"설마 다른 방법도 이런 식인 건 아니겠지?"

"……다음은 최면 요법이니 아프지는 않을 거예요!"

"그런 걸로 정말 기억을 떠올릴 수 있는 건가?"

르한의 질문에 에델리스가 먼 곳을 응시하며 답을 회피했
다. 지난밤부터 계속된 르한의 짙은 시선 역시 그대로였다. 에
델리스가 르한의 질문에 답을 하지 못하자 프라체가 슬쩍 끼
어들었다.

"다 해보는 거지 뭐!"

"내가 협조 안 한다고 했으면 너는 정말 꼼짝없이 교수대에
올랐을 거야."

"협조해줘서 정말 다행이야, 케이르한. 그러니 그런 살벌한

말을 웃으면서 하지는 말아줄래?"

"방금 나를 후려칠 때 사감이 안 들어 있었다고 하지는 못할 거다, 요하네스 프라체."

"난 네가 성까지 부르면 무섭더라."

"그, 그럼 준비할게요!"

살벌한 분위기에 에델리스는 곧장 준비해놓은 회중시계를 꺼냈다. 에델리스는 항간에 떠도는 소문에 따라 방의 커튼을 쳐 어둡게 만들고 르한을 자리에 앉혔다. 그리고 회중시계를 들어 르한의 눈앞에서 흔들었다.

"자, 시계를 바라봅니다. 천천히, 시계에 집중합니다."

혹시 최면에 들지는 않을까, 에델리스가 그의 눈을 바라보면서 이야기했다. 하지만 그의 눈은 시계를 향하지 않고 계속 에델리스를 향해 있었다.

"……시계를 보라니까요."

"당신을 좀 더 보면 안 되나?"

"케이르한, 돌아온 것 같은데? 역시 아까 내가 방패로 내리친 게 효과가 있었나?!"

"네 머리도 방패로 내려치기 전에 입 닫아."

"독설도 여전한 것을 보니 돌아온 게 맞구나, 케이르한!"

"프라체 경, 대체 평소에 어떤 대우를 받아온 거예요……."

에델리스는 붉어진 얼굴을 손으로 연신 부채질하며 열기를 식혔다.

"다 봤으니 계속하지."

"알겠어요! 자, 시계에 집중합니다."

"……."

"……."

"……."

"이, 이건 아닌가 보네요."

에델리스가 앉아 있던 르한 쪽으로 굽혔던 몸을 황급하게 펴며 그에게서 한 발짝 물러섰다.

"더 해봐."

"그, 그러면 이번엔 프라체 경이."

"아니, 그대가."

"……저런 걸 보면 기억이 돌아온 게 맞는 것 같은데."

프라체가 고개를 절레절레 흔들었다.

"내가 기억이 돌아온 것 같다고? 달라진 건 없는 것 같은데. 딱히 떠오르는 것도 없고."

"아니, 황후 폐하께 그렇게 차갑게 굴던 네가 잡아먹을 듯이 바라보면서 가까이하려고 하니까 하는 말이지."

"……프라체 경, 단어 선택이 너무 노골적인 것 같아요."

"황후가 불편해하니 그런 말은 하지 말지."

"그래, 이렇게 말하는 것도 딱 케이르한인데 말이지. 그렇지 않습니까, 폐하?"

"아무 말도 하지 않을게요."

에델리스 역시 비슷한 생각을 하고 있었다. 나를 냉대하던 그 황제가 맞나 싶을 정도라서 당황스러웠다. 싫으냐고 물으면 그건 아니지만 왠지 모르게, 르한을 두고 바람을 피는 기분이랄까. 이런 고민을 하게 하는 상대 또한 르한이지만.

"그래서, 다음 방법은 뭔데?"

"가장 가능성이 높은 방법이지."

"프라체 경, 설마."

"네, 맞습니다. 그 방법."

"그 방법은 하지 않기로 한 거 아니었나요?!"

에델리스가 무조건 반대하는 것인지 급박하게 소리쳤다.

"하지만 앞서 한 차례 실패를 겪었는데 물불 가릴 수 없지 않습니까! 동서고금을 막론하고, 많은 동화와 옛날이야기를 통해 효과가 입증된 그것!"

"동화와 옛날이야기에 언급된 걸로 효과가 있다고 할 수 있나?"

프라체는 들리지 않는다는 듯이 과장된 연기를 계속했다.

"그것은 바로, 키. 스."

"……."

"……."

"자, 그러면 저는 자리를 비워드릴 테니, 다 끝나면 불러주십시오. 그럼 이만!"

"그렇게 말하고 나가면 어떻게 불러요!"

"끝났을 줄 알고 들어왔다가 아직 안 끝나서 방해가 되면 어떡합니까!"

"하지만!"

"르한이 정말로 제 목을 칠 가능성이 있다는 것을 아실 만한 분이!"

"아니라고는 말 못 하겠군."

르한이 앉아 있던 자리에서 벌떡 일어나 에델리스를 향해 갔다. 그러곤 그녀의 바로 앞에서 걸음을 멈추고는 상체만 반 바퀴 돌려 쫙 편 손으로 눈을 가리는 척하는 프라체를 보았다. 르한은 그에게 눈으로 말했다.

'손가락 사이로 볼 생각하지 말고 꺼져.'

은근슬쩍 지켜보려던 프라체는 아쉬움을 뒤로하고 몸을 돌려 나가려고 했다.

에델리스가 다급하게 그를 붙잡기 전까지는.

"자, 잠깐만요! 그러고 보니 어젯밤에 해봤어요, 이 방법!"

"예?"

프라체가 흥미진진한 눈으로 르한을 바라보았다. 그의 눈이 '벌써? 빠르기도 하지. 역시 케이르한.'이라고 얘기하는 것 같아 에델리스는 더욱 부끄러워졌다.

하지만 지금 부끄러운 게 나았다. 방 안에 르한과 둘이 남아 어색하게 입을 맞춘 후 더욱더 어색하게 프라체를 부르러 가는 것보다는.

"그, 그렇잖아요, 폐하. 기억나시죠?"

"아니?"

"무, 무슨 말씀이세요! 폐하가 기억이 돌아온 줄 알았던 그때 말이에요!"

256

"잘 모르겠는데."

"바로 어젯밤 이야기잖아요!"

그런데 그게 기억이 안 난다고? 믿을 수가 없었다. 하지만 르한은 아주 태연했고, 정말 무구한 눈빛이었다. 그는 한쪽 입꼬리를 끌어 올렸다.

"글쎄. 요한의 말대로 입을 맞추면 기억이 날지도."

"이미 입을 맞춰봤는데 기억이 안 떠올랐잖아요! 효과가 없는 거예요!"

"기억이 전혀 없는데. 요하네스가 휘두른 방패에 맞아 기억이 날아간 건가."

"흐, 흐억."

프라체가 에델리스에게 구원의 눈길을 보냈지만, 에델리스에게도 딱히 방법이 없었다. 결국 주먹을 꽉 쥔 프라체가 자기 살길을 스스로 개척했다.

"황후 폐하의 치료가 끝나면 기억날 거야, 케이르한! 그럼 이만!"

프라체는 에델리스에게 엄지를 척 치켜들고 방문을 열고 나갔다. 그것이 더 부담스러웠다.

'엄지는 대체 왜 치켜든 거냐고!'

에델리스가 그를 붙잡으려고 손을 들었지만 프라체는 이미 문을 닫고 나가 그녀의 손만 허공을 맴돌았다. 갈 곳을 잃은 그녀의 손을 르한이 붙잡았다.

"자, 그럼 구경꾼도 사라졌으니, 한번 기억을 되돌려볼까?"

"······기억, 안 떠오르는 거 아시잖아요."

"글쎄? 내가 어떻게 알지?"

"진짜로 기억나지 않는 거예요?"

에델리스의 물음에 르한이 웃음을 흘리며 그녀의 허리를 감싸 안았다. 갑작스럽게 가까워진 거리에 에델리스가 당황스러워했다.

르한은 말없이 그녀의 입술을 집어삼켰다. 더 가까워질 수 없을 만큼 그녀를 탐내며 제 숨을 그녀의 숨결에 섞었다.

에델리스의 속은 시끄러웠다. 그를 밀어내자니 점점 그에게서 기억을 잃기 전의 르한과 같은 모습이 나타났다. 그렇다고 받아들이자니 그는 온전히 제가 사랑하던 '르한'이라고 하기에는 무리가 있었다.

하지만 이전과 같은 모습을 보이니 점점 그에게 마음이 열리는 것 같았다. 그렇게 밀어내지도, 받아들이지도 못하고 그저 가만히 있었다.

"이전과 같이 행동한다고 하지 않았나?"

"네, 네?"

"내가 기억을 잃기 전에도, 그렇게 가만히 서 있었나?"

"······아닐 거예요, 아마."

"해봐, 이전처럼. 기억이 돌아올지 모르잖아."

에델리스는 그를 원망스러운 눈으로 바라보았다. 기억을 운운하니, 그에게 협조하기로 한 이상 안 할 수는 없었다.

"얼마나 이전처럼요?"

"최대한."

에델리스는 짧게 고민하더니 이내 결심하며 단호하게 말했다.

"그러면, 저기 앉아보세요."

르한이 평소에 업무를 보던 의자였다. 르한이 미심쩍어하며 그녀에게서 떨어져 의자에 앉았다. 그러자 에델리스가 곧바로 그의 무릎 위에 앉았다. 르한이 당황하며 흔들리는 눈으로 에델리스를 바라보았다.

"그렇게 보지 마세요. 폐하가 요구한 거니까."

에델리스는 아랑곳 않고 그의 어깨에 제 팔을 감았다. 그러자 두 사람의 시선이 부딪치며 서로를 바라보게 되었다. 르한의 시선이 에델리스의 녹색 눈동자에서 내려와 그녀의 붉은 입술에 닿았다.

"그리고?"

"……준비는 다 됐어요."

에델리스는 괜히 자신의 심장 소리가 르한에게 들릴까 봐 걱정이 되었다.

"에델리스."

르한이 그녀의 이름을 부르며 고개를 들어 입을 맞추려고 했다. 그렇게 에델리스가 자신의 이름을 부르지 말라고 했는데도.

"르한."

에델리스도 그가 부르지 말라고 했던 이름을 불렀다. 그의 눈썹이 꿈틀거렸으나 그는 멈추지 않고 에델리스에게 입을 맞추었다.

몇 번이나 입술이 닿았다 떨어지는 동안 점점 심장이 세게 뛰는 느낌이 들었다. 저도 모르게 팔에 힘이 들어가서 그의 목을 세게 끌어안자 르한이 그에 반응이라도 하듯 그녀의 허리를 당겨 안았다. 그리고 자연스레 그녀의 입술 사이로 새어 나오는 숨결을 앗아갔다.

에델리스가 숨을 가쁘게 몰아쉴 때쯤에야 르한이 그녀를 놔주었다.

"기억, 나지 않죠?"

"글쎄. 다음에 다시 해봐야겠군."

어쩐지 속은 느낌이 들었다.

"그러면 프라체 경 불러올게요."

"그래."

"다음에 다시 할 때 방패로 내려치는 것부터 하자고 그래야지."

"……."

에델리스는 가볍게 그의 무릎에서 내려와 프라체를 부르러 갔다.

하지만 문밖에서 붉어진 얼굴로 서성이던 프라체와 눈이 마주친 순간 기억하고 말았다. 문을 열고 그를 부른다는 것이 '저희 키스 끝났어요!'를 의미하는 거였다는 것을. 머리가 새하얘진 에델리스는 겨우 한 문장을 완성해서 말했다.

"……방패로 내려쳐주세요."

신전으로 돌아온 성녀는 그때까지도 분노를 삭이지 못하고 있었다.

　'나를 황제 살인 미수 사건의 주범 취급하다니!'

　그녀는 너무나도 억울했다. 책의 내용을 알고 있었기 때문에 케이르한이 어떤 음식을 먹었을 때 발작하는지 알고 있었고, 그저 그 음식을 먹을 때까지 시일이 걸리기 때문에 날짜를 당긴 것뿐이었다.

　그리고 책에서 그랬듯이 자신이 고쳐주었는데, 왜 이번에는 살인자 취급을 하는지 이해할 수가 없었다.

　"짜증 나! 이게 다 그 계집애 때문이야!"

　저를 보며 황제를 치료해준 것을 참작하여 풀어준다고 선심 쓰듯 말하던 황후를 생각하니 배알이 뒤틀리는 기분이었다.

　"케이르한의 칼에 찔려 이미 죽었어야 할 계집애가, 감히."

　전염병에 걸린 사람들을 치료했던 것이 후회됐다. 케이르한의 환심을 사기 위해서 어쩔 수 없이 치료한 거였는데. 그때 성력을 많이 쓰는 바람에 그의 기억을 완벽하게 바꾸지 못하지 않았는가. 이게 다 성력이 부족한 탓이었다. 화가 나서 종을 마구잡이로 흔들자 하급 신관이 뛰어 들어왔다.

　"부르셨습니……"

　"왜 내가 부른 신관들은 오지 않지?"

　"그, 그게……."

자신의 성력을 회복시켜줄 신관들이 오지 않는 것이 더욱 저를 화나게 했다. 다시 성력을 채워 넣어야 기억을 다시 손보지 않겠는가.

계속 기억에 손을 댄다면 케이르한에게 악영향이 가는 것이 조금 마음에 걸렸다. 하지만 자신을 오해하고 있는 상황에서 그대로 둘 수는 없었다.

'머리에 조금 이상이 생기겠지만 그래도 내 곁에 없는 것보다야 그 편이 케이르한에게 더 좋을 테니까.'

그러기 위해서 성력을 모아야 하는데 신관들이 제대로 일을 하지 않는다. 자신이 누군 줄 알고, 신의 사자인 성녀에게 이 따위라니.

"당장 불러오지 않으면, 네 모든 성력을 쏟아부어야 할 거야."

"성녀님, 제발……. 이곳을 나가게 되면."

"그게 싫으면 신관들을 불러와. 너 같은 하급 신관 한 명의 성력으로는 부족하니까."

"잠시만, 아주 잠시만 기다려주십시오."

신관이 허겁지겁 문밖으로 나섰다. 그 꼴을 보니 더욱 한숨이 나왔다. 해야 할 일이 얼마나 많은데 저렇게 굼떠서야.

하지만 어쩔 수 없었다. 다른 사람이 저를 도우리라는 기대는 버려야 했다. 과거에 궁에 유폐되어 있을 때, 저를 찾아왔던 요하네스 프라체가 그랬듯이 말이다. 자신을 도울 수 있는 것은 자신밖에 없었다.

업무를 보던 르한은 괜히 피식 웃음이 새어 나왔다. 급하게 서명한 서류를 치워두고 펜촉에 잉크를 묻혀 제 앞에 놓인 빈 종이에 글자를 적기 시작했다.

에델리스.

그녀가 부르지 말라고 했던 이름이지만 입에 감기는 느낌이 좋았다. 언제나 살아남는 것을 목표로 삼았던 무채색 같은 삶을 살아왔다고 생각했었다. 하지만 편지와 일기에 남아 있던 자신의 모습은 형형색색으로 빛나고 있었다. 정말 누가 봐도 사랑에 빠진 남자의 모습이던 자신이 낯설었다.

'……뭐라고 적지.'

막상 그녀의 이름을 적고 나니 뭐라고 말을 더 해야 할지 몰랐다. 괜히 마른 잉크를 탓하며 펜촉에 잉크를 다시금 묻히는 것을 반복했다. 이전에 자신이 그녀에게 편지를 보냈기 때문에 자신도 그렇게 해보려는 것이었는데. 차마 과거의 자신처럼 에델리스를 찬양하는 말을 한가득 써서 보낼 자신은 없었다.

이따가 저녁 식사를 함께했으면 좋겠군.

힘겹게 쓴 말은, 굳이 서신이 아니어도 될 말이었다. 하지만 르한은 뿌듯하게 서신을 접어 봉투에 담고 인장을 찍은 후 하인에게 주었다.

"황후에게 전하고 답변을 받아 오거라."

"알겠습니다!"

르한은 에델리스의 답변을 싱글벙글한 얼굴로 두근거리며 기다렸다.

얼마 지나지 않아 돌아온 하인의 손에는 황후의 인장이 찍힌 답장이 들려 있었다. 르한은 곧바로 서랍에 있던 페이퍼 나이프를 꺼내 봉투를 뜯어 편지를 꺼냈다.

> 폐하, 업무 시간에 서신을 보내는 것까지
> 르한과 똑같을 줄은 몰랐어요.

'그, 그래. 이런 편지를 보내는 사람이었지, 황후는.'

괜히 일 안 하고 노는 한량이 된 것만 같아 얼굴에 열이 올랐다. 하지만 편지를 접을 생각을 하지는 못했다.

'르한……이라.'

그가 그렇게 싫어했던 이름. 이미 과거의 것이 되어버린 이름이었다. 하지만 요즘 황후로부터 몇 번이나 '르한'이라고 불리니 어릴 적 그녀가 자꾸 생각이 났다. 이제는 얼굴도, 무엇도 기억나지 않는 사람이었다. 안개가 껴 있는 듯 희미한 기억 속에 살고 있는 그 사람.

'잘 지내고 있을까.'

한 번 마음속에 묻어두었던 그녀에 대해서 떠올리기 시작하니, 자꾸만 떠올랐다. 혹시 과거의 자신처럼 어려움을 겪고 있는 것은 아닐까. 그렇다면 이전에 그녀가 제게 그랬듯, 이번에는 자신이 그녀를 도와주고 싶었다. 가까이서 돌보지는 못하더라도 어려움 없이 살게 해주고 싶었다.

"……찾아볼까."

잠시 고민하던 르한이 종을 울려 시종장을 불렀다.

"사람을 하나 찾으려고 하는데."

"예."

"8~9년 전 브릴 영지 부근에 살던 여자아이. 당시 나이가 어렸으니 행동반경을 그리 넓게 잡을 필요는 없다. 그 주변에 친척이 있는 이들까지 모두 포함해라."

기억력이 좋은 편이라 자부하는데 이상하게도 그 여자아이에 대한 기억만은 흐릿했다. 외모라든지, 그 아이와 나누었던 대화, 대공저로 가기 전까지의 기억들 모두 그러했다.

"검투사를 살 정도의 돈을 유용할 수 있었는데다 가문에 상주하거나 자주 오는 의사가 있었으니 평민은 아닐 것이다."

"예."

"나이는 스물한 살 이상, 정확한 연령대는 모르니 서른 살 이하는 모두 조사하도록 해라."

"만약 찾게 되면 어떻게 할까요?"

시종장은 황제가 검투사 출신이라는 것을 알고 있었기 때문에 조심스럽게 물었다. 끌고 와야 하는지, 모셔 와야 하는지. 물론 상대를 찾자마자 곧바로 뒷조사를 해서 보고서를 올리는 것은 기본이었다.

"……혹시 어려움은 없는지 알아보아라."

"예."

"만약 어려움이 있다면 뒤를 봐주도록 해라. 알아서, 잘, 티나지 않게. 하지만 최대한으로."

"알겠습니다!"

르한은 시종장이 명을 받고 나가자 한결 마음이 가벼워진 기분이었다. 생명의 은인이니 사는 동안 어려움 없이 살도록 뒤를 봐줄 생각이었다. 그리고 그녀는 그렇게 제 마음속에서 털어내고, 이제는 가까이 있는 제 아내에게 신경을 쓸 생각이었다.

'어떻게 지내고 있을까. 나보다 나이가 많았으니 이미 결혼했겠지. 행복하게 잘 지내고 있을까. 검투사 따위에게 신경 쓸 정도로 착한 사람이었으니 어디서 바보같이 이용 당하고 있을지도.'

그러니 그녀가 잘 지내고 있다는 것을 확인할 때까지만, 그때까지만 생각하기로 했다.

성녀가 머물고 있는 방에 낯선 이가 찾았다. 신관을 들이라고 한 지가 언제인데 이제야 들려오는 노크 소리에 성녀가 신경질적으로 답했다.

"왜 이제 오는 거야!"

"접니다, 성녀님."

문을 열고 들어오는 신관을 성녀가 반갑게 맞이했다. 그 신관의 이름은 로렌츠, 신성 제국에서 성녀의 최측근으로 자리한 사람이었다. 성녀에게 '최고'라는 권위를 빼앗긴 교황에 대적하는, 차기 교황이라고 불리는 사람이었다.

"내가 얼마나 기다렸는데! 왜 이제야 온 거야!"

"죄송합니다. 잠시 신관들에게 그동안 있었던 일을 보고 받고 왔습니다."

"아 그래, 신관들. 신관들은 왜 오지 않는 거야? 부른 지가 언젠데!"

바로 그 문제로 인해 신전장과 성녀를 보좌하는 고위 신관이 골머리를 썩고 있었다. 성녀가 갈취하다시피 성력을 가져가는 바람에 모두가 성녀에게 오길 꺼려 하고 있었다.

성력이 없는 이는 더 이상 신관이라 할 수 없기에 신전을 나가는 것이 당연했다. 기도드리는 것밖에 할 줄 모르던 이가 신전 밖으로 내쳐지게 되면 어떤 불행이 닥쳐올지는 누구라도 알 수 있었다.

"신관들은 무슨 이유로 부르시는 겁니까?"

"성력이 필요해. 아주 많이."

"성녀님, ……천천히, 그들이 성력을 회복할 때까지만 기다렸다가 다시 성력을 받으십시오."

"안 돼! 그러면 그때는 지금보다도 더 많은 성력이 필요할 거야. 고작 하급 신관 몇 명으로 그게 가능할 것 같아?"

"대체 무슨 일을 하려고 그러시는 겁니까?"

로렌츠의 질문에 성녀의 입이 굳게 다물렸다. 그녀의 침묵에 로렌츠의 머릿속은 더욱 복잡해졌다. 이미 그녀의 최측근이라 알려진 로렌츠로서는 성녀에게 조력하는 것 외에는 선택지가 존재하지 않았다. 그렇지 않으면 자신이 교황으로 올라서려는 계획에 차질이 빚어질 수 있기 때문이었다.

"성력을 모아서 완벽하게 해결할 거야. 그때 말할게."

"지금 이런 식으로 했다가는 성력을 더 모으기 힘들 겁니다."

"대체 왜! 나는 성녀잖아!"

신관들이 신의 사자인 성녀의 말을 듣는 것은 당연하지만 그것은 어디까지나 자신이 신관일 때의 이야기였다. 신관의 자리에서 물러날 위험을 감수하면서까지 그럴 수 있는 이들은 이미 성녀에게 성력을 모두 바치고 신전 밖으로 나간 상태였다.

"……그렇지, 로렌츠. 당신도 고위 신관이잖아?"

교황의 자리를 노리고 있던 자신마저 신전에 쫓겨날 위기에 처하자 로렌츠는 크게 당황했다. 그리고 빠르게 고민했다.

자신의 자리를 지키면서도 성녀의 요구를 들어줄 수 있는 방법을.

"아아, 성녀님. 좋은 생각이 있습니다."

"뭔데?"

268

로렌츠의 얼굴에 저도 모르게 교활한 미소가 나타났다. 그가 입고 있는 새하얀 신관복과는 너무나도 대조적이었다.

"저는 고작해야 고위 신관이 아닙니까?"

고위 신관의 수는 많지 않았다. 그걸 알기에 성녀도 코웃음 쳤다.

"제가 성력이 많아봐야 성녀님 발끝에도 못 미칠 텐데."

"그래서."

"성녀님이 하시는 일에 사사건건 간섭하면서도 성력이 많은 이가 한 명 있지 않습니까."

딱 한 명, 존재하고 있었다.

"신성 제국에서 가장 성력이 많은."

바로 교황이. 이 일만 잘 해결된다면 성녀는 성력을 회복하고, 자신은 성녀를 등에 업고 교황의 지위에 오를 수 있었다. 당연히 시도해봄 직하지 않은가.

시종장이 르한에게 투기장에서 보관하고 있던 문서를 가지고 왔다. 그것은 바로 회계 내역과 검투사 반입, 반출 내역이 적힌 문서였다. 시종장이 황제의 칙서를 가지고 가니 투기장에서는 그에게 문서를 건네주지 않을 수가 없었다.

"말씀하신 대로 협조하지 않을 시 폐하께서 직접 방문할 예정이라고 하니 곧바로 협조해주었습니다."

"그럴 만도 하지."

투기장 안에서 칼을 갈며 살던 이가 검 한 자루 들고 와도 겁이 나는 판국에 황제가 되어서 온다고 하면 당연히 겁이 날 것이다.

르한은 곧바로 시종장이 가져온 문서를 펼쳐보았다. 검투사의 입출 내역에는 구매, 사망, 판매 날짜와 매매한 인물과 사망한 이의 이름이 무엇인지까지도 적혀 있었다.

그리고 그가 찾은 '르한'이라는 이름 뒤에는 두 글자가 아주 간결하게 적혀 있었다.

> 르한 : 사망.

아마 그 여자아이가 아니었더라면 정말, 그대로 사망했을 것이다. 그 아이에게 더욱 고마운 마음이 들었다. 르한은 그대로 회계 장부를 손에 들었다. 검투사 내역에 그가 팔린 가문이 적혀 있다면 수월했겠지만, 사망 처리된 것이었기에 구매처가 적혀 있지 않았다. 르한은 자신이 사망했다고 적힌 날과 그 근처의 날짜들에 적혀 있는 내역을 모두 살펴보았다. 그 여자아이가 자신을 구매했으니 이름이 적혀 있을 것이었다.

"로렐라이, 아덴, 쿠르프, 로덴하트, 판티온, 라이오넬……, 브릴?"

한미한 지방 귀족들 사이에 '브릴'이 이름을 올리고 있었다.

"브릴 가문에서 검투사를 샀다는 이야기는 들어보지 못한 것 같은데."

"보통 오해를 사기 쉬워 밝히지 않는 게 일반적이지 않습니까."

"그렇긴 하지."

당장 자신만 하더라도 누군가 검투사를 자신의 사병으로 넣었더라면 곧바로 의심했을 것이다. 일반 기사가 아닌 검투사를 사병에 편입하는 저의가 무엇인지에 대해서.

"그리고 이건 로렐라이를 비롯한 6개 가문에 대한 조사 내용입니다."

르한은 시종장이 내미는 보고서를 받아 들었다. 거기에는 르한이 처음 지시했던 가문의 재력이나 여자아이의 연령대 등이 적혀 있었다.

"폐하께서 말씀하신 조건에 부합하는 것은 로렐라이, 로덴하트, 브릴 가문이었습니다."

"……브릴."

브릴 가문의 금지옥엽 외동딸이 자신의 아내인 에델리스 크로나드였다. 그래, 그녀 역시 백작 영애였으며 자신보다 조금 나이가 많으니 명단에 없는 것이 이상했다.

"로렐라이 백작가와 로덴하트 자작가의 여식에 대해서 더 자세히 조사해 오도록."

"알겠습니다. 그러면 황후 폐하에 대해서는 어떻게 할까요?"

"……내가 직접 물어보도록 하지."

르한이 곧바로 자리에서 일어나 에델리스가 머물고 있는 루

비 궁으로 향했다. 그가 온다는 이야기를 전해 들은 에델리스
가 그를 맞이했다.

"……설마 편지 전해주러 직접 오신 거예요?"

"그럴 걸 그랬군. 급하게 오느라 답장을 쓰지 않았어."

"답장을 쓰실 말도 없을 것 같은데요."

마지막으로 보낸 편지가 업무 시간에는 편지 쓰지 말고 일
하라는 내용이었으니 말이다. 키득키득 웃으며 장난스레 말하
는 에델리스와 달리 르한은 조금 긴장한 기색이었다.

"무슨 일 있어요?"

"아니. 물어볼 게 있어서."

"무엇을요?"

"투기장과 관련된 문서를 찾다 보니 브릴 가문에 관한 이야
기가 적혀 있었어."

르한은 말을 고르고 골라서, 최대한 곡해되지 않게 조심스
럽게 이야기했다. 그의 우려와는 달리 에델리스가 가볍게 긍
정했다.

"아, 그거 저일 거예요. 아버지께서 가신 적은 없다고 알고
있어요."

"그래? 투기장에서 뭘 했지?"

"뭘 하긴요, 경기 조금 구경하다가 검투사 한 명을 데리고
왔었죠."

에델리스는 아주 가벼운 목소리로 말했다. 혹시 이것도 '이
전처럼 평소에 하던 행동'이냐고 물으면서. 르한이 고개를 끄

덕이자 에델리스가 미소를 띤 채로 고개를 끄덕였다.

르한이 에델리스에게 그 검투사가 누구냐고 물을 차례였다. 설마, 설마 아닐 거라고 생각했다. 자신이 그렇게 냉대했던 에델리스 크로나드가, 제가 그토록 찾아 헤메던 여자아이일 리 없다고.

"폐하, 저도 한 가지 물어봐도 돼요?"

"내 질문에 먼저 답하도록 해."

"저도 하나 답변했잖아요, 갑자기 정말 궁금해져서 그래요."

"……그래, 질문해. 괜히 시간 끌지 말고 얼른 질문 받고 넘어가지."

르한은 그녀의 질문이 그리 중요한 것은 아니라고 생각했다. 에델리스가 골똘히 생각하면서 그에게 의문점을 제기하기 전까지는.

"폐하가 저를 처음 만난 게, 저를 황후로 맞기 위해 데리러 오셨을 때라고 했잖아요?"

"내가 그대를 황후로 맞기 위해 백작저로 갔었지."

"그러면 저와 투기장에서 만났던 것은 기억나지 않으세요?"

"투기장에서…… 내가 그대와?"

르한은 믿을 수 없다는 듯 입을 벌렸다.

"기억이 안 나시면 설명해드릴까요?"

"그래, 내가 어떻게 그대를 거기서 처음 만난 거지?"

르한의 심장이 세차게 뜀박질했다.

"관중석에서 경기하고 있는 걸 봤어요."

저도 모르게 실망을 감출 수 없어 탄식해버렸다. 에델리스
가 그 아이일 리가 없다고 생각했었는데 이렇게 아쉬운 걸 보
니 자신이 꽤나 많이 기대를 했었다는 것을 깨달았다.

"투기장 위에 있던 폐하와 눈이 마주친 듯한 느낌이 들었었
는데, 착각이었을까요? 기억나세요?"

"아니."

자신이 죽기를 바라는 수많은 사람들 중에 한 명이 에델리
스였을 거라고 생각하니 그녀에 대한 호의가 한순간에 사라진
듯한 기분이 들었다. 과거의 자신도 그녀가 관중들 중에 한
명이었다는 걸 알았다면 그렇게 좋아하지 않았을 텐데.

"그래도 다행이에요, 그때 정말 사경을 헤맬 정도로 위험했
는데 지금은 이렇게 건강하잖아요."

"아아. 투기장에서 나는 죽었다고 처리해도 이상하지 않을
정도였으니까 말이지."

"붕대에 피가 흥건하게 적셔 있던 걸로 모자라 여기저기서
피가 흐르고 있었죠. 그런데 계속 괜찮다며 억지를 부리고."

에델리스는 과거에 자신이 봤던 르한의 모습을 기억하며 걱
정스러운 눈으로 그를 바라보았다. 그리고 르한의 상반신에
크게 남아버린 흉터가 있는 자리를 그녀의 손끝이 훑으며 지
나갔다.

"아마 그곳에 그대로 있었다면 죽었겠지. 운 좋게 누가 구해
준 덕에 살아 있는 거지."

"그러게요, 그게 누가 한 일인지. 정말 잘했죠?"

에델리스가 키득키득 웃었다. 르한이 어떤 반응을 보여야 할지 몰라 그녀를 바라보았다. 그제야 에델리스가 그의 반응을 눈치챘다.

"……혹시 그것도 기억나지 않아요?"

"뭐."

"그때 경기가 끝나고 난 뒤에, 내가 관리인을 찾아가 폐하에게 갔었던."

르한의 머릿속이 갑자기 어지러워지며 삐이이이익, 하는 이명이 들렸다. 딛고 있는 대지가 무너지는 감각에 저도 모르게 휘청이며 몸을 숙였다. 에델리스가 깜짝 놀라 곧바로 그를 부축했다.

"괜찮아요?"

"계, 계속 말해봐."

"일단 황궁의부터 부를게요!"

"아니! 계속 말해!"

아직도 그의 기억 속에서 자신을 찾아왔던 아이의 얼굴은 뿌연 안개가 낀 것처럼 희미했다. 하지만 조금 전까지도 까맣게 잊고 있었던, 그녀와 나누었던 대화가 떠오르기 시작했다.

─왜 수많은 검투사들 중 저를 데리고 온 것입니까?

─네가 마음에 들어서. 다른 검투사들보다 네가 마음에 들었다고.

─어쩔 수 없지. 약속대로 르한을 너의 호위로 인정하마.

─고맙습니다, 아버지!

"나중에 말씀드릴게요, 우선 황궁의부터……!"

"계속 말해보라고! 나를 찾아와서, 뭐?"

르한이 크게 소리치자 에델리스가 깜짝 놀랐다. 그도 그렇게 소리치고 싶지 않았는데, 조금씩 기억이 떠오르니 저도 모르게 초조해졌다.

"그, 그게 관리인과 갔을 때는 폐하가 사경을 헤매고 있었고."

"그래서."

"제대로 치료도 안 해서 그대로 두었다가는 죽을 것 같아서……."

에델리스가 의사를 부르지 못해 초조해하면서도 르한의 부탁에 과거의 이야기를 계속했다.

─아무래도 부상이 있으니 가격을 좋게 받을 수는 없겠지요. 그러나 그가 죽는 모습을 보기를 바라는 관객 분들이 많아서요. 르한 때문에 많은 돈을 잃으신 분이 적지 않다 보니…….

─그래서? 얼마든지 줄 테니까 어디 부르고 싶은 만큼 불러봐.

그러는 동안에도 르한의 머릿속에는 잊고 있었던 대화가 샘솟듯이 떠올랐다. 그리고 르한이 자신을 떠받치고 있던 에델리스와 눈을 마주쳤을 때 저를 구해주었던 여자아이의 목소리가 들렸다.

─우선 백작저의 주치의에게 치료부터 받도록 해.

"백작저의 주치의에게, 나를 데려갔나."

"환자를 어디 오라 가라 하겠어요, 주치의를 불렀죠!"

에델리스의 말을 듣자 갑자기 르한의 머리가 깨질 듯이 아파
왔다. 당장이라도 혼절할 것 같은 두통에 표정이 일그러졌다.

에델리스가 시종장을 부르기 위한 종을 흔들기 위해 손을
뻗어보았지만 닿지 않았다. 르한을 잠시 의자에 앉혀두기 위해
서 그를 떼어내려고 하자 그가 더욱 세게 그녀를 끌어안았다.

"어디에 가려고……."

"황궁의를 불러야 해요. 지금 안색이 아주 안 좋아요!"

당장이라도 혼절할 것처럼 눈앞이 가물가물해졌다. 몇 번이
나 눈을 감았다 뜨면서 정신을 유지하기 위해 애를 써봤지만
역부족이었다. 설마 또 기억을 잃는 것은 아니겠지, 어떻게 떠
올린 기억인데 잊을 수는 없었다.

그리고 그때, 과거 자신이 보았던 장면이 떠올랐다. 흐릿한
얼굴의 아이가 자신을 바라보고 있었다. 갑자기 머리가 깨질
것처럼 아파왔지만 통증만큼이나 뇌리에 깊게 박혔다.

―반드시 돌아오겠습니다. 약속합니다.

―무슨 일이 있어도 당신을 찾으러 오겠습니다.

이것은 자신의 목소리였다. 지금보다 훨씬 오래전, 아직 어
린 목소리의 자신. 그리고 아이의 눈물을 닦아주던 어린 시절
의 르한이 말했다.

―에델리스.

―꼭 다시 돌아오겠습니다. 에델리스.

지금껏 희미했던 아이의 모습이 거짓말처럼 아주 또렷하게 떠올랐다. 물결처럼 흐르는 금색 머리카락에 녹음을 담은 초록빛 눈동자.

그것은 지금 자신을 걱정스레 바라보고 있는 이의 것과 같았다. 에델리스가 그를 내려놓고 종이 놓인 책상으로 가려는데 르한이 그녀의 옷자락을 잡았다.

"돌아왔어, 에델리스."

그의 목소리는 에델리스가 다급하게 흔드는 종소리에 잘 들리지 않았다. 그리고 그 말을 마지막으로 르한은 정신을 잃었다.

르한은 자신의 기억 속에 없는 장면을 보고 있었다. 그것이 꿈이라는 것을 알아채기까지는 오랜 시간이 걸리지는 않았다.

어린 시절의 자신과, 누가 보아도 에델리스임이 분명한 아이는 호숫가를 걷고 있었다. 둘이 같이 걸으며 에델리스는 노래를 흥얼거렸다. 정말 힘들 때마다 자신이 흥얼거리던 노래였다.

르한도 에델리스를 따라 그 노래를 흥얼거리자 장소가 바뀌었다. 별빛이 내리는 테라스에서 두 사람은 서로의 손을 잡고 춤을 추고 있었다. 그리고 마지막, 눈물을 흘리고 있는 에델리스를 억지로 떼어놓고 도망치듯 멀어지는 한 아이의 모습이 있었다. 마음이 약해질까 봐 한 번을 뒤돌아보지 못하고 눈물을 닦으며 달려간 오래전의 자신이었다.

르한이 무거운 눈꺼풀을 간신히 들어 올리자 낯설지 않은 천장이 보였다. 얼마나 잠을 잔 것인지 찌뿌둥한 것이 몸이 잘 움직이지 않았다. 간신히 고개를 돌리자 제 옆에 엎드린 채로 잠들어 있는 에델리스의 모습이 보였다.

"에델, 크흡!"

목이 완전히 갈라져서 목소리조차 제대로 나오지 않았지만 에델리스는 곧바로 일어나서 르한의 얼굴을 쓰다듬었다.

"폐하!"

에델리스의 목소리를 듣고 하녀들과 황궁의가 다급하게 침전에 들었다.

"이게 대체 무슨……."

"사흘이에요, 폐하가 정신을 잃고 있었던 기간이!"

에델리스가 눈물을 흘리며 말하자 르한이 더욱 당황했다. 머리가 깨질 듯이 아프긴 했지만 사흘이나 정신을 못 차렸을 줄이야.

"대체, 대체 어떻게 된 건지. 황궁의들도 원인을 모른다고 하고."

"괜찮아."

"프라체 경은 자신이 방패로 내리쳐서 그렇게 된 거 아니냐고 그러고."

"그건 조금 가능성이 있군."

르한의 농담에 에델리스가 그의 가슴팍을 내리쳤다.

"지금 그런 농담이 나와요?"

에델리스가 더욱 서럽게 울며 화내자 르한이 그녀에게 팔을 뻗었지만 온몸에 힘이 없어 손이 떨렸다. 에델리스가 곧바로 그의 손을 잡아왔다.

"에델리스."

"그렇게 부르지 말라니까……. 환자한테 화낼 수도 없고."

"기억, 났어."

"……."

"다는 아니지만."

그에게 떠오른 기억은 그녀를 처음 만나고, 헤어지기 전까지였다. 희미했던 그날의 기억은 완전히 떠올랐다. 안타깝게도 에델리스를 황후로 맞은 뒤에는 새롭게 떠오른 기억이 없었다.

"르한……이야?"

"그대가 말하는 르한이, 투기장에서 구해줬던 그 르한을 말하는 거라면 맞아."

"르한!"

에델리스가 그의 가슴팍으로 뛰어들었다. 르한도 힘이 들어가지 않는 팔을 들어 그녀를 안아주었다.

"보고 싶었어."

280

"나도."

"……에델리스."

"응?"

르한이 에델리스의 손을 잡고 그녀를 바라보았다.

"예전에, 그대가 나를 구해줬을 때. 정말 고마웠어."

"고마워하지 않아도 괜찮아."

"나는 그 아이가 떠오르지 않아서 찾으려고 했었어. 보은하려고."

"괜찮아, 하지 않아도."

에델리스의 칼 같은 대답에 르한이 고개를 내저었다.

"그리고 완전히 잊으려고 했어. 이제는 당신을 좋아하고 싶어서. 완전히 떨쳐내려고."

"……."

"그런데 그게 당신이더라. 내가 그토록 동경하던 사람이, 내 아내더라."

"알고 있었잖아."

에델리스는 웃고 있었지만 눈에서는 눈물이 흘러내렸다.

"이전의 나도 알고 있었어?"

"그럼. 그거까지는 기억이 나지 않은 거야?"

르한이 고개를 끄덕이고는 황궁의가 가져다준 약을 마셨다. 쓰디쓴 약을 한 번에 마시기 위해 그의 미간에 주름이 가득 잡혔다.

"황제와 결혼하기 싫어서 도망가기 전날 밤에 나를 데리러 왔었어."

약을 중간에 뱉을 수도, 그만 마실 수도 없어서 르한이 쓴 맛도 잊고 한 번에 들이 삼켰다. 올라오는 약 기운에 다시금 머리가 멍해졌지만 그녀가 한 말은 그것조차 이길 만큼 충격적이었다.

"……도망가려고 했다고?"

"응."

에델리스는 태연하게 답했지만 르한의 속은 뒤집어질 것 같았다. 게다가 약은 또 왜 이렇게 독한지 다시금 졸음이 몰려왔다.

"내가 눈 뜰 때까지 어디 가지 말고 가만히 있어."

"여기에?"

"황궁 안에. 아니, 에메랄드 궁 안에. 루비 궁도 가지 마."

"그게 뭐야."

에델리스가 웃으며 약 먹었으니 얼른 자고 일어나라고 했다. 하지만 르한은 시종일관 진지하게 말했다.

"그때처럼 사라질 생각하지 마. 10년이 지나도, 20년이 지나도 찾아낼 거니까. 도망가기만 해봐. 내가 못 찾아낼 것 같아?"

르한은 다시금 무거운 눈을 감고 정신을 잃듯 잠에 빠졌다.

에델리스는 그대로 르한이 정신을 차린 것에 안도했다. 그와 결혼한 후 함께한 추억을 기억하지 못하는 건 아쉬웠지만, 그래도 과거에 함께 시간을 보냈던 것을 기억하는 것만 해도 다행이었다. 다시는 기억이 날아가지 않았으면 좋겠는데, 책이 자신의 손에 없으니 불안했다.

에델리스는 르한이 다시 일어나기를 기다리며, 그가 봐야 했을 서류에 집중하며 현실을 외면했다.

르한이 한참의 시간이 지나 해가 지도록 깨어나지 않자, 그를 걱정한 재상이 찾아왔다.

"폐하께서는 아직 주무시고 계십니까."

"아니."

"언제 일어난 거예요? 일어난 줄 몰랐는데!"

"얼마 안 됐어. 너무 집중하고 있길래 말을 걸지 못했어."

에델리스의 얼굴이 발갛게 달아올랐다. 말이라도 걸어주었으면 덜 민망했을 텐데.

"그보다 폐하, 현재 입국 허가를 신청한 사람이 있습니다."

"누구."

단순한 입국 허가라면 재상이 알 필요도 없을 뿐더러 그가 직접 황제에게 전할 이유도 없었다.

"……교황입니다."

"교황?"

"교황이 왜 온다고 하던가?"

"잘 모르겠습니다."

"교황은 성녀와 사이가 좋지 않으니 굳이 이곳에 올 이유가 없을 텐데."

"성녀와 사이가 안 좋아요?"

"그래. 성녀가 등장함에 따라 신성 제국 내에서 권력을 어느 정도는 잃었으니 말이야. 교황은 욕심이 많은 자거든."

"……혹시 그러면, 교황을 한 번 만나볼 수 있을까요?"

"일단 제국에 오면 제일 먼저 황성에 오겠지. 그런데 교황을 만나려는 별다른 이유가 있나?"

에델리스가 말을 할까 말까 망설이면서 재상의 눈치를 힐끔 보자, 그녀의 반응을 알아챈 재상이 곧바로 그들에게 인사를 올렸다.

"폐하께서 쾌차하셨다니 다행입니다. 저는 그러면 다른 업무를 보기 위해 이만 물러나겠습니다."

르한이 고개를 끄덕이자 재상이 곧바로 방 밖으로 나섰다.

"그래서. 이유는?"

"나를 믿어요?"

르한은 그녀의 물음에 이제는 답할 수 있었다. 믿는다고. 다른 누구보다 믿는다고. 자신의 목숨을 살려주었던 그녀를 믿는다고. 제 기억이 없던 동안에도 자신의 옆에 있어주었던 그녀를 믿는다고. 기억을 잃기 전의 자신이 했던 가장 훌륭한 행동이 바로 그녀를 아내로 맞은 것이었다고.

그리고 기나긴 꿈을 꾸면서 그녀와 보냈던 시간과 그때의 감정이 기억났다.

어떻게 그녀를 잊을 수 있었는지. 그렇게 그녀를 좋아해놓고. 이 기나긴 시간 동안 갖고 있던 감정이었는데.

"……믿지. 당신이 무슨 말을 하든 믿을 수 있어, 에델리스."

"성녀가 나를 죽이려고 했던 것도?"

"그래."

그녀의 질문에 르한의 눈이 날카로워졌다. 성녀가 그럴 리 없다고 믿어왔지만 그 믿음의 근거가 되는 것은 자신의 잘못된 기억이었다. 그리고 에델리스가 거짓을 말할 이유도 없었다. 그녀가 혹시라도 성녀에게 무슨 일을 당했을지도 모른다고 생각하는 것만으로도 화가 치밀었다.

"성녀가, 폐하의 기억을 건드린 것 같아요."

"……어떻게?"

"혹시 책 기억나요? 내가 매일 서재에서 보던."

"당신이 보다가 울어서 내가 몇 번이나 불태우려고 마음먹었던 책이라면 기억하지."

그런 사실을 까맣게 몰랐던 에델리스가 흠칫 놀랐다가 다시 말을 이었다.

"그 책을 가져가기 위해 저를 납치, 살해하려고 했고 실제로 그 책을 가져간 뒤에 폐하의 기억이 바뀌었어요."

"충분히 의심해볼 만하군."

에델리스가 그러한 주장을 했다는 점에서.

"그래서 교황을 만나면 어떻게 할 거지?"

"적의 적은 아군이라고 하잖아요. 포섭해봐야죠."

에델리스가 한쪽 입꼬리를 올리며 사악하게 웃었지만 르한의 눈에는 그것마저도 귀여워 보였다. 르한은 교황의 입국을 허하라는 교지를 전달하는 사람과 함께 황실 기사단을 보내 교황을 불러들였다.

그날 밤, 황실 기사단과 함께 게이트를 타고 온 교황은 곧장 황제의 알현실로 왔고, 그곳엔 에델리스도 르한과 함께 있었다.

"신의 은총이 크로나드 제국의 앞길에 비추길 바랍니다. 벨레트입니다."

"어서 오시오. 황성에서 편한 만큼 머물러도 좋소."

"아닙니다. 신전에 머무는 것이 도리이지요. 배려에 감사드립니다, 폐하."

머리를 숙여 인사한 교황은 에델리스와 눈을 마주치자 사람 좋은 미소를 지어 보였다.

"제국에서 내가 도움을 줄 일이 있다면 편히 말하시오."

"호의에 감사드립니다, 폐하."

"그러고 보니 요즘 신전에서 나오는 이들이 많다지? 신전에서 나오는 조건이 꽤나 까다롭다고 들었는데."

"……."

"신을 모시는 자로서 지으면 안 될 죄를 지었을 때와, 성력을 잃었을 때라던가."

교황의 얼굴이 싸늘하게 굳어가는 것이 보였다. 이제 더 이상 사람 좋은 얼굴의 서글서글한 아저씨처럼 보이지 않았다. 공기가 차갑게 얼어갔지만 르한은 오히려 짙게 미소 지으며 이야기를 계속했다.

"지으면 안 되는 죄를 짓는 자가 그렇게 많이 생기진 않을 테고."

"……."

"성력을 잃을 만큼 성력을 쓰는 일이 흔하지는 않을 텐데 말이야. 전쟁이라도 준비하는 건가."

"그럴 리가 있겠습니까."

교황은 다시금 평온한 미소로 르한에게 답했다.

"성녀……와 관련이 있는 건가요?"

에델리스는 '성녀'를 언급했을 때 교황의 얼굴에 실금이 가는 것을 놓치지 않았다. 성녀와 사이가 안 좋다더니 이런 기회를 놓칠 수는 없었다.

"아실지 모르겠지만 성녀는 이곳에서 저를 납치, 살해 교사하려고 했다는 용의를 받고 있어요."

"매우 유감입니다만, 이후 폐하께서 죄가 없음을 인정해주셨다고 들었습니다."

"그, 그건……."

"그때 당시 폐하는 여러모로 혼란을 겪고 계셨는데 원인을 찾지 못했어요. 저는 그것의 원인도 성녀가 아닐까 추측하고 있고요."

"그 말씀을 제게 하시는 이유를 모르겠습니다."

"아까 전에 폐하께서 말씀하셨듯이, 저 역시 제국에서 제가 도움을 드릴 일이 있다면 교황님이 편하게 말씀해주셨으면 좋겠어요."

교황은 그녀의 말이 진실인지 판단하기 위해 그녀를 한참이나 바라보았다. 르한이 그것을 못마땅하게 여겼지만 에델리스 역시 교황의 눈을 피하지 않고 그를 바라보았다.

"……제게 어떤 도움을 주실 수 있는지 여쭤봐도 되겠습니까."

"신성 제국에서 가장 빛나는 별이 되도록 도울게요."

"그 말씀은……."

"그대가 제국의 별이 계속 빛나도록 돕는다면 말이야."

교황이 르한을 향해 눈짓하자 그도 고개를 끄덕였다. 잠시 후, 황제와 황후의 전폭적인 지지를 약속받은 교황의 입이 열렸다.

교황은 에델리스의 의견에 따라 신전이 아닌 황성 내에 머물기로 했다. 그리고 에델리스는 교황과의 이야기가 끝나자마자 바로 옆에 있던 자신의 서재에서 서신을 써서 프라체에게 보냈다. 내일 바로 만났으면 좋겠다고. 하지만 그가 올 필요는 없다고, 자신이 가겠다는 이야기였다. 르한이 반대할 것을 알았지만 이번에는 그녀가 양보할 수 없었다.

서신까지 보내고 나자 새벽녘이었다. 이제 슬슬 침실로 돌아가야겠다고 생각하고 서재에서 나왔을 때 의외로 그녀의 앞에 르한이 있었다.

"폐하?"

"……이제 가는 건가?"

"네."

그러자 르한이 에델리스에게 팔을 내밀었다. 에스코트를 하겠다는 신호였다. 에델리스가 피식 웃고는 그의 팔에 자신의 손을 얹었다. 그리고 르한은 당연하다는 듯이 자신의 침실로 그녀를 이끌었다.

"왜요?"

"왜 그러지?"

"저 데려다주시는 거 아니었어요?"

"……굳이?"

"……."

에델리스는 그의 팔에 올려놓았던 손을 내리고 그에게 인사를 건넸다.

"그럼 편히 쉬세요. 저는 이만 가볼게요."

"오해한 모양인데, 지금 어디를 간다는 거지?"

"저도 이제 그만 쉬러 가야죠."

"그러니까, 여기가 아니고 어디를 가겠다는 거야."

"……밤에 숨어들지 말라면서요."

"숨어드는 게 아니고 같이 들어왔으니 괜찮아."

에델리스는 이게 무슨 논리인 건가 싶었다. 언제는 오지 말라더니?

"기억도 이미 찾으셨는데요?"

"아니야. 즉위하기 전의 기억은 있지만 우리가 결혼한 후의 기억은 없어."

"……정말요?"

"그래."

"그런데 같이 자고 일어났다고 기억이 돌아오는 건 아니었 잖아요."

"그것도 영향이 없었다고는 할 수 없지."

에델리스는 잠시 고민이 되었다. 그가 하는 말이 틀린 것 같 지는 않았다. 과거와 같이 행동하면서 그의 생각이 떠올랐을 수도 있으니까.

"예전처럼 행동도 하고, 예전에 있었던 일도 이야기하고."

"그래도 안 되면요?"

"그럼 키스도 해봐야지."

"……방패로 머리도 내려찍고요?"

"그건 빼줘……."

르한이 갑자기 머리가 땡겨오는지 그전에 프라체가 내려쳤 던 뒤통수를 문질렀다. 그 모습에 에델리스가 웃었다.

"들어가요, 그럼."

그녀의 허락이 떨어지자 르한이 곧바로 문을 열고 그녀를 침실에 들였다. 그리고 문이 닫히자마자 그녀의 입술에 자신 의 입술을 맞댔다.

갑작스러운 입맞춤에 놀란 에델리스가 눈을 깜빡이다가 그 와 눈을 마주쳤다. 열기를 담은 눈동자와 마주친 에델리스는 곧바로 눈을 감아버렸다.

몇 번이나 부딪힌 입술 사이로 더운 숨이 흘러나왔다. 그리고 호흡을 고르기도 전에 다시 르한의 입술이 그녀의 입을 막았다. 에델리스는 숨이 달려 도망가고 싶었다. 이전에는 그녀가 몸을 뒤로 빼면 그가 쫓아오듯 달라붙기는 했어도 다시 숨을 쉴 짬이라도 낼 수 있었다. 하지만 지금은 바로 뒤에 있는 문에 기댄 터라 도망갈 곳도 여의치 않았다.

"폐, 폐하."

"르한. 르한이라고 불러."

"부르지 말라고 했었잖아요."

"그건, 네가 너인 줄 몰라서. 그래서 그런 거야."

그가 무슨 말을 하는지 쉽게 이해되지는 않았지만 한 가지는 확실했다.

그를 폐하라 부르지 말라는 것.

"……르한."

"그래."

그 말이 신호라도 된 것처럼 또다시 르한이 에델리스를 품에 안고 깊이 입을 맞추기 시작했다.

"이러면, 이전과 같나?"

한참이나 입을 맞춘 후에 르한이 에델리스의 뺨을 감싼 채로 물었다.

"아뇨."

"그럼 어떻게 다르지?"

"아시잖아요, 원래 르한은 제 이름을 불렀다는 것."

"······에델리스."

에델리스는 자신의 이름이 불리자 정말 르한이 돌아온 것만 같았다. 그래서 그런지 심장이 쿵 하고 떨어지는 것 같은 기분이 들었다.

"르한은 내게, 존댓말을 사용했었어. 우리가 처음 만났을 때처럼."

르한은 에델리스의 모습을 놓치지 않겠다는 듯 하나하나 눈에 담았다. 그런 르한이 그녀의 녹색 눈동자에 비친 자신의 모습을 찾는 데까지 그리 오랜 시간이 걸리지 않았다.

르한도, 에델리스도 눈치채지 못하고 점점 서로에게 가까워지고 있었다. 코끝이 닿고, 숨결이 섞여들고 서로의 심장 소리가 들릴 정도로.

"더 준비가 필요합니까?"

"아니."

지금의 르한은 그녀가 알던 모습 그대로였다. 꿀이 흐를 것만 같은 눈동자로 그녀를 바라보며, 애정 어린 목소리로 그녀의 이름을 부르는 모습.

"입 맞춰줘. 르한."

에델리스의 말이 끝나기가 무섭게 르한의 입술이 그녀의 입술 위로 내려앉았고, 르한을 담고 있던 녹색 눈동자는 에델리스가 눈을 감으면서 자취를 감췄다.

그리고 르한의 손을 잡고 있지 않아 자유롭던 에델리스의 팔이 르한의 목을 감았다. 그것이 신호라도 된 듯 르한이 더욱 세게 그녀의 허리를 안았다.

"에델리스."

"으응, 르한."

그녀가 허락하지 않았던 이름을 부르니 이전과 다른 느낌이 들었다. 한 발짝 더 다가선 느낌이었다. 물론 이전에도 그녀의 이름을 부른 적은 있었지만, 그것은 정신을 잃기 직전의 몽롱한 상태였고 지금은 아주 멀쩡했다.

게다가 그가 그토록 싫어했던 르한이라는 이름조차 기껍게 들리다니 미친 게 틀림없다고 생각했다. 하지만 르한은 그것이 싫지 않았다. 싫기는커녕 아주 좋았다. 자신이 '르한'이라고 부르는 것을 허락한 사람이 한 사람뿐이었고, 그것이 바로 그녀였으니.

"좋아해, 르한."

하지만 자신을 좋아한다고 말하는 에델리스의 말에 그의 몸이 우뚝 멈췄다.

"에델리스."

"으응."

"……당신이 좋아하는 건 누구지?"

"너야, 르한."

"내가 기억을 갖고 있지 않아도?"

그의 품에 안겨 있던 에델리스의 몸이 굳는 것이 느껴졌다.

"당신이 그러지 않았습니까, 나와 당신의 르한은 다르다고."

"……응."

"그래도 나를 좋아하는 겁니까?"

"……."

에델리스는 아무런 말을 하지 못했다. 그녀가 좋아하는 것은 르한이 맞았다. 당연히 그녀가 좋아하는 것은 어린 시절 자신과 함께했던, 자신과 결혼한, 저를 아껴주는 그 르한이었다. 하지만 지금의 르한은? 저를 아껴주었던 기억이라고는 전혀 갖고 있지 않았다.

"잘…… 잘 모르겠어. 너는 르한이잖아."

"하지만 그대가 좋아했던 그 사람은 아니라고 하지 않았습니까."

"……."

에델리스가 당황하는 것이 느껴졌다. 하지만 르한은 에델리스가 지금의 자신을 보며 과거의 자신을 좇기를 바라지 않았다. 그렇기에 일부러 이야기를 꺼낸 것이었다.

그리고 그녀가 좋아해 마지않는 '르한'과는 달리 자신은 그녀의 옆에 있을 수 있었다. 그러니 그가 그렇게 바라 마지않던 그녀의 마음 한 자락을 얻어낼 수 있을 것이다.

"에델리스, 그대가 좋아하는 르한을 알려줘. 내가, 내가 그 사람이 될게."

그러면 그대도 내게 마음을 내주지 않을까. 르한이 힘겹게 입꼬리를 올려 미소 지으며 이야기하자 에델리스가 입을 다물었다. 그리고 그를 미약한 힘으로 밀었다. 르한은 순순히 그녀에게서 물러나주었다.

"나도 잘 모르겠어, 내가 누구를 좋아하는 건지. 르한은 분명 넌데, 너와 다르니까. 네가 기억을 찾는 것이 가장 좋겠지만, 그건 내 희망일 뿐이잖아."

"당신과 결혼하고 보낸 시간이 그리 길지는 않아. 우리가 앞으로 보낼 시간에 비하면. 그러니 내게 알려줘, 기억하고 있을 테니까."

"……알겠어."

에델리스는 르한이 자신을 찾아왔던 그날 밤부터의 이야기를 시작했다. 그리고 그녀의 이야기가 끝났을 때는 이미 동이 튼 이후였다.

적의 적

    에델리스는 다크서클이 짙어진 눈으로 그녀를 마중 나왔던 프라체와 함께 공작저로 들어섰다. 미리 공작이 사용인들을 물려났기에 다른 이들의 눈에 띄지 않고 곧바로 공작저의 지하 감옥에 들어갈 수 있었다.

    "베르만 파시스."

    "……저를 왜 이곳에 데리고 온 것입니까."

    베르만은 고문만 받지 않았을 뿐 딱히 상황이 호전된 것처럼 보이지는 않았다. 황후를 살해하려고 했다는 것은 사실이었기에 그를 치료하거나, 영양을 보충해주지는 않았던 것이다. 그런 그를 풀어둘 수도 없었고, 배후를 직접 밝혀야 했기에 죽게 내버려둘 수도 없었다.

    "한 가지 말해주고 싶은 게 있어서 왔어."

    베르만 파시스는 그녀가 무슨 이야기를 해도 듣지 않겠다는 듯, 다시금 바닥에 누워 몸을 돌렸다.

    "성녀가 황녀를 다시 보여주겠다고 했었지?"

황녀를 언급하자 그가 곧바로 일어나 에델리스를 바라보 았다.

"성녀가 아니라면 말해줘."

"……"

"성녀는 그럴 수 있는 능력이 없으니까."

"그게, 무슨 말입니까?"

베르만이 말을 안 했을 뿐이지, 에델리스는 이미 배후에 있 는 사람이 성녀임을 확신하고 있었다. 그렇기에 지금 베르만 이 떨리는 목소리로 물어오는 것을 이상하게 여기지 않았다.

"어제 교황이 왔어. 혹시 몰라서 성녀의 능력에 대해서 물 어봤었어."

정말로 베르만 파시스의 소원을 들어줄 수 있는지가 궁금했 다. 사람을 살리다니, 인간의 것이라고 생각할 수 없는 능력이 었다. 하지만 신의 현신이라 불리는 성녀라면 혹시 가능할 수 도 있었으니 확실히 짚고 넘어가고 싶었다.

─혹시 성녀가 죽은 사람을 되살리거나 하는 것도 가능한 가요?

─그건 고대 흑마법이나 되어야 가능합니다. 성녀님이 만약 에 그것을 할 수 있다면 성력을 필요로 하지도 않을 겁니 다.

─하지만 성녀가 죽은 사람을 다시 보여줄 수 있다고 했다 던데…….

─죽은 사람을 되살릴 수 있다는 이야기는 들어본 적이 없

습니다.

—그러면 영혼을 불러들인다거나……?

—……황후 폐하. 죽은 사람에 대해서 무언가 하려고 한다
면, 그 즉시 성력을 잃게 될 겁니다.

—네?! 성력을 잃기까지 해요?

—예. 신을 따르는 자들이라면 모두가 알고 있는 것입니다.

에델리스가 자신이 교황과 나누었던 대화 내용을 전해주었
지만 베르만 파시스는 그녀의 말을 조금도 믿지 않았다.

"그럴 리가 없습니다."

"교황이 거짓말하는 것 같지는 않았어. 죽은 사람에 대해서
무언가를 하려고 하면 그 즉시 성력을 잃게 된다고 했어."

"……만약 성녀님이 제 배후였다면 성력을 다 잃는 한이 있
더라도 폐하를 죽이고 싶었던 걸지도 모르겠습니다."

베르만이 피식 웃으면서 이야기했다. 하지만 에델리스는 그
이야기를 받아줄 생각은 없었다.

"글쎄, 그때는 그랬을지 몰라도 지금은 성력이 없는 모양이
던데?"

"……뭐라고요?"

"안에만 있는 너는 몰랐겠지만 교황이 왜 여기까지 왔을까?"

"……."

"성녀가 신관들의 성력을 빼앗다 못해 고갈시키는 바람에
신관들의 수가 급격하게 줄고 있거든."

"거짓말하지 마십시오."

베르만은 안에 갇혀 있었기 때문에 아무것도 알지 못했다. 그렇기에 에델리스가 하는 말이 진실인지 거짓인지도 가려낼 수 없었다.

"그래서 힘들게 데려왔어. 네가 안 믿을 것 같아서."

에델리스가 프라체에게 눈짓하자 프라체가 밖에 대기하고 있던 하인과 함께 어떤 사람을 데리고 왔다. 그 사람은 신전에서 일하던 신관으로 성녀의 수발을 들고 있었다. 그러다가 성력을 한순간에 빼앗기고, 쫓겨나게 된 것이다.

"구면이라던데."

"……신전에서 기사님을 본 적이 있습니다."

에델리스가 베르만에게 물었지만 그는 아무런 답을 하지 못하고 신관이었던 자를 바라보고 있었다. 확실히 그의 얼굴은 눈에 익었다. 몇 번이나 신전을 드나들면서 보았던 사람이었다. 그는 정말로 신관복을 입고 있지 않았다.

신관들에게 신관복은 그야말로 자존심과 같은 것이었는데 말이다. 그것을 확인한 베르만의 눈이 사정없이 흔들렸다.

"나도 교황의 말을 다 믿을 수가 없어서 확인을 해봤지. 불행인지 다행인지 신전에서 쫓겨난 이들이 많아서 쉽게 확인할 수 있었지만."

"……정말 사실인 겁니까, 신관님."

"이제는 신관이 아닙니다. 당신이 기사가 아닌 것처럼."

"말도 안 돼. 믿을 수 없습니다."

"황후 폐하께서 하신 말씀은 모두 사실입니다."

그는 과거에 신관이었던 자들 중에 가까운 가족을 되살리려다가 오히려 성력을 잃은 사례를 봤다며 이야기했지만 베르만의 귀에는 들리지 않았다.

"그게 안 된다면 어떻게…… 어떻게 내게……."

베르만은 고개를 내저으며 부정하다가 결국 상황을 이해한 것인지 눈물을 흘리며 소리 질렀다.

"으아아아아아아악!!! 아리엘라! 아아아악!"

"……그리고 황녀에 대해서도 알아봤어. 안타깝지만, 자살이었어."

에델리스의 목소리를 들은 베르만이 혈관이 터져 빨개진 눈동자로 그녀를 바라보았다.

"지금 뭐라고 말한 겁니까."

"르한이 갔을 때는 이미 사망한 뒤였다고 하더라."

"……아니, 내가 황성을 비운 그 짧은 사이에 그랬다는 것이 말이 된다고 생각하는 겁니까? 내게 거짓을 말할 생각이라면."

"유서가, 유서가 있었어. 황녀의 유모에게 맡겨진."

에델리스가 곱게 접혀 있는 서신을 쇠창살 안쪽의 베르만에게 건넸다.

원래대로라면 유모도 황실과 관련이 있는 사람이었기에 그때 숙청을 당했을 거라고 했다. 하지만 아리엘라가 자살하고 반정이 일어나기 전에 유모는 영지로 내려갔고, 유모의 남편이 뒤늦게라도 르한을 지지했기 때문에 목숨은 구할 수 있었다고 했다.

베르만은 떨리는 손으로 편지를 펼쳤고, 그곳에는 정말 아리
엘라의 정갈한 필체로 글이 적혀 있었다.

> 한순간도 황녀로 살기를 바란 적이 없었는데, 황녀로 살아서
> 다행이라고 생각했던 때가 있었어. 하지만 그렇게 생각하게 해준
> 남자는 내가 황녀라서 안 돼나 봐.
> 나는 황녀가 되고 싶었던 것도 아니었고,
> 언제든 그 사람이 있는 곳으로 내려올 생각이었는데.
> 그래서 다른 사람의 도움을 받지 않고 내 손으로 내려오려고 해.
> 고마웠어.

그것을 모두 읽은 베르만의 손이 떨려왔다.

"어, 어떻게……. 내가 모시러 갔을 땐 이미 없었으면서. 하
지만, 하지만 내가 어떻게 말할 수 있었겠어, 당신을 좋아하고
있다고!"

베르만이 오열하며 소리쳤지만 그에게 답을 주는 사람은 아
무도 없었다. 돌바닥을 주먹으로 내리치며 울던 베르만이 갑
자기 울음을 멈추고는 자리에서 일어났다.

"한 가지만 대답해주십시오."

"……말해봐."

"성녀가 혹시 성력을 잃을 수 있다는 것을 알고 있었습니까?"

에델리스가 대답하지 못하고 있을 때, 신관이었던 자가 대
신 답했다.

"신관으로 들어온 자는 누구든지 제일 처음에 듣게 되는 이

야기니, 알고 있었을 겁니다."

"……그래요, 알겠습니다."

베르만이 자신의 옷에 묻어 있던 먼지를 탁탁 털면서 일어났다. 그리고 문앞으로 걸어와 에델리스의 앞에 섰다.

"저를 내보내주십시오."

"왜?"

"저를 살려두신 이유, 알고 있습니다. 증언이 필요했겠지요. 증언이야 얼마든지 해드릴 수 있습니다."

"그러면."

"하지만 증언을 하기 전까지 시간을 주십시오."

"……무슨 이유로?"

에델리스의 질문에 베르만 파시스가 씁쓸하게 웃었다.

"언제까지라고 확답은 못 드리겠습니다만, 혹여 일이 잘 안 풀릴 수 있으니 문서에 서명이라도 해둘까요?"

"잠깐만, 베르만 파시스."

베르만 파시스의 눈은 지금이라도 당장 누구 하나라도 죽일 것 같은 사나운 눈이었다. 이용당할 대로 이용당하고 상대방은 그가 그토록 간절히 바라던 꿈을 이뤄줄 생각조차 없었으니 그의 마음이 이해가 되지 않는 것은 아니었다.

"왜요? 당신을 죽이려고 했던 사람이 죽을지도 모른다니 죄책감이라도 듭니까?"

"하지만."

"기사들은 검을 들 때 생각합니다. 내가 검을 휘둘러 상대

302

가 죽을 수 있으니, 나도 그렇게 검에 맞을 수 있다고."

"......"

"그러니 제게 당신의 목숨을 요구했던 성녀도, 그 정도 각오는 해두었겠지요."

에델리스가 아무런 말도 못하고 있을 때, 침묵을 깨준 것은 프라체였다.

"우선 너의 증언을 바탕으로 성녀의 신병을 파악하도록 하지."

"그래서 성녀의 목이라도 달겠다는 겁니까."

"......폐하께서 그리 판결하신다면, 그래야겠지."

"하지만 다음에 또 탈옥을 하게 된다면……."

"다음은 없을 겁니다. 확실하게 폐하를 살해하려고 했다는 것이 입증되면, 사형을 피할 수 없을 테니까요."

"또 시민들이 들고 일어나지는 않을까?"

"그럴 가능성은 낮습니다. 자신이 속한 종교와 자신이 속한 국가. 이 둘 사이에서 갈등하는 이들은 많겠죠. 하지만 이번에는 '억울하게 갇혔다.'는 것이 아닌 '황후 폐하를 살해하려고 했다.'는 것이 명확하지 않습니까."

그렇게 말하면서도 프라체 경의 표정은 점점 어두워졌다.

"뭐가 되었든 제가 나가야 뭐라도 할 수 있지 않겠습니까."

"그렇지."

에델리스가 프라체에게 눈짓하자 그가 감옥 문을 열었다. 문밖에서 대기하고 있던 감시병들이 들어와 금방이라도 쓰러질 것 같은 베르만 파시스를 저택의 본관으로 옮겼다.

"……준비가 되면 부를게. 그동안 회복하고 있어."

"알겠습니다."

에델리스는 이제 르한에게 상황을 말하고 성녀를 잡아들일 준비를 해야 했다. 이제는 정말로, 그녀와의 지긋지긋한 인연을 정리할 때가 온 것이다.

성녀는 기분이 아주 좋았다. 드디어 기다리고 기다리던 손님이 올 때가 된 것이다.

원래 예정대로 진행이 됐다면 지난밤 신전에 왔을 때 이미 일이 끝났을 텐데, 어떻게 된 것인지 교황은 신전이 아닌 황성에 머물렀다. 하지만 계획이 하루 늦춰졌을 뿐이다.

"로렌츠."

"예, 성녀님."

"네가 키운 기사들을 써야겠는데?"

"……거의 남지 않았습니다."

성 기사단이 아닌 로렌츠가 사적으로 키운 기사들. 그들은 로렌츠가 죽어가던 아이들을 주워 은혜를 베풀며 자신의 사병으로 키운 것이다. 그가 제 권력을 강화하기 위해 뒤에서 더러운 짓을 시키던 이들이었다. 원래는 수가 적지 않았으나 황후가 결혼하기 전 황성으로 들어갈 때 그녀를 습격했다가 많은 이들이 명을 달리했다.

"괜찮아. 이번이 마지막일 테니까."

"······그분을 죽이지 않고 두고 본다고 하시지 않으셨습니까?"

애초에 성녀는 에델리스를 빠르게 죽일 생각이었다. 르한이 잠시라도 다른 누군가와 결혼하는 것을 원치 않았기 때문이다. 하지만 에델리스는 살아서 황성에 들어가게 됐고 경비가 삼엄해진 데다가 수족으로 쓸 자들도 없었다. 제아무리 암살자 길드라 할지라도 감히 황성에 침입하여 황후를 죽일 자들은 없었고.

그래서 성녀는 아쉬운 대로 책에 나온 것처럼 에델리스와 르한이 일단 결혼을 한 뒤에, 르한의 칼에 찔려 죽는 것을 직접 보는 것으로 계획을 바꿨던 것이다. 그런데 이제는 그 계획까지 쉽지 않게 되자 최후의 방법을 생각해낸 것이다.

"일단 죽인 다음에 생각해도 돼."

성녀는 에델리스를 단순히 책 속의 등장인물로밖에 여기지 않았다. 그녀가 생명을 잃든, 얻든 그것이 중요한 게 아니었다.

"······알겠습니다."

"교황은 언제 오는 거지?"

"약 30분 정도 뒤입니다."

"그래, 알았어. 나가봐. 준비해야지?"

"······예."

로렌츠가 인사를 올리고 나가자 성녀는 가벼운 마음으로 책을 꺼내 보았다. 그리고 자신의 계획을 머릿속으로 짰다.

'성력을 얻게 되면……'

황후를 죽이고, 케이르한에게 황후를 죽인 기억을 덮어씌울 생각이었다. 그러고는 남은 성력으로 자신과 함께 좋은 시간을 보냈던 기억을 케이르한의 머릿속에 심고 성력이 회복될 때마다 그러한 행동들을 반복한다면 시간이 지날수록 책의 내용과 더 비슷해질 것이다. 아주 완벽했다.

이제 성녀는 르한의 기억을 만질 때마다 그의 정신이 망가진다거나 하는 것은 고려하지 않았다. 오로지 르한을 되찾는 것에만 집중했다. 그리고 그것을 위한 첫걸음으로 우선 교황으로부터 성력을 받아낼 필요가 있었다.

성녀는 책 속에서 보았던, 케이르한이 그녀에게 다정하게 사랑을 속삭였던 부분을 떠올리며 만족스럽게 차를 마셨다.

얼마 지나지 않아 교황이 왔다. 성녀는 얼굴 가득 미소를 띠우며 그를 반겼다.

"얼른 가봐야 합니다, 성녀님. 대체 새로운 신탁이 뭡니까?"

"어디를 가봐야 한다는 거죠?"

"……잠시 후 황제 폐하를 알현하기로 했습니다. 그러니 신탁의 내용을 말씀해주시지요!"

"폐하는 제가 만나러 갈게요."

"예?"

성녀는 곧바로 교황의 목을 향해 양팔을 뻗었다. 예기치 못한 성녀의 공격에 교황이 당황하여 그녀를 막았지만 이미 그녀가 교황의 목을 조르고 있었기에 그는 성녀의 손목을 잡는 것 외엔 할 수가 없었다.

"하다 보니 성력을 빼앗을 수도 있더라고. 이런 편한 방법이 있는 줄 알았더라면 신관들을 그렇게 닦달하지 않았을 텐데."

"커흑! 큭!"

황제가 나가지 말고 기다려달라고 이야기했었다. 부득불 나가야 한다면 반드시 기사를 대동하라는 이야기도 덧붙였다.

하지만 신탁이 왔다는 이야기에 교황이 나서지 않을 수 없었다. 그래서 기사들과 함께 왔던 것인데.

밖에서는 기사들이 대기하고 있었지만 내부의 소동까지 알아챌 수는 없었다. 교황이 뒤늦게 황제의 말을 들을 걸 후회해 봤자 시간을 되돌릴 수는 없는 노릇이었다.

"하아."

성녀가 만족스러운 한숨을 내쉬며 자신의 몸에 차오르는 성력에 희열을 느꼈다. 역시 교황은 하급 신관 따위와는 비교가 되지 않았다.

호흡 곤란으로 기절한 교황에게서 완전히 고갈될 때까지 성력을 앗아간 성녀는 그러고는 아주 여유롭게 종을 울려 황성에서부터 교황을 보좌해 온 고위 신관을 불렀다. 그러고는 교황이 부른다는 말에 부리나케 달려온 그에게서 또다시 성력을 빼앗았다.

"푸흡, 하, 하하하!"

성녀는 웃음이 터져 나오는 것을 멈출 수가 없었다. 너무 웃어서 눈가에 눈물이 맺히기도 했다.

"그래그래, 아주 좋아."

뒤늦게 성녀의 방에 찾아온 로렌츠가 깔깔거리며 웃는 성녀를 보았다. 그리고 그녀의 발치에 쓰러져 있는 교황과 고위 신관을 보았다.

"이, 이게 대체……."

"로렌츠. 신성 제국에 돌아가면 대관식을 준비해."

로렌츠가 놀란 것은 잠시였다. 이제 자신이 교황이 될 것이라는 희열감이 모든 것을 압도했다.

"……알겠습니다. 성녀님의 뜻을 수행하기 위해 저의 아이들도 오늘 밤 준비를 마치도록 하겠습니다."

"그래야지. 나는 대관식만 하면 이곳으로 올 테니, 신성 제국을 잘 부탁해."

"예!"

방 안에는 두 사람의 웃음소리만 가득했다.

르한은 교황이 기어코 방을 나갔다는 이야기를 듣고 그를 기다리고 있었다. 그를 더욱 초조하게 만든 것은 프라체 공작저로 향했던 에델리스였다. 나중에야 그녀가 남긴 편지를 확인하고 얼마나 놀랐던가. 그래서 마침내 그녀가 돌아왔을 때 그는 가슴을 쓸어내려야 했다.

"에델리스!"

"걱정 많이 했어요? 미안해요."

"아니야, 그대가 무탈하게 돌아왔으면 됐어. 마음 같아서는 그대가 항상 기사단과 동행했으면 좋겠는데."

그전에는 있던 호위도 없애라고 했던 르한이었다. 하지만 지난밤 에델리스가 수차례 습격당했던 것을 모두 말하자 걱정이 극에 달해 있었던 것이다. 어쩌면 이런 것까지 이전과 같아졌는지.

"조용히 다녀와야 해서 그럴 수가 없었어요. 다음부터는 꼭 그렇게 할게요."

"그래서. 그래서 프라체 공작저에는 왜 간 건데?"

르한의 눈이 날카로워졌다. 프라체 경이 그녀의 호위였다는 이야기를 들으니 더 그랬다.

"그곳에 베르만 파시스가 있었어요."

"……베르만 파시스가 왜 거기에?"

"폐하가 그를 잊은 것 같아서요. 중요한 참고인이니 죽게 내버려둘 수가 없어서 잠시……."

에델리스가 머쓱해하며 웃었다. 황제가 직접 잡아넣은 죄인이었는데 그녀가 빼돌린 것이었으니까.

"그래서?"

"성녀가 그에게 살인 교사를 했다는 것을 증언해주기로 했어요."

"……그래. 그렇군. 성녀가."

그는 자신의 기억 속에서의 성녀와 너무나도 다른 모습에 적잖이 충격을 받은 눈치였다.

"그래서 재판을 열어야 해요. 성녀 쪽에서 손을 쓰기 전에 증언을 확보해야 하니까."

"이전에는 그대가 성녀의 목숨을 부지하게 해줬으면 했다지? 하지만 이번에는 안 돼."

"……저도 성녀를 구명하고 싶은 생각은 없어요. 다음에 또 폐하가 기억을 잃기라도 하면 어떡해요? 또 나보고 침실에 숨어들지 말라고 그러고."

"그때의 이야기는 하지 않기로 하지. 앞으로 그럴 일은 없을 테니."

르한이 황급히 말을 끊었다. 하지만 그때의 그로서는 그럴 수밖에 없었다고 생각했다. 황후에 대해서 아는 것이 없었으니까. 물론 황후는 자신에 대해서 알고 있었지만, 그렇다면 조금 더 빨리 말해주었으면 좋았을 것을.

"또 그러기만 해봐요. 정말, 그때는 곧바로 이혼하자고 해야지."

"에델리스, 제발. 그대와 이혼하지 않기 위해서라도 곧바로 성녀의 재판을 준비해야겠군."

에델리스는 그의 의견에 동조했다. 가장 중요한 증인은 베르만 파시스였다. 그리고 신성 제국이 뒤에 있지 못하도록 하기 위해서는 교황을 포섭해야 했다. 교황과는 사전에 이야기를 해둔 것이 있으니 반드시 재판을 거쳐야 했다.

"베르만 파시스도 준비를 마치면 교황님처럼 황성에서 보호하려고 해요."

"……문제는 그 교황이야. 하인들에게 신전으로 간다는 이야기를 남겼다더군."

"신전이라니, 대체 왜……."

아무래도 교황이 너무 늦어져서 사람을 보내려고 했던 바로 그때, 문밖에서 기사가 황급히 알현을 신청했다. 그는 차마 답을 받을 때까지 기다리지도 못하고 들이닥쳤다.

"폐하! 교황 성하께서……. 파면되었다고 합니다."

"교황이?!"

"예, 정신을 잃은 채로 신전에서 쫓겨났다고 합니다."

"그게 무슨……."

"그, 그래서 교황은 어떻게 된 거예요?"

"폐하께서 교황 성하의 호위를 명하셨기 때문에 우선은 궁으로 모셔왔습니다."

"정신이 드는 대로 나에게 보고하도록 해."

"알겠습니다."

기사가 경례를 하고 나간 뒤 방에는 당황스러워하는 두 사람만이 남았다.

"교황이…… 파면을 당할 수가 있다고?"

"그런 사례는 내 듣도 보도 못했는데."

"저도요. 죽을 때까지 하는 종신직이라고 생각했는데 돌연 파면이라니."

"성녀를 보러 갔다가 그리되었으니 원인은 짐작이 간다만."

"……일단 교황이 깨어나기를 기다려보죠."

르한이 고개를 끄덕이며 그녀의 의견에 동조했다. 하지만 그들의 생각 따위는 안중에도 없다는 듯 밖에서 대기하고 있던 시종장의 목소리가 들려왔다.

"폐, 폐하!"

"무슨 일이냐."

"성녀님께서 방문하셨습니다!"

시종장의 목소리에 당황한 것은 에델리스도 마찬가지였다. 상황을 파악한 뒤에 대처 방법을 생각하려고 했는데 그럴 시간도 주지 않고 성녀가 등장한 것이다.

"어, 어떡하죠?"

"……일단 내 옆으로 와."

에델리스가 르한의 말에 따라 그의 곁에 섰다. 그제야 마음을 조금 놓은 르한이 시종장에게 성녀를 들라고 했다. 시종들이 문을 열자 들어온 성녀는 내부의 긴장된 공기에도 아랑곳않고 가볍게 미소를 지었다.

"안녕하세요, 폐하?"

"무슨 일이지?"

"교황님께서 일신상의 문제가 생겨 오지 못하게 되었어요."

"전해 들었다."

"교황이 알현하기로 되어 있었기에 대신 제가 온 건데……."

성녀의 눈이 르한과 그보다 한 발짝 뒤에 물러나 있던 에델리스를 향했다.

"황후 폐하께서 이곳에 계실 줄은 몰랐네요."

"황후가 황제와 함께 있는 것이 이상한 일은 아니지."

"그렇지요."

성녀의 눈이 날카롭게 그들의 모습을 훑었다. 왼손으로 칼집을 쥐고 언제라도 칼을 빼어들 수 있도록 엄지손가락으로 검을 조금 밀어 올리고 있는 르한. 그는 자신의 뒤쪽으로 에델리스를 숨기려는 듯하면서도 금방이라도 검을 붙잡아 뺄 기세였다.

'하아, 한 발자국만 더 앞에 있었더라도.'

그랬더라면 황후를 곧바로 죽였을 텐데. 혹시 몰라 곧바로 기억을 덮어씌우기 위해 책까지 가지고 왔건만. 만약 지금 에델리스를 죽이려고 든다면 그녀를 죽이기도 전에 르한의 칼에 찔려 죽을 것 같았다.

'어쩌다 나의 케이르한이.'

이게 다 황후, 에델리스 때문이었다. 저것이 무슨 짓을 했길래 나만 사랑해야 하는 케이르한이 저렇게 나를 적대하는 거지? 생각하면 생각할수록 부아가 치밀어 올랐다.

"교황에게 무슨 일이 생긴 거지?"

"더 이상 교황으로서 직무를 수행할 수 없어서요."

성녀가 어깨를 으쓱였다. 거짓은 아니었다.

직무를 수행할 수 없게 성력을 빼앗은 것은 그녀 자신이라는 얘기를 굳이 덧붙일 필요를 못 느꼈을 뿐이다.

"다른 이가 교황으로 오르기 전까지는 임시로 제가 그 일을 맡기로 했어요."

"다른 이라."

"그래서, 교황님과는 무엇에 대해 의논하기로 하신 거죠?"

성녀의 물음에 르한은 아무런 대답도 하지 못했다. 당연했다. 성녀를 어떻게 해야 할지에 대한 논의를 당사자인 성녀와 토론할 수는 없는 노릇이었다.

"별일 아니에요. 이곳에 오랜만에 방문했으니 편의를 봐주려고 했거든요."

"그래요? 그건 이미 방문하자마자 알현했을 때 이야기를 나눈 줄 알았는데요."

"대략적인 이야기만 나누었지 세부적인 이야기를 나누지는 않았거든. 그런데 이렇게 될 줄이야."

성녀는 교황이 황제 부부와 꽤나 오랜 시간 대화를 나눈 것을 알고 있었다. 하지만 그것을 티낼 수는 없었다. 그녀의 눈과 귀가 황성에 심어져 있다는 것을 자백하는 꼴이었으니.

"으음, 아니면 시간이 뜨게 되었으니 티타임이라도 갖는 건 어떠세요? 폐하."

"아니. 사양할게요."

에델리스의 칼 같은 거절에 성녀는 입맛을 다셨다. 어차피 이곳이 원래 황후가 죽었어야 할 에메랄드 궁이었으니까 티타임을 위해 나서는 길에 곧바로 죽이고 기억을 덮어씌우면 됐는데.

성녀는 한숨을 내쉴 뻔한 것을 가까스로 참았다. 어차피 로렌츠의 지휘 하에 있는 암살자들의 준비가 오늘 저녁 끝난다고 했으니 자신이 나서지 않아도 될 일이었다.

'그래도 한 번 시도해볼까?'

"그만."

"……이게 뭐하는 짓이죠?"

"너야말로."

성녀가 품속에 숨기고 있던 검에 성력을 채 두르기도 전에 에델리스가 르한의 허리춤에 매달려 있던 검을 뽑아 성녀의 목에 겨누었다. 그녀의 칼끝에 닿은 성녀의 피부에서 붉은 피가 맺혔고, 곧 흘러내렸다.

"갑자기 이곳에서 성력을 쓰는 이유가 뭐야?"

"무슨 말씀이신지……."

"안 들키고 싶었던 것 같은데 성력이 새어 나오는 게 보여서 말이야."

에델리스가 성녀의 목에 겨누고 있던 검을 거두어 그녀의 치렁치렁한 소맷자락을 베어버렸다. 그러자 성녀가 손에 쥐고 있던 단검이 모습을 드러냈다.

"황성에 허가 받은 자 외에 무기를 소지하고 들어온 것은 반역죄로 걸릴 수 있지. 하지만 그대는 신성 제국의 소속이니 이건 뭐…… 선전 포고인 건가?"

"귀찮게."

성녀는 태연하게 자신이 쥐고 있던 검을 바닥에 떨어뜨렸다.

그리고 다른 쪽 손에서 빛이 반짝이더니 갑자기 르한의 상태가 이상해졌다. 성녀를 노려보던 르한은 주변을 두리번거리면서 창밖을 살펴보는 등 당황한 기색이 역력했다.

"르한? 왜 그래요?"

"지금 이게 무슨 일이지?"

"글쎄요, 갑자기 황후 폐하께서 제게 검을 휘두르셨어요."

"지금 장난이라도 하자는 거야?"

"……성녀를, 궁에 유폐하라."

"무슨 근거로 그러시는 거죠?"

"무기를 갖고 들어와 선전 포고를 한 이상 너를 포로로 잡는 것도 이상하지는 않지."

"무기라뇨? 저는 그런 적이 없는데요?"

"발밑에 그건 뭐지?"

"이건 황후 폐하께서 들고 오신 거잖아요."

성녀의 뻔뻔한 거짓말에 에델리스가 헛웃음을 흘렸다. 르한도 함께 봤는데 이상하게도 그는 자꾸만 여기저기를 둘러보았다. 마치 지금 무슨 상황인지 전혀 모르는 사람처럼.

"지금 그 거짓말이 통할 거라고 생각해?"

"근거가 없다면 저는 이만 물러가도록 하죠. 불쾌하네요."

"……."

"물러가다니? 유폐될 거라는 말 못 들었어?"

"제국을 돕기 위해 온 저를 아무런 이유 없이 유폐라뇨. 이 일은 신성 제국에서 정식으로 이의 제기할 겁니다."

성녀는 오히려 자신이 성을 내며 몸을 돌렸다. 에델리스가 들고 있는 검으로 성녀를 위협하려고 했으나 르한이 에델리스가 검을 쥔 손을 잡았다.

"에델리스, 잠시만."

"하지만, 르한!"

"……잠시만."

성녀는 몸을 반 바퀴 돌아 혼란스러워하는 르한과 에델리스를 보고 한숨을 푹 내쉰 뒤 유유히 빠져나갔다. 아무래도 로렌츠를 닦달해서 최대한 빠르게 에델리스를 죽여야겠다고 마음을 먹으며.

"그걸 그냥 보내?"

"……무슨 일이 있었던 거지?"

"지금 무슨 말을 하는 거야. 성녀가 무기를 반입했고, 아마도 나를 죽이려고 했을 테고, 그 현장을 발각 당했다는 거 외에 더 설명이 필요해?"

에델리스가 화가 나서 그에게 소리쳤지만 르한은 여전히 당황스러운 기색이었다.

"나는 왜…… 성녀가 이곳에 온 기억이 없지?"

"그게 무슨 말이야."

"어젯밤 잔 것까지는 기억이 나. 하지만 오늘 아침에 눈을 뜬 기억도, 성녀가 이곳에 온 것도, 그대에 대한 기억도 전혀 없어."

"……."

르한의 충격적인 말에 에델리스의 입이 벌어졌다. 에델리스는 이 말도 안 되는 상황에 자신이 보았던 것을 되새겼다. 그리고 한 가지 결론에 도달했다.

"……책을 가지고 왔었구나."

에델리스가 곧바로 성녀를 잡기 위해 문밖으로 나서려 했으나 르한이 그녀를 붙잡았다.

"이거 놔! 책을 빼앗을 거야, 언제 또 책을 가지고 나올지 몰라!"

"기다려, 에델리스!"

"놔!"

"그러고 나가려고 그래?!"

르한이 소리치자 깜짝 놀란 에델리스가 시선을 내려 자신의 모습을 돌아봤다. 르한에게 붙잡힌 손에는 그의 검을 쥐고 있었다. 황후가 검을 들고 궁 안을 배회하는 모습이라니. 거기까지 생각하자 에델리스의 손에 힘이 빠져 쥐고 있던 검이 챙그랑 소리를 내며 바닥에 떨어졌다.

"그러면, 그러면 어떻게 해! 나는 계속 성녀가 나를 죽일지도 모른다는 불안에 떨어야 해?"

이번에는 그녀가 단검을 갖고 있는 것을 미리 보았기에 망정이지 위험할 뻔했다.

"언제 또 기억을 잃을지 모르는 너를 바라보고만 있어야 해?"

그런 경험은 한 번이면 족했다. 두 번 경험하고 싶지는 않았다. 르한이 또다시 저를 그렇게 싸늘한 눈으로 바라본다면 무너져 내릴 것 같았다.

"만약에 그러다가 성녀가 성공하면? 그러면 우리는 어떻게 되는 건데?"

르한도, 자신의 생명도 모든 것을 잃을 것이 분명했다. 에델리스가 울분에 차서 소리쳤다. 르한은 그런 그녀를 끌어안고 그녀의 등을 토닥였다.

"내일 곧바로 긴급 재판에 회부하도록 하지."

"……재판?"

"그래. 베르만 파시스를 증인으로 세워서. 그의 배후에 성녀가 있음을 증명하자."

그러면 성녀를 교수대에 매달 수 있다고. 르한이 에델리스의 귓가에 속삭였다.

성녀가 신전에 도착하자마자 로렌츠의 시중을 받으며 금빛 자수가 놓인 신관복으로 갈아입었다. 소매가 찢어진 옷을 입고 싶지 않았기 때문이다.

"아이들의 준비를 더 빠르게 해."

"……무리입니다."

"그게 불가능하면 네가 교황이 되는 것도 무리일 거야."

성녀의 단호한 말에 로렌츠의 얼굴에 짜증이 서렸다. 그래도 지금은 어쩔 수 없었다. 교황이 되기 위해 한 명의 짜증을 받아주는 것쯤이야 충분히 할 수 있었다. 까딱 잘못했다간 오전에 보았던 '전' 교황처럼 성력을 빼앗기고 길거리에 나앉을 수도 있었으니까.

"알겠습니다. 곧바로 준비하도록 하겠…… 무슨 일이냐!"

그의 말이 채 끝마치기도 전에 기사들이 문을 박차고 들어왔다. 황실 기사단의 문장을 두르고 있는 이들은 곧바로 방을 가득 메우며 도열했다. 가장 마지막으로 들어온 것은 요하네스 프라체였다.

"프라체 경……?"

"내일 재판을 위해 성녀님을 모셔 오라는 폐하의 명입니다."

"재판이라고요? 무슨 혐의로 그러는 거죠? 오늘의 일이라면 황후 폐하의 착각……."

"이전 황후 폐하의 살해 교사 혐의입니다."

"그거라면 이미 증거 불충분으로 폐하께서 무죄라고 방면해주셨는데요?"

"이전에 재판을 열기도 전에 성녀님께서 사라졌기에 재판이 열리지 않았습니다. 게다가 새로운 증거도 추가되었습니다."

정확히는 증거가 아니라 증언이었다. 하지만 프라체는 파시스의 안전을 위해 일부러 정확하게 말하지 않았다.

"제국을 위해 선의로 방문한 제게 이럴 수가 있나요?"

"무죄가 밝혀지면 저희가 무례를 저지른 것에 대해 사죄드릴 겁니다."

"……."

"하지만 이번에는 **빠져나갈** 수 없을 겁니다."

"……이전과 많이 달라지셨네요."

성녀가 말하는 '이전'이라는 것은 성녀가 탈옥하기 전날 밤을 뜻했다. 그리고 그날의 기억을 떠올린 프라체의 눈동자가 떨려왔다.

그 누구의 면회도 허락되지 않았던 그날, 프라체는 황실 기사단장이라는 직책 덕분에 그녀를 만나러 들어갈 수 있었다. 경비병들에게는 모든 책임은 자신이 질 테니 비키라고 회유하고, 따르지 않으면 전쟁터의 최전선에 보내버리겠다는 협박도 일삼으면서 얻은 기회였다.

경비병들이 아주 잠깐만이라며, 두 번은 안 된다고 신신당부한 끝에 프라체는 안으로 들어갈 수 있었다.

프라체는 성녀를 보자마자 울 것처럼 눈시울이 붉어졌다.

"프라체 경, 저를 꺼내주기 위해 오신 건가요?"

성녀에게 한 걸음씩 다가가던 프라체는 그녀의 말을 듣자마자 성녀의 앞에 무너져 내렸다.

"성녀님……. 죄송합니다, 성녀님."

"……그게 무슨 말이죠?"

"저로서는 당신을 한 번 보러 오는 것밖에는……."

프라체의 울음기 가득한 목소리는 점점 작아졌다. 그녀를 차마 볼 면목이 없었다.

"케이르한처럼 반역을 저지를까 생각도 해봤지만, 도저히……."

케이르한 역시 에델리스를 황후로 얻기 위해서 황위에 올랐다. 프라체는 황실 기사단의 단장이었고 유서 깊은 프라체 공작가의 소공작이었기에 그가 움직일 수 있는 군사는 아주 많았다. 하지만 그는 차마 케이르한의 믿음을 배신할 수 없었다.

"저는 케이르한을 배신할 수 없습니다……. 정말 죄송합니다, 성녀님."

이러지도 저러지도 못한 프라체는 결국 성녀에게 고해 성사하듯 자신의 고뇌를 고백했다.

"프라체 경……."

"예."

자신의 앞에 무릎을 꿇고 눈물을 흘리고 있는 프라체의 머리를 쓰다듬으며 성녀가 그를 불렀다. 그녀의 부름에 프라체는 염치가 없다는 것을 알면서도 고개를 들 수밖에 없었다. 성녀와 프라체의 눈이 마주치자 그녀는 싱긋 미소 지었다.

"괜찮아요, 프라체 경."

성녀는 궁에 유폐되어 있는 악조건 속에서도 부드러운 목소리로 말했다. 괜찮다는 그녀의 말에 프라체의 죄책감은 극심해져 마치 심장을 쥐어짜는 기분이었다.

"경에게 아무런 기대도 하지 않았으니까요."

성녀는 여전히 부드러운 목소리로, 미소 지으며 말했다.

"혹시나 싶어서 물어봤을 뿐이에요."

"……"

프라체는 지금 자신이 무슨 말을 들은 건가 싶었다. 그녀의 목소리는 여전히 부드러웠지만 그가 들은 말은 전혀 부드럽지 않고, 아주 차가웠다. 뭐라 말을 해야 할지 모르고 망연자실해 앉아 있는 프라체를 밖에 서 있던 경비병이 불렀다.

"단장님! 이제 나오셔야 합니다!"

"경? 이제 나가셔야 할 것 같은데요?"

"……"

"괜히 여기 있다가 저를 더 곤란하게 만들지 말고 이만 나가 주시겠어요?"

너무나도 낯선 그녀의 말에 프라체는 후들거리는 다리에 애써 힘을 줘서 몸을 일으켰다. 그가 일어나자 성녀는 관심이 없다는 듯이 창밖으로 눈을 돌렸다.

프라체가 문밖을 나서기 전까지도 그녀의 시선은 창가에 고정되어 있었다. 그런 그녀의 모습을 마지막까지 바라본 프라체는 성녀가 유폐되어 있던 궁에서 터덜터덜 걸어 나왔다.

그때의 기억을 떠올린 프라체가 눈을 감았다가 떴다.

"다시 볼 줄 알았더라면 말을 조금 더 곱게 할 걸 그랬을까요?"

"……."

"그때도, 지금도 그건 별로 중요치 않지만요."

성녀가 고개를 기울이며 후후 웃는 얼굴이 프라체에게는 더 이상 아름답게 느껴지지 않았다. 그녀가 보여주었던 그간의 모습은 지금과 너무 달라 믿을 수가 없었다. 그러나 지금 그는 과거에 매몰되어 자신이 해야 할 일을 잊는 그런 사람은 아니었다.

"성녀님을 모셔가라!"

"예!"

기사들이 성녀를 에워쌌다. 그녀의 양쪽 팔을 한 명씩 잡고 연행하듯 끌고 갔다. 성녀는 자신이 걸어갈 것이라며 잡지 말라고 팔을 뿌리치려고 했으나, 그녀의 가는 팔이 기사를 떼어낼 수는 없었다.

"로렌츠!"

"예, 예!"

"내일 재판에서 봐."

"아…… 알겠습니다."

로렌츠가 성녀의 신호를 알아듣고 고개를 끄덕였다. 자신의 수하들을 그녀가 재판을 받을 때 보내라는 것이었다.

"……내일 재판만 잘 끝나면 되겠지."

성녀가 그렇게 많은 신관과, 마지막에는 교황에게까지 손대며 성력을 앗아갔으니 뭐라도 할 것이었다.

"하아……."

그렇다고 해서 한숨이 나오는 걸 막을 수는 없었다. 머리가 아파와 뒷머리를 벅벅 긁으며 한숨을 내쉬는데 어디선가 시선이 느껴졌다.

"뭐지?"

로렌츠가 주변을 획획 둘러보면서 시선이 어디서부터 시작된 것인지 찾아보는데 그의 눈에는 아무것도 보이지 않았다. 분명히 시선을 느꼈기 때문에 찜찜했지만, 당장 성녀가 재판에 회부되었으니 그것부터 처리하기로 하고 방에서 나왔다.

"……."

성녀를 제 손으로 처리하기 위해 찾아왔던 베르만이 손에 쥐고 있던 단검을 품속에 넣었다. 그리고 조심스레 자리에서 일어나 프라체 공작저로 향했다. 내일이 재판이라는 것을 베르만에게 전하기 위해서 올 테니.

아침이 밝았다. 성녀가 유폐된 궁의 경비로 황실 기사단 전원이 동원된 만큼 이전과 같은 불상사는 일어나지 않았다.

"……르한."

갑작스러운 재판이었고, 대상은 무려 성녀였다. 심지어 죄명은 한 번 떠들썩했던 황후 납치 및 살해 교사. 귀족들은 재판까지 시간이 한참이나 남았음에도 아침 해가 뜨자마자 황성을 향해 마차를 타고 달려왔다.

"괜찮을 거니 걱정하지 않아도 돼."

"이번에도 또 기억을 잃으면 어떡하죠."

"그것 역시 걱정하지 마."

르한은 그간 자신이 에델리스에게 한 말과 행동들을 기억하고 있었기에 에델리스의 불안함을 이해했다.

"폐하, 재판 준비가 완료되었다고 합니다."

"알았다."

시종장의 말에 르한이 에델리스에게 손을 내밀었다.

"당신이 걱정하던 것들, 오늘로 끝날 거야."

"……"

"성녀가 그대를 죽일까 걱정하는 것도, 내 기억이 없어질까 걱정하는 것도 모두."

"……그럴까요?"

"당연히 성녀가 성공할 리도 없을 거고."

확신에 찬 르한의 말에 에델리스의 마음이 조금 놓였다.

"그럴 것 같으면, 내가 성녀를 베어버릴지도 몰라요."

"그래, 그러도록 해. 뒷감당은 온전히 내가 할 테니 내가 시켰다고 해."

에델리스가 키득키득 웃었다.

"그래도 돼요?"

"아니. 당신의 손을 더럽힐 수는 없지. 당신이 검을 뽑을 것

326

같으면 내가 먼저 달려가서 베어버릴게."

"……약속이에요."

"그래, 물론이지."

두 사람은 서로를 끌어안으며 결의를 다잡고 재판장으로 향했다.

"황제 폐하와 황후 폐하께서 입장하십니다!"

호명관의 외침에 재판장에 있던 이들이 모두 자리에서 일어났다. 사건의 대상이 무려 황후였기 때문에 황제 부부의 결혼식 이래로 가장 많은 귀족들이 모였다.

에델리스와 르한이 재판장의 중앙에 위치한 자리에 앉았다. 황제 부부가 나란히 자리에 선 만큼 내부에는 황실 기사단이 혹시 모를 일에 대비해 자리를 잡고 있었다. 프라체는 소공작이 아닌 황실 기사단장의 신분으로 그들을 지휘하고 있었다.

"어제 갑작스러운 서신을 받고 놀랐을 거라 생각한다. 여기 있는 이들 중 이미 알고 있는 사람도 있겠지만 황후가 납치되었고 그 과정에서 살해의 위험을 받았다."

"폐하! 그 사건이 일어난 지 꽤 시일이 흘렀습니다! 하지만 왜 살해범에 대한 재판은 이루어지지 않은 겁니까!"

"그건…… 제가 납치당했을 때, 납치범의 배후에 다른 사람이 있다는 이야기를 들었기 때문입니다."

"그래, 그래서 배후를 알아내기 전까지 재판을 유예했었다."

르한의 말이 떨어지자 친 황제파의 사람들, 그중에서도 에델리스의 아버지인 브릴 후작이 귀족파의 사람들을 죽일 듯이 노려보았다. 귀족파의 사람들도 반역이나 다름없는 짓을 누가 했는지 찾기 위해 은근슬쩍 눈짓해봤지만 자리를 비운 귀족파는 없었기에 누구인지 추측할 수 없었다.

"그래서…… 누가 그런 짓을 저질렀단 말입니까?"

"범인을 들여라."

르한의 말에 기사들이 재판장의 뒷문을 열자 그곳에서 기사들에게 끌려오듯 등장한 것은 다른 누구도 아닌 성녀였다. 황후 납치 살해 교사에 관한 긴급 재판이 열린다는 이야기만 듣고 온 귀족들은 성녀의 등장에 눈을 크게 뜨고 그녀를 바라보았다.

"폐하! 저분은 성녀님이 아니십니까!"

"그래, 신성 제국의 성녀인 일레인 라이네드가 맞다."

귀족들은 황제의 결혼식에서 축복을 하던 성녀의 모습과 전염병이 퍼질 때 약을 건네주며 치료하던 성녀의 모습을 떠올리고는 믿을 수 없다는 표정을 지었다. 황제파의 필두인 프라체 공작마저 떨리는 목소리로 말했다.

"폐하……. 성녀님께서 배후인 것은 확실한 것이겠지요?"

"그렇다."

르한의 확신에 찬 목소리에 재판장 내부가 더욱 술렁였다. 그러는 동안에도 성녀는 기사들에게 이끌려서 양쪽으로 갈라진 귀족들의 따가운 시선을 뚫고 재판장의 가운데까지 걸어왔다.

"일레인 라이네드. 맞나?"

"……네."

"베르만 파시스에게 황후를 납치하고 살해하라고 지시했다는 것, 인정하는가."

"아니요."

성녀가 단호하게 부정하자 귀족들 사이에서 수군거리는 목소리가 커졌다. 역시 성녀님이 그럴 리가 없다는 둥, 주변국들의 규탄에 어떻게 대처해야 하는 거냐는 것이 주된 내용이었다.

"베르만 파시스는 신도로서 신전에 온 적이 있으나 그뿐입니다."

"……거짓말을 잘하는 것을 알고는 있었는데 이 정도일 줄은 몰랐네요."

"황후 폐하께서는 이전부터 제가 황제 폐하와 가까이 있는 것을 경계하셨죠. 그래서 이런 일을 꾸미신 건가요?"

"말도 안 되는 소리!"

에델리스가 소리쳤지만 귀족들은 '그럴지도 몰라.'라면서 숙덕거리고 있었다. 이에 성녀의 입가에 미소가 짙어졌다.

"그래서 폐하의 호위였던 베르만 파시스 경을 꼬드겨 자작극을 펼친 것은…… 아니겠지요?"

성녀가 터뜨린 대형 스캔들에 귀족들의 입이 쉬지 않고 움직였다. 장내가 소란스러워지자 내부에서 대기하고 있던 하인들이 귀족들에게 정숙을 요했지만 그들은 아랑곳하지 않았다.

그걸로도 모자라 안 그래도 가득 차 있던 재판장을 신관들이 들어와 가득 메웠다. 그들을 본 귀족들의 표정이 더욱 어두워졌다. 아니나 다를까, 그들은 귀족들이 염려한 대로 비난하는 것으로 시작했다.

"멈추어주시지요. 전염병으로부터 제국인들을 치료한 것에 대한 보답이 이런 것입니까?!"

"신관들의 입장을 허한 바 없다."

"하지만 저희로서는 성녀님이 이런 대우를 받는 것을 좌시할 수는 없습니다."

성녀의 수족인 로렌츠가 등장하자 성녀가 고개 숙여 머리카락으로 얼굴을 가린 채 미소 지었다. 그가 등장했다는 것은, 암살자들의 준비가 끝났다는 것을 의미했기 때문이다.

"그러는 그대들도 성녀가 살해 교사 혐의를 받고 있다는 것에 대한 결백을 증명하고 싶지 않은가."

"성녀님께 그런 의혹을 씌운다는 것 자체가 있을 수 없습니다. 신이 두렵지 않으십니까!"

정색하며 신을 언급하는 로렌츠를 보고 르한이 코웃음을 쳤다.

"베르만 파시스."

에델리스가 그의 이름을 부르자, 안쪽의 별실에서 조용히 대기하고 있던 베르만이 문을 열고 나왔다.

성녀와 신관들에 이어 베르만 파시스까지 생각지도 못한 사람들이 연이어 등장하자 놀라 사람들은 입을 다물지 못했다.

베르만 파시스라면 황후 살해 교사의 범인으로 지목된 뒤

종적을 감춘 지 오래되어 이미 황제의 손에 죽었을 거라는 의견이 지배적이었다. 그런데 이렇게 나타나다니. 심지어 다른 누구도 아닌 그가 죽이려고 했던 황후의 부름을 듣고!

"예정보다 빠르게 등장한 것 같습니다, 폐하."

"생각지도 못한 이야기가 들려서요."

베르만 파시스의 등장에 성녀의 얼굴이 당혹감에 물들었다. 제 발목을 잡을지도 모르는 그를 처리하기 위해 백방으로 수소문해봤지만 그 어느 곳에서도 발견되지 않았다. 그런데 하필이면 이곳에서 발견하게 되다니.

"증인인 베르만 파시스에게 첫 번째 질문부터 하지. 에델리스의 자작극에 동참한 것인가?"

"아니요."

"잠시만요, 이것까지도 황후 폐하와 미리 맞춰둔 걸 수도 있잖아요?"

"어떤 미친 자가 제가 죽을 것을 뻔히 알고 그런단 말입니까."

"……"

"죽음을 불사하고서라도 무언가 얻을 게 있다면 모를까."

베르만이 애초에 성녀에게 얻기로 했었던, 아리엘라와의 재회 같은 것처럼.

"베르만 파시스. 그대가 원하는 것이 무엇이지?"

"……죽은 사람을 다시 만나기를 원했습니다."

"그런 것을 할 수 있는 사람을 알고 있는가?"

이미 베르만에게서 들었던 이야기였다. 하지만 재판장에 있는 모든 이들이 알 필요가 있었다. 베르만 파시스가 아무 말 없이 성녀를 향해 시선을 돌리자 신관들이 펄쩍 뛰었다.

"성력은 사자를 위해 쓸 수 없습니다! 거짓입니다!"

"성녀님이 직접 말씀해보시죠."

성녀는 당황스러웠다. 재판장에 끌려올 때만 하더라도 기회를 봐서 목적을 이루고, 이곳에 있는 이들의 기억을 덮어씌울 생각이었다. 그런데 베르만 파시스라니. 하필이면 베르만 파시스.

신관들이 듣고 있으니 거짓을 말할 수도 없었다. 대체 왜 케이르한은 지금까지 베르만 파시스를 죽이지 않아서 일을 이렇게 다 꼬아버리는 건지!

"……불가합니다."

결국 성녀는 사실대로 말하는 것을 택했다. 베르만 파시스 따위보다 신성 제국의 신관들이 중요한 것은 말할 필요도 없었다. 그의 말을 들은 베르만 파시스가 곧바로 칼을 뽑아들고 성녀에게 달려들었다.

"으아아아아악!! 너, 너 따위가 감히!"

베르만 파시스의 시도는 주변을 지키고 있던 황실 기사단에 의해 저지당하고 말았다. 그가 얼마나 분노했는지 눈동자에는 핏발이 서 있었고 검을 쥔 손은 새하얗게 질린 채로 바르르 떨고 있었다.

베르만 파시스가 분노에 치를 떨고 있었지만 성녀는 여전히 제 할 말만을 계속했다.

"저와는 상관이 없는 것 같은데, 황후 폐하는 어떠신지요?"

"무엇이 말이죠? 저도 그가 원하는 것을 들어줄 수 없는데."

"자작극이 아니라는 것. 그것은 어떻게 증명할 수 있죠?"

"남작."

성녀의 도발에 르한이 곧바로 특별 감옥의 유일한 간수인 남작을 불렀다. 남작은 자리에서 벌떡 일어났다. 베르만 파시스는 그의 얼굴을 보자 그에게 당했던 기억이 떠올라 발작하듯 주저앉았다. 그리고 남작의 본모습을 알고 있던 몇몇의 귀족들은 베르만 파시스의 반응을 보고 바로 확신했다. 자작극 따위가 아니라고.

"지금 베르만 파시스의 반응을 보셔서 아시겠지만…… 황후 폐하의 자작극이 아닙니다."

"그걸 어떻게 확신할 수 있소?"

"이걸 어쩐다…… 제 공간에 와보시면 안다고 말씀드릴 수도 없고."

남작의 답변은 그에 대해 모르는 신관들은 이해할 수 없었지만, 그곳에 앉아 있던 귀족들은 황후의 자작극이 아님을 곧바로 알 수 있었다.

"그의 배후가 누구인지 조사하던 사람이 저……라고만 말할 수 있을 것 같습니다."

그제야 남작을 잘 알지 못하는 사람들 역시 알게 되었다. 조사를 하던 사람, 그리고 그 사람을 보고 발작하던 베르만 파시스. 그 조사라는 것이 그렇게 부드럽고 유연한 분위기에서 진행되지는 않았으리라는 것을.

"베르만 파시스. 진정됐나요?"

에델리스의 물음에 한참을 허덕거리던 베르만이 거친 숨을 몰아쉬더니 고개를 끄덕였다.

"예……."

"내가 납치되었을 때 그대는 내게 '의뢰인'이 따로 있다고 말했었죠."

베르만이 그렇다고 답하려는 찰나에 신관으로 변장한 암살자들이 소매 속에서 검을 꺼냈다. 대기하고 있던 황실 기사단이 급박하게 그들을 막아냈지만 이미 몇몇은 황후를 향해 달려가고 있었다.

르한이 에델리스의 앞을 막아서며 달려드는 이들을 상대했다. 그들의 가슴을 칼로 베었을 때 그 틈새로 경갑옷이 나타났다.

"신관이 아니군."

정체를 들킨 암살자는 혀를 차고 다시 맹공을 가했다. 그때 누군가 재판장의 문을 열자 바깥에서 성 기사들이 정체를 숨길 생각도 않고 들이닥쳤다. 그리고 그들은 신관 의복을 입은 이들을 도와 황실 기사단에 대적하기 시작했다.

"성녀님을 구하라!"

귀족들은 엮이는 것이 두려워 정문으로 나가지도 못하고 베르만 파시스가 나온 문을 향해서 달려갔다. 하지만 모든 귀족

334

들이 그곳으로 가는 것은 불가능했다. 서로 들어가려는 귀족들 탓에 내부는 전투 중인 기사들과 더불어 아비규환이 따로 없었다.

그 혼란스러운 틈을 탄 성녀가 바닥에 쓰러진 살수의 허리춤에서 단검을 뽑아 들었다. 그녀의 눈에는 세 명의 살수를 상대하고 있는 케이르한과, 한 명의 살수로부터 버겁게 맞서고 있는 에델리스가 보였다. 에델리스의 모습을 확인한 성녀는 얼굴에 기괴한 미소를 띠며 검을 쥔 손에 힘을 가했다.

'이제 에델리스만 죽이면, 눈엣가시인 황후만 죽이면!'

우선 에델리스를 죽인 뒤에 케이르한에게 그녀를 죽인 기억을 덮어씌울 계획이었다.

그다음은 베르만 파시스였다. 이대로 뒀다가는 무슨 말을 할지 모르니 그의 기억 역시 없애버리는 것이 안전했다. 마음 같아서는 여기 있는 사람들의 기억을 모두 조작하고 싶었지만 책에 등장하지 않는 사람들의 기억은 조작할 수가 없었고, 성력 또한 부족했다. 거기까지 생각을 마친 성녀는 에델리스를 향해 달려갔다.

"죽어, 죽어!"

성녀는 정상적인 사람이라고는 볼 수 없는 눈으로 칼을 휘둘렀다. 에델리스는 살수에게 밀려 목숨을 위협받고 있는 상황이라 막을 방법이 없었다. 그때 그녀를 돕기 위해 나타난 페린 경이 살수를 공격해 에델리스가 위기에서 빠져나올 수 있었다.

하지만 여전히 그녀에게 칼을 휘두르는 성녀가 눈앞에 있었다. 몇 번이고 검을 막아냈지만 성력이라도 사용한 것인지 훈련받지 않은 성녀가 휘두르는 검이라는 것이 믿기지 않을 정도로 무겁고도 빠른 공격이었다.

"이게 모두 너 때문이야. 너만 아니었어도!"

"아니, 이건 모두 너 때문이야!"

"원래 너는 죽을 운명이었어!"

"아니! 정해진 운명 따위는 없어."

처음에는 에델리스 역시 운명이 정해진 것이라고 생각했다. 그러니 곱게 이 자리에서 물러나자고. 하지만 결국 르한의 애정을 확인하고 자신이 죽는 운명에서 벗어나 미래를 바꿨다.

"그런 운명이 있다고 믿고 싶은 거겠지."

"이, 이게……!"

성녀는 분노에 차서 칼을 휘둘렀다. 에델리스가 검술을 배웠기에 망정이지, 성녀의 성력이 담긴 칼은 만만치가 않았다. 에델리스가 성녀의 칼을 쳐내 둘 사이에 간격이 벌어졌다. 두 사람 모두 거칠게 숨을 몰아쉬며 서로에게 칼을 겨눈 채로 노려보고 있었다.

성녀는 바닥을 힐끔 보고는 바닥에 쓰러져 있던 기사의 장검을 빼들었다. 공격의 사정거리를 늘이기 위해서였다.

"황제를 경험해보고 몰라? 성력을 쓰면 원래대로 돌릴 수 있어."

"그래서 교황과 다른 신관의 성력을 뺏은 거야?"

"빼앗다니?"

성녀는 주변에서 자신을 지켜보고 있는 신관들 때문에라도 말을 아꼈다. 성녀가 성력을 앗아간다는 것을 모든 신관들이 알고 있는 것은 아니었기 때문이다.

"쓸데없는 소리 하지 말고 얼른 죽어줄래?"

"너 같으면 죽어주겠어?"

자신만만하게 대답을 하긴 했어도 에델리스의 숨이 점점 거칠어졌다. 온 신경을 다해 성녀와 싸우는 것은 그녀의 체력을 빠른 속도로 갉아먹고 있었다. 이것이 정말 마지막이라고 생각했기에 젖 먹던 힘을 다해서 성녀에게 대항하고 있었지만, 점점 한계에 부딪혔다.

"나를 죽인다고 해서 네가 책에서 나온 것처럼 르한과 행복해질 수 있을 것 같아?"

"안 될 것도 없지."

비록 많은 성력이 필요하겠지만, 전혀 불가능한 것은 아니었다. 이 많은 목격자들의 기억을 어떻게 할 것인가, 그것이 가장 큰 고민이기는 했다.

'……아니지. 아니야. 굳이 그럴 필요가 없잖아?'

성녀의 머릿속에 번뜩이는 아이디어가 떠올랐다. 성력이 떨어져가 초조해하던 성녀의 얼굴에 또다시 기괴한 미소가 꽃폈다.

"네가 죽은 뒤의 일을 걱정할 필요는 없어!"

성녀는 에델리스로부터 물러난 뒤에 자신에게 있던 모든 성력을 끌어모았다. 이전까지는 성력을 남겨둘 생각을 하고 있었으니 오히려 승부도 안 나고 성력만 닳았던 것이다.

'우선 에델리스를 죽인 뒤에 신관들의 성력을 빼앗으면 되는 거였는데.'

그 후에는 책의 내용대로 르한이 에델리스를 죽인 것처럼 꾸미면 끝이었다. 그다음부터는 케이르한이 자신을 감싸줄 거라고 믿었다.

길다면 길고 짧다면 짧은 준비를 마친 뒤, 성녀는 자신의 온몸과 들고 있던 단검에 성력을 두른 채로 에델리스에게 달려들었다. 그리고 그런 성녀의 폭발적인 힘에 에델리스가 꼼짝없이 지겠구나 생각했다.

"부디, 네가 지옥에 가길 신께 빌어줄게."

에델리스의 몸에 갑작스러운 충격이 가해지고, 그대로 바닥에 쓰러진 에델리스는 눈앞이 깜깜해지는 것을 느꼈다.

그 사이 르한에게 붙어 있던 세 명의 살수가 한 명씩 차례로 쓰러져갔다. 마지막 남은 살수가 죽을힘을 다해 그에게 달려들었지만, 르한의 상대는 되지 않았다. 주변에 있던 황실 기사단 역시 르한에게 가세하며 확실한 승기를 잡았다.

그리고 르한이 곧바로 에델리스를 향해 몸을 돌렸을 때, 그의 눈에 비친 것은 성녀가 에델리스를 향해 검을 휘두르는 장면이었다.

"에델리스!"

"폐하!"

설마, 설마 성녀가 황후를 공격할까 싶어서 주변의 성 기사들부터 상대했던 요하네스 프라체가 경악하며 소리쳤다. 그는 마지막에 마지막, 성녀가 정말 살의를 담고 에델리스에게 검을 휘두르는 장면을 볼 때까지도 그녀를 믿었다. 하지만 그의 믿음에 대한 답은 바닥에 쓰러져 있는 에델리스였다.

"아, 안돼……."

그들이 뒤늦게 달려갔을 때는 바닥에 피가 낭자했고, 에델리스의 화려한 드레스와 성녀의 금수가 놓인 새하얀 신관복 모두 붉은 피로 물들어 있었다.

두 사람 사이의 대결이 치열했음을 보여주기라도 하듯, 에델리스가 제일 밑바닥에 정신을 잃고 쓰러져 있었고, 그 위에 성녀가 쓰러져 있어 성녀의 널찍한 신관복이 에델리스를 덮고 있었다.

"에, 에델리스……?"

설마 아니겠지, 이 피는 에델리스의 것이 아니겠지.

르한이 제 눈앞에 보이는 현실을 부정하며 그녀에게 달려가려고 했다. 하지만 힘이 풀려버린 다리로는 넘어지지 않는 것이 고작이었다.

"에델리스, 무슨 말이라도 좋으니 아무 말이라도 해봐."

르한이 울음기가 가득한 목소리로 그녀에게 애원하듯이 말했다.

"제발……."

하지만 에델리스로부터 들려오는 답은 없었다. 그녀가 주는 무거운 침묵에 르한은 숨이 막혀오는 것만 같았다.

최대한 이성적으로 사고하려고 노력했지만 숨을 몰아쉬면서 호흡을 하는 것이 고작이었다. 그가 숨을 쉬기 위해 노력을 하는 중에도 에델리스와 성녀의 옷은 점점 피로 물들어가고 있었다.

그 모습 위로 어떤 장면이 르한의 눈에 겹쳐보였다. 칼에 찔린 심장을 부여잡고 피를 흘리고 있는 에델리스의 모습이었다. 믿을 수 없는 모습에 수차례 고개를 저으며 잔상을 털어냈다.

그리고 너무나도 큰 스트레스로 인해 토기가 올라와 헛구역질이 나와 허리를 숙였다. 분명 본 적 없는 장면이었음에도 겹쳐 보이는 것이 이상했다.

─르한!

그때, 자신을 부르는 에델리스의 목소리를 듣고 황급히 고개를 들어 그녀를 보았다. 하지만 에델리스는 여전히 눈을 뜨지 못하고 있는 상태였다. 그런데도 그의 귓가에는 그녀의 목소리가 계속해서 들려왔다.

─나는 황제가 아니라 르한이랑 같이 있고 싶어.

한 번도 들어본 적이 없던 말이었다. 하지만 분명 이 목소리는 에델리스의 것이었다. 이게 어떻게 된 것인가 생각도 하기 전에 그의 머릿속으로 기억이 물밀듯 들어왔다.

어두운 밤, 바람에 나부끼는 금색 머리카락. 그리고 그 틈새로 보이는 자신을 직시하던 초록색 눈동자. 그리고 자신만큼이나 간절하게 말하던 그녀의 모습, 제 품에 안겨 있던 그녀의 따뜻한 체온까지.

─네가 없는 동안에도 네가 잘 지내는지 계속 생각했어!

나도 그랬어, 에델리스.

─르한 주변에 여자는 나만 있어야 해.

당신이 원한다면 황성 안에 있는 모든 여자를 내칠 수도 있어.

─좋아해 르한. 르한이 앞으로도 나만 좋아했으면 좋겠어.

당신만 좋아하라니 너무 당연한 일이잖아. 다른 사람을 좋아하는 것은 생각조차 해본 적 없는 걸.

그렇게 르한의 머릿속에는 자신이 그동안 잊고 있었던, 그녀와 함께 보냈던 시간이 떠올랐다. 하나하나 아주 생생하게 기억이 났다. 어떻게 이걸 잊을 수 있었는지 믿을 수가 없었다.

에델리스가 왜 그토록 자신에게 기억을 되찾아주고 싶어 했는지 이해할 수 있었다. 둘만의 소중한 추억. 평생토록 잊히지 않을 기억이었다. 기억이 돌아오고 나니 이전보다도 더 에델리스를 사랑하는 마음이 깊어졌다. 손쓸 수 없을 정도로.

─그러니 르한, 너무 걱정하지 마. 나는 너를 떠날 생각이 없으니까.

"떠날 생각이 없다고 하지 않았습니까!"

그러니 제 곁에서 사라질 생각하지 말라고, 당장 일어나라고 무릎 꿇고 외쳤다. 아니, 지금 당장 일어나지 않아도, 언제라도 좋으니 눈을 떠달라고 빌었다. 그게 언제가 되든지 간에 기다리고 있겠다고.

"에델리스, 제발!"

르한의 손이 드디어 에델리스에게 닿았다. 다행히 그녀의 손은 아직 따뜻했으며 맥박이 느껴졌다. 아직 죽지 않은 것이다. 그러니 신관들을 시켜 그녀의 치료를 맡기면 혹시 살 수 있을지도 몰랐다.

살아 있기만 한다면, 그럴 수만 있다면 더 바라지 않을 것이다. 르한은 다시 검을 손에 쥐고 그것을 성녀의 목에 갖다 대었다.

"신관들은 모두 에델리스를 치료할 준비를 하도록."

"......"

"그렇지 않다면 그대들의 성녀는 곧바로 신의 곁으로 갈 테니."

뒤늦게 상황을 파악한 페린 경이 에델리스가 치료 받게 하기 위해 성녀를 들어내려고 했다.

"성녀님께 손 떼시오!"

"오늘 당장 광장에 목이 걸리고 싶은 게 아니라면 닥쳐."

르한의 살벌한 말에 신관들이 주춤했고, 그 사이 페린 경이 성녀의 몸을 에델리스의 옆쪽으로 밀었다. 그러자 신관복 특유의 넓은 소매에 가려져 있던 성녀가 휘두르던 검이 보였다.

검에도 붉은 핏물이 든 것을 보자마자 르한이 이를 악물었다.

당장에라도 저 간악한 여자의 목을 베어야겠다는 생각이 든 르한은 칼을 높이 들었다.

"케이르한! 멈춰!"

프라체는 곧바로 르한을 막아서기 위해 그의 팔을 붙들었다. 그리고 다른 황실 기사단원들도 황제를 만류하기 위해 프라체를 도왔다. 황제인 르한이 분노에 차서 성녀를 죽이려고 하는 마음은 이해가 갔지만 막을 수밖에 없었다.

"멈추긴 뭘 멈춰. 이전에 죽였어야 했어. 에델리스의 말을 들었어야 했는데!"

"멈추라니까! 여기서 성녀님을 죽이면 신관들이 폐하를 치료할 것 같아?!"

"저가 죽기 싫으면 치료하겠지."

"진정해, 케이르한!"

르한이 씩씩거리며 기사들로부터 한발 물러났다. 에델리스를 살려내지 않는다면 신성 제국을 지도에서 없애버릴 거라고 다짐하면서.

"신성 제국의 성녀는 사람을 죽이기 위해 검을 휘두르나 보지?"

"그, 그건…… 신의 뜻에 거역하는 이를 벌하기 위해 어쩔 수 없이 성녀님께서 직접."

성녀의 손에서 검을 치워내며 조롱하듯 말하는 페린의 말에 성 기사가 반박하려고 했다. 하지만 성녀를 변호하던 성 기사의 말은 채 끝맺어지지 못했다. 그의 되도 않는 변명을 듣다 못한 르한이 곧바로 그의 목을 베어버렸기 때문이다. 어차피 성 기사 한 명 없어도 에델리스를 치료하는 데 지장을 주진 않을 테니.

에델리스의 명예를 더럽히는 성 기사 한 명 따위 없어도 그녀를 치료하는 데 큰 차이는 없다고 생각했으니.

"감히 제국의 황성에서, 다른 누구도 아닌 황후를 습격한 것을 변명할 이가 또 남아 있나?"

"……."

이런 상황에서 성녀를 변호할 만큼 독실한 신관은 이미 성녀에게 성력을 빼앗겨 신전에서 쫓겨난 지 오래였다.

"폐, 폐하! 이것 좀 보십시오!"

성녀를 에델리스로부터 완전히 떼어내자 그녀의 밑에 깔려 있던 사람이 보였다. 그 사람은 모두의 예상을 깬 사람이었다.

"……베르만 파시스?"

페린과 프라체가 베르만도 옮기려는데 그가 쿨럭하면서 입에서 피를 토해냈다. 자세히 보니 그의 새카만 로브에서 피가 배어나오고 있었다.

"베르만! 정신이 들어?!"

페린 경이 그의 뺨을 때리며 부르자 힘겹게 정신을 차린 베르만이 기침을 하며 피를 토했다.

"커헉!"

"이, 이게 대체 어떻게 된 거지?"

갑자기 베르만 파시스가 여기에 왜 있는 것인지 이해가 가지 않았다. 게다가 성녀는 분명 에델리스를 공격했는데 왜 그의 몸에 이런 피가 흐르는 것인지 전혀 추측이 불가능했다.

베르만까지 옮기고 나자 피로 흥건해진 드레스를 입은 에델리스가 기절을 한 채로 있었다. 르한이 황급히 그녀의 옆에 무릎을 꿇고 살펴보았으나 어디를 다친 것인지, 드레스 위로는 티가 나지 않았다.

"으으……."

"정신이 듭니까? 어디 다친 데는 없습니까?"

"뭐지? 갑자기 쿵 하면서 뒤로 넘어졌는데."

에델리스는 자신이 넘어지기 직전 베르만 파시스가 자신을 밀쳤던 것이 생각이 났다.

"신관들의 목을 베어서라도 바로 치료하게 하겠습니다. 어디를 다친 겁니까?!"

르한이 걱정스러운 눈으로 여기저기 살피고 있었다. 에델리스도 자신의 몸 이곳저곳을 만져보았다. 옷에는 많은 피가 묻었지만 아픈 곳은 아무 데도 없었다.

"쿨럭!"

에델리스는 그제서야 르한의 뒤편에 있던 베르만이 보였다. 곧바로 자신의 옷에 묻어 있는 많은 피의 주인이 누구인지 알 수 있었다.

'성녀가 나를 공격할 때, 베르만 파시스가 나를 밀치고 대신 다친 거구나……!'

그곳에 있던 이들은 베르만이 중태라는 것을 단번에 알아챘다. 에델리스를 위해 자신의 목숨을 바친 것까지도.

"저, 저는 괜찮아요. 하지만 베르만이⋯⋯."

"황후 폐하는⋯⋯ 살아 계신 겁니까."

베르만이 자신을 찾는 말에 에델리스가 곧바로 몸을 일으켜 그에게로 다가갔다. 아직도 성녀와 검을 맞설 때 움직인 근육이 뻐근해왔지만 자신을 위해 죽어가는 베르만을 위해 움직이지 못할 정도는 아니었다.

"나는 괜찮아! 어떻게 된 거야, 이게. 왜 당신이⋯⋯."

분명 너는 나를 습격했잖아, 나를 죽이고 싶어 했잖아. 어쩔 수 없이 나의 신뢰를 얻기 위해서 구하는 척했다고 해놓고서 이러는 이유가 뭐야? 이제는 네가 나의 신뢰를 얻을 필요는 없잖아.

에델리스가 차마 그에게 말을 쏟아내지 못하고 저 대신에 다친 베르만에게 미안해했다.

"성녀가 원하는 대로 두고 싶지 않아서⋯⋯."

베르만이 말할 때마다 그의 상처에서는 더 많은 피가 새어 나왔다. 에델리스가 급히 그가 칼에 찔린 부분을 손으로 막아봤지만 그녀의 손이 붉게 물들 뿐 피가 멈추는 것은 아니었다.

"그만, 그만 말해도 괜찮아. 여기 신관들 많아, 치료 받으면 될 거야."

"⋯⋯다행이다, 당신이 다치지 않아서."

성녀의 뜻대로 사람을 해치고 결국에는 에델리스까지 죽이려고 했던 베르만이었다. 하지만 뒤늦게라도 성녀에게 이용당한 것을 알았으니 그에 맞는 복수를 하고 싶었다. 그래서 성녀를 죽이고 싶었으나 남작에게 고문을 당한 몸으로는 버거웠다. 그렇기 때문에 그녀가 가장 원하는 '황후의 죽음'을 막은 것이다.

희미하게 웃던 베르만은 또 한 번 쿨럭이더니 많은 피를 토해냈다.

그 모습을 본 에델리스가 주변의 신관들을 보며 소리쳤다.

"신관들은 지금 뭐 하는 거야?! 당장 치료하지 않고!"

"저는 괜찮습니다."

아리엘라의 죽음은 사실 자살이었고, 성녀에게는 그녀를 만나게 해줄 수 있는 능력이 없었다. 그러니 황제에게 복수하는 것도 허상이었고, 성녀에게 복수하는 것은 성공했으니 삶의 목표가 없었다. 목표가 없는 삶을 망가진 몸으로 계속 살아갈 이유는 없는 것 같았다. 게다가 그에게 남은 것은 '황후 납치 살해범'이라는 꼬리표뿐이지 않은가.

"죽는 데 괜찮은 사람이 어딨어, 살아야지. 살고 나서 이야기해. 들어줄 테니까."

"허억!"

"신관들은 뭐 하냐니까!"

에델리스가 윽박을 지르는데도 신관들은 서로의 눈치를 살피고 있었다. 그들은 누구 하나 나서지 못하고 베르만이 죽어가는 것을 잠자코 지켜만 보고 있었다.

그러다가 에델리스의 시선이 오래 머물던 신관이 당장 답하지 않으면 죽여버릴 것 같은 기세를 뿜는 르한의 눈치를 보며 입을 열었다.

"그, 그게…… 성력이……."

"……없습니다."

"뭐라고? 그럴 리가……."

그때 하루아침에 성력을 잃고 신전에서 쫓겨났던 교황을 떠올린 르한의 눈이 성녀를 찾았다.

르한은 에델리스가 다쳐서 성녀에 대한 경계가 얕아져 있었다.

성녀는 에델리스에게 모두의 관심이 쏠려 있는 사이에 이곳에 있는 사람들로부터 성력을 빼앗았다. 신관들은 앞선 전투를 통해서 많은 성력을 썼기 때문에 충분한 양의 성력이 모이지는 않았다. 하지만 성녀는 자신이 숨겨놓은 책에 손을 옮겨서 그것에 자신의 모든 성력을 담기 시작한 상태였다.

조금만 더 있었으면 확실하게 끝낼 수 있었는데 하필이면 끝내기 직전에 들켜버린 성녀가 혀를 찼다.

"쯧, 하지만 이미 늦었어!"

성녀의 주변에 새하얀 성력이 퍼져 나왔다. 그리고 르한에게는 이전에 자신의 기억이 돌아올 때와 마찬가지로 불쾌한 두통이 찾아왔다.

성녀는 이대로 에델리스가 행복하게 사는 꼴을 절대 보고 싶지 않았다. 그렇기에 성력을 이용해서 에델리스에게 또다시

좌절을 느끼게 하려고 했다. 많은 것이 필요하지는 않았다. 케이르한이 에델리스를 죽이기 직전, 그 증오를 느끼게 할 수만 있다면!

"에델리스 너만 없으면 돼, 너만!"

"으윽!"

하지만 르한은 통증 따위에 질 수 없었다. 감히 에델리스를 위험에 빠뜨리고 황제인 자신의 기억을 함부로 주무르려고 하다니. 살려둘 수 없었다.

르한은 통증이 더 심해지기 전에 성녀를 향해 달려가 검으로 내려찍었다.

"꺄아아악!"

성력을 쏟아붓느라 차마 움직일 수도 없었던 성녀는 꼼짝없이 르한의 공격을 당해야 했다. 성녀의 비명 소리를 들은 것을 기점으로 그녀의 성력이 순식간에 사라지고, 르한의 깨질 것 같은 머리가 점점 맑아졌다.

"……이, 이게 대체 무슨."

성녀가 많은 양의 성력을 쓰면서 갑작스럽게 환한 빛이 터져 나와 아무것도 보이지 않은 때에 사건이 벌어진 것이다. 환한 빛이 없어진 뒤, 차례로 시각을 되찾은 그들의 눈에 띈 것은 책을 쥐고 있던 성녀의 팔이 르한의 검에 베어 떨어져 나간 것이다.

한쪽 팔이 사라진 성녀는 이제 책에 성력을 담기보다는 자신의 팔을 치료하고 있었다. 자신이 살아남아야 에델리스에게 복수할 수 있기 때문이다.

"흐욱, 흐우."

"성녀님, 제발……."

거친 숨을 몰아쉬며 제 팔을 치료하고 있는 성녀에게 프라체가 눈물을 흘리며 제발 그만하고 포기해달라고 빌었지만 성녀에게는 들리지 않았다. 그리고 피가 겨우 멎은 성녀의 남아 있던 한쪽 손이 검을 향했을 때, 르한이 그녀에게 뚜벅뚜벅 걸어갔다.

"케이르한!"

그가 자신을 구원해줄 것 같았다. 왜냐하면 그는 다른 누구도 아닌 자신이 모든 것을 바쳐 사랑한 케이르한이었기 때문이다. 성녀는 케이르한을 용서할 생각이었다. 그가 지금까지 자신을 등진 것에는 자신의 책임도 있다고 생각했다. 그러니 이제라도 저에게 온다면 지금까지의 일을 모두 잊고 책에서 자신들이 행복했던 것처럼, 그렇게 지낼 생각이었다.

성녀는 한쪽밖에 남지 않은 팔을 그에게 내밀었다. 르한에게 내밀고 있는 성녀의 손은 볼품없이 떨리고 있었지만 그녀의 얼굴에는 희미한 미소가 피어올랐다.

'지금이라도 내 손을 잡아. 당신이 나를 배신할 리가 없어.'

책 속에서는 그렇게 자신을 사랑한다고, 아낀다고 했던 케이르한이 아니었던가. 비록 그 책을 첫 장부터 마지막 장까지 성녀 자신이 썼던 거라고는 해도.

'당신이 나를 다치게 한 것은 성력을 다시 모아서 치료하면

되니까, 내게는 당신만 있으면 돼. 내가 당신을 얻기 위해서 무슨 짓을 했는데.'

케이르한을 조금이라도 더 빨리 손에 넣기 위해 제국을 비롯한 많은 나라에 신관들을 파견하며 전염병을 퍼뜨렸다.

그리고 어차피 일어날 일이었으니 케이르한에게 독이나 다름없는 음식을 먹이기도 했다. 그래도 자신이 치료할 수 있었으니 개의치 않았다. 왜냐하면 그 사건을 계기로 케이르한이 제게 호감을 가질 테니까.

그의 잘못된 선택을 바로잡기 위해서 베르만 파스스를 이용해 에델리스를 죽이려고 했다. 신도들을 이용해 감옥에서 탈출하고, 신관과 성 기사단은 물론 살수까지 동원하였다.

처음부터 끝까지 무엇 하나 케이르한을 위하지 않은 일이 없었기에 이제는 그가 자신에게 보답할 차례라고 생각했다. 이렇게 찢을 듯한 고통이 있지만 과거로 돌아간다면 똑같은 선택을 하겠다고 여길 정도로 후회는 하지 않았다.

'마지막에, 마지막에 당신만 내게 이렇게 온다면.'

하지만 르한은 성녀의 간절한 눈빛에도 불구하고 아주 담담하게 그녀의 심장에 칼을 꽂아 넣었다. 언제나 르한과 가까워지기를 바랐던 성녀였는데, 정작 그에게 가까이 닿을 수 있었던 것은 그녀의 심장에 칼이 꽂혔을 때뿐이었다.

"케, 케이르한? 왜 당신이……."

자신이 모든 것을 바친 케이르한이 자신을 공격하는 것을 믿을 수 없었다. 간신히 팔에 대한 치료를 해놨건만 제 심장을 찌르는 통증에 가슴을 부여잡았다.

성력을 그러모아 제 심장을 치료하는 데 쓰고 있었지만 한쪽 팔이 잘린 것과는 비교가 안 될 정도로 많은 성력이 필요했다. 르한은 그런 그녀의 심장에 검을 더 깊게 쑤셔 넣으면서 그녀의 귓가에 작게 속삭였다.

"고작 팔 하나 정도로 끝날 거라 생각한 것은 아니겠지?"

"커헉!"

"아파? 그럴 리가. 얼른 치료해. 겨우 이 정도로 죽으면 안되지."

"케……이르……."

"어떡한다. 주제넘게 나의 이름을 함부로 부르는 자의 혀를 잘라야 하는데 검은 하나밖에 없으니 말이야."

"어째서……."

성녀는 믿을 수 없다는 눈으로 르한을 바라보았다. 르한은 그것이 더욱 역겨웠다. 어쩌면 이렇게 뻔뻔할 수가 있는지.

"황제 폐하!"

"황제 폐하, 어찌 성녀님을……!"

나이가 지긋한 중년의 신관들이 격앙된 목소리로 황제와 성녀를 불렀다. 아무리 신관들이 성력을 잃고 신전에서 쫓겨날 위기에 처했다 해도 성녀는 성녀였다. 그런 성녀의 목숨을 앗아가고 있으니 그들이 충격과 공포에 물드는 것도 무리는 아니었다.

성녀는 여전히 칼에 찔린 가슴을 부여잡고 제 성력을 담아 치료하고 있었다. 그러나 그것을 기다려줄 생각이 없었던 르한은 성녀의 가슴에 꽂혀 있던 칼을 잔인하게 뽑아냈다. 그러자 성녀의 가슴에서 엄청나게 많은 양의 피가 뿜어져 나왔다. 그것은 신이 현신하지 않는 한 치료의 가능성이 전혀 없어 보였다. 하지만 르한은 그런 것에 더 이상 신경 쓰고 싶지 않다는 듯이 비웃으며 말했다.

"하! 성녀는 무슨. 성녀, 아니 일레인 라이네드가 성녀라는 직위로 무슨 짓을 했는지 모르느냐."

르한을 지켜보던 에델리스는 깜짝 놀랐다. 지금 자신의 눈앞에 펼쳐지고 있는 이 장면은 몇 해 전 자신의 집에서 보았던 그 장면과 매우 비슷했기 때문이다. 바닥에 쓰러져 있는 것이 성녀가 아니라 자신이었다는 점이 다르긴 해도.

심지어 신관이나 르한이 하고 있는 말은 과거 황제와 대신들이 했던 말과 많이 닮아 있었다. 과거에 책에서 자신이 보았던 것과 똑같이 르한의 칼에 심장이 찔린 성녀가 피를 흘리며 죽어가는 것을 본 에델리스의 심장이 쿵쾅거렸다. 이번에는 영상이 아닌 현실에서 피를 뿜어낸 성녀의 피가 온 바닥에 깔릴 것처럼 흥건했다.

"성녀는 황후를 살해하려는 현행범으로 즉결 심판되어 사살되었다. 성 밖에 성녀의 시신을 버려 들짐승들에게 잡아먹히게 할 것이며 그 누구도 시신에 손을 대서는 안 된다. 뼈만 남은 것이 모두 풍화될 때까지."

르한은 그렇게 다른 사람들에게 황후를 다시 손대려고 해서는 안 된다는 본보기를 남길 생각이었다.

"불만이 있는 사람이 있다면, 지금 나오도록."

르한이 다른 사람들을 향해 검을 겨누며 말하자, 방금 전까지 어떻게 성녀를 칼로 찌르냐며 반발하던 사람들이 하나같이 꿀 먹은 벙어리처럼 입을 다물었다. 책에서 보았던 것과 같은 장면이었다.

"베, 베르만 파시스는?"

"……숨을 거두었습니다."

"잘됐다! 황제 폐하와 황후 폐하를 등지고, 레이든을 습격하더니!"

애써 밝은 척하며 말하는 페린 경의 눈에는 눈물이 맺혔다.

아무리 그가 자신들을 저버렸어도 마지막에는 다시 황후를 지키려다가 목숨을 잃었다. 그리고 그들이 황실 기사단에서 함께했던 시간이 짧지 않았기 때문에 눈물이 흐르는 것까지 막을 수는 없었다.

"……양지바른 곳에 묻어주거라."

"예, 알겠습니다."

르한의 명령은 이전에 베르만에게 걸려 있던 죄목을 생각하면 아주 파격적인 대우였다. 반역이나 다름없는 죄를 저지르고도 시신에 목이 붙어 있는 채로 땅에 묻히는 경우는 거의 없었기 때문이다.

"정리하라."

"예!"

상황이 어느 정도 마무리된 것을 느낀 르한이 매서운 눈으로 주변을 돌아보며 명령하자 황실 기사단이 큰 소리로 답했다.

그곳에 남아 있던, 이미 성력을 잃은 신관들과 성 기사들은 교황에 이어 성녀까지 잃어 어떻게 해야 할지 모르고 황망하게 있다가 일말의 저항도 못 하고 황실 기사단에 붙잡혔다. 그중에는 로렌츠의 명령에 따라 성녀를 호위하며 황후를 죽이라는 명령을 받았던 살수들 역시 포함되어 있었다. 그들이 무기를 해제당한 뒤 지하 감옥으로 끌려갈 때, 긴장이 풀린 에델리스가 휘청이며 르한을 붙잡았다.

"에, 에델리스."

"아, 폐하. 죄송해요. 갑자기 다리에 힘이 풀렸나 봐요."

"……괜찮습니다."

"그리고 구해주셔서 감사해요. 인사가 늦었죠?"

에델리스가 밝게 미소 지으며 고개를 숙이자 르한이 황급히 그녀를 붙잡았다.

"아닙니다, 고마워하지 않으셔도 됩니다."

"아뇨, 그래도 구해주셨는데."

"누구에게서든, 무슨 상황에서든 지켜드리겠다고 말씀드리지 않았습니까."

"……르한?"

"……예."

르한이 평소의 자신만만한 목소리는 어디가고 풀 죽은 목소리로 답했다. 어딘가 평소와는 다른 그의 반응에 에델리스는 무언가 바뀐 것을 느꼈다.

"정말 르한 맞아?"

지금 에델리스가 말하는 '르한'은 자신이 그렇게 좋아하고, 저를 그렇게 아끼고 사랑해주던, 기억을 잃기 전의 바로 그 르한이었다. 르한 역시 그녀가 의미하는 것이 무엇인지를 알기에 고개를 끄덕였다.

"예."

"어, 어떻게……."

에델리스의 눈에 눈물이 가득 차올랐다. 그것을 본 르한은 더욱 안절부절못하며 그녀를 끌어안고 토닥였다.

"이제는 다 기억나?"

"……예."

"다?"

"예, 처음 만났을 때부터, 기억을 잃기 전까지. 그리고 기억을 잃은 후부터 지금까지 모두 다."

르한이 떨리는 목소리로 말했고 에델리스는 그를 더욱 세게 끌어안았다.

"르한!"

에델리스와 르한이 재회 아닌 재회의 기쁨을 나누며 끌어안고 있을 때 갑자기 덜그럭하는 소리가 들렸고, 에델리스가 화들짝 놀라 르한에게서 떨어졌다.

"……프라체 경?"

"아, 아니…… 죄송합니다. 거의 다 끝났는데."

어느새 재판장 안에 있던 수많은 이들이 빠져나간 뒤였다. 남은 사람은 무기를 수거하기 위해서 온 황실 기사단 몇몇뿐이었다.

그렇게 오랜 시간 있었던 것 같지도 않은데 벌써 그들을 다 연행하고 난 뒤라니!

황실 기사단은 목숨이 아까운 것을 알았기에 황제 부부의 애정 행각을 방해하지 않기 위해서 빛의 속도로 빠져나갔지만 무구를 옮기는 것은 필연적으로 소음을 동반했고, 따라서 자라나는 새싹들을 위해 단장인 프라체 경과 페린 경 등 황제의 눈에 띄어도 죽을 가능성이 낮은 사람들이 무구를 옮기러 온 것이었다.

"……다 했으면 꺼지지 그래?"

"예! 알겠습니다!"

"지금 꺼지라고 그런 거야?"

"아, 아니, 그게……."

르한이 '꺼져'라고 말하는 것이 내심 충격적인 에델리스였다. 에델리스가 르한에게서 슬금슬금 멀어지자 르한이 더욱 크게 충격 받았다.

"황후 폐하, 너무 그러지 마십쇼! 저희는 저런 말을 많이 들어서 익숙합니다!"

"……익숙할 정도라고?"

"꺼지라고 말한 정도면 그래도 심한 말은 아닙니다."

"심하지 않다고?"

페린 경이 르한을 변호하는 척하는 말은 모두 역효과였다. 프라체는 페린이 '그러지 마십쇼!'라고 말할 때까지만 하더라도 르한을 방패로 막아줄 줄 알았다. 설마 그 방패로 내려찍을 줄이야.

"그만 입 다물고 가지?"

"입을 다물라고⋯⋯?"

"아, 아니, 에델리스. 잠시만요."

에델리스는 저를 붙잡는 르한을 두고 재판장을 도망치듯 빠져나왔다. 그리고 붉어진 얼굴을 양손으로 가리고 속으로 비명을 질렀다. 르한을 만난 게 너무 반가워서 다른 사람의 눈을 신경 쓰지도 않고 그를 끌어안았던 것이 부끄러웠기 때문이었다.

르한의 원망을 한 몸에 받게 될 페린 경에게는 미안하지만, 그 자리에 계속 남아 있을 자신이 없어서 어쩔 수 없었다. 에델리스는 재판장 안쪽에서 살려달라는 페린 경의 외침을 뒤로하고 루비 궁으로 돌아갔다.

다시 시작하는

"······들어가도 됩니까?"

"들어오세요."

에델리스가 자신의 방에서 마음을 진정시킬 겸 차를 마시고 있을 때 르한이 찾아왔다. 쭈뼛쭈뼛 들어온 르한은 조심스럽게 에델리스의 앞에 비어 있는 의자에 앉았다.

"이제는 좀 괜찮습니까? 아까 전에 못 볼 꼴을 보여드린 것 같아 마음이 쓰입니다."

"그때 성녀를 죽이시지 않았더라면, 바닥에 누워 있던 것은 저였을 거예요."

에델리스가 충격을 받은 이유는 책에서 자신이 봐왔던 장면 그대로 자신이 아닌 성녀가 죽었기 때문이었다.

"······그렇게 말해준다면 다행이지만."

말을 맺다 말은 르한은 무언가 하고 싶은 말이 있는 것 같은데 눈치만 볼 뿐 입을 떼지 못하고 있었다. 무슨 말을 하고 싶어서 그런 걸까, 에델리스는 한참이나 기다려주었다.

잠시 동안 침묵이 흘렀지만 에델리스는 그렇게 큰 신경을 쓰지 않았다. 그 침묵의 시간 동안 르한의 침이 말라가고, 심장이 조여드는 줄도 모르는 채로.

  "에델리스."

  "네."

  "……이제는 이전처럼 말하지 않습니까?"

  "네?"

  아, 그러고 보니 다시 르한에게 존댓말을 하고 있었다. 그러면 다시 이전처럼 말을 편하게 할까 하다가, 갑자기 에델리스의 마음속에 장난기가 비쭉 솟아났다.

  "존댓말 쓰라면서요, 폐하."

  르한의 어깨가 움찔하며 떨려왔다. 혼란이 왔을 당시의 기억이 나지 않았더라면 그나마 마음은 편했을 것이다. 하지만 전부 기억을 하고 있으니 문제였다. 과거에 자신이 저질렀던 만행들. 그녀가 눈물을 흘리던 순간들을.

  "폐하라고 부르지 않기로 한 거 아닙니까?"

  "폐하는 제국에서 가장 존귀하고도 광명이 비치는 황제 폐하신데 어떻게 그럴 수가 있겠어요."

  에델리스의 목소리에는 장난기가 실려 있었지만 르한은 지은 죄가 있었기에 그녀의 장난이 장난처럼 들리지가 않았다.

  "아닙니다, 에델리스. 그건 당시에 내 기억이 온전치 않아서 그랬습니다."

  "그렇다면 다음에 또 기억이 온전치 않은 일이 생겼을 때 비슷한 일이 생길까……요?"

에델리스가 괜히 처연하게 고개를 한쪽으로 살짝 돌린 채 눈을 내리깔면서 낮게 읊조리자 르한이 화들짝 놀랐다. 누가 봐도 상처 입은 얼굴로 보였기 때문이다. 그리고 모든 기억을 갖고 있는 르한은 그녀가 왜 그런 말을 하는지 알았기에 더욱 당황할 수밖에 없었다.

"아닙니다! 성녀의 처형도 마무리되었으니 그럴 일은 없을 겁니다!"

"……그럴까요?"

"예."

르한이 아주 단호하게 답했다. 물론 에델리스도 마음속으로는 이에 동의했다. 성녀의 성력으로 인해 르한의 기억에 혼란이 왔고, 문제의 원인이었던 성녀가 죽은 이상 앞으로 또 이런 일이 벌어지지는 않을 거라고.

"하지만 잊히지가 않네요."

"무엇이 말입니까?"

"한 번 더 르한이라고 부르면 좋은 꼴을 보지 못할 거라고……."

"아, 아니!"

"그렇게 차가운 목소리로, 제가 상처를 받든 어쨌든 신경 쓰이지 않는다는 듯이 말할 수 있는 분이셨을 줄이야."

"에델리스, 알고 있지 않습니까. 그것이 내 진심은 아니었습니다."

빌어먹을 성녀 때문에 이게 무슨 날벼락인지. 에델리스가 성녀를 경계하는 것을 보고 곧바로 쫓아낼 걸 그랬다.

시간을 돌릴 수 있다면 신성 제국의 사절단으로 성녀가 왔을 때 바로 목을 쳐버렸을 것이다. 아니, 신성 제국의 사절단으로 오기 전에 신성 제국에 숨어 들어서 목을 쳤을 것이다.

그도 아니라면 그녀가 성녀가 되기 전, 제국에 있을 때 목을 쳐냈을 것이다.

"그렇다면 이제 폐하를 만나기 위해 찾아가는 것도 하지 못하겠네요……."

"아닙니다, 편히 오면 됩니다. 황성 내에 에델리스가 가지 못할 곳이 어디가 있겠습니까."

"하지만 황후가 허락도 없이 들어오면 혼란스럽다고 그러셨잖아요."

──……황후가 허락도 없이 들어오니 혼란스러울 수밖에.

그가 생각했을 때 목을 쳐야 하는 것은 아무래도 성녀 한 명뿐은 아닌 것 같았다. 왜 쓸데없는 말을 해서 에델리스를 상처 입혔던 걸까, 과거의 나 자신! 과거의 자신이 눈앞에 있다면 그 자식의 목부터 쳤을 것이다.

에델리스가 제게 기억이 돌아온 뒤 후회하지 않을 자신이 있냐고 했는데, 정말 후회가 막급이었다.

"그러다가 또 폐하의 기억에 혼란이 오면 어떡해요?"

"에델리스, 제발."

자신의 입으로 그런 말을 뱉은 이상 그녀의 말에 반박을 하기는커녕 입도 뻥긋하지 못했다. 결국 르한은 한숨을 내쉬며 마른세수를 할 뿐이었다.

"다른 용건이 없다면 에메랄드 궁으로 돌아가주세요."

르한이 초조해하며 한숨을 내쉬는 것을 보고 에델리스는 조금 고소하다는 생각이 들었다.

처음에는 장난으로 시작한 행동이었지만 과거에 있었던 일을 되새기면 되새길수록 화가 나는 것도 사실이었다. 물론 사건의 원인은 성녀였다고는 하지만, 자신이 했던 마음고생은 누구에게서 보상을 받는단 말인가. 르한에게 하는 행동이 괜한 화풀이라는 것을 알고는 있다. 하지만! 그래도!

에델리스는 르한을 두고 유유히 차를 마셨다. 르한은 아무런 말을 하지 못하고 에델리스의 눈치를 살폈다. 에델리스가 가라고 했지만 지금 이 상황에서 진짜로 일어나는 멍청이는 아니었기 때문이다.

"에델리스. 그때 이야기했던 것들은 모두 내 본심이 아니었습니다."

알고 있었다. 에델리스 역시 르한이 자신에게 그럴 리가 없다며, 이게 다 기억이 혼란스럽기 때문일 거라고 수백 번 수천 번 되뇌었으니까.

"당신이 받은 상처를 내가 어떻게 낫게 해줄 수 있을지 모르겠지만……."

"아마 평생 기억하게 되겠죠."

"……."

"그래도 신기한 체험이었어요. 후궁을 들인다면 이런 기분이겠구나 싶기도 했고."

"안 들입니다."

"아, 성녀는 후궁이 아니라 황후로 들이려고 했었죠?"

차마 르한은 아니라고 말을 못 했다. 과거의 자신이 진짜로 그런 생각을 했었기 때문이다.

"나는 그럴 생각 없습니다. 전혀. 추호도. 다른 황후도, 후궁도, 귀비도 아무것도 필요 없습니다."

"지금은 아무도 필요 없다고 생각할지 몰라도 언제 또……."

"아닙니다. 절대 아닙니다."

에델리스가 흐음— 하는 소리를 내면서 고민했다. 이것을 어떻게 할까 고민이 되는 것 같았다. 하지만 이 부분에 대해서 르한은 아주 확고했다. 자신이 다른 여자를 궁에 들이지 않는 것은 평생에 걸쳐서 그녀에게 입증하면 될 일이었으니까.

"폐하."

"……제발, 에델리스. 말을 놓아주세요. 하다못해 이름이라도 불러주세요. 그렇게 거리를 두려고 하지 말고."

"그것도 명령인가요?"

"와악!!"

르한은 저도 모르게 비명을 질렀다. 억울했다. 과거의 자신이 한 행동의 뒷수습을 왜 현재의 자신이 해야 하는지.

"지금 저한테 소리 지르신 거예요?"

에델리스는 눈을 동그랗게 뜬 채로 갑자기 소리를 지른 르한을 바라보았다. 아무리 자신이 놀려댔지만 저렇게 소리를 지를 줄은 몰랐기 때문이다.

"아닙니다. 그런 게 아닙니다. 명령이라니, 말도 안 됩니다. 내가 그대에게 명령을 하……."

"한 적 있잖아요. 없다고는 말 못 하겠죠."

이제 르한은 눈물이 날 것 같았다. 속으로 한숨과 함께 눈물을 삼켰다. 하필이면 자신이 했던 명령 중에 하나는 이름을 부르지 말라는 것이었다.

"명령은 아니지만……, 나를 불쌍히 여긴다면 고려해주세요."

르한이 에델리스의 손을 붙잡고 그녀의 손등에 뺨을 부비면서 말했다. 고양이처럼 애교를 부리는 르한 때문에 순간적으로 에델리스의 얼굴 근육에 힘이 풀릴 뻔했지만 성녀를 떠올리며 가까스로 참아냈다.

"생각해볼게요."

"언제쯤 결과가 나올까요?"

"지금 저 독촉하는 거예요?"

"그럴 리가 있겠습니까! 그저 언제쯤 나의 이름을 부를지 기대가 되고, 기다려지기에."

"그러면 기다려주세요. 폐하의 이름을 부르는 것을 고려할지 말지 생각해볼 테니까."

르한의 얼굴에 그늘이 깊어졌다. 이름을 부를지 말지 생각하는 줄 알았는데, 그것을 고려하는 것조차 생각할지 말지 결정해야 한다니.

르한의 고개가 저도 모르게 떨구어지니, 에델리스가 키득키득 웃었다. 그녀의 웃음소리를 들은 르한이 퍼뜩 고개를 들어봤지만, 이미 에델리스의 미소는 사라지고 없었다.

"왜 그러세요?"

"아니, 아닙니다."

"그리고 폐하."

"예."

"저한테 경어 쓰지 않으셔도 돼요. 불편하실 텐데."

"불편하다니, 그럴 리가 있겠습니까."

처음 보았을 때부터 누구보다도 소중하고 존귀한 사람이었다. 자신의 손에 닿을 수 있으리라고 생각도 못 할 정도로 고귀한 사람이었다. 그런 사람에게 경어를 쓰는 것이 불편할 리가 없었다.

"오늘 아침까지만 하더라도 저를 하대했는데, 갑자기 말을 높이려니 불편하지 않으세요?"

"……그럴 리가 있겠습니까, 당신에게 하대를 하다니. 과거의 나를 만나면 목을 조르고 싶을 정도로 이해가 가지 않습니다."

"이해가 가지 않으면 목을 조르고 싶어져요?"

"예?"

"옛날의 르한은 그러지 않았는데, 한 번 기억에 혼란이 와서 그런 건가……?"

에델리스가 경계하는 눈빛으로 저를 바라보니 르한은 미칠 것 같았다. 물론 반정을 일으키면서 많은 피를 본 것도 사실이었다. 그리고 반란을 진압하면서 더 많은 피를 본 것 역시 사실이었다. 하지만 에델리스는 그런 자신을 어렴풋이 추측만 할 뿐이었고, 그녀에게 자신의 그런 모습을 보여주고 싶지는 않았다.

"아, 아니! 그렇지 않습니다!"

"그러면 원래부터 그랬다고요?"

"아닙니다! 아닙니다! 그럴 리가 있겠습니까!"

"그러면요?"

"말이, 말이 그렇다는 거지. 실제로 제가 목을 조르거나 그러겠습니까?"

조금 전까지 성녀와 과거의 자신의 목을 치려고 생각했던 것은 앞으로도 이야기하지 않기로 했다. 그리고 성녀를 찾아가 다시 한 번 목을 치는 것도 하지 않기로 했다. 에델리스가 자신이 그런 생각을 했다는 것을 알게 되면 곤란하니까.

"그리고 나는 당신에게 이렇게 경어를 쓰는 것이 편합니다. 그러니 신경 쓰지 않아도 됩니다."

"그래요……?"

"예. 그리고 다른 후궁이나 귀비의 이야기는 하지 마십시오."

르한은 머뭇거리다가 이내 팔을 뻗어 에델리스의 손을 꽉 붙잡았다.

"내게 그대 외에 다른 여인이 필요할 리가 없지 않습니까."

르한의 눈빛에서, 떨리는 그의 손에서 진심이 느껴졌다. 그것이 에델리스의 마음을 간질였다. 하지만 르한은 조금 더 마음고생을 할 필요가 있었다.

곧바로 긴급 국정 회의가 열렸다. 모든 귀족들이 성녀의 만행을 직접 본 목격자가 되어 일사천리로 진행되었다. 제국을 얼마나 우습게 봤으면 감히 제국의 황후를 죽이려고 할 수가 있느냐며 다 함께 분노했기 때문이다.

"……현재 성녀의 시신 주변에는 수많은 신도들이 밀집해 있다고 합니다."

"성녀의 죄목을 적어 벽에 붙이고, 못 믿는 신도들이 어떤 일을 벌일지 모르니 주변의 경계를 강화하라."

"예, 그런데 신도들은 어떻게 진정시킬지……."

"성녀의 옆에 신관이었던 자들과 성 기사였던 자들을 포박한 채로 함께 두도록 하라. 성녀 한 명에게 누명을 씌운 것이 아니라는 증거는 되겠지."

"알겠습니다."

"그리고 신전에 경고하도록. 신도들이 일을 벌인다면 그들이 믿는 신을 모실 곳이 사라질 테니 그들을 안정시키라고."

나라에서 이런저런 이야기를 하는 것보다 그들이 믿고 있는 신전에서 이야기를 하는 것이 훨씬 설득력이 있을 것이었다.

그리고 당분간은 신성 제국의 침입에 대비해 제국 기사단이 혹시 모를 전쟁을 준비해야 했고, 황실 기사단 역시 수도 경비대와 더불어 내부의 경계를 강화하기로 결정을 했다.

"그렇다면 신성 제국의 답변이 올 때까지 모두 경계를 늦추지 않도록."

"예, 알겠습니다."

그렇게 국정 회의가 끝나고 곧바로 에델리스에게 돌아가려고 하는데, 그의 앞을 막은 사람이 있었다. 무엄하다고 탓할 수도 있었지만, 상대는 에델리스의 아버지이자 프라체 공작과 더불어 친 황제파 귀족의 필두인 브릴 후작이었다.

후작이 독대를 청하자 황제는 에델리스에게 돌아가는 것을 잠시 미루고 흔쾌히 그를 자신의 응접실로 초청했다. 브릴 후작은 응접실의 소파에 앉자마자 찻잔을 받기도 전에 곧바로 용건을 꺼냈다.

"황후 폐하는 괜찮으십니까?"

"괜찮습니다. 다행히 안정을 찾아서 궁에서 쉬고 있습니다."

"많이 놀라지는 않았는지 걱정이 됩니다."

"후작이 루비 궁에 들른다면 에델리스가 좋아할 겁니다."

후작이 걱정스러운 얼굴을 했지만 에델리스가 좋아할 거라는 이야기에 웃음기를 숨기지 못했다. 이전부터 딸에게는 참 약한 사람이었다.

자신의 앞을 막고 독대를 청하기에 대체 무슨 이야기를 할지 긴장을 하고 있었는데, 딸을 가진 아버지의 걱정이라고 생각하니 조금은 안심이 되었다. 하지만 에델리스가 저를 용서하지 못한다는 것을 알게 되면 브릴 후작이 무슨 일을 벌일지 감이 오지도 않았다.

"그런데 듣자 하니, 황제 폐하께서 황후 폐하를 냉대한다는 소문이 돌던데."

"예? 제가 그럴 리가 있겠습니까!"

"이전에 황후 폐하의 살해 교사 혐의가 있던 성녀님을 풀어 줬기에 이 사달이 난 게 아니냐는 이야기도 있고."

"……."

"그럴 리는 없겠지만, 황후 폐하께서 황제 폐하의 침소에서 쫓겨났다는 말도 항간에 떠돌고 있지만……."

"그, 그런 소문이 돌고 있습니까."

"예, 폐하께서 아시다시피 프라체 공작이 중앙 정계에서 물러난 이후로 제가 황제파의 귀족들을 포섭하고 있지 않습니까."

"그렇지요."

"그런데 몇몇 과한 충성심을 갖고 있는 귀족들이 저를 찾아와 제게 그런 이야기를 하면서 반 황제파로 돌아서야 하는 것은 아니냐는 이야기를 넌지시 했습니다."

"……."

"그럴 리가 없다고, 만약 그랬더라면 반 황제파로 돌아서는게 아니라 반역을 일으킬 테니 걱정하지 말라고 다독여놨으니 걱정할 필요는 없으십니다."

후작은 호탕하게 웃으면서도 눈으로는 르한을 매섭게 노려보았다. 르한은 식은땀을 흘렸다. 그러면 딸을 위해서 반역을 일으키고도 남을 사람이었기 때문이다.

'늦지 않게 성녀를 죽여서 다행이야······.'

기억이 돌아오지 않았더라면 더 큰일이 날 뻔했다. 르한이 기억을 잃었을 때, 후작이 반역을 일으켰다면 그의 목을 치고도 남았을 것이다. 에델리스 역시 반역자 가문의 사람으로서 최소 폐후, 어쩌면 자결을 강요받았을 것이다.

그런데 그 후에 자신의 기억이 돌아왔다면 어떻게 됐을까 생각하니 온몸에 소름이 돋았다. 에델리스의 원망과 황후를 폐위하거나 사사하라는 대신들의 말을 들으면서도 그녀를 놓지 못하고 평생을 살아갔을 것이다.

에델리스가 죽은 뒤라면 더 말할 것도 없이 기억을 되찾은 즉시 자책하며 제 목숨을 끊어버렸을 테지. 하지만 그런다고 해서 에델리스가 살아 돌아오는 것도, 자신이 죽는다고 문제가 해결되는 것도 아니었다.

"······후작."

"예. 무슨 하실 말씀이라도 있으십니까."

후작은 혹시라도 내 딸을 냉대했다고 말하기만 해보라는 듯 자신을 바라보았다. 반역을 일으킨다고 그가 성공할 것 같지도 않았고, 당장 검을 뽑는다고 해서 자신이 질 것 같지도 않았지만 후작이 무슨 선택을 하더라도 르한은 이길 수가 없었다. 반역을 진압할 수도, 후작을 죽일 수도 없었을 테니까.

"긴급 국정 회의를 열어야겠습니다."

"……무슨 일이십니까. 설마 에델리스를……."

"예."

이 자식이!

브릴 후작이 르한이 돌아왔을 때 했던 것처럼 차마 입에 담지 못할 상스러운 욕을 하려고 할 때, 르한이 먼저 입을 열었다.

"에델리스에게 황위를 양위해야겠습니다."

"……예?"

"아직 귀족들이 멀리 가지 않았을 테니, 얼른 붙잡아야겠습니다. 먼저 회의장에 가 계십시오."

르한이 곧바로 시종을 부르려고 종을 잡자 후작이 몸에 있던 모든 민첩성을 끌어 올려 종을 잡아챘다.

"왜 이러십니까? 귀족들이 마차에 타기 전에 붙잡아야 합니다!"

"말도 안 됩니다. 여황은 제국에 선례가 없습니다. 귀족들이 가만있을 것 같습니까?"

"상관없습니다. 그렇게 해야 제 마음이 편할 것 같습니다."

그래야 혹시라도 자신이 에델리스를 죽이려고 할 때 황제를 지키는 기사들이 저를 막을 수 있지 않겠는가. 그리고 에델리스가 황제라면 후작이 반역을 일으키지도 않을 것이다.

차라리 자신이 에델리스에게 냉대를 받는 것이 낫지, 기억에도 없는 자신이 에델리스를 냉대하다가 끝내 그녀를 죽게 하는 것보다는 나았다.

"아니, 황제가 되기 위한 준비를 아무것도 하지 않은 황후 폐하께서 잘해내실 수 있을 것 같습니까?"

"제가 보좌하면 됩니다. 종을 돌려주십시오. 아니다, 여봐라!"

르한이 쩌렁쩌렁 소리치자 곧바로 시종장이 문을 열었다. 그를 보자마자 후작 역시 소리쳤다.

"들어오지 마시오! 나가시오! 아무것도 아니오!"

"⋯⋯예?"

"당장 귀족들을 다시 불러들여라!"

"아니오! 부르지 마시오!"

"저, 저는 폐하의 명령을 따르지 후작의 말을 따르는 사람은 아닙니다."

시종장이 다시 문을 닫고 나가려고 하자 후작이 초조하게 외쳤다.

"이런 제기랄, 폐하! 당장 말씀을 거두십시오!"

"귀족을 불러라!"

"르한! 명령을 거두지 않으면 에델리스는 후작령으로 데려간다!"

최후통첩과도 같은 후작의 말에 르한의 눈길이 후작을 향했다. 후작은 다급하게 그를 부르는 바람에 황제 폐하라는 경칭도, 존댓말도 모두 집어 치운 채 일단 붙잡았다. 하지만 르한은 그런 것에 신경 쓸 겨를도 없었다.

"정말이다. 무슨 수를 써서라도 에델리스를 데려갈 거다."

"······아무것도 아니니 나가보거라."

르한은 제 뜻을 접을 수밖에 없었다. 지금의 에델리스라면 후작이 '갈래?'라고 물어보기만 해도 곧바로 갈 것 같았기 때문이다. 시종장이 의아해하면서도 고개를 꾸벅 숙이고 나갔다.

"왜 이러십니까."

"폐하야말로 왜 이러십니까?!"

"에델리스가 황제가 되면 그런 소문이 돌지 않을 거 아닙니까."

사실은 소문이 아니라는 것이 가장 큰 문제였지만.

"안 그래도 반 황제파가 호시탐탐 기회만 노리고 있는데, 폐하께서 그런 이야기를 꺼내면 어떻게 될 것 같습니까?"

"반역이 일어나도 진압하면 그만 아닙니까."

"그들이 하던 일은 누가 합니까, 다른 귀족들 아닙니까?"

"영지가 넓어지겠군요. 후작께서 공작이 되는 것은 어떠십니까?"

"그게 아니라! 하, 그보다 황후 폐하의 의견은 물어본 겁니까? 황후 폐하께서 하고 싶다고 하긴 한 겁니까?"

"······아닙니다."

후작은 욕을 하고 싶은 것을 가까스로 참았다. 눈앞에 있는 사람이 다른 사람도 아니고 황제였기 때문이다. 황제만 아니었어도 삶의 의욕을 잃고 싶을 정도의 욕을 했을 것이다.

"그러면 일단 에델리스에게 가서 물은 뒤에 귀족을 소집하는 것이 어떻겠습니까. 사안이 사안인 만큼 금방 소집될 겁니다."

"알겠습니다."

후작은 르한과 함께 루비 궁으로 가면서 자신의 딸이 황제가 될지도 모른다는 상상을 했다. 어려서부터 이런저런 학문에 관심이 많아 가르친 적이 있다고는 하지만, 황제는 무리였다. 그저 행복하게 잘 살기를 바랐는데 납치를 당하지 않나, 죽을 뻔하지를 않나, 남편에게 냉대받는다는 소문이 돌지를 않나.

"결혼을 잘못시킨 건가……. 결혼하기 싫다고 할 때 다른 나라로 도피시킬 걸 그랬나."

"예?"

"왜 그러십니까?"

"방금 뭐라고 하신 겁니까?"

"아무 말도 안 했습니다만."

"분명 다른 나라로 도피시킨다고……."

"아, 생각만 한다는 게 그만 입 밖으로 나갔나 봅니다. 죄송합니다."

르한은 그게 그냥 죄송하다고 말만 하면 끝나는 거냐고 묻고 싶었지만 차마 따질 수가 없었다. 지금 후작에게 경어를 사용하는 것도 그렇고, 그를 에델리스의 아버지로서 예우하고 있었기 때문이다. 그리고 자신이 어렸을 때 그가 저를 받아주지 않았더라면 길거리를 떠돌다가 다시 투기장으로 잡혀갔을 수도 있었다. 르한은 찜찜해하며 그를 따라갔다.

루비 궁에 도착하니 에델리스가 아버지를 보고 매우 반가워했다.

"아버지!"

"황후 폐하, 후작이라고 부르시라고 몇 번이나 말하지 않았습니까."

"그래도요."

그녀가 밝게 웃으며 후작에게 안기며 행복해하는 모습을 보고 역시 그에게 궁에 한번 가보라고 한 것은 탁월한 선택이었다고 생각했다. 후작이 에델리스에게 갑작스럽게 황위 얘기를 꺼낼 때까지만 해도.

"그나저나 황후 폐하, 황제 폐하께 이야기는 들으신 겁니까?"

"무엇을요?"

"황후 폐하께 황위를 선양하고 싶다고 하셨습니다."

"……아버지 정말 죄송한데요, 잠시 폐하와 이야기를 나눠도 될까요?"

르한은 자신의 의도와는 전혀 다른 결과를 낳았다는 것을 기민하게 눈치챘다. 에델리스가 짜게 식은 눈으로 그를 바라보았기 때문에 눈치를 못 챌 수가 없긴 했다.

"저는 이만 돌아가볼 테니 천천히 이야기 나누십시오. 나중에 다시 입궁하도록 하겠습니다."

"죄송해요, 아버지."

후작은 에델리스의 반응을 보고 마음을 놓으며 응접실을

나섰다. 르한이 자신도 같이 가자고 말하고 싶었지만, 에델리스가 자신과 대화를 나누고 싶다고 했으니 그럴 수도 없었다.

"폐하? 제가 지금 무슨 이야기를 들은 거죠?"

"……당신이 황제가 되면 혹시나 내 기억에 혼란이 와도 괜찮지 않을까 싶어서."

르한의 말을 들은 에델리스의 입이 떡 벌어졌다.

"그대를 내칠 일도, 그대가 냉대당할 일도 없지 않을 거 아닙니까."

"아무리 그래도 그렇지, 황제라니요! 저 분명히 황후로서도 아무런 일을 하지 않겠다고 했었잖아요."

"황제가 되어도 하지 않아도 됩니다."

"어떻게 황제가 아무것도 안 해요!"

"황제는 당신이 하고, 일은 이전처럼 내가 하면 됩니다."

"그게 뭐예요!"

황제가 그렇게 무책임해도 되나? 그럴 리가 없었다. 나라를 망하게 하는 황제가 있다면 바로 황제가 될 자신일 것이 분명했다.

"못해요, 싫어요. 안 해요."

"그, 그래도. 혹시 기억에 혼란이 오면 어떡합니까."

"왜요? 또 저를 내치려고 할 거예요? 막 저보다 성녀가 더 좋다 그러고?"

"아뇨! 그럴 일은 없을 겁니다! 성녀가 당신보다 좋았던 적은 단 한순간도 없었습니다! 어디 비교할 걸 비교해야지!"

"그러면 황제 하기 싫어요. 아무것도 배운 적 없는데 황제라니, 말도 안 돼요!"

"이전에도 어린 황제가 등극했을 때 정치에 대해서 무지했던 황후가 섭정을 맡은 경우는 많았습니다만……."

에델리스의 강한 거절에 르한이 다시 한 번 재고해달라는 식으로 이야기를 꺼냈다. 배우지 않았어도 할 수 있다고. 하지만 씨알도 먹히지 않았다.

"싫다고 말했어요."

"……예."

에델리스의 강력한 반대에 르한은 제 뜻을 꺾을 수밖에 없었다.

르한은 아무도 들이지 않은 자신의 집무실에 앉아, 그곳에 놓인 책상에 머리를 쿵쿵 받으며 한숨을 내쉬었다.

"폐하, 황실 기사단장 요하네스 프라체가 왔습니다."

"……들라."

르한이 힘겹게 몸을 일으키고 프라체를 맞았다. 퀭한 눈을 본 프라체가 깜짝 놀라 그에게 물었다.

"왜 그래?"

"……과거에 내가 무슨 일을 저질렀는지 다 떠올랐다."

"아. 네가 좀 심하긴 했지."

"에델리스가 적잖이 상처 입은 모양이야."

"그럴 만도 하지."

"어쩌지……."

르한이 머리를 싸매며 고민해 봤지만 답은 나오지 않았다. 르한도 프라체도 모두 한숨을 내쉬었다.

"너는 괜찮나?"

"나? ……괜찮을 리가. 하지만 괜찮지 않다고 해서 어떡하겠어."

"……."

프라체가 성녀를 얼마나 좋아했는지 알고 있었기에 르한은 말을 아꼈다. 그래도 르한은 에델리스가 제 곁에서 살아 숨 쉬고 있었지만 프라체는 성녀에게 배신에 배신을 당한 끝에 버려지지 않은가. 그렇다고 그에게 머리를 식히라고 휴가를 줄 수도 없었다. 신도들도, 신전도 모두 경계해야 했으니.

"그보다도 사건 현장을 정리했고, 그곳에 있던 증거품을 가져왔어."

"뭐지?"

"일레인 라이네드가 갖고 있던 책인데, 아무래도 폐하께서 납치당할 때 갖고 계시던 책인 것 같아."

프라체가 품에 있던 책을 르한의 책상 위에 올려놓았다. 책에 묻은 붉은 피가 변색이 되어 검붉게 물든 표지가 그의 시선에 닿았다. 표지에 적혀 있는 제목이 에델리스가 갖고 있던 책이 확실했다.

"아, 그래. 돌려주도록 하지. 고생했군."

르한이 여상스럽게 답했지만, 프라체는 여전히 할 말이 남아 있는 눈치였다.

"왜 그러지?"

"혹시 그 책의 내용을 봤어?"

"아니?"

이전에도 몇 번이나 펼쳐보았던 책이었다. 하지만 아무런 내용도 읽히지 않았었다. 그래서 왜 노트나 다름없는 것을 에델 리스가 들고 다니다가 납치까지 당했고, 그것을 성녀가 굳이 왜 빼앗아갔는지 이해가 되지 않았었다.

"읽어봐야 할 것 같아. 네가."

"읽으라고?"

무슨 내용이 적혀 있다고 읽으라는 거냐고, 책장을 대강 넘기려던 르한의 손이 멈칫했다. 분명 아무런 글자도 적혀 있지 않았던, 하얀 종이에 불과했던 책에 문자가 빼곡하게 적혀 있었기 때문이다.

"……뭐지?"

"판단은 직접 읽고 나서 하는 게 좋을 것 같아. 나는 이만 가도록 할게."

"……."

프라체가 르한의 집무실에서 떠난 뒤에도 르한은 여전히 당황스러워했다. 내용이 없다는 것을 몇 번이나 확인했던 책에 갑자기 내용이 나타나다니.

380

무엇보다 대체 무슨 책이길래 에델리스가 그런 반응을 보여 왔으며, 프라체가 읽어보라고 했는지도 궁금했다. 머릿속으로는 에델리스의 책이니 지금 당장 돌려줘야 한다고 생각하면서도 몸은 그의 생각을 따르지 않았다. 결국 르한은 책의 표지를 넘겼다.

"……등장인물?"

단순히 소설인가 싶었던 책에는 자신이 익히 잘 알고 있는 사람들의 이름이 나열되어 있었다. 저의 이름인 케이르한 라크시드 크로나드를 비롯해 일레인 라이네드, 요하네스 프라체 그리고 에델리스 브릴까지. 이 책은 분명 자신이 라크시드라는 것을 알기 전부터 에델리스가 갖고 있던 책이었다.

'그런데 어떻게 나에 대한 내용이 이렇게까지 정확하게 적혀 있을 수 있는 거지? 심지어 일레인 라이네드가 성녀인 것이 밝혀진 것은 1년도 채 되지 않았잖아?'

하지만 책의 내용이 모두 다 맞는 것은 아니었다. 일레인 라이네드가 사랑을 쟁취하기는커녕 목숨을 잃었고, 에델리스 브릴은 나쁜 짓 하나 못하는 사랑스럽기 그지없는 사람이었다.

결국 잠깐 살펴보려던 르한은 자신과 에델리스의 이름이 등장하자 저도 모르게 홀린 듯 책의 내용을 읽어 나갔다. 일레인 라이네드의 불우한 어린 시절 따위 궁금하지 않았기에 빠르게 넘겨 그녀가 성녀가 되어 제국으로 온 부분부터.

'대체 여기 나오는 케이르한은 뭐지? 에델리스가 뭘 했다고 이렇게까지 싫어하는 거지?'

'에델리스를 두고 성녀에게 마음이 간다고? 제정신인가?'

'책에서 에델리스가 이런 잘못을 저지르다니, 하지만 내 아내는 그러지 않았지. 역시 나의 에델리스……!'

'그리고 사람이라면 실수 좀 할 수도 있는 거지. 하물며 에델리스인데, 다 뜻이 있어서 그런 거겠지.'

르한은 황제를 보며 머저리도 저런 머저리가 없다며 혀를 찼다. 그런데 책을 읽다 보니 한 가지 가설이 세워졌다.

'저번에 기억이 이상했을 때, 혹시 그 기억의 주인이 책 속 황제였던 건가?'

성녀가 책에 성력을 불어넣었던 것도 그렇고, 당시 자신이 했던 행동들까지. 그렇게 생각하니 아귀가 딱딱 들어맞았다.

'……만약 내가 그 상태 그대로였다면.'

그랬더라면 성녀에게 속아 자신이 이 책의 내용대로 행동하고 있었을지도 모른다. 자신 역시 의지를 갖고 있는 사람인데 책을 따라 움직인다니 불쾌하기 짝이 없었다. 더욱 불쾌한 것은 에델리스라는 아름답고 사랑스럽고 세상 그 어떤 수식어를 붙여 찬양해도 모자라지 않은 아내를 두고 성녀 따위에게 눈을 돌렸다는 것이다.

'누가 쓴 책인지 조악하군.'

책 속에서의 케이르한과 성녀가 마음을 확인하는 부분은 상상만으로도 토악질이 날 것 같았다. 르한의 책장이 점점 넘어가 중반을 향해 갔고, 에델리스는 책 속에서 성녀를 괴롭히기 시작했다. 그래봤자 고작 뺨 때리고, 면박을 주고, 사교계에서 망신을 주는 정도였다. 팔을 자르고 심장에 칼을 꽂아 넣었던 자신에 비하면 애교 수준이었다.

책에서는 성녀가 이런 위기를 겪으며 힘들어하는 마음, 케이르한에게서 위로받는 모습들이 구구절절 적혀 있었다. 하지만 르한은 오히려 에델리스를 응원했다.

'에델리스는 책에서도 이렇게 마음이 약하니 걱정이군. 어쩔 수 없어. 내가 그녀를 지키는 수밖에.'

'그건 그렇고 어차피 제국의 황후면 황제 다음가는 자리에 있는데 그냥 성녀의 목을 베어버리지.'

'내가 옆에 있었더라면 티 안 나게 중독되어 사망에 이르는 약을 주었을 텐데.'

'아냐, 중독이 될 때까지 언제 기다려. 곧바로 성녀와 황제의 목을 다 베어버려야지. 이런 황제라면 살 가치도 없어.'

그러다가 에델리스가 마지막으로 등장하는 단죄 장면이 나왔다. 에델리스가 처음 책을 폈을 때 나왔던 그 장면.

『하! 황후는 무슨. 에델리스 크로노드, 아니 에델리스 브릴이 황후라는 직위로 무슨 짓을 했는지 모르느냐.』

르한은 책에 쓰인 글자를 보고 성녀의 죽음을 떠올렸다. 자신의 칼에 심장을 찔려 가슴을 붙잡고 쓰러지던 성녀. 하지만 자신은 무자비하게 칼을 뽑아냈고, 그녀에게서 피가 뿜어져 나왔다. 그리고 책에서 나온 것과 같이 그곳의 바닥에 놓여 있던 카펫이 흥건하게 젖었었다.

─하! 성녀는 무슨. 성녀, 아니 일레인 라이네드가 성녀라는

직위로 무슨 짓을 했는지 모르느냐.

얼마 전 자신이 성녀를 죽이면서 했던 말이 떠오른 르한의 몸에 소름이 돋았다.

"정말로 현실이 책 속의 내용을 따라가고 있다니."

책 속에서 에델리스가 죽는 장면을 읽으면서, 왜 하필 등장인물의 이름은 에델리스로 해서 사람의 기분을 찝찝하게 만드는 건지 모르겠다는 생각을 했었다.

그런데 현실과 책의 내용이 너무나도 비슷하니 어쩌면, 만에 하나 정말로 자신의 기억이 돌아오지 않았더라면, 에델리스가 자신의 손에, 책에서 나온 것처럼 그렇게 죽었을지도 모르는 일이었다.

르한의 생각이 거기까지 미치자 숨이 막혀 오는 기분이 들었다. 그의 눈에서는 눈물이 흘러내렸다.

"······있을 수 없는 일이다, 있어서는 안 되는 일이고."

혹시라도 자신의 손에 에델리스가 죽었더라면. 그렇다면 내가 나 자신을 용서할 수 있었을까. 죽음으로 도망가는 것조차 사치라고 생각했을 것이다.

'그런데 이 책이 에델리스의 것이라면······.'

그렇다면 에델리스는 데뷔탕트를 치르기 전인 그 어린 나이에 이런 내용을 읽었다는 말이었다. 책을 볼 때면 울고 있던 에델리스, 황성에 가기 싫어하던 에델리스, 황후가 될까 봐 걱정하던 에델리스.

─나는 황후가 되고 싶지 않아!"

─황제와 결혼하는 것이…… 그렇게 싫으신 겁니까."

─나는 황제가 아니라 르한이랑 같이 있고 싶어."

"하……!"

황궁으로 가던 날, 살수들의 습격을 이겨내고 피에 절어 있던 자신의 모습을 보고 정신을 잃던 에델리스도. 일레인 라이네드와 자신이 함께 있는 장면을 보고 세상이 무너질 것 같은 얼굴을 하던 그녀의 모습도.

─진심이야. 나는 르한과 함께 있기를 바랐지만, 황제와 함께 있기를 바란 적은 없었어.

이제서야 그녀가 했던 모든 말과 행동이 이해가 되었다. 대체 자신의 옆에서 얼마나 마음 졸이며 지내왔을지. 그것도 모르고 그저 에델리스와 함께 있다고 행복해했다. 에델리스가 얼마나 힘이 들었을지 생각하니 눈물이 멈추지 않았다.

그러나 자신의 슬픔에 매몰되어 있을 수는 없었다. 르한은 자리에서 일어나 눈물을 삼켰다. 그는 대충 눈물을 훔치고 책을 챙겨서 에델리스가 있는 루비 궁으로 향했다.

에델리스는 침대에 누워, 적막을 즐겼다. 가끔 창문 너머로 들려오는 새가 지저귀는 소리만이 평화가 왔음을 알려주었다. 그렇게 고요 속에 점점 잠에 빠지려고 할 때, 갑자기 문을 두드리는 소리에 눈이 번쩍 뜨였다.

"에델리스!"

"르, 르한? 왜 그래?"

르한은 에델리스의 목소리를 듣고 곧바로 문을 열어 그녀를 향해 성큼성큼 걸어왔다. 에델리스가 깜짝 놀라 몸을 일으켰을 때 이미 르한은 그녀의 앞에 있었다. 그는 그녀가 일어나기도 전에 무릎을 꿇고 침대에 걸터앉아 있던 그녀의 허리를 끌어안았다.

"르한, 무슨 일이야? 무슨 일이라도 있어?"

르한은 아무 말도 하지 않았지만 에델리스는 자신이 입고 있던 치마가 젖어드는 것이 느껴졌다.

"우, 울어?"

내가 너무 심했나, 그래도 이게 울 정도였나? 국정 회의 가기 전에는 이렇게까지 우울해하지 않았던 것 같은데, 회의에서 무슨 일이 있었나?

"에델리스……."

"응, 그래. 나야. 무슨 일인데 그래?"

르한은 그녀의 허리를 끌어안은 채 말없이 눈물을 흘렸다. 그러면 그럴수록 걱정이 된 에델리스가 르한의 머리를 쓰다듬었다. 그런데 그것이 기폭제라도 된 듯이 르한이 더욱 눈물을 쏟아내어 에델리스를 당황케 했다.

"무슨 일인지 말하기 힘들면 하지 않아도 괜찮아."

"……."

"괜찮아, 다 괜찮을 거야."

"어떻게, 어떻게 그렇게 말을 할 수가 있습니까."

"어?"

위로해준다고 한 말이었는데 어찌 된 영문인지 르한은 더욱 눈물을 흘렸다. 잘 알지도 못하면서 위로를 해준 것이 역효과라도 낸 것인가 싶었다.

르한이 숨을 고르고, 여전히 무릎을 꿇고 있는 채로 고개를 들었다. 눈가는 눈물로 얼룩져 있었고, 눈에는 실핏줄이 터져 있었다. 그러고 보니 처음 들어올 때부터 그의 눈시울이 붉었던 것 같았다.

"이제 좀 괜찮아졌어?"

르한은 아무 말 없이 고개를 내젓더니 그녀의 무릎 위에 그가 가져왔던 책을 올려놓았다. 피로 물들었지만 에델리스는 한눈에 그것이 무엇인지 알아볼 수 있었다. 하지만 그녀는 여전히 르한이 왜 울면서 책을 주는 건지 이해할 수 없었다.

"에델리스, 그때는, 만에 하나라도 또 그런 일이 있다면……."

르한이 드디어 입을 열었다. 울음기가 가득한 목소리로 힘들게 한 단어씩 뱉듯이 말했다. 그는 떨리는 손으로 에델리스의 손을 잡고 자신의 왼쪽 가슴 위에 손을 올렸다.

"여기를 찔러요."

"지금, 나보고 너의 심장을 칼로 찌르라는 소리야?"

르한은 울음을 참으려 했지만 그의 눈에 가득 맺혀 있던 눈물이 흘러내리는 것까지 막지는 못했다. 그는 또다시 눈물을 흘리며 떨리는 목소리로 말했다.

"당신이 죽는 것보다…… 내가 죽는 게, 훨씬 더 나을 것 같아. 그러니 에델리스, 제발."

"지금 그게 뭘 뜻하는지는 알고 있는 거지?"

르한이 힘없이 고개를 끄덕였다. 아무리 자신이 놀렸기로서니 이렇게 죽여달라고 할 줄은 생각지도 못했다. 심지어 위기를 모면하기 위해서 과하게 말을 하는 것은 더더욱 아닌 것 같았다. 그는 정말 구슬픈 목소리로, 진심을 담아 말을 하고 있었다.

"내가 너를 어떻게 찌르라는 거야? 못해."

"알려드리겠습니다."

"……네 심장을 찌르는 방법을 네가 알려준다고?"

"예."

"왜?"

르한은 조용히 책을 내밀었다. 에델리스가 이전에 베르만에게 납치당했을 때 잃어버렸던, 그 책.

"……책."

"응, 책 가져다줘서 고마워. 그래서 무슨 일인데?"

"책을 봤습니다."

"그래? 그래서 무슨 일인데?"

어차피 그가 책을 읽을 수 없는 것을 알고 있으니 대수롭지 않게 생각했다. 그런데 그런 에델리스의 반응에 르한은 더욱 서럽게 울었다. 르한이 저를 죽이는 모습만 상상했지 우는 모습은 생각지도 못했기에 당황의 연속이었다.

388

"왜, 왜 그래?! 왜 그러는데?"

"책을 봤다고 말하지 않았습니까!"

"……책을 봤다고?"

르한이 여전히 눈물을 흘리며 고개를 끄덕였다. 책을 본다고 말해봤자 흰 종이밖에 보지 못했을 텐데, 르한의 반응으로 볼 때 겨우 그 정도는 아닌 것 같았다. 에델리스가 혹시나 하는 마음에, 확인하기 위해 물었다.

"혹시 책의 내용을 읽은 거야?"

"예."

이것 역시 성녀의 죽음으로 인해 바뀐 점인가?

에델리스는 르한에게 이 책에 대해서 어떻게 설명해야 할지 고민됐다. 책을 돌려준 것으로 보아 이 책이 자신의 것이라는 것을 알고 있는 듯했다. 그런데 주변 사람들을 대상으로 한 이야기가 있으니 이상하게 여길 것이 당연했다.

"르, 르한. 그러니까 그게……."

"당신도 이 책의 내용을 알고 있던 겁니까?"

"……응."

에델리스의 답에 르한은 에델리스를 끌어안고 숨죽여 울었다.

'이상하게 여기는 건 아닌가……?'

자신이 살기 위해서 일부러 르한을 투기장에서 구한 것을 탓할까 봐 걱정이 되었다.

"대체 언제부터 이 내용을 본 겁니까?"

"……한 8년쯤 전에?"

"얼마나, 얼마나 힘들었습니까."

자신이 죽는 장면을 보았을 때의 에델리스보다 지금의 르한이 더욱 슬퍼하는 것 같아 에델리스는 말없이 그를 토닥여주었다. 물론 그때는 아주 힘들었고, 스트레스도 많이 받았지만 그래도 지금은 이미 다 지난 일이 아닌가.

"괜찮아, 다 힘들고, 다 고통스럽고 그랬던 것은 아니야."

결국 에델리스는 살아남았고, 곁에는 르한이 있고, 르한을 노리던 성녀는 죽어서도 벌을 받고 있다.

"만약에라도 과거로 돌아간다면, 그래도 같은 선택을 할 거야. 후회하지 않아."

"……어떻게 그렇게 말할 수 있습니까."

"싫어?"

"그럴 리가 있겠습니까. 만약 내가 과거로 돌아간다면……."

르한이 에델리스를 바라보더니 잠시 생각에 잠겼다.

"미안하지만 당신이 힘들어한다는 걸 알아도, 당신을 놓을 수 없습니다."

에델리스는 그의 답변이 마음에 들었다. 저 역시 그를 놓을 생각이 없었으니까. 그녀는 키득키득 웃으며 끌어안고 있던 르한에게 기대었다.

"그러면 그대로 둘 거야? 지금처럼 있을 수 있게?"

"아니요. 그럴 리가 있겠습니까."

"어떻게 하게?"

"조금 돌려 말하면, 우리에게 해가 되는 것을 미리 치워두겠지요."

분명 미소 짓고 있던 르한이었지만 그가 그렇게 부드럽게 행동할 것 같지는 않았다. 이전 같았으면 모른 척했을 에델리스였지만 이번에는 그의 이야기를 듣고 싶었다.

"어떻게? 말해줘."

"……무슨 수를 쓰든지 일단 성녀를 죽였겠죠. 사건이 커지기 전에 성녀인 것을 몰랐다면서. 생각해보니 입국하는 시기에 맞춰 국경을 넘기 전에 죽이는 것이 더 좋았을 듯합니다."

"그랬더라면 성녀 때문에 스트레스 받지는 않았겠다."

"베르만 파시스가 어떻게 나올지 모르니 일단 신성 제국의 반대편에 있는 야만인들이 세운 토난 왕국과 전쟁을 일으켜 그쪽으로 그를 보내는 것도 좋을 것 같네요. 적어도 10년은 전쟁이 지속될 테니."

"우와……. 만약에 그렇게 했더라면 정말 아무런 걱정 없이 너를 사랑하는 것에 집중할 수 있었을지도 모르겠다."

다른 사람이 또 방해한 적이 있었나 골똘히 생각해봤지만 딱히 떠오르진 않았다. 전염병까지는 자신이 어떻게 할 수 있는 것이 아니었기도 하고.

"지금 뭐라고 했습니까?"

"응? 뭐가?"

르한이 말한 방법이 죽거나 죽일 의도를 갖고 있는 것이 확실한 극단적인 방법이라 놀라기는 했는데, 그걸 저렇게 물을 이유가 있나?

그가 말하는 의도를 잘 파악하지 못해 눈을 깜빡이며 르한을 바라보자 그가 굉장히 할 말이 많은 눈으로 한숨을 내쉬었다.

"왜? 왜 그러는데?"

"……시간을 돌리고 싶어서 그럽니다."

"진짜로 다 죽이게?"

"예. 그렇게 해서 당신이 다른 어떤 것도 아닌 나를 사랑하는 것에 집중할 수 있다고 한다면."

르한의 목소리로 들으니 자신이 얼마나 부끄러운 말을 했는지 깨닫게 되었다. 얼굴이 새빨갛게 되었지만 그렇다고 말을 취소하거나 하고 싶지는 않았다.

"시간을 돌리지 않아도 괜찮아."

어차피 지금도 우리의 목숨을 위협하는 자들이 남아 있지는 않았다.

"이제부터라도 너를 사랑하는 것에 집중하면 되니까."

오히려 그런 시간을 보냈기에 그와 함께 있는 시간이 더욱 소중한 건지도 모른다.

"르한."

"에델리스, 잠시만."

르한이 다급하게 에델리스의 말을 끊었지만, 에델리스는 계속 말하려고 했다. 하지만 에델리스가 입을 벌린 순간 르한이 그녀의 입을 막아버렸다.

그의 손이 워낙에 컸기 때문에 입만 가린 것이 아니라 하관 대부분이 가려졌다. 르한은 몇 번이나 깊은 심호흡을 하고 에델리스의 눈을 바라보았다.

"이 뒤의 이야기는 내가 먼저 하게 해주어야 하는 것 아닙니까."

'누가 먼저 말을 하는 것이 뭐가 중요하다고, 내가 지금 말하고 싶다는데!'

입이 막혀 말도 못 하고 그저 눈으로 억울함을 표시했지만 르한은 자신의 뜻을 굽힐 생각이 없는 것 같았다. 결국 에델리스가 답답함을 이기지 못하고 고개를 끄덕이자, 르한은 그제서야 에델리스의 입에서 손을 뗐다. 그리고 그 틈을 놓치지 않고 에델리스가 곧바로 말하려고 했다.

"르한 사—."

하지만 이번에도 르한의 손에 말이 막혀버렸다.

"이해했던 것 아닙니까."

"……."

"당신의 입을 막은 상태로 말을 하고 싶지는 않은데 말입니다."

에델리스가 고개를 가로젓자 르한이 말하지 않겠다는 거냐고 물어왔고, 그녀가 고개를 끄덕이자 그가 조금 경계하면서 서서히 손을 뗐다. 언제라도 입을 막으려고 하는 사람처럼. 그녀는 이쯤 되자 오기로라도 자신이 먼저 이야기하고 싶어졌다.

"후우, 에델리스."

르한이 심호흡을 하며 어떻게 말을 할지 고민했다. 그리고 그가 고민을 하는 동안에 에델리스가 그의 입을 막아버렸다. 단지 그 방법이 르한이 했던 것처럼 커다란 손으로 입을 막은 것이 아니라, 입술로 막은 것이 달랐다.

정말로 오랜만에 르한과 입을 맞추는 듯한 느낌이 들었다. 몇 번이나 입술에 쪽 소리를 내며 입을 맞추는 동안 저도 모르게 웃음이 새어 나왔다. 에델리스의 웃음소리가 들리자 르한 역시 그녀를 따라 웃으며 제 품에 그녀를 가두어 안았다.

"사랑해."

"……내가 먼저 말하겠다고 했는데."

"그러게 미리미리 말하지 그랬어."

뚱한 표정의 르한이 귀여워 얼굴 곳곳에 입을 맞췄다. 입술에 묻어 있던 색조가 그의 얼굴에도 자국을 남겼다.

"르한이 하도 말을 안 해주니까, 내가 먼저 해버렸어."

"……변명해도 됩니까?"

"얼마든지."

"당신에게 말을 하고 나면, 걷잡을 수 없을 것 같았습니다."

"……새삼스럽다. 정말, 너무 새삼스럽다."

"그러면 이제는 내 마음을 다잡지 않아도 괜찮은 겁니까?"

10년이 지나도, 20년이 지나도 르한과 사랑을 나누고 싶었다. 그러니 마음을 다잡을 필요가 뭐가 있을까?

"다잡지 않아도 괜찮은 게 아니라, 다잡지 마."

"당신을 사······랑하는 마음이 걷잡을 수 없이 커져도 괜찮은 겁니까?"

"오히려 내 쪽에서 부탁하고 싶어."

르한의 심장이 두근거리는 소리가 자신의 귓가에 들리는 것 같았다. 조용한 방 안에 두 사람의 심장 소리만 가득해진 느낌까지 들었다.

"에델리스."

르한의 커다란 손이 에델리스의 뒷머리를 모조리 덮어 자신의 쪽으로 당겼다. 순식간에 르한의 앞으로 끌려간 에델리스는 갑작스럽게 제 입술에 닿아오는 그의 입술이 느껴져 곧바로 눈을 감았다. 작게 벌어진 입술 사이로 두 사람의 호흡이 섞이고, 르한은 한숨처럼 그녀의 이름을 불렀다.

"사랑해요, 사랑해."

"나도 사랑해."

에델리스도 그를 사랑한다고 하니 르한의 팔에 더욱 힘이 들어갔다. 무릎을 꿇고 있던 르한은 몸을 일으켜 세웠고, 곧 앉아 있던 에델리스의 등에 푹신한 침대가 닿았다.

"사랑합니다. 에델리스."

르한이 다시금 에델리스의 입술에 자신의 입술을 맞대었다.

'걷잡을 수도 없다고 한 게 그 의미였어?!'

뒤늦게 상황을 파악한 에델리스가 당황했지만 르한을 막기 위한 말을 할 수 있는 입술은 이미 그에게 막혀 있었다. 그리고 르한은 그녀에게 입을 맞추면서도 침대를 짚지 않은 한쪽 손으로 제 옷을 고정하고 있는 단추를 풀었다.

바스락거리는 소리가 들려오자 에델리스는 더욱 눈을 꼭 감았다. 문제는 시야가 보이지 않으니 모든 신경이 청각과 촉각에 집중되어버린 것이다. 르한의 더운 숨결과, 빠르게 뛰는 심장, 그리고 겉옷의 단추를 풀었기에 제게 닿은 그의 옷자락까지. 자연히 에델리스의 심장이 거세게 뛰었고, 이렇게 빨리 뛰다가 갑자기 멈춰버리는 게 아닌가 싶은 생각까지 들었다.

"에델리스."

"……응?"

"지금 해도 됩니까?"

지금 상황에서 뭐라고 답을 해야 좋을까? 적어도 에델리스의 머릿속에는 적절한 답이 떠오르지 않았다. 에델리스가 답이 없자 르한이 보채듯 그녀의 뺨에 가볍게 입을 맞추었다.

"……아직 날이 밝은데."

르한을 거부할 생각은 전혀 없었다. 언젠가부터 에델리스 역시 그를 기다리고 있었다. 하지만 처음부터 이런 햇빛이 내리쬐는 밝은 대낮에 하고 싶다는 것은 아니었다.

"그, 그러니까 밤에."

르한은 조용히, 여유롭게 미소 지으며 그녀의 드레스를 고정하고 있던 리본을 하나씩 풀었다.

"밤에도 할 겁니다."

"……밤에'도'?"

"낮에도 하고."

자신의 마음을 걷잡을 수 없다더니, 그게 이런 것까지 포함하고 있을 줄은 꿈에도 몰랐다. 많이 미루지 말고 그냥 몇 시간만 미뤄줬으면 좋겠는데 르한은 전혀 그럴 생각이 없어 보였다. 어떻게 알았냐면 르한은 이미 상의를 탈의한 상태였기 때문이다.

"르, 르한!"

"당신이 무슨 말을 한다고 해도 나를 말릴 수는 없을 테지만 일단 무슨 얘기인지 들어는 보겠습니다."

르한은 침대에 누워 있는 에델리스의 위에 엎드려 계속해서 그녀의 드레스에 달려 있는 리본을 하나씩 풀었다.

"밝아! 밝아서 부끄러워!"

"나는 그래서 좋은데. 당신의 표정이 잘 보일 테니까. 밤이면 어두워서 당신의 모습이 잘 안 보이잖아."

"나, 나중에 차차 보는 건 어떨까? 처음부터 다 보는 것보다는 나중을 위해서 남겨두는 게……."

"언제 봐도 새로울 테니 괜찮습니다."

"본 적도 없으면서 어떻게 알아!"

"보고 판단하겠습니다."

"으으……."

이제는 뭐라고 반박할 말도 남지 않았다. 햇빛을 받은 르한의 상체를 보고 있노라니 밝은 것도 나쁘지 않을 것 같다는 생각이 들기 시작하기도 했다.

"걱정 마요, 에델리스. 내가 당신을 얼마나 원하는지 알고 있잖아."

"아, 알겠어."

에델리스가 바들바들 떨리는 팔을 들어 르한의 목에 감았다. 에델리스의 수락에 르한이 짙게 미소지으며 그녀의 입술에 입을 맞췄다. 평소의 입맞춤은 어린아이의 장난이었던 것처럼 욕정이 그득히 묻어나고 있었다.

르한의 손이 에델리스의 드레스 안쪽으로 파고들었다. 굳은살이 박인 손이 그녀의 피부를 감싸자 에델리스가 움츠러들었다.

"괜찮아요."

르한이 그녀의 부드러운 살결을 매만지면서 목덜미에 입을 맞추었다. 그의 입술이 점점 아래로 내려오며 흔적을 남겼다. 그보다 한 발 앞서 내려온 손이 에델리스의 드레스를 어느새 벗겨서 바닥에 나뒹굴게 했다.

"부끄러워……."

에델리스가 양손으로 제 몸을 가리려고 했지만 르한이 부드럽게 막았다. 색정적인 그의 시선이 에델리스의 머리끝부터 발끝까지 닿았다가 떨어졌다.

"르, 르한."

르한의 손가락이 그녀의 다리 사이에 있는 예민한 곳에 닿자 에델리스의 입에서는 참지 못한 비음이 새어나왔다. 그녀가 저도 모르게 나온 목소리에 황급히 입을 막았지만 이미 르한이 들어버린 뒤였다. 르한은 그녀의 목소리를 더 듣고 싶었는지 기민하게 손을 움직였고, 그의 손짓에 따라 에델리스의 목소리가 높아져갔다. 그의 하반신 역시 피가 몰려 터질 듯이 아파왔다.

"흐읏, 르한……."

제 이름을 부르는 그녀의 목소리에 더운 숨결이 가득 섞여 있었다. 방 안의 달아오른 공기가 르한의 머리를 어지럽게 만들었다. 더 이상 참지 못한 르한이 에델리스를 품에 안았다. 맞닿은 살결이 달아오른 열기를 나눠가졌고, 서로가 서로를 더욱 갖지 못해 안달이었다.

르한은 그동안의 기다림을 보상이라도 받으려는 듯 그녀를 원하고 또 원했다. 에델리스 역시 그를 원하는 것은 마찬가지였기에 그가 욕심껏 저를 안을 수 있게 호응했다.

프라체는 르한의 집무실에서 그를 기다리고 있었다. 자신이 보았던 책의 내용이 엄청났기 때문에 그가 걱정되었기 때문이다.

책을 살펴보는 동안 자신이 성녀님을 좋아할 수밖에 없었다는 것을 깨달았다. 책 속의 자신이 그녀에게 반했던 이유와 동일했으니 당연했다.

'그리고 그 마음을 보답을 받는 일이 오지 않은 것 역시 같

왔고.'

케이르한은 책에서도, 현실에서도 자신의 사랑을 찾아 행복하게 됐다. 자신은 이어지지 못하더라도 케이르한 한 명이라도 행복하면 그래도 다행인 것 같았다. 하지만 책에서처럼 케이르한과 성녀님이 이어졌더라면 정말 가슴이 미어지지 않았을까.

"그런데 케이르한은 왜 오지 않지?"

프라체는 르한을 기다리고 기다리다가 결국 루비 궁으로 직접 갔다. 그런데 시녀장이 오늘따라 이상하게도 그를 막아섰다.

"나중에 다시 오십시오."

"폐하께 드릴 말씀이 있어서 그럽니다."

"그래도 안 됩니다."

"……무슨 일이 있는 겁니까?"

혹시 케이르한이 황후 폐하와 대화를 하다가 무슨 사건이라도 번진 것은 아닌지 걱정이 되었다. 이전처럼 폐하를 내치려는 것은 아닌지.

그렇기에 계속해서 시녀장이 말렸지만 기어코 황후의 방문을 두드렸다.

똑똑.

"폐하, 접니다."

"이러지 마십시오, 프라체 경!"

프라체는 답답했다. 시녀장에게 차마 그 책에 대한 이야기를 설명할 수도 없었다. 방 안에서 아무런 대답이 들려오지 않자 그는 더욱 불안해졌다. 정말로 그들에게 무슨 일이 생긴 건가 싶어서. 시녀장이 말린 것을 보면 황제 부부가 이 안에 있는 것은 맞았다.

쾅쾅!

만약 이번에도 답을 안 하면 억지로 문을 열고 들어가는 상황도 고려해야 했다. 친구이기 전에 케이르한은 황제였고, 지금까지 그들 주변에서 일어나는 일은 평범한 상황이 아니었기에 모든 경우의 수를 생각해야 했다.

하지만 프라체가 생각하지 못한 것이 있었다. 끼익 하는 소리와 함께 문이 열리자 바지만 대충 입고 있는 케이르한이 나왔다. 옷을 제대로 여미지도 않아 벌어져 있었고, 웃옷은 어디로 갔는지 반라의 상태였다.

"……어?"

"정말로 중요한 사안이 아니면 목을 내놔야 할 거다."

"그, 그게."

"감옥에 처넣어야 할 황실 기사단장이 이 모양이니 이 일을 어찌한다."

너무 당황스러워 대체 어떻게 된 일인가 파악하기 위해 저도 모르게 방 안쪽으로 시선이 가려고 했다. 하지만 그보다 훨씬 키가 컸던 르한이 곧바로 그의 시선을 차단했다.

"정말로 죽고 싶어서 그래? 곱게 죽이진 못할 것 같은데."

아무 말 하지 못하고 있는 프라체를 가볍게 무시한 르한이 옆에 있던 시녀장에게 말했다.

"다음에 또 방해하는 사람이 있거든 몸과 머리가 분리될 거라고 경고해두도록."

"네, 알겠습니다."

"내가 입을 가운 준비해두고, 저녁은 간단하게 먹을 수 있는 걸로 문앞에 둬. 마실 물 넉넉히."

"네, 폐하."

시녀장은 가타부타 말을 덧붙이지 않고 허리 숙여 황제에게 인사했다. 르한은 다시 방으로 들어가기 전 프라체를 보고 '쯧' 하고 혀를 찼다. 쾅, 하고 문이 닫히는 소리와 함께 르한이 안으로 들어갔다.

"그러게 제가 안 된다고 말하지 않았습니까. 저는 분명히 열심히 말렸습니다."

"아, 아니……!"

"쉿! 폐하께서 또 방해하면 정말로 목이 떨어질지도 모른다고 하지 않으셨습니까!"

프라체의 얼굴이 새빨개졌다. 한바탕 폭풍이 휘몰아친 뒤에야 거칠게 숨을 몰아쉬면서 땀을 흘리던 케이르한을 떠올린 것이다.

프라체가 저도 모르게 바닥에 주저앉아 손에 얼굴을 묻었다. 만약에 자신이 정말로 방 안을 보았다가 황후 폐하를 보거나, 눈이라도 마주쳤더라면 어땠을지 소름이 돋았다.

"언젠가 때가 되면 폐하가 나를 찾으시겠지……."

프라체는 터덜터덜 기사단으로 돌아갔다. 목이 제 몸에 붙어 있음에 감사하며.

  아침에 눈을 떴을 때 에델리스의 온몸은 뻐근했다.
  "일어났습니까?"
  겨우 눈을 떠보니 르한이 아주 밝은 얼굴로 웃으며 물을 건
냈다. 침대에 기대어 앉아 물을 마시려고 했는데 몸이 따라주
지 않았다. 르한이 냉큼 컵을 내려놓고 와서 에델리스를 앉혀
주었다.
  '내가 무슨 환자도 아니고.'
  르한이 다시 물을 건넸지만 손에 힘이 들어가지 않아 하마
터면 컵을 놓칠 뻔했다. 결국 물을 마시는 것조차도 르한의 도
움으로 마실 수밖에 없었다.
  "……거짓말쟁이."
  "그게 무슨 말입니까?"
  "낮에도 하고, 밤에도 한다며!"
  "낮에도 하고 밤에도 하지 않았습니까?"
  "아침 해가 떠오를 때까지 한다는 말은 없었잖아!"
  "그렇다고 낮과 밤에 한다는 말이 거짓이 되는 것은 아닙
니다."
  사실이었다. 엄밀히 말해 르한이 거짓말을 한 것은 아니었
다. 단지 낮과 밤에 하는 것이 아니라 낮부터 밤을 거쳐 아침

해가 떠오를 무렵인 새벽녘까지 이어졌을 뿐.

"……이제 프라체 경 얼굴을 어떻게 봐."

"국경으로 보낼까요?"

"그게 무슨 말이야? 그냥 내가 부끄러워서 그래."

"그러게요. 얼굴이 빨개졌습니다. 어제처럼."

"……."

르한이 능글맞게 이야기하자 에델리스의 얼굴이 더더욱 붉어졌다.

"역시 내가 한 말이 맞았습니다."

"뭐?"

"언제 봐도 새롭지 않습니까."

에델리스의 얼굴은 이제는 타들어갈 것 같았다. 말을 하는 것은 르한인데, 부끄러움은 에델리스의 몫이었다. 그렇게 말하는 것을 들으니 지난밤 그가 했던 말이 계속해서 떠올랐다.

─에델리스, 너무 예뻐요.

─내가 말했잖아, 매일 새로울 거라고.

─아침에 봐도, 점심에 봐도, 저녁에 봐도, 새벽에 봐도 매번 새로울 거야.

다시 생각해도 부끄럽고, 얼굴이 달아올라 에델리스는 다시금 이불 속으로 들어가버렸다. 고작 몇 시간 잔 걸로는 피로가 풀리지 않았다.

"……오늘 새벽 훈련도 가지 않았는데."

르한이 잠을 한숨도 자지 않고도 멀쩡하게 살아갈 수 있는 사람은 아닐 테니까 아마 가지 못했을 것이다. 그나마 르한이 매일 훈련을 해왔기에 망정이지, 에델리스는 거의 기절하듯이 잠이 들었다. 그는 에델리스의 옆에 앉아 그녀의 머리카락을 쓸어내리며 낮은 목소리로 말했다.

"매일 가지 않아도 좋을 것 같습니다."

"그게 무슨 말이야! 사람이 잠을 잘 자고, 실력이 녹슬지 않게 매일 훈련하러 가야지!"

"녹슬어도 괜찮을 것 같습니다. 아아, 집무실 가서 보고 받아야 하는데……."

"그런데?"

"가기 싫습니다. 나라가 망해도 괜찮을 것 같습니다. 어차피 내 나라도 아니었는데."

"안 돼! 그러지 마! 집무실 가!"

안 가고 뭐 하려고 그래? 가라고!

"내가 당신을 얼마나 기다렸는지 알면서."

"……그건."

"결혼한 지 한참이나 지나도록, 매일매일을."

"고, 고마워."

"그러니 하루 이틀 정도는 방에서 안 나가도 되는 거 아닙니까?"

"그건 아니지!"

르한이 혀를 작게 차는 소리가 들렸다.

"오늘 밤은 쉬고 싶어."

"예?!"

"아, 아시다시피 제가 어제 처음이다 보니 무리를 한 것 같아서요."

"갑자기 웬 극존칭인지 모르겠습니다."

"그 정도로 제 상황을 봐달라는 뭐, 그런 표시죠."

"아아…… 안타깝게도 에델리스, 어제가 처음이었던 것은 저도 마찬가지였어서 말이지요."

그러고 보니 프라체의 말에 따르면 르한도 깨끗하고도 순수한 몸이었다. 근데 어제 보니까 전혀 그런 티가 나지 않던데? 과거가 의심이 될 정도로……?

"무슨 생각을 하는지 얼굴에 다 쓰여 있으니 그러지 마십시오."

"아, 티 나?"

"예."

르한은 에델리스를 보고 피식 웃더니 침대에서 일어났다.

"이따 뵙겠습니다."

르한이 문을 닫고 완전히 사라지는 그때까지도 에델리스는 마음을 놓지 못했다. 그렇게 그가 나간 문을 경계하는 눈빛으로 한참 노려보다가, 그가 완전히 갔음을 알고 시선을 거둬들였다.

그런데 그녀의 시선에 모든 사건의 시작이 되었던 책이 들어왔다.

'르한이 읽을 수 있다고?'

다시 자려고 했던 에델리스의 정신이 조금씩 깨어났다. 책을 경계하던 세월이 긴 만큼 몸에 저절로 긴장이 든 것이다. 에델리스는 힘겹게 몸을 일으켜 책을 가져왔다.

"내용이 다 차 있잖아?"

혹시 추가된 내용이 있을까 해서 펼쳐보자 모든 페이지가 빼곡하게 적혀 있었다. 에델리스는 자동적으로 표지를 넘겨 내용을 살펴보았다.

성녀의 어린 시절이 나온 부분은 빠르게 넘겼다. 괜히 슬픈 과거가 있었다는 이야기로 그녀를 동정하고 싶지는 않았기 때문이었다. 자신이 보았던 장면들 외에도 성녀가 신전을 장악하고, 르한과 사랑에 빠지고, 프라체에게 고백을 받는 장면도 있었다. 르한이 사랑을 속삭이는 것을 보고 기분이 나빴지만 그래도 르한은 제 곁에 있으니 괜찮았다. 책에서는 일레인 라이네드와 케이르한 라크시드 크로나드가 오래오래 행복하게 살았다는 내용으로 끝을 맺었다.

하지만 에델리스 크로나드와 케이르한 라크시드 크로나드가 오래오래 행복하게 살 것이다. 그렇게 생각하니 마음이 편안해져 스르르 잠에 들었다.

에델리스는 누군가 자신을 부르는 목소리에 잠에서 깼다. 힘겹게 졸린 눈을 떴을 때 자신의 눈앞에 있는 것은 다른 누구도 아닌 자기 자신이었다.

"안녕, 에델리스?"

흐릿한 시야가 점점 뚜렷해졌다. 눈앞에 있는 사람은 분명 자기 자신과 크게 다르지 않은 외모였다. 저도 모르게 주변을 둘러보았는데, 이곳은 잠들기 전에 자신이 누워 있는 침실 그대로였다.

"넌 누구야?"

"나는 너면서 너가 아닌 사람. 에델리스 크로나드는 아닌 에델리스 브릴이야."

"그게 무슨……."

에델리스와 같은 외모를 한 사람이 에델리스가 잠들기 직전까지 읽었던 책을 손가락으로 톡톡 두드렸다.

"에델리스 브릴."

"책에서 봤던 그 에델리스 브릴이야?"

"그래."

이전에는 책 속에 있던 황제의 기억을 르한이 갖게 된 것으로 모자라 자신의 눈앞에 황후가 나타난 것이다.

"……혹시 내 기억을 네가 갖게 된다거나."

"성녀와 친했더라면 시도해볼 만했겠지만, 내가 성녀와 친할 리가 없으니 안심해."

"그렇다면 다행인데……."

모든 사건이 끝났다고 안심했을 때 나타난 또 다른 자신이 르한을 뺏어가는 것이 아니라서 다행이었다. 그렇다고 해도 지금 이 상황이 무슨 일인지 전혀 이해되지 않았다. 에델리스가 힐끔힐끔 또 다른 자신을 바라보자 그녀가 피식 웃었다.

"그렇게 경계할 필요는 없어. 다른 에델리스들이 어떻게 됐나 궁금해서 다니는 것 뿐이니까."

"에델리스들이라고?"

다른 에델리스들이라니. 지금 제 눈앞에 있는 사람 한 명만으로도 혼란스러웠는데 더 있다니 그게 무슨 말도 안 되는 이야기인가.

"이 책을 쓴 사람이 누군지는 알아?"

"……아니."

"일레인 라이네드. 그 계집애가 썼어. 남의 남자를 뺏은 게 뭐 그리 자랑스러운 일이라고 이런 책까지 남긴 건지."

그녀가 하는 이야기는 하나같이 놀라웠다. 처음 성녀가 르한을 보자마자 한눈에 반했고, 성녀라는 직위가 무색할 정도로 모든 수를 다 써서 르한을 뺏었다고 한다. 역사는 승자의 기록이라더니 이렇게 미화한 이야기를 책으로 남겨두었다고 했다.

"그렇게 죽고 나니까 너무 억울한 거야. 내가 뭘 그렇게 잘못했다고 폐하께 죽어야 했을지. 정말로 잘못한 것은 일레인 라이네드인데 왜 그 계집애는 내가 못 가진 행복을 누릴 수 있는 건지."

"그래서?"

"죽으면서, 죽고 나서도 신께 빌었지. 신의 사자이자 신의 딸

인 성녀를 위해 당신이 그렇게 한 거냐고, 신이 그래도 되는
거냐고."

"……."

"그랬더니."

"그랬더니?"

"소원을 하나 들어주겠다고 했어."

"소원."

"그래, 소원. 네가 아는지 모르겠지만 그 계집애가 성녀라면
서 각종 잘못을 저질렀잖아?"

그녀는 자신에게 일레인 라이네드가 누명을 씌우고, 베르만
파시스를 속여서 그를 조종하고, 황제로 하여금 자신을 죽이
려고 한 것을 나열했다. 마지막으로 아버지로 하여금 반역을
일으키도록 유도한 것까지. 그때의 기억이 생생한지 그녀의 분
노는 여전했다. 하지만 이내 마음을 가라앉히고 생긋 웃으며
말을 이어갔다.

"그래서 신이 내게 미안했는지, 아니면 신의 유희에 불과했
는지 모르지만 소원을 들어준다고 하더라."

"무슨 소원을 빈 거야?"

"처음에는 시간을 돌려달라고 말하려고 했는데, 실패할까
봐 두려운 거야. 단 한 번의 기회니까."

"……그래서."

"성녀가 썼던 책에 구절을 추가해달라고 했어."

성녀가 쓴 책은 '역사서'가 아니라 거짓이 많이 버무려진

'소설'이었다. 그러니 그 소설이 전승되면서 이야기가 몇 줄 추가된다고 해도 이상하지 않았다. 그래서 그녀는 〈성녀가 썼던 책인 '꽃의 기억'을 에델리스가 책장에서 발견해서 읽었다.〉라는 내용을 추가했다고 한다.

"그런데 단 한 줄 추가되었을 뿐인데, 수없이 많은 결말이 나타났어."

"어떤 결말?"

"일단 너는 일레인 라이네드를 물리쳤지. 이 결말에 도달한 사람이 몇 있는데, 그중에서도 네가 제일 행복해 보여."

"다른 사람은 어땠는데?"

"음, 라이네드를 너무 경계해서 그런지 걔를 보자마자 칼로 찔러 죽여버린 애도 있었어."

에델리스가 뜨악하여 입을 다물 수가 없었다.

"그래서 어떻게 됐는데?!"

"신성 제국이 전쟁을 일으켰고 에델리스는 국외로 쫓겨났지. 신도들한테 돌 맞아 죽었어."

"……그래도 속이 시원하기는 하네."

"나도 저런 방법이 있었다고 감탄하기는 했어."

"또 다른 이야기는?"

그녀는 여러 명의 에델리스가 맞이한 결말을 이야기해주었다. 자신과 비슷한 나이 대의 젊은 백작을 잡아서 일찍이 시집을 간 경우도 있었고, 황비가 되었다가 반역을 일으킨 황제의 칼에 찔려 죽은 경우도 있었다. 얼굴에 흉터를 내서 죽을 때까지 영지에 은둔한 사람, 황제에게 죽기 전에 황제를 죽일 거라며 암살을 시도했다가 교수대에 오른 사람 등 아주 다양했다.

그리고 여자 주인공도 황제를 꼬시는데 자기라고 못할 것은 뭐가 있겠냐며 황제에게 열심히 추파를 날리던 사람도 있었다. 에델리스가 성녀 행세를 하며 일레인 라이네드를 신의 제물로 바쳐야 한다며 없애버린 적도 있었다.

"라이네드와 사이좋게 지내는 애 보고 속이 터져서 죽을 뻔했었어."

"어떻게?!"

"일레인 라이네드가 황후가 되기 전에 걔가 프라체 경과 결혼했거든."

"⋯⋯요하네스 프라체 경?"

"응. 그래도 그 사람 참 괜찮아. 걔를 아주 아껴줬거든."

"아니 뭐, 프라체 경이라면 그럴 것 같기는 한데⋯⋯."

"프라체 경한테도 라이네드가 추파를 던졌는데, 폐하가 두 사람 사이에 접점을 아예 없애버리더라."

"충분히 그럴 수 있어, 르한이라면."

에델리스가 저도 모르게 고개를 끄덕이자 그녀도 동조했다.

"어쨌든 그렇게 나오니까 라이네드도 프라체 경을 포기해서 다 같이 잘 지냈어."

행복한 게 좋긴 하지만, 그래도 프라체 경과의 결혼이라니 상상도 가지 않았다. 게다가 일레인 라이네드와의 평화는 더

더욱 상상이 안 됐다.

"정말 별의별 이야기가 다 있었네."

"응, 게다가 너 때문에 더 많은 이야기가 나왔어."

"나?!"

"응, 너."

그녀는 아무렇지도 않게 에델리스가 과거에 했던 생각들을 하나하나 읊어줬다.

"황제와 결혼하기 전에 도망을 쳤는데 잡혀온 적이 있어."

"역시 도망 안 치기를 잘했네……."

"도망을 쳐서 성공한 적도 있어. 도망치고 나서 한 5년까지는 지켜봤는데, 그 다음에는 어떻게 됐는지 모르겠다."

"진짜…… 엄청나다."

"그렇지? 그래도 나는 네가 제일 재밌었어. 라이네드가 다른 때보다 발악을 하다가 죽어서 그런가?"

"그, 그래."

"폐하도 널 좋아하고. 그렇게나 에델리스를 좋아할 줄 알면서 왜 나한테는 마음 한 자락 주지 않았던 건지."

그녀가 눈을 내리깔며 쓸쓸하게 미소 지었다. 그늘진 얼굴에서 슬픔이 가득 묻어나왔다.

"……에델리스."

"아, 아냐. 동정하지 않아도 괜찮아. 하도 많은 결말을 봤더니 이제는 다른 사람 이야기 같아. 너라도 행복해서 다행이야!"

"고마워……."

"뭘! 계속 응원해 왔는데 잘 되어서 다행이야."

"네가 응원해준 덕분이야."

에델리스가 방긋 미소 지었다. 만약 그녀가 아니었더라면 '에델리스'는 '성녀'의 칼에 찔려 비참한 최후를 맞이하고 끝났을 것이다. 하지만 그녀 덕분에 수많은 기회를 얻을 수 있었고, 그 결과 이렇게 행복한 결말을 맞이할 수 있게 되었다.

"네가 선택을 잘해서 그래. 라이네드와 친하게 지냈으면 정말 책을 불태워버리고 싶었을 거야."

에델리스는 그녀의 능청스러운 말에 킥킥대며 웃었다. 같이 웃던 또 다른 에델리스가 갑자기 웃음을 뚝 그쳤다.

"아, 르한이 너를 부르고 있어."

"르한이?"

"응, 네가 걱정되나 봐."

"나한테는 아무런 소리도 안 들리는데?"

주변을 둘러보아도 아무런 변화도 없었고 문을 살짝 열어 봤지만 어떠한 소리도 들리지 않았으며 다른 누군가도 보이지 않았다. 믿을 수 없었지만 자신의 눈앞에 또 다른 제 모습이 있는 것도 믿을 수 없는 일이었기에 그럴 수도 있다는 생각이 들었다.

"나와 얘기 중이라서 그래. 이제는 정말 가봐야겠다."

"아…… 더 많은 이야기를 나누면 좋을 텐데."

"그러면 르한이 미쳐 날뛸지도 몰라. 대신에 선물을 줄게."

"무슨 선물?"

"일어나보면 알 거야."

그 말을 끝으로 '에델리스 브릴'은 손을 흔들며 조금씩 사라졌고, 에델리스의 시야는 다시금 뿌옇게 변해갔다. 완전한 어둠이 찾아오고 조금씩 귓가에 자신의 이름을 부르는 르한의 목소리가 들렸다.

"델…스! 에……리스!"

답을 해주어야 하는데 입이 떨어지지 않았다. 힘겹게 눈꺼풀을 들어 올리자 자신을 걱정스러운 눈으로 바라보고 있는 르한이 있었다.

"……르한."

"이게 어떻게 된 겁니까. 불러도 답을 하지 않아 걱정했습니다."

"아, 그게……. 신기한 꿈을 꿨어."

"대체 어떤 꿈이기에 흔들어 깨워도 모르는 겁니까?"

어디선가 나타난 책이 에델리스의 곁에서 밝은 빛을 뿜고 있었다. 놀란 르한이 에델리스를 불러보았지만 그녀는 눈을 뜰 생각을 하지 않았다. 깜짝 놀라 황궁의를 부르고도 한참이 지나 책의 빛이 사라진 뒤에야 그녀가 답을 한 것이다.

"꿈에서 책 속의 등장인물인 '에델리스 브릴'이 나왔어."

"예?"

에델리스는 간략하게 그녀에게 들은 이야기를 전해주었다. 책에 나온 내용이 벌어지고 그 이야기를 고치기 위해서 노력한 이야기.

"······그녀 덕분에 이렇게 내가 행복할 수 있는 거군요."

르한이 행복을 곱씹으며 책을 주워들었는데, 갑자기 책에서 빛이 퍼져 나왔다. 항상 책의 이야기가 시작될 때 보였던 그 빛이었기에 당황스러웠다.

"다 끝난 줄 알았는데?!"

르한이 갑작스러운 빛에 놀라 에델리스를 보호하기 위해 책을 떨어뜨리듯 내려놓고 그녀를 끌어안았다.

"책에 적힌 일은 절대 일어나지 않을 겁니다."

르한이 곧은 눈빛으로 단호하게 말하자 에델리스도 고개를 끄덕였다. 그녀 자신이 절대로 그렇게 두지 않을 테니까. 수많은 에델리스가 그러했듯이.

긴장한 두 사람이 지켜보는 가운데 떨어진 책의 페이지가 한 장씩 넘어가기 시작했다. 처음에는 천천히 한 장 한 장 넘어가던 것이 이내 빠르게 촤르르륵 넘어갔다. 그리고 종이가 넘어가는 것과 동시에 르한과 에델리스가 겪었던 많은 일들이 빠르게 나타났다가 사라졌다.

"이게 뭐지?"

"나와 당신······."

그러다가 이내 어젯밤 르한이 에델리스에게 입을 맞추는 장면까지 나왔다. 그러고는 책에 나왔던 빛이 모두 사라졌다.

"이게 어떻게 된 거야?"

에델리스가 당황스러운 마음에 중얼거렸으나 그 답을 해줄 수 있는 사람은 없는 것 같았다. 그런데 그녀가 바닥에 떨어져 있던 책을 주워 혹시나 책에 무슨 이상이 생긴 것은 아닌가 펼쳤을 때 확실히 달라진 것을 발견할 수 있었다.

그날은 에델리스에게 있어서 다른 날과 다르지 않았다. 가정교사로부터 귀족의 소양에 대한 교육을 받고, 쉬는 시간에는 자신의 서재에서 소소하게 책을 읽는 그런 날.

하녀에게 간단한 다과를 내오라고 시키고, 그녀는 서재를 둘러보며 어떤 책을 읽을까 고민하고 있었다. 서재 내에 있는 어지간한 로맨스 소설은 다 읽었다고 생각했는데, 평소에는 못 보던 책을 발견했다.

마치 자신을 발견해달라는 듯이 반짝이는 책등을 보고 의아하게 여겨 책장에서 꺼냈다.

"꽃의 운명……?"

분명히 원래 그 책은 성녀의 어린 시절로 시작했었다. 하지만 그 내용은 온데간데없이 아예 달라져 그들이 지금껏 겪었던 내용으로 바뀌어 있었다. 종이를 넘기면서 내용을 확인해 봤지만 정말로, 완전히 달라져 있었다.

'그렇다면 마지막은?'

궁금할 수밖에 없었다. 원래 책에서는 에델리스의 죽음으로 끝이 났던 이야기가 바뀐 다음에는 어떻게 끝이 날까?

"그들은 영원토록 아주아주 행복하게 살았습니다……."

두 사람의 이야기는 이렇게 끝나 있었다.

"그렇겠죠. 그렇게 만들 거니까."

"응, 이런 미래라면 책이 정해준 미래라도 좋지 않을까?"

왠지 책에게도 인정을 받은 듯한 기분이 들어 에델리스는 뭉클해졌다. 그런 그녀의 질문에 르한은 고개를 끄덕이고는 행복한 미소를 짓고 있던 에델리스의 입술에 입을 맞추었다.

"책에서 말하는 것보다 훨씬 행복하게 만들 겁니다."

내가 가진 모든 것을 걸어서라도.

외전 1 에델리스가 도망쳤다면

"지금 뭐라고 한 겁니까."

"뭐라 드릴 말씀이 없습니다. 혼인하기 싫다고 말을 하기는 했지만 설마 도망칠 줄이야……."

브릴 후작의 저택 로비에서는 에델리스의 아버지인 브릴 후작과 제국의 황제인 케이르한 라크시드 크로나드가 대치 중이었다.

황제는 조금 전 에델리스를 황후로 맞이하기 위해 데리러 왔다가 그녀가 없다는 이야기를 듣고 굉장히 분노했다. 얼마나 오랜 시간을, 한 사람만 보고 달려왔는데 그의 목적지와도 같은 에델리스가 없다니.

"언제 없어진 겁니까."

"이틀. 이틀 되었습니다."

하필이면 그녀가 사라진 것도 자신이 오려고 했던 날보다 더 뒤였다. 만약 르한이 불현듯 그녀를 보고 싶은 마음이 들었을 때 바로 왔었더라면 그녀가 이렇게 도망치지는 않았을 거다. 하지만 곧 에델리스를 볼 수 있기에, 단 며칠이었기에 참아내기로 한 것이었는데 이렇게 사라졌을 줄이야.

에델리스가 도망치게 둔 후작저의 모든 인간들에게 깊은 분노가 끓어올랐다. 그리고 그런 그의 분노를 정면에서 받아내는 브릴 후작의 안색은 어둡기 그지없었다.

'에델리스가 혼인을 눈앞에 두고 사라질 줄이야.'

처음 에델리스가 사라진 것을 눈치챘을 땐, 단순히 바람을 쐬고 싶어 하는 줄 알았다. 하지만 영지를 아무리 뒤져도 나타나지 않았다. 뒤늦게 인근 지역에도 기사를 보내 찾으려고 해봤지만 그녀의 털끝 하나 발견되지 않은 채로, 지금 이 시간까지 온 것이다.

"국경을 닫고 금색 머리카락에 녹색 눈동자를 가진 여성에 대한 수배령을 내려라. 하지만 절대로 다쳐서는 안 될 것이다."

"예!"

그리고 후작은 황제의 명령에 따라 자신의 집무실에 몰래 숨겨놓았던 에델리스의 초상화를 가지고 왔다. 그녀가 초상화를 그리는 것을 극구 거부했기에 후작이 하인을 빙자한 화가를 들여 몰래 그리게 했던 것이다.

"에델리스……."

황제가 에델리스의 초상화에 손을 뻗었다가 감히 손도 대지 못하고 주먹을 쥐었다. 그러고는 그것을 물끄러미 바라보다 그녀의 이름을 불렀다. 그리고 아직 남아 있던 기사들에게 명령을 내렸다.

"후작령을 중심으로 물 샐 틈 없이 수색하라. 그리고 만일 에델리스 브릴에게 무슨 일이 생긴다면, 살아 있는 것을 후회하게 만들 것이니 각 지역의 영주들에게 치안을 강화하라 일러라."

에델리스는 그 시각 상단의 짐마차를 얻어 타고 국경을 향해 가고 있었다. 허리까지 내려오던 그녀의 머리카락은 어깨에 겨우 닿을 정도였다. 그렇게 윤이 나는 긴 머리카락을 가진 평민은 드물었기에 에델리스가 눈물을 머금고 잘라버렸기 때문이다. 에델리스는 그걸로도 모자라 로브에 달려 있는 후드를 뒤집어써서 머리카락을 숨겼다.

'이 정도면 아무도 귀족이라고 생각하지 않겠지?'

하지만 에델리스가 숨기려고 해도 숨겨지지 않은 귀족 특유의 분위기가 있었다. 그렇기 때문에 그녀와 함께 움직이고 있는 상단은 그저 사연 있는 아가씨겠거니 생각했다.

"델! 식사해."

"네, 알려주셔서 고맙습니다."

지금만 해도 대체 어떤 평민이 저렇게 예의 바르게 인사한단 말인가.

'아버지는 잘 지내고 계시려나……'

제 하나뿐인 아버지를 두고 다른 나라로 떠나는 것이 마음에 걸렸지만, 별다른 방법이 없었다. 아버지의 가슴에 못을 박고 말지 황제의 손에 목이 떨어지게 할 수는 없었다.

지금쯤이면 에델리스가 황궁으로 가기 위해 마차를 타고 갈 시간이었다. 물론 에델리스의 예상과는 달리 황제가 직접 마중 나왔지만, 그녀가 그것을 알 방법은 없었다.

'이제 어떡하지? 진짜로 망명하게 됐는데.'

사실 나라를 떠날 생각까지는 없었다. 혼자 다니기는 위험해 호위를 받고 있는 상단과 함께 움직이려고 한 것이다. 우연찮게도 그 상단은 그녀가 언어를 공부했던 세르니에로 향하고 있었고, 에델리스는 여기서 운명을 느꼈다. 세르니에어를 공부해두길 잘했다며 자신을 칭찬하며 그곳으로 향하기로 결정한 것이다. 나중에 여자 주인공이 나타나 황제의 모든 관심을 가져갈 때쯤, 집으로 돌아와 살면 좋겠다고 막연히 생각했다.

"어?"

어디선가 갑자기 타는 냄새가 나기 시작했다. 같이 짐마차에 타고 있던 사람들이 깜짝 놀라 마차 밖을 살펴보자 도적 떼들이 쏜 불화살에 짐들이 불에 타고 있었다. 도적들이 혼란한 틈을 타서 급습했고, 상단의 호위는 그들에 대항하여 전투를 벌였다.

'황제에게서 벗어났다 싶었더니, 다음은 도적이야?'

"도망가야 할 것 같은데?"

"도망갈 방법은 있어요?"

"호위가 시간을 벌고 있는 동안에 산으로 올라가는 게 제일 나을 것 같아."

"산으로 올라가봤자 산적들에게 금방 잡히지 않을까요?"

"동굴 같은 데서 숨어 있다가 내려가야지."

남자의 말은 그럴싸했다. 더 이상 깊게 생각할 시간이 존재하지 않았기에 사람들은 빠르게 결정했다. 하나, 둘, 셋을 세고 나서 다 같이 짐마차에서 뛰어내려 산 중턱을 향해 달려가기 시작했다.

"어?!"

그런데 산으로 올라가자고 제일 먼저 제안했던 상인이 자신 혼자만 반대 방향인 산 아래로 내려가고 있었다. 우리를 미끼로 하고 자신만 다른 방향으로 간 것이다. 그러자 도적들은 당연히 다수가 있는 우리 쪽으로 달려왔다.

이대로 뭉쳐봤자 별 도움이 안 될 것을 알고 있기에 사람들은 뿔뿔이 흩어졌다. 에델리스의 옆으로 달려가던 사람이 활에 맞아 쓰러졌다.

"꺄악!"

"여자다! 잡아!"

"다치지 않게 해! 가치가 떨어지니까!"

에델리스의 비명 소리를 들은 누군가가 그녀를 생포하라고 명령했다. 그러다 누군가 그녀의 머리채를 잡으려고 손을 뻗었다.

다행히 머리카락 대신 후드가 잡혔지만, 불행히도 더 이상 달려가지는 못했다. 후드가 벗겨진 에델리스가 도망칠 수 있나 확인하기 위해 뒤를 돌아봤을 때, 그런 그녀를 지켜보고 있던 도적들의 수장이 순간적으로 숨을 멈추었다.

짧게 자른 금색 머리카락이 삐뚤빼뚤했지만 그걸로는 가릴 수 없는 외모가 빛이 났다. 그리고 머리카락과 잘 어울리는 녹색 눈동자가 겁에 질린 것 역시 아름답다는 말 외엔 할 수 없었다.

그 모든 모습들이 느리게 흘러가는 시간 속에, 흐릿한 배경을 뒤로하고 오직 그녀만이 또렷하게 보였다. 도적들의 수장이 조용히 명령했다.

"다치지 않게 조심히 모셔 와."

"허억, 허억."

홀로 도망친 상인은 한참이나 달렸다. 처음에는 자신의 주변으로 화살이 쏟아졌다. 하지만 이내 화살이 쫓아오지도, 누군가의 발걸음 소리가 들리지도 않았다. 멍청한 미끼들과 다른 방향으로 달린 덕분이었다.

'그런 곳에서 죽을 수는 없지!'

드디어 저 멀리에 민가가 보이기 시작했다.

'살았어!'

마음을 놓지 않고 오히려 속도를 더 올려 달렸다. 사람들의 틈바구니에 끼어들고 나서야 자신이 살았음을 실감했다. 그리고 바닥에 털썩 앉아 숨을 골랐다.

처음에는 목숨이라도 구한 것이 어디인가 싶었다. 그다음에는 놓고 온 자신의 짐이 생각났다. 마지막으로는 앞으로의 일이 막막해졌다.

'어떡하지…….'

우선 정보 길드에 가서 무언가 잔심부름이라도 할 것이 없나 알아보려고 했다. 정보 길드에 들어가 게시판을 확인하자 직원이 막 게시판에 무언가를 붙이고 있었다.

붉은색 종이였다. 염색하는 비용이 비싸 주로 초고가의 의뢰를 할 때 쓰는 것이었다. 대부분 놀라우리만치 엄청난 이야기가 적혀 있는 경우가 많아 많은 이들이 내용을 확인하기 위해 달라붙었다.

> 혼자 다니는 귀족 여성에 대한 정보 모집 중. 내용에 따라 사례 최고 금화 1,000,000 닢.

'일 십 백 천…… 배, 백만?!'

"백만?!"

남자뿐이 아니라 그 근처에 있던 모든 사람들의 이목이 집중되었다.

"대체 어떤 귀족이길래 백만 닢이 걸려 있는 거지?"

"이웃나라 황녀님이라도 오신 건가?"

"그런데 연령대 같은 건? 뭘 알아야 정보를 알아보지!"

"멍청아, 그러면 다들 정보를 지어내니까 그런 거 아냐."

남자가 주변을 둘러보았을 때는 이미 직원 셋이 더 나와 있었고, 그들 앞에는 행렬을 방불케 하는 줄이 세워져 있었다. 남자도 우선 줄을 선 뒤에 생각해보기로 했다.

'귀족 여자가 혼자 다닌다고? 납치라도 당한 건가? 그럼 한 7살 정도라고 하면 되는 건가?'

"다음."

줄은 빠르게 사라졌다. 쓸모없는 정보를 말한 사람들은 가차 없이 줄에서 사라지게 되었다.

"어린아이였는데, 끌려가고 있었습니다."

남자는 탄식했다. 자신이 생각한 가설을 제 바로 앞에 있는 사람이 말해버렸기 때문이다. 하지만 다행히도 앞에 있던 사람은 곧바로 내쳐졌다. 문제는 이제 자신의 차례가 됐을 때 할 말이 없었다는 것이다.

"할 말이 없다면 비키지 그래?"

'이게 어떻게 잡은 기회인데!'

안 될 말이었다. 자신은 오늘 도적을 만나 짐까지 다 빼앗기고 천신만고 끝에 겨우 목숨을 구했……다고 생각한 찰나에 누군가의 얼굴이 떠올랐다. 평민인 척하지만 깨끗한 옷을 입고 있던, 평민치고는 지나치게 언행이 품격 있는.

"로브를 입고 후드를 깊숙이 쓰고 있었습니다."

생각을 마치기도 전에 이미 입이 움직이고 있었다. 직원은 심드렁하게 듣고 있었다. 역시 그 정도라면 다들 비슷하게 말할 터였다.

"평민치고는 깨끗한 피부에…… 아, 눈이 녹색이었습니다."

"다음."

'아…… 아닌가.'

남자는 눈에 띄게 실망했다. 혼자 다니는 귀족 여성이 어디 없나 찾아보러 가야겠다고 생각했다. 정보 길드의 문밖으로 나오자마자 누군가에게 채여 옆 건물로 끌려 들어갔다. 그곳에는 정보 길드장이 있었고, 옆에는 높은 귀족으로 보이는 이가 있었다.

"대, 대체 무슨 일이신지요."

"백작님께 예를 갖춰라."

"아, 아이고!"

남자가 빠르게 엎드렸다.

"됐다. 됐으니 더 말해보아라."

"무엇을 말입니까?"

남자가 떨리는 목소리로 되물었다.

"녹색 눈동자의 여자."

'맞구나!'

남자는 아까와는 전혀 다른 이유로 목소리가 떨렸다. 머릿속에서는 이미 금화가 차곡차곡 쌓이고 있었다.

"넵! 델이라는 아이였는데."

"델?!"

"예! 분명 델이라고 했습니다."

정보 길드장과 백작이 시선을 주고받았다. '에델리스' 그들이 찾고 있는 이의 이름이었다. 그리고 그분과 공교롭게도 이름자가 겹쳤다.

"그리고 평민치고는 이상하게 하얀 피부에 손도 고생 한 번 해본 적이 없어 보였습니다요, 말투도 고상한 게 전혀 평민 같지 않았습죠!"

"혹시 키는 어느 정도 되었는가."

남자가 자리에서 일어나 자신의 어깨 부근을 짚었다.

"이 정도쯤 됐습니다요."

"맞는 것 같은데……. 그 여자는 어디서 보았나?"

"세르니에로 가는 상단과 함께 움직이고 있었는데."

"세르니에!"

정보 길드장이 자리를 박차고 일어났다.

"그분도 세르니에로 가신다던가."

"예? 예에, 그랬습죠. 세르니에 사람도 마차에 같이 타고 있었는데, 둘이서 세르니에 말로 뭐라 뭐라 얘기도 했습니다."

정보 길드장과 백작은 시선을 교환했다. 아무래도 자신들이 찾는 사람이 맞는 것 같았다. 녹색 눈동자가 흔하지는 않았다. 키도 여성치고는 약간 큰 편이었다. 게다가 세르니에어를 할 수 있는 사람이라면 찾아볼 가치는 충분했다. 외국어를 구사할 줄 아는 여성 자체가 굉장히 드물었기 때문이다.

"혹시 머리카락은 보지 못하였는가."

"음…… 죄송합니다요, 워낙 후드를 깊게 써서……."

"그분을 뵈었으면 좋겠는데, 어디에 계신가?"

그분? 영주님께서 '그분'이라고 하신다면 영주님보다도 높다는 뜻인데…….

남자는 낭패감을 느꼈다. 미끼로 쓰고 도망쳤다고 말할 수도 없고.

"그, 그게."

"어서 말하거라."

"상단과 함께 움직이는 동안에 갑자기 도적의 습격을 받아서……."

"뭐?!"

"뿔뿔이 흩어졌습니다요."

백작은 황제의 서신이 떠올랐다.

만약 에델리스 브릴에게 무슨 일이 생긴다면
그대들의 목숨에도 무슨 일이 생길 것이다.

이대로 일을 덮어서 모르는 척해야 하나, 아니면 지금이라도 찾으러 가야 하나 고민이 되었다.

"……언제 있었던 일인가."

"조, 조금 전입니다요. 두어 시간쯤 된 것 같습니다요."

아직 하늘은 자신을 버리지 않은 것이 틀림없었다. 백작은 호기롭게 소리쳤다.

"기사단을 소집하라. 당장 그분을 모시러 갈 것이다."

머지않아 서신을 받은 황제가 곧바로 트라비안령으로 왔다. 다른 지역에서도 에델리스로 추정되는 인물에 대한 정보를 모았지만, 워프게이트 이용 내역이 없는 에델리스가 갈 수 없는 위치인 경우도 있었고 그 정보의 정확도도 떨어졌다. 이곳에 도착하자마자 트라비안 백작이 버선발로 뛰어나와 황제를 맞이했다.

"그래서 에델리스는?"

"그, 그게⋯⋯."

백작의 이마에서 식은땀이 흘렀다. 이러이러한 정보를 얻었다는 보고만 올리고 기사단을 보내 아가씨를 모셔 오라고 했는데 얼마 지나지 않아 황제가 친히 이곳을 찾은 것이다. 그는 자신이 생각했던 것보다 훨씬 사태가 위중하다는 것을 깨달았다.

"에델리스는."

"정보를 가지고 온 자가 말하기를, 도적 떼에 습격 당하였다고⋯⋯."

'습격'이라는 글자에 황제의 미간에 깊은 주름이 팼다. 황제까지 등장한 마당에 혹시라도 헛소문이었다면 자신이 감당할 수 없을 것 같았다. 도적단 토벌을 위해 황제를 속였다고 하면 어쩌나 싶었다.

"도적단의 근거지는 어디인가."

"이미 기사단을 보내놓았습니다! 조금만 기다려주시면."

"위치."

르한의 속이 부글부글 끓었다. 감히 도적 따위가. 그녀에게
생채기라도 난다면 그것들이 태어난 것을 후회하게 만들어줄
생각이었다.

백작이 말한 근거지는 세르니에로 넘어가는 국경과 인접한
험준한 산이었다. 많은 인원이 가봤자 거치적거리기만 할 뿐이
니 정예 기사를 추려 산으로 향했다.

"이름."

"……."

"지금 상황 파악이 잘 안 되는 모양이네?"

도적을 이끄는 두목이라는 자가 자신의 천막으로 에델리스
를 불러들였다. 양 손목이 묶인 채로 끌려가게 된 에델리스는
어떻게 하면 도망갈 수 있을지 궁리했다. 황제에게서도 벗어났
는데, 고작 도적 따위에게 잡히고 싶지는 않았다.

"어쩌려고?"

이름을 밝혀봤자 아버지께 서신을 넣어 제 몸값이나 받으려
고 할 것이 뻔했다. 아니면 다른 나라에 팔아버리겠지.

그렇게 생각하니 자연스럽게 말이 곱게 나오지 않았다. 그렇
다고 다치지 않게 잡은 것을 보니 함부로 대하지는 않을 것 같
았다.

"너를 어떻게 할지는 오로지 내 손에 달려 있는데. 이런 식

으로 나오면 곤란하지 않겠어?"

"죽이게?"

"굳이?"

"그럼, 팔아버리게?"

"남 주기엔 아깝지."

미친 건가. 이런 도적 따위에게 있자니 자신이 너무 아까
웠다.

"결혼하기 싫어서 도망가는 중이었으니 남한테 줄 일도 없
는데. 그냥 놔주는 게 어때?"

"내게로 도망 왔다는 생각이 들지는 않아?"

"……."

미친 게 확실하다.

에델리스는 천천히 고개를 끄덕였다. 전혀 그런 생각이 들지
않아서.

"이곳에 있기 싫으면 나가도 돼."

두목의 말이 끝나자마자 벌떡 일어났다. 묶여 있는 손이 불
편해도 다리는 자유로웠다.

"그런데 내 천막이 아니라면, 다른 녀석들과 밖에서 자야 하
는데."

"뭐?"

"그 녀석들이 밤에 얌전히 있을지……."

두목이라는 자는 비릿한 미소를 지었다. 밖을 슬쩍 내다보
니 이미 어둑어둑해지고 있었다. 천막 틈새로 보이는 도적 떼

432

는 아비규환이 따로 없었다.

에델리스는 어쩔 수 없이 천막의 구석에 가서 쪼그려 앉았다. 천막 밖으로 나갈 수는 없지만 그렇다고 저 녀석의 근처에 있고 싶지도 않았기 때문이다.

"고집하고는."

두목이 성큼성큼 걸어와 그녀의 앞에 쪼그리고 앉았다. 원체 덩치가 컸기에 쪼그리고 앉아도 에델리스보다 머리 하나는 더 컸다.

"이름."

"……."

그녀에게서 아무런 대답이 없자 에델리스를 번쩍 들어 일으킨 다음에 천막 바깥쪽으로 밀었다.

"꺄악!"

에델리스의 머리는 이미 천막 밖으로 나갔고, 그녀의 비명 소리에 모두의 이목이 집중되었다. 그러자 두목이 조금 전에 다른 이들과 밖에서 자야 한다고 말했던 것이 떠올랐다. 마지막이라는 듯이 남자가 재촉했다.

"이름."

"에, 에델리스!"

어쩔 수 없이 자신의 이름을 말했지만 곧 후회했다. 이야기할 거였으면 '델'이라는 가명을 댈 것을, 너무 당황해서 실수로 본명을 말해버렸기 때문이다. 남자는 입꼬리를 끌어 올리며 웃더니 그녀를 천막 안쪽으로 다시 들여놓았다.

"에델리스."

"친한 척 부르지 마."

"성이 있나 보지?"

"......."

제 이름을 불렀던 사람 자체가 워낙에 적다 보니 방어적으로 나간 것이었다. 평민은 보통 성이 없고 이름만 있다는 것을 간과했었다. 괜히 자신이 귀족이었다는 사실만 알려준 셈이었다.

"상관없어. 앞으로 쓸 일은 없을 테니."

그 말에 대해서는 어느 정도 공감했다. 세르니에로 간 뒤에도 어느 가문에 속한 사람이 아닌 그저 에델리스로 살려고 했었다. 그래도 도적의 수령이 말하니 괜시리 반항심이 들었다. 하지만 지금 자신의 상황에서 무언가 할 수 있는 일은 없었다. 에델리스는 천막의 구석에서 다리를 끌어모으고 얼굴을 묻었다.

'어떡하지. 그래도 황제랑 결혼하는 것보다는 나을까? 그래도 브릴 후작가가 멸문하는 것은 막았잖아.'

'아니 아무리 그래도 그렇지 꼭 도적이어야 해? 그냥 평범하게 사는 게 그렇게 힘들어? 그냥 시골에서 농사지으면서 오래오래 살고 싶었을 뿐인데!'

생각할수록 억울해 눈동자에 눈물이 차올랐다. 역시 나올 때 호위를 데리고 나왔어야 했다. 그랬다면 이렇게 속절없이 도적에게 붙잡히지는 않았을 것이다. 상단과 가지 않고 호위

434

와 갔을 수도 있고, 호위의 엄호 속에 도적에게서 빠져나와 도망가는 것 정도는 가능했을 수도 있다.

'르한이 있었으면 좋았을걸!'

이미 상단과 함께 움직이기 전에 용병을 고용하려고 했다가 보석만 떼어먹힌 경험도 있기 때문에 더욱 그가 생각났다.

'무슨 상황이 되더라도 구해준다며!'

에델리스가 구석에서 훌쩍이는 것을 두목이 못마땅하게 쳐다보았다. 그러나 며칠 저러다 말겠지 싶어 내버려두었다. 어차피 제 옆에 있을 것이었고, 시간은 아주 많이 있었으니까.

"두목."

밖에서 낮은 목소리의 부하가 남자를 부르더니 천막 안으로 비집고 들어왔다.

"백작가의 기사단이 움직인다고 합니다."

"왜?"

"오늘 습격에서 도망친 놈이 신고한 모양입니다."

"그 정도로 기사단을 보낸 적은 없잖아."

"모르겠습니다. 단장이 직접 기사들을 끌고 오고 있다고 하니 잠시 은신하는 것이 좋을 것 같다고 했습니다."

남자가 한숨을 내쉬었다. 오랜만에 상당한 금액을 약탈했으니 잠시 쉬어도 될 것 같긴 했다. 게다가 아름다운 여자까지 있으니 괜히 기사단과 맞붙을 이유가 없었다.

"은신처로 가자."

"예."

"끄나풀은 이리로 들어오라고 해. 정보 삯을 줘야지."

"알겠습니다."

에델리스는 이래서 이 나라의 도적이 없어지지 않는 것이라고 통탄했다. 도적과 내통하는 기사 단원이라니. 어디 얼마나 대단한 낯짝인지 구경이나 하고 싶었다.

그런데 에델리스는 그 자식이 들어오자마자 깜짝 놀라고 말았다. 왜냐하면. 너무나도 낯이 익은 얼굴이었기 때문이다.

'바이스 자작의 차남…… 그 개자식!'

옛날 자신의 데뷔탕트 날, 제게 춤을 신청했던 그놈이 아닌가! 저놈이 나를 버리고 가지만 않았어도 황제와 춤을 추지 않았을 텐데!

그때 황제와 춤을 추었던 것을 생각하면 아직도 치가 떨렸다. 어떻게든 복수를 하고 싶은데, 지금 들키면 곤란한 건 자신이었다. 저 자식이라면 분명 황제에게 달려가 신나게 자신을 팔아먹을 게 뻔했다.

'복수할 거야, 복수할 거야!'

그러나 지금 이곳에 잡혀 있는 자신의 상황을 생각하자 우울함이 앞섰다. 바이스 자작가의 차남이 대가를 받고 싱글벙글하며 나가자 두목이 에델리스를 일으켜 세웠다.

"일어나. 이동할 거니까."

"나는 그냥 두고 가면 안 될까?"

두목은 가뿐하게 그녀의 말을 무시하고 자신의 말 위에 태웠다. 졸지에 그의 품에 안겨 말을 타고 가게 된 에델리스의

436

표정이 썩어들어갔다.

에델리스는 수령을 밀치고 자신이 말을 몰고 도망갈 계획을 세웠다. 손이 묶여 있어 불안하기는 해도, 시도해볼 만했다.

"에잇!"

에델리스가 체중을 실어 들이받았다.

"……뭐 하는 거야?"

낙마하게 된다면 미안하다고 생각한 것이 무색하게도 남자는 꿈쩍도 하지 않았다. 잠시간의 침묵 뒤에 에델리스가 입을 열었다.

"흔들려서."

"말은 한 발자국도 움직이지 않았어."

"……흔들린 것 같아."

"그러든지."

도적들은 자신들이 머물렀던 흔적들이 들킬까 봐 깨끗하게 없애버렸다. 그리고 산속 깊은 곳에 있는 은신처를 향해 말을 달렸다.

얼마나 달렸을까? 갑자기 말들이 속도를 줄였다. 도적단의 두목이 한쪽 손을 들어 주먹을 쥐고 그들에게 경계하라는 수신호를 보냈다.

"쉿."

"……"

눈을 잔뜩 찌푸리고 그들이 숨어 있는 숲 바깥쪽을 보았다. 하얀색 군마! 제국 기사단의 말이었다!

살았다는 생각이 든 것도 잠시, 도적들이 말을 돌려 도망치려고 했다. 그들의 어수선한 모습을 제국 기사단이 눈치를 챘지만, 이미 늦었다.

'어떡하지? 어떡하면 좋지?'

이곳의 지리를 훤히 알고 있는 도적들은 산개하여 숲을 통과하고 있었다. 그러는 사이에 제국 기사단과의 거리가 더욱 벌어졌다.

'이대로는 안 돼!'

에델리스가 묶여 있던 손으로 제 머리를 감싸고 몸을 잔뜩 구부려 수령의 팔과 몸통의 사이로 몸을 던졌다.

"이런, 미친! 에델리스!"

수령이 소리치는 목소리가 멀리서 들려왔다. 다행히 바닥에는 많은 나뭇잎이 깔려 있었지만, 진짜 너무 아팠다. 낙마로 괜히 사람들이 죽는 게 아니라는 것을 깨달았다.

정말, 진심으로 너무 아팠다. 황제의 칼에 찔려 죽기 싫어서 도망쳤다가, 도적단의 두목과 혼인하기 싫어서 도망쳤다.

그러다 그 끝은 낙마로 인한 사망이라니.

'이게 뭐야……'

너무 아파서 차라리 정신을 놓으려고 하는데, 끙끙거리며 앓고 있는 그녀를 사이에 두고 두 사람이 대치했다.

"전원 생포하라. 조금이라도 저항할 시 죽여도 좋다."

남자의 말이 떨어지기가 무섭게 숲을 에워싸고 있던 기사들이 모습을 드러냈다. 수많은 기사들로부터 둘러싸이자 도적들은 어찌할 바를 모르고 당황했다. 누군가 소리 지르며 도망치려고 저항하자 곧바로 그의 허벅지로 칼이 들어왔다.

"……대체 왜 이러시는 겁니까."

도적단의 두목은 지금 자신이 잘못 행동했다가는 전원이 몰살당할 수 있다는 것을 눈치챘다. 바닥에 무기를 버리자, 이내 다른 부하들도 그를 따라 무기를 버렸다. 그러자 주변에 있던 기사들이 그를 에워싸고, 무기를 발로 차서 치워버렸다.

"라이넨 도적단의 수령, 라이넨. 맞나?"

"……."

"상단을 습격했다는 이야기를 들었는데."

르한이 무릎을 꿇고 자신의 앞에 쓰러져 있던 이의 후드를 걷었다. 그러자 에델리스가 식은땀을 흘리며 끙끙 앓고 있었다.

저 자식의 입에서 나온 이름을 잘못 들었기를 바랐건만, 에델리스가 맞았다. 르한이 이를 아드득 물며, 자신의 뒤편에 있던 의사에게 그녀를 보였다. 의사가 몇 개의 물약을 먹이자 에델리스의 표정이 훨씬 편안해졌다.

"전원 사살."

"잠시만요!"

르한의 단호한 답에 수령이 급하게 그를 불렀다. 고작 상단 하나 습격한 것치고는 너무 과한 처사였다.

"재판을 받게 해주십시오! 이러는 것이 어디 있습니까!"

"범법자가 재판을 요구하다니."

"……재판을 받게 해주십시오."

재판을 받으면 기껏해야 약탈물을 뱉어내고 벌금을 내는 정도로 끝날 것이다. 그 정도의 피해는 다시 약탈하면 되는 문제였다. 운이 더럽게 없긴 했어도 황실 기사단에게 즉결 처분 당할 정도는 아니었다. 도적단의 두목은 그렇게 생각했다.

르한이 그의 말을 비웃었지만 도적단의 두목은 그것이 가장 현명한 판단인 것 같았기에 자존심이고 뭐고 다 집어던졌다.

"즉결 처분받지 않은 것을 후회할 텐데."

황족을 납치하려고 시도한 것만으로도 일가족 모두가 몰살될 수 있다는 것은 그도 알고 있었다. 하지만 자신이 납치했던 그 여자가 황족이라는 것을 알리는 만무했다.

'당장 죽지 않은 것을 후회할 일이 무엇이 있겠어.'

상황의 중요성을 모르는 두목은 단지 그렇게 생각했다.

에델리스는 진통제의 약효가 떨어지자마자 온몸이 아려와 정신이 들었다.

"으윽!"

"의사를 들라 하라!"

"예!"

어딘지 모르게 익숙한 낮은 목소리가 소리쳤다. 에델리스가 고개를 돌려 목소리가 들려온 쪽을 향했다. 이미 날이 밝았는지 햇빛이 그의 뒤에서 비쳐왔다.

'……누구지?'

약효로 인해 아직도 머리가 어지러운 데다가 역광 탓에 그가 잘 보이지 않았지만 자신을 구해준 사람인 것 같았다. 그러니 의사도 불러주는 거겠지.

통증으로 힘든 와중에도 에델리스는 숨을 고른 뒤 인사를 했다.

"도와주셔서 감사합니다."

"……."

"갑작스럽게 도적에게 납치되어 모두 끝난 줄 알았는데……."

몸이라도 일으켜 머리 숙여 인사를 하고 싶었지만 몸이 따라주지 않았다. 그때 의사가 들어와 그녀에게 약을 준 뒤에 움직이지 않도록 신신당부를 하고 나갔다. 이후 불편한 침묵이 흘렀다. 남자는 이상하게도 제 옆에 가만히 앉아 있었다.

"아."

"뭐 생각나는 거라도 있으십니까?"

에델리스가 무언가 떠올리자 남자가 몸을 벌떡 일으켜 에델리스 쪽으로 기울였다. 은은한 미소를 머금고 있는 것이 무언가 기대라도 하는 것 같은 표정이었다.

"바이스 자작가의 루터라는 인간이 있는데, 도적단의 끄나풀이었어요."

"……알아서 처리하겠습니다."

또다시 침묵이 가라앉자 숨 쉬는 것조차 불편했다.

"저기."

"예."

"몸이 낫는 대로 나갈 테니."

"나간다고?"

남자의 목소리가 이전보다 더욱 낮아졌다.

"그렇게 신경 써주시지 않아도 괜찮아요."

그러니 볼일 보러 가시면 될 것 같은데.

"정말. 기억나는 게 하나도 없는 겁니까?"

"……도적단의 수가 한 2, 30명 같아요."

에델리스의 말에 남자는 '하' 하고 숨을 내뱉었다. 길고 긴 한숨을 내뱉은 뒤에야 남자는 입을 열었다.

"에델리스 브릴."

"어, 어떻게……?"

신분을 나타낼 만한 것은 단 하나도 가지고 오지 않았는데 어떻게 내가 에델리스 브릴인 걸 알고 있는 거지?

"당신이 이곳에서 나갈 수 있으리라고 생각한 겁니까."

남자는 마음을 가라앉히기 위해 천천히 숨을 내쉬고 말을 이었다.

"제 곁에서, 벗어날 수 있으리라 생각한 겁니까."

"무, 무슨."

자리에서 일어난 남자가 서랍에서 조그만 상자를 꺼냈다. 그리고 상자를 열자 모습을 드러낸 반지를, 에델리스의 왼손

약지손가락에 끼웠다.

"제 아내가 되어달라고 하지 않았습니까."

"······!"

"에델리스 크로나드. 이제 당신의 이름입니다."

제 눈앞에 있는 남자가 황제였다는 것을 깨달은 에델리스의 동공이 사정없이 흔들렸다. 그런 에델리스를, 황제는 여유롭게 바라보면서 그녀의 얼굴 옆으로 손을 짚었다. 그리고 그녀를 내려다보다가, 몸을 숙여 귓가에 속삭였다.

"당신의 옆에 있기 위해 내가 무슨 짓까지 할 수 있는지 모를 겁니다."

"······."

"그러니 어디 갈 생각하지 마시고, 내 옆에 있으세요."

르한의 진득한 집착이 담긴 눈길이 에델리스를 옭아맸다.

"······저를 죽이지 않으세요?"

"내가 왜 당신을 죽입니까? 당신을 죽이려는 자를 죽인다면 모를까."

"제가······ 도망쳐서."

"도망이라니. 당신은 결혼하기 전 잠시 잠깐 산책을 나갔을 뿐이고, 우연찮게 도적단에게 습격받아 납치당했을 뿐입니다."

산책을 2박 3일이나, 보석과 금화를 모두 가지고 계획적으로 나가지는 않을 것이다. 하지만 르한이 그렇게 정했기 때문에 산책을 2박 3일 나간 것이 아니라, 납치를 2박 3일 당한 것으로 꾸밀 계획이었다.

"그렇기 때문에 어쩔 수 없이 입궁이 늦어진 것……이라고 생각합니다만, 틀렸습니까?"

"아, 아뇨. 맞아요."

에델리스로서는 그가 물어준다면 다행이었다. 적어도 자신이 도망친 것을 이유로 목을 치지는 않을 테니까. 그녀는 목이 붙어 있는 시간이 늘어난 것을 다행이라고 여겼다. 그동안에 다시 살 방법을 찾기로 했다.

"그러면 사흘 뒤에 있을 결혼식까지 푹 쉬고 있으십시오."

"사흘이요?!"

"최대한 일정을 당겼습니다. 제가 하고 싶은 대로 준비하는 동안에 그대가 또 산책을 가면 어떡합니까."

"……설마요."

에델리스는 자신의 계획이 벌써부터 들킨 것만 같아서 시선을 회피했다. 황제 역시 한숨을 가볍게 내쉬고는 곧바로 여러 사람들을 불러들였다.

사흘의 시간 동안 웨딩드레스 가봉이나 할 수 있으면 다행이라고 여겼는데 어찌 된 일인지 에델리스의 몸과 거의 다르지 않은 크기의 드레스가 여러 벌 완성되어 있었다. 심지어 최신 유행하는 디자인도 있었고, 한 번도 본 적 없지만 분명 유행을 탈 것이라는 확신이 드는 디자인도 있었다.

"어떠세요, 폐하?"

"정말, 정말 빈말이 아니라 하나같이 다 아름다워요."

"감사합니다, 폐하. 저의 걸작이에요!"

그렇게 말하는 사람은 수도에서 가장 유명하다는 부티크의 마담이었다. 워낙에 유명했기에 돈을 들고 가도 살 수 없다는 이야기만 들려왔다. 그런 마담이 만든 드레스가 이렇게 십수 벌이나 있다니 놀라울 따름이었다.

"정말 잘 어울리시죠?"

"그렇군."

마담의 말에 르한이 자신이 더 뿌듯하다는 표정으로 고개를 끄덕였다.

대체 왜 자신이 드레스를 입는데 황제가 여기에 있는 건지, 자신의 사이즈에 맞는 드레스는 어떻게 준비되어 있는 것인지, 게다가 그림자도 보기 힘들다는 마담은 어떻게 이곳에 있는 것인지. 그것들이 모두 궁금했지만 황제의 표정이 워낙 인상적이라 다른 것은 중요치 않은 것 같았다.

"폐하께서 입으셔서 분명 유행할 거예요!"

지금도 마찬가지였다. 제 심장을 찔러 죽일 게 분명한 황제는 왜 여기서 누구보다도 확신에 찬 얼굴로 고개를 끄덕이고 있는 걸까? 하지만 차마 황제에게 표정이 왜 그러냐고 물을 수 없기에 꾸욱 참았다.

결혼식을 마치고 방으로 돌아온 에델리스는 무언가 이상한 것을 깨달았다. 책에서 본 것과 달리 참석한 인원도 적은데다가,

아무리 둘러봐도 가장 중요한 여자 주인공이 보이지 않았다.

"왜지? 결혼식에 여자 주인공이 참석하는 게 아닌가?"

에델리스는 몰랐지만 결혼식 날이 되어서야 타국에 '제국의 황제가 결혼한다.'는 내용이 적힌 서신이 간신히 도착했기 때문이었다. 하지만 이를 몰랐던 그녀는 책이 사실이 아니었나보다, 자신의 예상이 틀렸나보다 생각하며 가슴을 쓸어내렸다.

"좋은 게 좋은 거 아니겠어?"

에델리스는 편안한 마음으로 침대에 누웠다. 이럴 줄 알았더라면 도망치지 않았을 텐데. 게다가 저를 시종일관 냉대했던 황제 역시 이상하게 따뜻한 눈빛으로 저를 바라보았다. 책을 읽지 않았더라면 '저 사람이 나를 좋아하나 봐!'라고 충분히 착각할 만한 눈빛이었다.

"적색 머리카락에 금색 눈동자라니……, 르한 보고 싶다."

황제의 금색 눈동자를 바라볼수록 예전에 헤어졌던 르한이 보고 싶어졌다. 그도 황제와 같은 금색 눈동자에 붉은 머리카락이었기에 황제의 모습에서 그의 모습이 투영되었다.

이전의 르한은 자신과 키가 비슷한 귀여운 아이였기에 황제와는 인상이 많이 달랐지만, 단지 머리카락 색깔이나 눈동자의 색이 같은 것만으로도 그를 떠올리게 되었다.

'잘 지내고 있을까?'

그가 자신에게 했던 약속은 모두 거짓이 되어버렸다. 누구에게서든 지켜준다고 했지만 그는 도적단으로부터도, 황제로부터도 지켜주지 않았다.

언젠가 데리러 오겠다고 말했지만 이미 자신은 황후가 되어버렸다. 평민인 르한이 황성에 들어올 가능성은 지극히 낮았다. 하지만 왜일까? 두 번 다시 볼 수 없다고 생각하는 것이 당연하지만 다시 만날 것 같은 예감이 드는 것은.

"보고 싶어."

잘 지내고 있는지만이라도 궁금했다. 여건이 된다면 그가 잘 지낼 수 있도록 도와주고 싶기도 했다.

"무엇이 말입니까?"

"폐하!"

"⋯⋯폐하라고 부르지 않아도 됩니다."

"폐하를 폐하라고 부르지 뭐라고 부르겠어요."

"이름이라던가."

"케이르한 라크시드 크로나드님?"

에델리스가 또박또박 그의 풀네임을 말하자 르한이 길게 한숨을 내쉬었다. 그녀는 왜 저렇게 답답하다는 표정을 짓는지 전혀 이해를 할 수가 없었다.

"그래서 무엇이 보고 싶은 겁니까."

"아, 그게⋯⋯."

에델리스가 자신을 직시하는 르한의 눈을 피했다. 자신이 예상했던 것보다 황제가 제게 잘해준다고는 해도 그는 역시 황제였다. 그런 그에게 과거에 자신과 친하게 지냈던 남자에 대한 그리움을 말하는 것은 오해의 소지가 다분했다. 에델리스가 차마 말을 잇지 못하자 르한이 캐물었다.

"다른 사람이 있습니까?"

"……."

"있을지도 모른다고 생각했습니다. 그대가 원해서 한 결혼은 아니었으니."

장래를 약속한 것은 아니었다. 단지 그가 저를 호위해주겠다는 맹세를 했을 뿐. 물론 그와 도망치게 된다면 결혼하게 될지도 모른다고 생각하기는 했었지만.

"그래도 상관없습니다. 이미 그대는 나와 결혼했고, 나의 아내이니까."

"……."

"마음속에 묻어두세요. 질투에 눈 먼 남자는 당신이 생각하는 것 이상으로 꼴사나울 겁니다."

"어, 어쩌시게요?"

"궁금합니까?"

르한이 사나운 눈초리로 말했다. 가만두지 않을 것이 분명한 목소리였다.

"……아니에요."

"그대의 눈은 오직 나만 담고, 입으로는 내 이름만 부르고, 나 이외의 다른 사람을 곁에 두지 마세요."

에델리스의 입이 다물어지지 않았다. 대체 황제가 왜 이러는 걸까? 제게 집착하는 이유를 도무지 알 수 없었다. 하지만 르한에 대해서 황제에게 말하지 말아야겠다는 것은 확실히 알 수 있었다.

에델리스는 그 후로도 황제와 함께 있으면서 르한을 떠올리는 일이 많아졌다. 이전의 르한과 많이 다른 외모인데도 이상하게도 그가 계속 떠올랐다. 문제는 이따금씩 멍해지는 에델리스를 황제는 곧바로 눈치챘고, 굉장히 불쾌해했다.

"대체 누구입니까."

"네?"

"찾아다드리겠습니다. 이름만 말씀하십시오."

결국 에델리스를 보다 못한 황제가 그를 찾아오겠다고 말했다. 물론 찾아오겠다고 말했을 뿐, 그를 사지 멀쩡한 상태로 온전히 데리고 오겠다는 말은 하지 않았다.

황제는 에델리스가 그리워하는 남자를 찾아 에델리스와 인연을 끊도록 종용할 생각이었다. 인연을 끊지 못하면 목숨을 끊어버리겠다고 협박하면서.

"이제 곧 당신의 생일이 아닙니까. 생일 선물이라고 여기십시오."

그러니 에델리스가 이름을 말하면, 그녀와 한 번 마주치게 한 다음에 곧바로 그 남자를 국외 추방 시켜버릴 요량이었다. 머뭇거리던 에델리스는 '르한'이라는 이름을 말하는 대신에 다른 것을 부탁했다.

"그거 말고, 제 생일 선물은 다른 것이 좋아요."

"뭡니까? 말만 하십시오. 당신의 방을 보석으로 가득 채울 수도 있고, 저 멀리 동양에서 생산되는 비단으로 드레스를 지어줄 수도 있습니다."

"무투 대회를 열어주세요."

"무투 대회?"

"네, 무투 대회요."

"그런 것을 좋아하는 줄은 몰랐는데."

"우승자는 제 호위로 삼아주세요. 지금 호위를 맡고 있는 폐린 경이나 에이든 경 말고."

르한의 물음에도 에델리스는 꿋꿋이 자신의 조건을 내세웠다. 마지막으로 참가를 원하는 사람은 신분의 고하와 관계없이 참가할 수 있게 해달라는 것까지. 에델리스는 르한이 저를 찾아서 참가할 것이라고 믿었기 때문이다.

황후로 등극하면서 '에델리스 브릴이 황후가 되어 에델리스 크로나드가 되었다.'는 소문은 이미 제국을 강타했다. 그러니 르한도 자신이 황후가 되었다는 것을 알 것이라고 믿었다. 게다가 어려서부터 떡잎부터 달랐던 르한이었으니 어쩌면 대회에서 우승을 해서 당당히 입궁할 수 있을지도 모른다고 여겼다. 혹시 그가 우승하지 못하더라도, 무슨 수를 동원해서라도 그를 입궁시켜 언젠가는 제 측근으로 둘 생각이었다.

"알겠습니다. 곧바로 전국에 공고를 하도록 하겠습니다."

그 후로 에델리스는 무투 대회가 열리는 날만을 기다리며 시간을 보냈다. 르한이 오기를, 우승하기를, 다시 만날 수 있기를. 그 귀엽고 순진한 아이가 어떻게 자랐는지 볼 수 있기를

450

기대하면서.

　일주일의 시간이 흘러 드디어 무투 대회가 열렸다. 이전과
는 달리 평민도 참여가 가능하고 작위까지 수여할 수 있다고
하니 수많은 실력자들이 몰려왔다.

　"무투 대회에 참석한 모두를 환영합니다. 부디 좋은 경기를
보여주기를……."

　에델리스의 개회사가 시작된 이후로 황제는 대회장에 오지
않았다. 오늘 기사단장인 요하네스 프라체와 함께 회의할 것
이 있어 오지 못한다고 전해왔다. 에델리스 역시 르한이 올 지
도 모르는 대회에 황제의 눈치를 보고 싶지 않아 오히려 환영
이었다.

　"마지막으로 오늘의 우승자는 큰 상금과 함께 내 호위 기사
가 될 수 있는 기회를 드립니다."

　"우와아아아!"

　경기장이 들끓기 시작했다. 에델리스가 자리에 앉자 곧 경
기가 시작되었다. 토너먼트 식으로 진행되었고, 귀족과 평민
사이의 공정성을 위해 나라에서 제공하는 갑옷과 투구, 검을
사용했다. 하지만 가문의 문장을 새긴 망토를 걸치는 것까지
막지는 못했는데, 가문의 문장이 새겨진 망토가 없는 이들은
제국의 문장을 새긴 망토를 걸쳤다.

'르한이라면, 검술 실력이 좋을 테니 누군가의 눈에 들어서 이미 기사 작위를 가지고 있을지도 모르겠다.'

참가자 모두 안전을 위해 투구를 써서 구분이 되지 않았다. 르한을 본 지 너무 오래되어서 키가 어느 정도가 되는지도 가늠이 가지를 않았다. 어쩌면 그 후로 크지 않아 아직도 저와 비슷할 수도 있었고, 엄청나게 자랐을 수도 있었다. 즉, 겉으로 봐서는 누가 누구인지, 르한이 왔는지 아닌지조차 구분이 안 된다는 이야기였다.

경기가 진행될수록 사람들이 줄어들었다.

"자, 이제 16강 경기부터는 한 팀씩 경기를 진행하도록 하겠습니다!"

'평민은 2명, 우리 집안이 3명이 남았네. 어쩌면 이 16명 중에 르한이 있을지도 몰라.'

"그러면 첫 번째 경기……."

경기는 점점 치열해지고, 점차 높은 수준의 경기를 보여주었다. 아마 저 두 명의 평민은 모두 그들을 노리고 있는 기사단에 들어가게 될 것이다.

그러다 이번에 패배한 평민 중 한 명의 투구가 벗겨졌다. 평범한 흑발 머리카락이었다. 그는 황실 기사단에 들어오고 싶었는지 에델리스에게 무릎 꿇고 고개를 숙이며 어필했다. 하지만 그녀가 찾던 사람은 아니었기에 그저 고개를 끄덕여 인사를 받아주기만 했다. 그러자 남자는 실망했는지 고개를 푹 숙인 채로 내려갔다.

'이제 평민은 한 명뿐이야.'

곧바로 이어진 경기는 브릴 후작 기사단의 기사 두 명의 싸움이었다. 그들은 서로에게 익숙한지 한참이나 대련을 하다가 결국 판정승이 되었다.

그렇게 4강전까지 이어졌고, 브릴 후작가의 기사가 라크시드 대공가의 기사에게 패배하고 말았다. 우승 후보라고 생각했던 터라 후작의 얼굴에 당황스러운 기색이 역력했다. 결국 결승전에 오른 것은 라크시드 대공가의 기사와 평민이었다.

에델리스는 그 평민에게서 눈을 뗄 수가 없었다. 조금 전부터 눈여겨보았는데, 그가 휘두르던 검술이 눈에 익었기 때문이었다. 어린 시절, 기사단에서 르한의 훈련이 끝나기를 기다리면서 보았던 그것과 매우 유사했다.

"르, 르한······?"

둘의 대결은 얼마 지나지 않아 승부가 결정났다. 평민의 일격에 라크시드 대공가의 기사가 패배한 것이다. 투구를 벗고 자신의 얼굴을 공개한 기사는 곧바로 내려갔고, 이제 경기장에는 우승자 한 명만 남았다.

우승자는 바닥에 검을 내려놓은 뒤 에델리스가 있는 단상을 향해 걸어갔다. 커다란 키에 넓은 어깨, 평민들에게도 허용한 제국의 문장을 수놓은 망토를 걸쳤으나 마치 그가 제국 소속의 기사인 것같이 찬란했다.

에델리스의 가슴이 기대감으로 두근두근 뛰었다. 우승자가 에델리스의 앞에 무릎을 꿇고 머리를 숙였다. 에델리스가 의식용 검을 들어 그의 머리와 양쪽 어깨에 대어 우승을 치하했다.

"그대의 이름은 무엇이죠?"

우승자가 조금 머뭇대더니 투구를 벗었다. 투구를 벗자 땀에 젖은 붉은 머리카락이 에델리스의 눈에 들어왔다.

"……폐하?"

투구를 벗자 모습을 드러낸 사람은 르한이 아니라 황제였다. 대체 이게 어떻게 된 건지 이해가 가지 않았다. 아니, 대체 왜 황제가?

"예, 에델리스."

"오늘 분명 참여하지 못한다고……."

에델리스가 너무 당황해서 문장을 제대로 끝맺지 못했다. 르한은 그녀가 놀랄 줄 알았다는 듯이 피식 웃었다.

"그대를 지키는 것은 내가 하겠다고 하지 않았습니까."

대체 언제 그가 그런 말을 했는지 전혀 기억이 나지 않았다. 죽이지 않으면 다행이라고 생각했는데, 지켜준다니?

'아니, 그보다 르한인 줄 알았는데 황제라니.'

르한과 외양도 매우 비슷했는데 쓰는 검술마저 유사했다. 하지만 르한은 검투사 출신의 평민이었고, 제 눈앞에 있는 사람은 황제였다.

"그래서 상은 무엇으로 주실 겁니까."

에델리스에게 주어진 돈은 황제가 황후의 앞으로 배정해놓은 내탕금이었다. 그러니 그것을 황제에게 상이라고 줄 수는 없는 노릇이었다. 게다가 황제에게 '내 호위가 돼라!'라고 할 수도 없었다.

당황한 에델리스를 즐겁게 바라보던 황제가 그녀의 뺨에 입술을 맞추었다. 그 모습을 본 관중들은 더욱 크게 박수를 치며 환호성을 내질렀다.

"무슨 선물을 원하세요?"

"이름. 이름으로 불러주세요."

"케이르한 라크시드 크로나드님?"

이전과 마찬가지로 황제의 미간에 주름이 지더니 고개를 내저었다.

"당신만 부를 수 있는 이름이 있지 않습니까."

"저만 부를 수 있다고요?"

"예."

황제가 싱글벙글 미소 짓고 있는 동안에도 에델리스는 여전히 어지러웠다. 대체 자신만이 부를 수 있는 이름이 무엇일까.

"케이르한님?"

"……일부러 그러는 거 아닙니까?"

라크시드는 반정을 일으키기 전의 성씨였고, 지금은 제국의 이름인 크로나드를 성으로 두고 있다. 그러니 본질적으로 이름은 '케이르한'이었기 때문에 그렇게 부른 것이었는데 왜 그러는 거지?

'자, 잠깐만?!'

르한과 같은 머리카락 색깔과 눈동자 색깔, 그리고 쓰는 검술까지. 게다가 이름은 케이……르한.

에델리스가 믿을 수 없다는 듯이, 아주 작게 중얼거렸다.

"르한……?"

"예."

르한이 아주 밝게 미소 지으며 고개를 끄덕였다.

"르한?! 정말로 르한?!"

"설마 몰랐던 겁니까?"

에델리스가 넋이 나간 채로 고개를 끄덕였다.

"내 머리카락 색깔도, 눈동자 색깔도 마음에 들었다고 할 때는 언제고."

"아, 아니! 네가 정말 황제야?!"

"처음부터 말하지 않았습니까."

"아니! 그 말이 그게 아니라!"

눈앞에 있는 남자가 황제라는 것은 처음 봤을 때부터 알고 있었다. 위압감이 넘치는 모습의 남자는 말을 타고 가면서 봐도 황제였다. 그런데 그 남자가…… 제 어린 시절을 함께했던 르한일 줄은 상상도 하지 못했다.

'운명이 바뀐 건가? 내가 르한을 구해서 그가 황제가 된 건가? 아니야, 책에서 보았던 황제의 모습은 지금과 같아!'

그렇다면 결국 황제였던 르한을 자신이 어린 시절에 구했다는 건데…….

믿을 수 없는 이야기에 에델리스의 머리가 폭발할 것만 같았다.

456

"내가 너를 얼마나 찾았는데!"

"나도. 나도 당신을 얼마나 찾아 헤맸는지 모를 겁니다."

르한이 에델리스를 꽉 끌어안았다. 황제 부부의 열렬한 사랑을 현장에서 목격한 관중들의 함성이 더욱 커졌다. 상황을 뒤늦게 파악한 에델리스가 황급히 그를 밀어내려고 했지만 르한은 가까스로 닿은 그녀에게서 떨어질 리가 없었다.

그날 경기장에 갔었던 사람들은 말했다. 황제와 황후 부부의 사이가 아주 좋았노라고.

황제의 침대 위, 등 돌리고 누워 있는 르한을 에델리스가 열심히 달래고 있었다.

"아, 아니, 너무 오랜만이라서 그래. 네가 이렇게 커진 줄은 몰랐어!"

"아무리 키가 커졌다고 해도 눈 색깔이나 머리카락 색이 바뀐 것은 아닌데……."

"닮았다고 생각을 하기는 했는데!"

"……나는 한눈에 알아보았는데."

어쩐지 르한의 뒷모습이 쓸쓸해 보였다. 그러면 그럴수록 에델리스는 어찌할 바를 몰랐다. 자신을 죽일 것이라고 생각했던 그 황제가, 둘도 없는 제 편인 르한일 줄이야. 게다가 그는 변함없이 자신을 아끼고, 소중히 여기고 있었다. 그가 르한이라는 것을 깨닫고 나서야 모든 퍼즐이 맞춰진 듯했다.

"아니, 그래도 갑자기 신분이 그렇게 뛰어오를 줄 누가 알았겠어!?"

"나는 당신이 평민이었어도 찾아냈을 겁니다."

"그렇게 말하면 내가 할 말이 없잖아……."

괜히! 책을 보는 바람에! 애꿎은 르한을 오해해서 이렇게 고생을 하고 있었다.

"너, 너도 알잖아. 내가 황제 무서워했던 거."

"당신이 무서워하던 황제는 이미 없애버렸습니다."

그 황제가 너였던 것 같은데…….

"말을 하지 그랬어!"

"당연히 알 줄 알았습니다. 내가 한눈에 당신을 알아봤던 것처럼."

결국에는 원점이었다.

"미, 미안……."

"말로만?"

르한이 슬쩍 뒤돌아보면서 에델리스와 눈이 마주쳤다. 무언가 바라는 것이 분명한 눈빛이었으나, 그것이 무엇인지는 알 수가 없었다.

"응? 그러면 또 뭘 해야 해?"

"됐습니다……."

르한은 다시 자세를 고치면서 에델리스로부터 등을 돌렸다.

"르한."

"예."

"나 좀 봐."

에델리스가 진지하게 말하자 르한 역시 자세를 고쳐 앉아 그녀를 정면에서 바라보았다.

"한눈에 못 알아봐서 미안해. 다음부터는 착각하지 않을 거야."

"……예."

"그동안 잘 못해준 만큼 앞으로 잘해줄게."

"그러면 한 가지 말해주십시오."

"응, 어떤 거? 말해봐."

에델리스가 뭐든지 말할 것처럼 고개를 끄덕였다. 그런데 르한은 정말 예상하지 못했던 질문을 했다.

"당신이 보고 싶다고 했던 사람, 누구입니까?"

"응?"

"그거 때문에 무투 대회를 열어달라고 했던 거 압니다. 누구입니까."

누구긴 누구야, 너지.

"당신이 잘 모르나 본데, 나는 질투심이 아주 강합니다."

"……모를 리가. 처음 봤을 때부터 어디 갈 생각하지 말고 옆에 있으라며."

"맞습니다. 그래서, 누구입니까."

아무래도 누군지 알기만 하고 그냥 넘어갈 생각은 없는 것처럼 보였다.

"말 안 할 겁니까?"

"르한."

"예."

"르한."

"예."

"르한, 너라고!"

부끄러운 마음에 빽 소리를 질러버린 에델리스였지만, 얼굴이 붉어지는 것까지 막을 수는 없었다.

"내가 보고 싶었으면 내 집무실이나 침실로 오면 되는 거 아닙니까."

르한은 에델리스의 주장에 의구심을 품으며 이야기했다. 에델리스 역시 그의 주장에 동의했다. 단지, 에델리스는 르한이 바로 그 황제인지 몰랐을 뿐이다.

"……알았다면 그랬을 거야."

"예?"

"네가 르한인 줄 알았더라면, 걱정 없이 너를 찾으러 갔을 거라고."

에델리스가 새빨개진 얼굴로 르한을 바라보았다. 그녀가 진심이라는 것을 알아챈 르한의 얼굴도 덩달아 빨개졌다. 그리고 에델리스가 보고 싶어 한 사람이 바로 자신임을 알고 행복에 겨워 그녀에게 입을 맞췄다. 갑작스러운 입맞춤에 눈을 동그랗게 뜬 에델리스에게, 르한은 거리낌 없이 몇 번이나 더 입을 맞췄다.

"입 맞춰도 됩니까?"

"이, 이미……."

에델리스의 말이 끝나기도 전에 또다시 시작된 입맞춤에 말문이 막혀버렸다.

"좋아해요, 에델리스. 앞으로도 나 말고 다른 사람은 생각하지 마."

에델리스는 지금 상황이 전혀 이해가 가지 않았다. 어린아이라고 생각했던 르한이 완연한 성인 남성이 되어 제게 입을 맞추는 것이. 낯설게 느껴졌던 황제가, 이전부터 자신을 좋아했었다고 말을 하는 것이. 그리고 이 모든 상황에 떨리는 자신의 심장이.

르한이 그렇게 말하지 않아도 이미 에델리스는 그 말고 다른 사람은 생각할 수가 없었다.

"아버지께서?"

에델리스는 제국의 후작이 사경을 헤맨다는 소식을 접하고, 눈물이 날 것 같았다. 저를 얼마나 아껴주셨던 아버지인데, 아버지께서 반역을 저지르느니 차라리 딸이 없는 것이 나을 거라는 판단에서 도망친 것이었다. 하지만 아버지께 한마디 말도 못 하고 나온 것이 내내 마음에 걸렸었다.

그렇게 도망을 친 것이 어느새 10년이라는 세월이 지나버렸고, 아버지도 이미 연로하신 나이가 되었다. 어머니도 자신이 어린 시절 세상을 떠나고, 하나뿐인 딸마저 생사를 알 수 없으니 아버지의 마음이 어떨지……

"가, 가야 하나?"

하지만 황제가 여전히 자신을 찾고 있을지도 몰랐다. 만약 그렇다면 아마 끔찍하게 죽을 것 같았다. 결혼식을 앞두고 도망쳐버리다니, 황실 기만죄로 사형당하는 것이 당연했다.

"……가지 말까?"

그런데 아버지의 건강이 급속도로 악화되었다고 한다. 그 소문이 여기까지 오는 동안 시간이 지났으니 이러다가 단 한 명밖에 없는 가족의 임종을 못 지킬 것 같아 걱정이 되었다. 이러지도 저러지도 못하고 고민하던 에델리스는 결국 후회하지 않기 위해 아버지를 뵙기로 결정을 내렸다.

"아주 잠깐만, 정말 잠시만 다녀오는 거야."

참으로 오랜만에 등장한 에델리스였지만 사용인들은 놀란 기색도 없이 능숙하게 그녀를 안내했다. 그곳에는 침대에 꼼짝 못 하고 누워 있는 아버지가 있었다.

"……아버지!"

에델리스가 울음기 가득한 목소리로 달려와 아버지를 끌어안았다. 무려 10년이라는 시간 동안 아버지의 얼굴에 있는 주름은 깊어져 있었다.

"아버지, 저예요, 에델리스. 눈 좀 떠보세요!"

그녀의 말에 후작이 붉게 물든 눈을 떴다. 눈시울에는 눈물이 가득 맺혀 있어 에델리스가 잘 보이지 않았다.

"자, 잘, 보이지 않는구나, 아이야."

"더 일찍 오지 못해서 죄송해요."

"아니다, 내가 더 미안하구나."

"아니에요, 아버지께서 미안하실 게 뭐가 있어요."

"어, 얼른 돌아가거라. 얼굴 보았으니 됐다."

"아버지……."

아버지 역시 자신이 잡힐까 봐 걱정이 된 것인지 얼른 돌아가라고 부추겼다. 하지만 이렇게 늙어버린 아버지의 모습을 보니 마음이 약해질 수밖에 없었다.

'이대로 조금만, 조금만 더 있으면 안 될까?'

황제는 여자 주인공에게 이미 빠져서, 제 존재조차 잊었기를 바라면서.

"조만간 다시 올게요, 그때까지 기다려주세요. 알겠죠?"

하지만 그런 그녀의 기대를 단숨에 산산조각 내는 목소리가 들려왔다.

"그럴 필요 없습니다."

스산한 목소리가 들려오는 방향으로 고개를 돌려보니 그곳에는 화려한 휘장을 여러 개나 단 남자가 있었다. 고작 '귀족'이라고 부르기에는 너무나도 고귀해 보이는 남자였다. 에델리스는 한눈에 그의 정체를 알 수 있었다.

"폐, 폐하?"

"내가 말하지 않았습니까. 10년이 지나도, 20년이 지나도 꼭 당신을 찾을 거라고."

말도 안 돼……. 에델리스가 제 눈앞에 보이는 광경이 믿기지 않아 저도 모르게 중얼거렸다.

"그리고 나는 다짐했었습니다. 한 번 잡으면, 두 번 다시 놓치지 않을 거라고."

외전 2 유혹하는 에델리스

황제가 황후를 맞으러 가기 3일 전, 에델리스는 자신의 침대에 앉은 채 고민에 빠져 있었다.

'이제 곧 있으면 황제가 올 거야. 그러면 나는 어떻게 해야하지……?'

이전까지는 도망을 치려고 여러 가지 준비를 해왔지만, 막상 도망칠 때가 되자 겁이 났다. 지금껏 귀하게 자란 귀족 영애가 과연 누군가의 보호를 받지 않고 살아갈 수 있을까? 게다가 요즘 평민 여성은 물론 귀족 여인까지 납치하는 사건이 꽤나 일어나고 있었다.

'그런 상황에서 내가, 호위도 없이 과연 살아남을 수 있을까? 어쩌면 황제에게 죽임을 당하는 것보다 더 빨리 죽는 것은 아닐까?'

거기까지 생각이 미치자 에델리스는 두려움에 떨었다. 그리고 현재의 상황을 빠르게 합리화하기 시작했다.

'그래, 황제가 나를 죽이지 않을 수도 있잖아? 설마 정말 책에 나온 대로 사건이 일어나겠어? 아무리 그래도 황후인데 그렇게 칼로 찔러 죽이는 게 말도 안 되잖아, 소설도 아니고.'

'그리고 성녀가 등장한다니? 벌써 몇백 년이나 등장하지 않았던 성녀가 등장하는 게 말이 돼? 게다가 성녀인데 남의 남편을 빼앗겠어? 아무리 황제여도.'

이런저런 생각을 하다 보니 에델리스는 '내가 너무 지레 겁을 먹은 것은 아닐까.'라는 생각이 들기 시작했다.

지금 자신의 상황은 나쁠 것이 전혀 없었다. 왜냐하면 자신은 친 황제파의 수장격인 브릴 후작의 금지옥엽 외동딸이었다. 분명 아버지는 그녀의 든든한 뒷배가 되어줄 터였다.

에델리스는 거울 쪽으로 고개를 돌렸다. 어둠 속에서도 달빛을 받아 반짝이는 금색 머리카락이 한눈에 들어왔다. 동그란 얼굴에 오똑한 코, 녹음을 담은 듯한 눈동자가 주는 신비한 인상까지. 그런 에델리스의 아름다운 외모는 사교계에서 아직도 회자되고 있었다.

권세가 집안의 아름다운 영애. 그것이 얼마나 큰 힘인지 에델리스는 모르지 않았다. 게다가 혹시 도망을 칠 때를 대비해 수많은 학문을 배우며 교양 그 이상의 지식을 쌓았던 에델리스가 아닌가. 에델리스 자신이 생각하더라도 저는 꽤나 괜찮은 사람이었다. 이 모든 것이 에델리스에게 왠지 모를 자신감을 불어넣었다.

"만약 정말로 성녀가 등장한다고 할지라도 아직 성녀가 등장하기도 전이잖아? 내가 훨씬 더 유리한 위치에 있어."

자신이 크나큰 잘못을 저지르지 않는 한 저를 끌어내릴 이유는 없을 것이다. 게다가 성녀가 이미 결혼한 황제를 유혹하는 것처럼, 저 역시 성녀가 등장하기 전에 황제를 유혹하면 될 일 아닌가.

"그래, 여자 주인공도 하는 걸 나라고 못 할 이유가 있겠어?"

에델리스가 주먹을 세게 쥐며 결의를 다졌다. 여자 주인공이 등장해서도 아무것도 할 수 없도록 만들어버리겠다고.

에델리스는 황궁에 도착한 뒤에도 떨리는 심장을 진정시키느라 애써야만 했다.

"황제가, 황제가 저렇게 잘생겼다는 말은 없었잖아!"

에델리스는 괜히 열이 오른 얼굴을 손으로 부채질하며 열기를 식혔다. 마차에 오를 때 제 손을 잡아주던 단단한 그의 손이 자꾸만 떠올랐다.

심지어 예전의 누군가가 생각날 것만 같은 붉은색 머리카락이 아주 매력적인 사람이었다. 힐끔힐끔 그를 쳐다보다가 눈이 마주칠 때 사르르 눈꼬리를 접어 웃어주던 그의 미소라니!

"황제가 그렇게 웃어도 되는 거야?!"

그를 유혹하려고 했던 자신의 계획이 무색하게도 자꾸만 저를 매혹시키려는 황제 때문에 제대로 정신을 차릴 수가 없었

다. 그가 하는 말 한마디 한마디 모두가 에델리스에게는 치명
타나 다름이 없었다.

　—그, 그러고 보니 제 머리카락과 폐하의 눈동자 색이 같네
　　요!

　—운명인가 봅니다.

　살짝 고개를 숙이면서, 싱긋 미소 짓던 황제의 얼굴은, 시간
이 지난 지금도 에델리스의 얼굴을 불타오르게 만들었다. 그
렇게 잘생긴 얼굴로, 그렇게 친절한 목소리로 말하는 것은 반
칙이나 다름이 없었다. 그것뿐만이 아니었다.

　—폐하께서 이런 분이실 줄 몰랐어요.

　—그러면 어떤 사람이라고 생각했습니까?

　—음, 조금 무섭고……. 하지만 전혀 아니네요! 엄청 친절하
　　세요!

　—당신에게만 친절한 겁니다. 에델리스.

　내게만 친절한 황제 폐하는,

　—그런데 폐하께서는 왜 제게 경어를 쓰세요? 폐하신데.

　—당신만큼 존귀한 사람은 본 적이 없으니 당연한 이치입
　　니다.

　—저보다 황제 폐하께서 훨씬 존귀하죠.

　—누가 그런 말도 안 되는 소리를 한답니까.

　—그거야 누구에게 물어봐도…….

　—제 앞에서도 똑같은 말을 해보라고 하죠. 누가 그런 말을
　　할 수 있나.

세상에서 저를 가장 존귀하다고 말해주었고,

─내 이름을 불러보세요, 에델리스.

─어, 어떻게, 그런 무례를…….

─당신이 하는 행동 중 무례인 것은 아무것도 없습니다. 무
  슨 행동을 하더라도.

─그럴 리가요.

─누가 당신에게 무례하다고 하겠습니까. 내가 아니라고 하
  는데.

제게 간이고 심장이고 모두 떼어줄 것같이 말했다.

그래서인지 심장이 너무 심하게 쿵쾅거리는 바람에 하마터
면 황성에 도착하지 못할 뻔했다. 너무 과도하게 뛰는 심장이
견디지 못하고 터져버릴 것 같아서.

"……죽어도 좋아. 아니지, 아니야! 죽으면 안 돼! 정신 차려.
에델리스!"

얼굴을 붉히며 조금 전까지 같이 있던 황제의 모습을 떠올
리던 에델리스는 자신의 뺨을 양손으로 가볍게 찰싹 때렸다.
이대로 있어서는 안 됐다. 자신이 해야 할 일은 황제를 유혹
하는 것이지, 황제에게 유혹당하는 것이 아니었다. 성녀가 등
장하기 전에 황제를 자신의 것으로 만들지 못할 것 같았다. 적
어도 황제를 자신의 편으로 만들 필요는 있었다.

"하지만 폐하가 나를 죽인다니 있을 수 없는 일이야."

만약 책에서 보았던 것처럼 황제가 저를 찔러 죽인다면 자
신이 크나큰 잘못을 했으리라 추측했다.

"그러니 큰 잘못 저지르지 않고 지금 이대로 유지만 해도 괜찮지 않을까?"

에델리스는 정말 예상치도 못한 상황에 내적 갈등이 자꾸만 심해졌다. 그러던 찰나에 하녀가 문을 두드렸다.

"폐하, 폐하께서 챙기신 짐을 정리했습니다."

"아, 고마워."

"옷가지는 각각의 드레스룸에 보관하였는데, 책과 일기는 어디에 보관할까요?"

"아니야, 내게 줘!"

에델리스는 자신의 미래가 적혀 있던 책을 황급히 하녀에게서 받았다. 왜냐하면 지금 책이 반짝이고 있었기 때문이다.

하녀는 무언가 이상한 낌새를 눈치채지 못한 것인지 에델리스에게 책과 일기를 전달한 후에 무표정한 얼굴로 허리를 굽혀 인사하고 방에서 나갔다.

"후우, 심호흡하자, 심호흡. 책이 빛나는 건 정말 오랜만이네."

에델리스는 몇 번이나 깊이 숨을 들이쉬고 내쉬는 것을 반복한 뒤에 천천히 책을 펼쳤다. 책을 펼치자 예전처럼 영상이 나타났다.

영상이 나타내고 있는 방은 에델리스가 머물고 있는 바로 이곳이었다. 이곳에서 황후와 황제는 서로 거리를 두고 대치

중이었다. 황후는 울먹이는 얼굴로 황제를 바라보고 있었고, 황제는 한숨을 내쉬며 그녀를 경멸하듯 보고 있었다.

'……저렇게 볼 수도 있구나, 폐하가.'

『폐하!』

갑자기 방 안으로 어떤 여자가 노크도 없이 문을 벌컥 열고 들어왔다. 그녀의 뒤를 따라오던 기사들은 그녀를 만류하는 듯하다가 황제에게 머리를 꾸벅 숙인 뒤 문을 닫고 나갔다.

『삐이—. 이곳엔 왜 온 것입니까.』

그녀의 이름을 부르는 소리는 강한 이명 때문에 제대로 들리지 않았다. 하지만 황제의 말투는 조금 전 에델리스에게 말하는 것과 같은 다정다감한 목소리였다.

『황후께서 저를 죽이려고 한 것은 괜찮아요, 그러니 황후 폐하를 용서해주시고 벌을 가벼이 해주세요.』

『…….』

여자는 성녀라는 이름이 아깝지 않을 만큼 저를 죽이려고 한 황후를 용서해달라고 청하고 있었다. 그런 점에 에델리스도 놀라워했지만 황후는 오히려 기막혀하며 분노로 가득 찬 상태로 눈에 핏발이 서서 외쳤다.

『폐하께서, 폐하께서 저것의 절반만큼이라도 제게 애정을 주셨더라면 이렇게까지 하지는 않았을 겁니다!』

황후는 자신을 앞에 두고 서로에 대한 애정을 표현하고 있는 황제와 성녀를 보면서 울분에 차 있었다.

그런 황후를 보고 에델리스는 안타깝기 그지없었다. 지금 폐하가 제게 잘해주고 있다고는 해도 그가 등을 돌린다면 저역시 미칠 것 같았다. 아예 잘해주지 않았더라면 모를까, 잘해주고 있다가 그가 변한 거라면 더더욱. 하지만 황제는 그런 그녀를 안타까워하기는커녕 짐짝 취급하듯 말했다.

『황실에 시집오면서 이 정도도 각오하지 못했단 말인가.』

황제가 심드렁히 하는 말에 상처를 받은 것은 다름 아닌 에델리스, 그녀 자신이었다. 그것은 영상 속의 황후가 아닌 자기 자신에게 하는 말인 것 같았다.

『황후를 별궁에 유폐하라. 처분에 대한 논의는 이후에 하도록 하지.』

황제는 기사들에게 명령하고는 황후의 절규를 뒤로하고 성녀와 함께 황후의 방을 유유히 빠져나왔다. 성녀가 걱정스러운 눈빛을 하며 몇 번이나 뒤를 돌아보자, 황제가 신경 쓰지 말라고 말하며 그녀를 데리고 갔다.

그리고 그들이 방에서 나서기 직전, 에델리스는 보고야 말았다. 성녀가 황후를 경멸하는 눈으로 보며 입꼬리를 올려 웃는 모습을.

"하!"

에델리스는 비웃음 섞인 한숨을 토해냈다. 다른 누구도 아닌 자기 자신을 향한 비웃음이었다. 방금 책을 통해 내용을 보고 나서야 자신이 얼마나 안일하게 생각했었는지를 알게 되었다.

그녀는 그저 지금 이 상태가 유지되기를 바라왔다. 책에 등장한 황후 역시 그랬을 터였다. 지금 자신에게 주어진 것에 감사했겠지. 그랬더니 그 결과는? 성녀에게 비웃음당하고 궁전에 유폐당하는 신세가 되었다.

"가만히 있기는 무슨. 그랬다가는 책에서 봤던 황후와 똑같은 결말을 얻을 수 있어."

에델리스는 자신의 생각이 얼마나 짧았는지 깨달았다. 아무리 성녀가 나중에 나타난다고는 해도 성녀는 성녀지, 저 같은 일반인은 아니었다.

자신이 후작인 아버지를 등에 업고 있는 것처럼 그녀 역시 신성 제국을 등에 업고 있었다. 그리고 그녀의 외모 또한 저만큼이나, 아니, 어쩌면 저보다도 아름다웠다.

결국 자신이 그녀보다 유리한 것은 황제 폐하를 먼저 만났다는 것과, '황후'라는 자리를 자신이 먼저 차지했다는 것뿐이었다. 그러면 어떻게 해야 할까. 황후 자리에서 밀려나지 않으면서도, 저렇게 자신에게 친절하고 다정하게 대하는 황제를 빼앗기지 않을 방법은? 어떻게 해야 할까, 어떻게 해야 할까, 고민하던 에델리스의 머릿속에 드디어 한 가지 생각이 스쳤다.

"……아. 있다."

절대로 황후 자리에서 내려오지 않는 최강의 방법이. 황제를 유혹하면서도 그 이상의 결과를 얻을 수 있는 방법이. 그

것은 바로 후계. 후계였다. 후계가 있다면 자신의 자리를 누구
도 넘볼 수 없을 것이다.

"게다가 자신의 아이를 가진 사람을 내칠 사람이 누가 있
겠어?"

적어도 황제 폐하는 그럴 사람이 아니었다. 심지어 아직 황
위가 불안정했기에 후계를 얻는다면 황제 폐하 역시 자신을
더 아껴줄 것 같았다. 그리고 이 방법은 성녀는 감히 생각할
수도 없는, 황후인 자신밖에 쓸 수 없는 방법이었다.

에델리스는 짧은 시간에 효과적인 결실을 맺기 위해 하룻밤
이 지난 다음 날 그를 찾아갔다.

"흐윽, 흑……!"

"에, 에델리스?!"

갑자기 자신을 찾아온 에델리스를 반기던 르한은 깜짝 놀라
고 말았다. 그녀가 울면서 자신을 찾아올 것이라고는 전혀 예
상치도 못했기 때문이다.

"왜, 왜 그런 겁니까? 무슨 일이 있었습니까?!"

"폐하……."

"에델리스, 말 좀 해봐요."

하지만 에델리스는 조용히 그의 품 안에 안겨서 울고 있을
따름이었다. 정말로 오랜만에 에델리스를 품에 안았는데, 그
런 그녀가 울고 있다니.

르한이 참지 못하고 루비 궁에 있는 모든 하인들을 문초하
기 위해 잡아들이라는 명령을 내리려는 찰나에 에델리스가

입을 열었다.

"폐하."

"예, 무슨 일입니까? 뒷일은 걱정하지 말고 말해보세요. 내가 알아서 처리할 테니."

"그, 그게……."

말을 해야 하나 말아야 하나 우물쭈물하던 에델리스는 르한의 눈을 힐끔힐끔 바라보면서 조심스럽게 입을 열었다.

"산책을 하고 있었는데, 어떤 이야기를 들었어요."

"무슨 이야기입니까?"

"폐하께서…… 저를 소박맞힌다고."

"……예?"

"소. 박."

"아니, 잠시만요."

르한은 한쪽 손을 들어 에델리스의 말을 막았다. 당혹감을 느낀 그의 눈동자가 정처 없이 땅을 헤매었다.

그도 그럴 것이 '에델리스'와 '소박'이라는 단어는 함께 존재할 수 없는 조합이었다. 심지어 에델리스는 어제 갓 입궁했다. 7년을 기다렸는데 결혼식까지 그 잠깐을 더 못 기다릴까 싶었는데, 르한은 그녀가 궁 안에 있다는 것만으로도 불면의 밤을 이루었다. 몇 번이나 그녀의 방에 찾아갈까 고민했고, 한밤중에 잠시 그녀의 얼굴이라도 보고 오면 안 될까 고민했었다.

그런데 그런 에델리스가 소박을 맞았다는 소문이 돈다고!?

"대체 어느 누가 그런 망발을……! 곧바로 잡아들여 소문의 싹을 뿌리 뽑겠습니다."

"아, 아니에요!"

있지도 않은 소문이었기에 에델리스는 황급히 르한을 막아섰다. 어느 정도 그의 호의에 기대어 벌인 일이었지만 르한이 직접 나섰다가 애꿎은 궁인들에게 피해를 끼칠까 걱정되었다.

"앞으로 제가 평생 살아갈 궁전인데, 사람들과 잘 지내고 싶어요."

"평생……."

죽어도 궁에서 뼈를 묻겠다는 에델리스의 각오가 담긴 말이었다. 그런데 르한은 그중에서도 '평생'이라는 단어가 마음을 사로잡았는지 그 단어를 반복해 따라하면서 얼굴을 붉혔다.

"네, 평생. 그러니 저는 오자마자 그들을 벌하고 싶지 않아요."

"하지만 그런 소문이 돈다는 것은 그대를 무시한다는 겁니다. 그리고 그대를 무시하는 것은 나를 무시한 것과 다를 바 없습니다."

"모든 사람들의 의견은 아닐 거예요. 그리고 제가 소박맞지 않는다는 것을 보여주면 될 일이잖아요."

에델리스가 괜히 부끄러워져서 목소리가 점점 작아졌다. 게다가 자신을 빤히 바라보고 있는 르한의 시선을 피해 고개를 돌리자 붉어진 귀가 그의 눈에 띄었다. 그것을 본 르한의 심장이 더욱 세차게 뛰었다.

"어떻게…… 말입니까?"

"가, 가끔은 침실로 찾아와주세요."

황제가 자주 오면 아이가 생길 확률이 더 커질 것 같았다. 르한은 에델리스의 예상보다도 훨씬 진득한 눈길로 그녀를 바라보았다.

"얼마나 가끔입니까?"

"글쎄요? 한 달에 한 번?"

"……너무 가끔인 거 아닙니까?"

"앗, 그래요?!"

아직 혼례를 올리기 전이었기에 궁인들이 이런 것을 알려주지도 않았다. 어렸을 적 성교육으로 배우기는 했지만 빈도에 대해서까지 알려준 사람은 없었다. 에델리스가 눈치껏 르한의 반응을 보고 빈도를 높였다.

"이, 일주일에 한 번?"

"저는 다른 후궁도 없고, 귀비도 없습니다. 앞으로도 없을 예정이고요."

"그…… 그러면 사흘에 한 번?"

이 정도면 충분하지 않을까 싶었는데, 황제의 생각은 에델리스와 다른 것 같았다.

"그대가 입궁한 지 고작 하루 만에 그런 소문이 돌았는데, 그렇게 가끔 가는 걸로 되겠습니까?"

"그, 그거야 입궁하자마자 버려졌다고 생각해서 그런 걸 수도 있어요!"

조금 천천히 올 걸 그랬나 후회하는 에델리스였지만, 이미 엎지른 물을 주워 담을 수는 없었다. 그리고 당황한 에델리스를 더욱 짙어진 눈길로 바라보는 르한의 시선도 그녀는 알아차리지 못했다.

"그러면…… 오늘은 그대에게 가야겠습니다."

"그, 그러실래요?"

소기의 목적을 달성했지만 에델리스는 르한의 눈을 마주치지도 못했다.

"고작 하루로도 그대가 소박맞았다는 이야기가 들리는데, 이틀이 되면 대체 무슨 말이 돌지 걱정이 되어서 말입니다."

"조, 좋아요. 그러면 이따가 봬요."

에델리스는 황급히 르한에게 인사를 올리고 집무실에서 나가려고 했지만 그녀가 몸을 반 바퀴 돌리자마자 르한에게 손목이 붙잡혀 곧바로 그의 코앞까지 당겨졌다. 저도 모르게 숨을 들이킨 에델리스는 숨조차 제대로 쉴 수가 없었다.

"이따가 가도 괜찮은 겁니까?"

"네, 네?! 왜, 왜, 왜, 왜요……?"

"내가 가기 전까지 계속 소문이 돌지 않겠습니까. 소문은 말보다 빠르다는데, 그동안 대체 어디까지 소문이 퍼질지……."

에델리스는 그런 소문은 존재하지 않으니 걱정하지 말라고 할 수 없었다. 아무런 말도 잇지 못하고 있는 에델리스의 허리에 팔을 감으며 르한은 말을 덧붙였다.

"소문이라는 것은 본디 와전되기 마련입니다. 소박맞지도 않은 그대가 소박맞았다는 이야기가 나오는데, 그렇다면 내가 가기 전까지 대체 무슨 이야기가 만들어질지……."

"설마 황후에 대해서 그리 쉽게 말을 할까요?"

"하루 만에 그대가 소박맞았다는 이야기가 나오는 곳이 황궁 아닙니까."

"그…… 그렇네요."

그녀의 허리에 가 있던 르한의 손에서부터 전해진 열기가 에델리스에게까지 전해지는 것 같았다. 또한 그녀의 손목을 붙잡고 있던 그의 엄지손가락이 에델리스의 살짝 쥔 주먹 속에 들어가 그녀의 손바닥을 슬며시 폈다. 아주 작은 행동이었을 뿐인데 에델리스의 심장이 입 밖으로 튀어나올 것 같았다. 르한은 그런 에델리스의 생각을 아는지 모르는지 그녀의 손바닥을 살살 문질렀다.

"이따가 말고 지금은 어떻습니까."

지근거리에 있는 르한의 더운 숨결이 에델리스를 어지럽게 만들었다. 분명 자신이 황제를 유혹하려고 왔던 것도 같은데, 에델리스는 정신을 차릴 수가 없었다.

"폐하의 말을 듣고 보니…… 지금도 괜찮을 것 같아요."

에델리스의 허락이 떨어지자마자 르한의 입술이 곧바로 그녀의 입술 위에 내려앉았다. 에델리스는 저도 모르게 몸에 힘이 들어가 제 손 안에 있던 르한의 엄지손가락을 꽈악 잡았다.

그것을 시작으로 르한은 에델리스의 허리를 감싼 채로 몸을 돌렸다.

그는 제 열기를 재우기 위해 본능에 따랐지만 열기가 잠잠

해지기는커녕 더욱 거세어졌다.

잠시 후, 에델리스가 '딸깍' 하는 소리를 듣고 정신을 차려 눈을 떴을 때는 이미 그들은 집무실 옆에 달려 있는 조그만 침실이었다. 조금 전 에델리스가 들은 소리는 방에 들어온 르한이 그 누구도 들어오지 못하게 문을 잠근 소리였다. 감히 황제가 황후와 함께 있는데 누가 문을 열고 들어오겠냐마는.

"하아, 에델리스. 나를 한 번만 밀어내줘."

"……."

"고작 이런 곳에서 당신의 처음을 함께하고 싶지 않아."

황후의 침실보다 조금 작기는 해도 르한의 휴게 공간이었기에 결코 작지 않은 크기의 방이었다. 다른 고위 귀족들의 침실보다 좋으면 좋았지 뒤지지는 않았다. 그런데도 르한은 뭐가 그리 맘에 들지 않는지 미간에 주름이 잡힌 상태였다.

"이 상태에서요?"

르한은 자신을 밀쳐내라고 하면서도 에델리스를 한 걸음씩 밀어내 이미 그녀의 다리는 침대에 닿아 있었다. 르한이 그녀를 아주 살짝만 밀더라도 에델리스의 뒤통수에 닿는 것은 땅바닥이 아닌 푹신한 침구일 것이다. 게다가 시선을 조금 내리니 이미 그는 준비가 된 게 분명해 보였다.

그런데 지금 상황에서 그를 밀어내라니. 아무리 이런 상황을 처음 겪는 에델리스라 할지라도 얼마나 말도 안 되는 이야기인지는 알고 있었다.

"내가 당신과 보내고 싶은 첫날밤은 이런 게 아니었는데."

"그……런 것치고는 이따가 말고 지금은 어떠냐고 제안하시던데……."

에델리스의 신랄한 말에 르한이 헛웃음을 터뜨렸다. 할 말이 없었다. 사실 르한은 그녀가 자신을 밀어내주기를 바라면서도 밀어내지 않기를 바랐다. 그녀가 밀어낸다면 그대로 밀려야만 하겠지만.

"아직 늦지 않았습니다."

"……."

"싫습니까?"

약간은 애원하는 듯한, 여유가 없는 목소리였다. 지금껏 르한의 눈을 피하던 에델리스였지만, 이번에는 그의 눈을 피하지 않았다.

그 상태로 자신이 붙잡고 있던 황제의 손을 제 쪽으로 끌어당겼다. 정확히는 자신의 입술 쪽으로. 그리고 그녀의 입술이 르한의 손등에 살포시 내려앉고 '촉' 하는 소리와 함께 떨어졌다. 깊은 눈으로 에델리스의 움직임을 하나하나 쫓던 르한은 그녀의 행동에 잘 붙잡고 있던 이성이 툭 하고 끊어지는 것을 느꼈다.

르한이 제 팔 안에 갇혀 있던 그녀의 허리를 끌어당겨 중심을 잃게 하자 그녀는 곧 침대에 털썩 눕게 됐다. 자신이 집무에 찌들어 피곤할 때 종종 쉬던, 제 체취가 묻은 이곳에 누운 에델리스의 모습에 르한은 숨을 삼켰다.

그의 손이 에델리스의 팔을 훑고 지나가자 그녀가 흠칫 떠는 것이 보였다. 이전처럼 가짜가 아닌, 정말로 그녀에게 닿을 생각에 르한은 비로소, 정말로 오랜만에 진심으로 미소 지었다.

'다시 내 손에 닿은 당신은, 두 번 다시 빠져나갈 수 없어요.'

우리의 삶이 다하는 그날까지. 어쩌면 그 후에 영원이라는 시간 동안에도.

"폐하. 신성 제국의 사절단이 뵙기를 청합니다."

"괜찮습니까?"

르한이 에델리스의 안색이 단번에 변한 것을 알아채고 그녀를 염려했다. 하지만 사실을 말할 수 없는 에델리스는 그저 고개를 끄덕였다.

"굳이 사절단을 맞이하지 않아도 됩니다. 쉬세요. 루비 궁까지 돌아가는 게 힘들면 우선 제 집무실 뒤편에 쉴 수 있는 공간이 있습니다."

"아니, 아니에요. 오래 걸리는 것도 아닌데, 괜찮아요."

"혹시라도 힘들면 바로 말하십시오."

"알겠어요."

걱정이 가득한 르한의 눈에 에델리스가 웃으며 고개를 끄덕였다. 벌써 5개월, 에델리스의 배는 이미 눈에 띄도록 불러 있었다. 그녀의 임신을 눈치채고 최대한 결혼식을 앞당긴다고 당긴 것인데, 입덧이 심해 자리를 보전해왔기 때문에 이제야 결혼식을 올리게 된 것이다. 르한이 해가 지기 전에 업무를 중단하고 에델리스를 찾지만 않았어도 이보다 더 당길 수는 있었을 테지만. 어쨌든, 출산을 하고 결혼식을 올리는 것은 둘 다 달가워하지 않았기에 최대한 앞당긴 상태였다.

에델리스는 배가 무거워진 탓에 이리저리 움직이며 가까스로 자리를 잡았고, 그 순간 문이 열리며 신관들이 들어왔다. 그중에는 갈색 머리카락의 여자 주인공도 포함되어 있었다.

'서, 성녀……. 정말로?!'

그녀는 배가 부른 에델리스는 예상을 못했는지 표정을 관리하지 못하고 있었다.

"웃!"

갑작스러운 스트레스로 에델리스의 배가 아파오자 르한이 곧바로 손을 휘저어 그들에게 나가라고 했다. 하지만 성녀가 앞으로 달려왔다.

"성력을 써서 치료해드리도록 하겠습니다."

성녀의 말에 에델리스가 르한의 손을 붙잡고 고개를 내젓자 르한이 끄덕였다.

"그대가 누군 줄 알고 치료를 받겠는가."

"저, 저는…….."

"그분은 성녀님입니다, 폐하!"

"전혀 전해 듣지 못했다. 성녀라 할지라도 내 아내에게 손을 대지 마시오. 무슨 일이 생겼을 때 목숨으로 책임을 질 수 있는 게 아니라면."

"······."

"괜찮습니까, 에델리스? 뭣들 하느냐, 당장 황궁의를 부르지
않고!"

신성 제국의 사절단은 제대로 인사도 못하고 밖으로 나가야
했고 에델리스는 곧바로 달려온 황궁의들에게 진료를 받았다.

"신성 제국의 사절단이 마음에 안 드는 겁니까? 쫓아낼까
요?"

"사절단을 어떻게 그래요······."

"사절단이면 뭐 어떻습니까. 그것들이 내 아내보다 중요한
겁니까?"

"······그러지 마세요."

"그러면 그대의 눈에 띄지 않도록 하겠습니다. 그림자도 보
이지 않게."

에델리스는 저만 바라보는 르한을 보며 헤헤 웃었다. 굉장
히 편안해졌다. 책 따위, 사실이 아니었으니까. 여전히 르한은
저만 바라보고 있었고, 성녀 따위는 보지 않았다.

그리고 성녀의 그림자를 다음에 보게 되었을 때는 그들이
신성 제국으로 돌아갈 때였다. 르한의 품에 안긴 에델리스는
분해하며 돌아가는 성녀를 보면서 저도 모르게 비웃음 가득
한 웃음을 지어버렸다.

마치 책 속에서 성녀가 황후를 비웃었을 때처럼.

외전 3 그리고 그들은 행복하게 살았답니다

평화가 찾아온 이곳 황성에서, 그중에서도 가장 평화로운 곳을 꼽으라면 아마 많은 사람들이 루비 궁이라고 할 것이다. 황후인 에델리스 크로나드는 한가로이 침상에 누워 낮잠을 자고 있었다. 평화가 찾아왔기 때문인 건지, 날씨가 좋기 때문인 건지, 살랑살랑 불어오는 바람결에 저도 모르게 잠에 빠져 있었다. 그러다 에델리스가 눈을 떴을 때는 르한이 그녀의 옆에 앉아 있었다.

"르한."

에델리스가 졸린 눈을 하면서도 빙그레 웃으며 르한의 손 위에 자신의 손을 포개었다. 따뜻한 체온이 전해져 와 이 행복한 광경이 꿈이 아니라는 것을 확인하자 더욱 행복해졌다.

"잘 쉬고 있습니까."

"으응. 요즘 이상하게 잠이 많이 오네."

"날이 좋아서 그런가봅니다."

르한이 에델리스의 머리카락을 귀 뒤로 넘겨주고는 그녀의 뺨을 쓰다듬었다. 그의 손길이 간지러워 에델리스가 키득대자 르한의 미소가 더욱 짙어졌다.

"안 그래도 슬슬 깨우려고 했습니다. 식사는 제때 해야죠."

"식사……? 벌써?"

"예, 벌써 점심 먹을 시각이 조금 지났습니다."

"30분만 자려고 했는데……."

그런데 에델리스의 예상과는 달리 3시간이라는 긴 시간이 흘러버렸다. 요즘 이상하게 잠이 늘어난 것 같지만, 더 이상 크게 마음 쓸 일이 없어서 그런가보다 하며 평화를 즐겼다. 르한이 에델리스를 도와 몸을 일으켜주자 그녀는 침대 옆에 놓인 슬리퍼를 신고 자리에서 일어났다.

"그래도 아직 피곤해 보입니다."

"그러게, 요즘 이상하게 피곤하네."

분명 격무에 시달리고 있는 것은 르한인데 이상하게 자신이 더 피곤해하는 느낌이었다. 이게 바로 체력의 차이인가?

"그래서 당신의 건강을 염려해 점심은 보양식으로 준비하라 일렀습니다."

자연스럽게 에스코트를 받으며 방에서 나온 에델리스는 그와 함께 다이닝 룸으로 향하고 있었다.

"……그렇게까지 건강이 안 좋은 건 아닌데."

"당신이 피곤해하는 것의 원흉이 나인 것 같아서요."

르한이 장난스레 말하자 에델리스가 눈을 흘겼다. 그녀가 피곤한 이유 중에 가장 큰 원인은 아마도 르한이 그녀를 아침

해가 뜨도록 놓아주지 않기 때문일 테니까.

"그걸 알면 일찍 자게 해주는 게 어때?"

"그게 안 되니 보양식으로 준비한 것 아니겠습니까."

"말이나 못하면!"

괜히 르한의 어깨를 툭 쳤고, 르한은 그녀의 반응을 보며 평소처럼 즐겁게 웃었다. 얼마 전까지 여러 가지 사건에 시달리던 사람들 같지 않은 평화로움이었다.

"사실 오늘 보양식을 준비한 것은 저의 뜻도 있었지만 대신들의 뜻도 강했습니다."

"대신들은 왜?"

"아무래도 후사 때문인 것 같은데, 그리 신경 쓰지 않아도 됩니다."

"후사라고? ⋯⋯벌써 그런 이야기를 꺼내?"

"결혼한 지 벌써 1년이 다 되어가는 데다가, 우리가 한 침실을 쓰는 것은 궁인들 사이에 비밀도 아니니까요."

함께 침실을 쓰고 있을 뿐이지, 최근까지도 정말 순수하게 손만 잡고 잤었다. 하지만 대신들이 보기에는 결혼한 지 1년이 지났고, 두 사람 사이가 여느 부부보다 좋은데도 아무런 소식이 들려오질 않은데다 귀비, 후궁, 정부 그 무엇도 없고 오로지 황후 한 명뿐이니 걱정하는 것도 이해는 갔다.

"그, 그래도 곧 소식이 있겠지."

이전에는 아무 일이 없었기 때문에 들려올 소식도 없었다.

'하지만 이제는 어, 엄청⋯⋯난 일이 있으니까 기대하던 소

식이 들려오지 않을까.'

에델리스도 아무렇지 않은 척 얘기했지만 초조하기는 마찬가지였다. 만약 자신에게 아이가 안 생길 경우 대신들은 분명 후사를 위해 후궁을 들이라 할 테니 말이다.

'분명 조금 전까지는 아무런 걱정 없이 자고 있었는데.'

그런데 당장 자신에게 직면해 있는 '후계'라는 문제 때문에 괜시리 아랫배가 아파오는 기분이었다. 그 탓인지 황실의 요리사가 온 힘을 다해 만든 음식도 그렇게 달게 느껴지지 않았다. 결국 에델리스가 몇 입 먹고 포크를 내려놓자 르한의 걱정스러운 눈길이 그녀에게 닿았다.

"에델리스, 벌써 그만 먹는 겁니까?"

"이상하게 입맛이 없네."

에델리스의 표정이 안 좋아진 것이 후사 이야기를 꺼낸 뒤임을 알고 있는 르한은 괜한 이야기를 꺼냈다며 자책했다.

"후사에 관한 일이라면 신경 쓰지 않아도 된다고 하지 않았습니까."

"……어떻게 그래. 황후에게 있어서 가장 중요한 일인데."

"당신은 황후로서가 아닌 나의 아내로서 있는 것이니 괜찮습니다."

"보통의 가문에서도 후계를 낳는 것을 가장 중요한 일로 여겨."

"보통의 가문이었더라도 가주인 내가 괜찮다고 하면 괜찮은 겁니다."

"순 자기 맘대로……."

그래도 르한이 괜찮다고 말해주는 것이 싫지는 않았다. 아이가 생길지 말지는 자신이 결정하는 것도 아니고 오직 신만이 알고 있는 것이 아닌가. 자신이 아무리 원해도 오지 않을 수도 있었기에 르한의 말이 큰 위안이 되었다.

"아이가 없으면 없는 대로 당신과 행복하게 지내면 될 것이고, 있다면 있는 대로 아이와 함께 행복하게 지내면 되지 않겠습니까."

"……그렇겠지?"

"예. 당신이 행복하게 지내는 것이 중요하지, 내 곁에 있는 당신보다 아직 생기지도 않은 아이가 중요하겠습니까."

"그렇게 말해줘서 고마워."

마음이 편안해진 에델리스가 싱긋 웃자 그 역시 마주 웃었다. 그리고 아직 결혼한 지 1년밖에 되지 않았으니 아직 가능성이 없는 것은 아니었다. 마음의 여유를 갖고, 천천히 생각하다 보면 생기겠지.

"그러면 편하게 마저 식사하세요."

"으응, 아니야. 오늘은 별로 입맛이 없네."

"오늘뿐만이 아니라 최근에 계속 입맛이 없지 않았습니까."

"……아냐, 조금씩 먹고 있어."

"너무 조금씩인 거 아닙니까."

에델리스의 시선이 자신의 앞에 놓인 접시에 닿았다. 르한의 말대로 접시에 담긴 음식은 거의 그대로 남아 있었다.

"하지만 정말 입맛이 없어서……."

"먹기 싫으면 억지로 먹지는 마십시오. 단지 걱정이 되어서 그런 것뿐이니."

"조금만 더 먹을게."

"고맙습니다."

대체 자신이 먹는 건데 왜 르한이 고맙다고 하는 건지 모르겠지만, 한 숟가락을 더 먹으니 르한이 뿌듯해하면서 미소 짓는 것이 괜히 기분을 간질였다.

"그래, 생각해보면 아이가 생기기엔 아직 일러."

"그렇습니까?"

"응, 아직 신혼이잖아. 르한과 둘이서 알콩달콩 보내는 시간이 좀 더 있어도 좋을 것 같아."

"눈 감는 날까지 알콩달콩 보낼 거니 걱정하지 마세요."

르한이 한없이 진지하게 말했고, 정말로 그렇게 될 것 같았다. 에델리스가 킥킥대며 웃자 르한도 같이 웃었고, 봄 햇살보다 따사로운 온기가 그녀를 감싸는 기분이 들었다.

"하지만 아이가 갖고 싶기는 해. 르한을 닮은 아들이면 좋을 것 같아."

"아이가 생긴다면 당신을 닮은 딸이면 더 좋을 것 같은데요."

"대신들은 아들을 더 원하지 않을까? 황위를 이으려면."

"흔한 사례는 아니지만 딸이어도 황위를 이을 수 있습니다. 그리고 대신들이 아들을 원한다고 하여 당신이 아들을 낳아야 하는 것은 아니고요."

어쩌면 말 한마디 한마디가 이렇게 마음에 쏙 드는지. 아직 생기지도 않은 아이가 딸이면 또 가져야 하나, 또 가질 수는 있을까 걱정이 되었는데 르한의 말에 걱정이 모두 날아갔다.

"그래도 딸이면 황위를 이을 때 마찰이 조금 있을 것 같아."

"괜찮습니다. 황위를 넘겨주기 전에 미리 정리를 하면 되니."

"어떻게?"

"썩 유쾌한 이야기는 아니지만 듣고 싶습니까?"

오랜만에 르한이 입으로는 웃고 있지만 눈은 웃고 있지 않은 미소를 지었다. 그 싸늘한 눈을 보고 있노라니 대체 또 어떤 계략을 꾸밀까 걱정이 되었지만 그래도 가족을 위한 것이니 괜찮은 것 같았다.

"아니야, 알아서 잘하겠지. 믿고 있어."

"당신의 기대에 부응해야겠군요."

"그렇다고 하기엔 아직 아이가 생긴 것도 아니니 사서 걱정을 하는 것이긴 하지만."

르한의 표정이 갑자기 진중해졌다. 곰곰이 생각하며 에델리스의 말을 곱씹던 르한이 곧 결론이 나왔는지 입을 열었다.

"아이. 아이를 갖고 싶다고 했습니까?"

"그랬지? 르한을 닮은 아들."

"그럼 아이를 갖기 위해 노력을 해야겠군요."

"……응?"

"아이를 갖기 위해서는 아이를 갖기 위한 노력을 해야 하지 않겠습니까?"

호랑이를 잡기 위해서는 호랑이 굴에 가야 하고, 빵을 먹기 위해서는 밀 농사를 지어야 하니 틀린 말은 아니었다. 목표가 있으면 목표를 이루기 위한 노력을 해야 한다는 지극히 당연한 말이었다. 하지만, 그래도, 아니, 어떻게?!

"여기서 더?"

"에이, 여기서라뇨……. 부끄럽게."

르한의 시선이 좌우에 도열해 있던 하인들에게 닿자 에델리스가 저도 모르게 그를 따라 시선을 옮겼다. 그러자 사색이 된 하인들과 하녀들이 눈에 보였다.

"그래도 당신이 원한다면 이들을 다 내보내고……."

"우악!!!!!!!!"

에델리스가 들고 있던 숟가락을 테이블 위에 거의 던지다시피 내려놓고 벌떡 일어났다. 워낙 급하게 일어난 바람에 그녀가 앉아 있던 의자가 뒤로 넘어갔다.

"지, 지금 무슨 말을 하는 거야!"

"정확히 무슨 말을 한 건 내가 아니라 당신입니다만."

"아니! 아니! 그게 아니잖아! 내가 말했던 여기라는 건 지금이고!"

"지, 지금이요……?"

"거기서 왜 얼굴을 붉혀! 사람들이 오해하잖아!"

"오해라니. 오해하고 있는 사람 있나?"

르한이 싸늘하게 주변을 둘러보자 다이닝 룸에 있던 사용인들이 모두 허리를 숙였다. 그 모습을 바라본 르한이 만족스러운 미소를 띠었다.

"없나 봅니다."

"황제가 그렇게 말하는데 누가 손을 들 수가 있겠어?!"

에델리스가 새빨개진 얼굴로 일장 연설을 하자 르한이 더이상 참지 못하고 웃음보를 터뜨렸다. 결국 오늘도 에델리스를 놀리기 위한 장난에 성공한 것이다.

"웃지 마!"

이번에는 에델리스의 말이 끝나자마자 르한이 정색을 하며 굳은 얼굴로 그녀를 바라보았다. 어떻게 그렇게 큭큭대며 웃다가 1초 만에 표정을 관리할 수가 있는 건지! 신기한 건 둘째 치고 너무 태연해서 괜히 심술이 났다.

"나 이만 갈래."

"요리장에게 특별히 말해 당신이 가장 좋아하는 견과류가 잔뜩 들어간 타르트를 후식으로 준비하라 일렀는데도요?"

"……."

"심혈을 기울였다고 하던데……. 먹기 싫으면 안 먹어도 상관없지만 주방장이 서운해할 것 같긴 하군요."

영악했다. 영악하고도 영악했다. 서슬 퍼렇게 눈 뜨고 있는 황제가 있는데 황후가 디저트쯤 안 먹었다고 주방장이 서운해하지는 않을 것이다. 그는 매 끼니마다 심혈을 기울여서 요리를 하고 있는데, 디저트라고 다를 것은 없었기 때문이다.

하지만 르한이 굳이 주방장이 서운해한다고 이유를 붙인 것은 그녀에게 거절하지 않을 이유를 만들어준 것밖에는 안 되었다. 그러면서도 정말로 먹기 싫다면 안 먹어도 된다고 이야기하지 않았는가.

"그, 그럼 한 입만……. 만들어준 성의가 있으니."

"좋습니다."

분명 한 입이 아니라 한 개가 되고, 어쩌면 두 개가 되고, 이따가 티타임에 또 다시 먹게 될지도 모르지만 우선은 한 입만 먹기로 했다.

테이블 위에 놓인 음식들이 하녀들의 손에 하나둘씩 내려가고, 마침내 완전히 비워졌을 때 하녀가 카트를 밀고 들어왔다. 그 위에는 주방장의 요리 혼을 불태운 타르트와 향긋한 냄새를 풍기고 있는 차가 함께 있었다.

좋아하는 것과 좋아하는 것을 더해 아주 좋아하는 것이 되었어야 할 테지만, 에델리스의 반응은 예상 밖이었다.

"우웁!"

사색이 된 에델리스가 헛구역질을 했다. 그녀의 절박한 손짓에 카트를 밀고 오던 하녀가 허둥지둥 밖으로 나갔다. 그리고 에델리스보다 더 사색이 된 르한이 곧바로 황궁의를 불렀다.

"에델리스, 괜찮습니까?"

에델리스가 고개를 내저으며 환기를 해달라고 요청했고, 다이닝 룸에 있던 모든 창문이 열렸다. 신선한 공기가 들어오니 조금은 살 것 같았지만 아직도 토기가 가시지 않았다.

분명 차의 냄새도, 타르트의 달콤한 냄새도 이전과 다를 바가 없었는데 이상하게도 구토감이 몰려왔다. 괜시리 어지러워

르한에게 기대어 있었는데 머리가 헝클어진 채로 다급하게 달려온 황궁의가 그녀를 살폈다.

"폐하, 혹시 요즘 잠이 많이 늘지는 않으셨습니까?"

"맞아, 하루 종일 자는 것 같아."

"이전에 맛있게 드시던 음식이 갑자기 입에 맞지 않으시구요."

"맞아!"

"새콤한 과일이 입에 잘 맞는다거나……."

"맞아, 이전에는 레몬 같은 거 너무 셔서 별로였는데 이상하게 맛있었어."

"왜 그런 거지?"

황궁의의 뒤편에 서 있던 시종장은 두 손으로 입을 막으며 감동에 찬 표정이었다. 황궁의의 표정 역시 크게 다르지는 않았다.

"왜, 왜 그래?"

"경하드립니다, 폐하."

"……?"

"회임하셨습니다!"

조금 전까지 아이가 생기지 않는 것으로 스트레스를 받던 것이 거짓말 같았다.

'회임이라니, 임신? 내가?'

믿을 수가 없어서 르한을 한 번 봤다가, 자신의 배를 봤다가, 다시 르한의 얼굴을 보았다. 르한 역시 이 사실이 믿기지 않는 것은 마찬가지인 것 같았다.

아직도 믿기지가 않아 멍하니 배를 만지고 있었는데, 별안간 르한이 이것저것 명령하기 시작했다. 혹여나 에델리스가 놀랄까 봐 조곤조곤.

"몸에 좋은 것은 다 가져오도록 하라. 임신이나 육아에 관련된 서적을 찾아 내 집무실로 가지고 오도록."

"임신과 육아에 관련된 서적을 봐서 뭐하게?"

"그거라도 봐야 내가 당신에게 어떻게 해야 할지 알게 되지 않겠습니까."

"임신은 그렇다 쳐도 육아는 왜?"

"유모를 둘 테지만 그래도 당신과 내 아이인데 기본은 해야 하지 않겠습니까."

그렇게 말하는 르한의 눈동자가 뜻하는 '기본'은 자신이 알고 있던 그 '기본'과는 의미가 달라 보였다.

"그, 그러면 나도 같이 보자."

"당신은 잘 먹고, 잘 자고, 잘 쉬면 됩니다."

"임신한 건 난데?!"

"그러니까요. 당신은 임신을 했으니 기타 부수적인 건 내가 하면 됩니다."

"……그게 뭐가 있는데?"

"모릅니다. 뭐가 됐든 내가 할 테니 당신은 가만히 누워서 쉬고 있으면 됩니다."

"그게 뭐야."

키득키득 웃고 있던 에델리스는 자신에게 닥쳐올 일을 예상하지 못했다. 르한이 하는 말이 무슨 의미이고, 그가 자신이 한 말은 정말로 다 지킨다는 것을.

르한은 감동에 찬 눈으로 에델리스의 손을 잡아왔다.

"에델리스, 정말 고마워요."

"고맙다니?"

"나는 처음에 가족이 없는 줄 알았습니다. 나중에 알고 보니 있기는 했지만 '가족'이라는 느낌은 없었습니다. 단순히 피가 이어졌기에 가능한 계약 관계였습니다."

가족은 르한을 자신의 인생을 망치려고 하는 황제를 향한 복수, 그것을 가능하게 해주는 존재라고 보았다. 르한 역시 대공을 에델리스를 만나러 가기 위해 신분을 얻기 위한 수단이라고 여겼다.

"그래서 내가 진정으로 가족이라고 느낀 건, 당신뿐이에요. 에델리스."

무슨 일이 있어도 지켜야 하는, 평생을 함께 살아가는, 보고만 있어도 행복한…….

교활한 귀족들의 이권 다툼에 지지 않고 황위를 굳건히 하기 위해 많은 스트레스를 받았지만 에델리스의 얼굴만 보면 사르르 피곤이 풀렸다. 르한은 그것이 가족이라고 생각했다. 자신이 모진 풍파를 받더라도, 폭신한 구름 속에서 행복하기를 바라는 사람.

"그런데 내게 아이까지 생기다니……."

르한은 차마 말을 잇지 못했다. 에델리스와 '연인'이 아닌 진정한 가족으로 거듭나는 과정이라고 느꼈다. 아이가 없으면 혹시라도 자신이 죽었을 때 법적으로 에델리스는 크로나드가 아닌 '에델리스 브릴'로 돌아갈 위험이 있었다.

하지만 아이가 생겼으니 그녀는 죽을 때까지 에델리스 크로나드였다. 자신과 같은 성을 쓰는. 브릴가로 돌려보낼 마음은 추호도 없었지만 이제는 그것이 더욱 공고해지는 것이다.

"르한, 앞으로 더욱 행복할 거야. 우리 가족은."

"예."

르한의 머릿속에는 '우리 가족'이라는 단어가 맴돌았다. '우리'와 '가족', 그리고 그렇게 말하는 에델리스까지.

예전에 그녀를 만나기 전에는 이러다 투기장에서 죽겠지, 어차피 죽을 거 그냥 더 아프지 말고 지금 죽을까 생각도 했었다. 하지만 그때의 자신을 만난다면 말해주고 싶었다. 지금껏 생각해본 것 이상의 행복이 기다릴 테니, 악착같이 살아남으라고.

"행복하자."

에델리스가 르한이 잡고 있던 자신의 손을 빼내고 그를 끌어안았다. 르한도 어쩐지 눈물이 날 것만 같은 자신의 얼굴을 그녀의 어깨에 묻으며 답했다.

"예. 좋습니다."

차디찬 겨울이 크나큰 선물을 주고 간 것을 알게 된 어느 따뜻한 봄날이었다. 그리고 두 사람은 가을에 보게 될 선물을 기다리며 행복한 시간을 가졌다.

　어느 날 에델리스는 자다가 눈이 떠졌다. 왜 떠졌는지는 모르겠지만 갑자기 눈이 떠졌다. 뭐랄까, 입에 공간이 남아 있는 기분이 들었다. 소위 말하는 입이 심심하다는 것이었다. 하지만 지금은 아직 동이 트지도 않은 밤이었고, 분명 사용인들은 모두 자고 있을 것이 뻔했다.

　에델리스는 다시 눈을 감고 억지로 잠을 청해보았지만 오히려 역효과였다.

　'딸기, 수박, 귤……. 양갈비 먹고 싶다. 민트젤리 올려서 먹으면 맛있는데.'

　한참을 뒤척였지만 잠이 오기는커녕 먹고 싶은 음식들만 떠올랐다. 그동안 한 번도 먹고 싶다고 생각한 적도 없었던, 기억 속에서 잊힌 줄만 알았던 것들이었다.

　"잠이 안 오는 겁니까?"

　"나 때문에 깬 거야?"

　"아닙니다. 슬슬 일어나려고 했습니다."

　르한이 졸음기가 가득한 목소리로 말하며 에델리스를 끌어안았다. 에델리스가 일어났으니 일어나려고 했다고 말할 뿐이지, 그녀가 그렇게 뒤척이며 시간을 보냈지만 여전히 한밤중이었다.

"아직 밤이야, 르한. 더 자야지 내일 안 피곤하지."

"그러는 에델리스야말로 왜 안 자고 있습니까."

"자려고 했어."

"아까 전부터 뒤척이던데."

"아, 미안."

"아닙니다."

르한이 다시금 고른 숨을 내쉬었다. 하지만 에델리스는 여전히 잘 수가 없었다. 결국 고심 끝에 말하기로 했다.

"르한, 자?"

"아뇨. 뭐 필요한 거라도 있습니까?"

"그, 그게……."

에델리스는 뭔가 민망했다. 갑자기 자다가 일어나서 음식을 찾다니. 말을 못 하고 있는 에델리스를 보고 르한이 먼저 말을 꺼내주었다.

"혹시 먹고 싶은 거라도 있습니까?"

"어떻게 알았어?!"

"책에는 나와 있지 않았지만 레이든에게 들었습니다. 한밤중에 갑자기 배가 고프다며 일어날지도 모른다고."

"와아."

"그래서 무슨 음식입니까? 혹시 레몬 타르트입니까?"

"레몬 타르트? 생각해본 적은 없는데, 괜찮을 것 같아."

이전에도 가끔 먹기는 했어도 굳이 찾아서 먹지는 않았다. 하지만 이상하게 '레몬'이라는 글자가 들리니 침이 고이는 게 너무 맛있을 것 같았다.

"그런데 사람들이 자고 있을 텐데……."

"후작 부인께서 에델리스를 임신했을 때 주로 찾았던 음식이라고 해서 언제든 먹을 수 있게 준비해놨으니 괜찮습니다."

"어머니가? 아니, 그건 또 어떻게 안 거야?"

"이전에 후작이 왔을 때 확인했습니다. 어머니께서 드셨던 음식을 찾는 경우도 많다고 하길래."

이렇게까지 신경을 많이 써주다니 어쩐지 감동이었다. 에델리스는 내친김에 타르트와 잘 어울릴 것 같은 음료도 요청하기로 했다.

"그러면 르한, 그 타르트랑 곁들일 음료 말인데."

"예, 어떤 걸로 준비하라고 이를까요?"

"그게…… 내가 여기 오기 전에 영지에 있을 때 몰래 성에서 빠져나간 적이 있었는데."

"몰래요?"

"지금 그게 중요한 게 아니라, 그때 시장에서 사 먹었던 주스가 마시고 싶어."

"주스."

"응. 과일 몇 가지가 들어갔던 것 같은데."

"그것도 준비하라 이르겠습니다."

"고마워, 르한!"

에델리스가 해맑게 웃었다. 르한은 곧바로 대기하고 있던 하녀들에게 명령을 내렸다.

"자고 일어나서 먹을 수 있도록 준비하겠습니다."

"르한."

"예?"

"나 안 먹으면 잠이 안 올 것 같아."

르한은 곧바로 황제의 칙명을 내렸고, 저택에서 아무것도 모르고 쉬고 있던 프라체가 새벽에 불려 나와야 했다. 프라체는 칙서를 갖고 유사시에만 이용할 수 있다는 게이트를 타고 브릴 후작의 영지로 갔다. 에델리스의 흐릿한 기억이 준 단서를 좇아 가게를 찾아야 했던 프라체는 영지 내에서 주스 가게를 운영하는 사람들을 모두 깨웠다. 그리고 마침내 에델리스가 이야기한 가게를 찾았다.

"이른 새벽에 미안합니다. 실례인 줄은 알지만 주스를 한 잔 사야 합니다."

주인장은 한눈에 보아도 높아 보이는 프라체와 그 뒤에 서 있는 기사들을 보고 차마 그의 부탁을 거절할 수 없었다.

"무슨 주스인가요?"

"몹시도 추운 날이었지만 차갑게 마셨을 때 맛있는 주스입니다. 달콤하면서도 청량한 느낌이 들고 부드러운 식감이 특징입니다. 로랑 열매 맛이 나는 것 같다고 하셨습니다."

"아마 저희 겨울 메뉴인 것 같은데……."

"겨울……."

겨울이라니. 이미 겨울은 다 지나가고 여름을 맞이하기 직전의 늦봄이었다. 하지만 이 정도로 포기할 생각이었다면 굳

502

이 이곳까지 오지 않았으리라.

"겨울 메뉴여도 상관없습니다."

"재료가 되는 과일이 겨울이 아니면 나지 않아요."

"……."

프라체는 생각했다. '겨울 과일이라서 만들지 못한다고 합니다.'라고 말했을 때의 결과를. 아마 황후 폐하는 '그러면 어쩔 수 없죠, 뭐.'라고 말하면서 내심 아쉬워하실 테고, 그 광경을 지켜볼 수 없는 케이르한이 자신을 다시 보낼 것이었다. 그럴 거라면 차라리.

"무슨 과일입니까."

"바이한 열매인데……."

"열매를 갖고 다시 찾아오겠습니다."

열매의 이름을 듣자마자 일이 쉽게 끝나지 않으리라 생각했다. 프라체는 곧바로 기사들을 프라체 공작저와 브릴 영지, 북부에 있는 라파엘 남작, 라크시드 대공저로 보냈다. 무슨 수를 써서든 열매를 구해 오라는 전언과 함께.

결국 그들의 노력에 신이 감격하기라도 했는지 라파엘 남작과 인연이 있는 북쪽 나라의 상단에서 가까스로 구할 수 있었다. 그렇게 많은 이들의 노고가 담긴 주스를 곧바로 황성으로 가져갔다. 그리고 에델리스는 한 모금 꿀꺽 마시더니 이렇게 말했다.

"미안, 못 먹겠어."

밤새 고생했던 프라체는 자신이 잘못 들은 거라며 현실을 부정했지만, 어찌하겠는가, 임산부의 입맛이라는 것이 그런 것을…….

다행히 입덧은 오래가지 않았고, 어느 정도 몸이 편안해지자 배 속의 아이가 움직이는 것이 느껴졌다. 아이의 움직임은 점점 커졌고, 이제는 발차기를 할 때 갈비뼈가 아파 오는 기분이 들었다. 드디어 신호가 온 것이다.

"……배 아파."

하루가 다르게 나오고 있는 배를 보고 르한이 걱정스러운 눈길로 보다가 국정 회의에 참석한 지 두 시간이 흘렀을 때였다. 정말로 가기 싫어했던 르한이었지만, 아이가 나온 뒤에는 제대로 일을 하지 못할 것이 분명해 최대한 일을 처리해두기 위해 참석한 것이다. 그런데 이렇게 그가 없을 때 통증이 찾아온 것이다.

"폐하, 괜찮으세요? 황궁의를 부를까요?"

"으응. 윽!"

"어머, 식은땀 좀 봐! 황제 폐하께도 바로 사람을 보낼게요!"

"윽……."

에델리스가 차마 대답도 못하고 고개를 끄덕였다. 그리고 에델리스를 보필하던 시녀가 문밖으로 나서기가 무섭게 두 사람이 곧 방문을 열고 들어왔다. 황궁의와 르한이었다.

"에델리스!"

에델리스를 살펴본 황궁의가 황제의 침실에 머물고 있던 모든 사람들에게 선언했다.

"오늘내일 중으로 아이가 나올 겁니다!"

"오늘내일 중이라니? 그렇게 오랫동안 아프단 말인가?"

"황후 폐하께서는 초산이시기에 얼마나 오래 걸릴지 모릅니다. 정말 오래 걸리면 이틀이 넘어갈 수도 있습니다."

"이, 이렇게나 힘들어하는데 이틀이라니!"

르한이 안절부절못하며 황궁의를 다그쳤지만 그렇다고 황궁의가 시간을 당길 수 있는 것은 아니었다. 정작 진통을 느끼며 아픈 것은 에델리스였는데 사색이 되어가는 것은 르한이었다.

"……괜찮아."

"괜찮기는 뭐가 괜찮다는 겁니까? 이렇게 땀을 흘리면서."

"그동안 마음의 준비를 했어."

"에델리스……."

사실이었다. 이전까지는 임신을 하면 아이가 자라기를 기다렸다가 낳는 것이 끝인 줄 알았다. 지옥 같은 입덧과, 조금만 오래 걸으면 배가 뭉치듯이 아파오는 것도, 배가 무거워 똑바로 누워서 잠들지 못하는 것도 전혀 몰랐던 사실이었다. 하지만 이러한 일들을 겪고, 르한이 읽던 임신과 관련된 책들을 읽으며 여러 가지 마음의 준비를 했었다.

책에서는 하나같이 말했다. '출산은 어느 고통과도 비교할 수 없을 정도로 매우 아프다.'라고. 그렇기 때문에 얼른 낳고 편해지고 싶어 빨리 이날이 오기를 바라기도 했고, 아픈 것이 무서워 이날이 오지 않기를 바라기도 했다. 하지만 아이를 낳는 것은 피할 수 없기에 마음의 준비를 해왔었다.

"그래도 무서워……."

저도 모르게 겁에 질려 칭얼거리는 말이 나오자 르한이 누워 있는 에델리스를 끌어안고 토닥였다. 르한에게 안겨 있는 동안에도 진통이 점차 세게 찾아왔다. 황궁의는 여유롭게 내일쯤을 예상했지만 생각보다 진행이 빨랐다.

"폐하, 곧 아기님께서 나올 것 같으니 나가야 합니다."

"내가? 왜?"

"그, 그게……."

"내 아내가 이렇게 아파하고 있는데 나보고 나가라니, 그게 말이나 된다고 생각하나?"

"으으……."

"하, 하지만 그…… 본디 출산 시에는……."

"본디라니, 누가 그리 정했단 말인가?"

"……."

황제가 나가지 않겠다는데 억지로 나가게 할 수도 없었다. 억지로 황제를 황후에게서 떨어뜨렸다가는, 자신의 목이 몸에서 떨어질 것 같았기 때문이다. 하지만 황후에게 진통이 찾아올 때마다 문제였다.

"으윽!"

"에델리스, 괜찮습니까? 지금 뭐 하느냐, 황후가 아파하고 있지 않나!"

"아기님께서 태어나는 과정이라, 원래……."

"듣기 싫다, 원래가 어디 있느냐. 너희는 황궁의가 아니냐. 당연히 아프지 않게 해야 하지 않겠나!"

황궁의의 기나긴 의사 생활을 걸고, 아이를 낳을 때 전혀 아프지 않은 사람은 한 명도 못 봤다. 그런 사람이 있다고 풍문에 듣기는 했는데 전설처럼 내려오는 이야기였다. 하지만 아무리 황궁의라지만 기나긴 의사 생활을 대신해서 자신의 목숨을 걸 수는 없었기에 입을 다물었다.

"르, 르한……."

"에델리스! 그래요, 나 여기 있습니다."

"……가."

"예?"

에델리스가 힘없이 중얼거리는 말이 너무 작아 잘못 들은 것 같았다. 르한은 에델리스의 입가에 귀를 바짝 대고 다시금 말해주기를 청했다. 그래서 에델리스는 르한의 귀에 아주 또박또박 말했다.

"입 닫고 나가라고."

르한은 처음 듣는 에델리스의 거친 표현에 당황했다. 심지어 자신을 노려보는 눈빛이라니. 처음 보는 눈이었지만 저것조차 매력 있다고 느끼면 자신이 미친 걸까 고민이 되었다.

"안 나가?!"

하지만 이내 에델리스의 분노를 버티지 못하고 문밖으로 나가야 했다. 르한은 나가서도 안절부절못했다. 르한이 식사도 하지 못하고 밖을 서성이고 있으니 에메랄드 궁 안 사람들 모두가 초조해졌다.

그 와중에 르한은 혹시 잘못되면 어떡하나, 출산 시에 잘못되는 경우도 많더라고 걱정했다. 또한 이런 부정적인 생각을 하면 안 된다고 애써 떨쳐내기를 반복했다.

그 순간 에델리스의 비명 소리가 들려와 르한이 문을 열고 들어가려고 했지만 기사들에 의해 막혔다.

"내가 누군 줄 알고 막아서는 것이냐. 목이 떨어지고 싶은 것이냐."

"폐, 폐하. 하지만……."

"비켜라."

기사들이 비켜야 하나 말아야 하나 내적 갈등을 겪고 있을 때, 하얀 천으로 입을 가리고 흰 장갑을 끼고 있는 황궁의 한 명이 나왔다. 르한은 그녀를 반기며 기사들을 떠밀어내고 그녀의 앞에 섰다.

"폐하."

"그, 그래. 에델리스는 괜찮은 것인가? 나를 찾지는 않고?"

"아뢰옵기 황공하오나……."

"황공할 게 뭐가 있나, 얼른 말하라."

"……부르기 전까지 다시 한 번만 더 들어오려고 하면, 거처를 옮기신답니다."

"뭐라고……?"

"브릴 후작님의 영지로."

생각지도 못한 경고에 르한은 아무런 말을 잇지 못했다. 황궁의는 다시금 들려오는 에델리스의 비명 소리에 황제에게 고개를 꾸벅 숙여 인사했다.

르한은 그럴 리가 없다며 따지려고 그녀를 붙잡기 위해 손을 뻗으려다가 그대로 굳어버렸다. 황궁의가 쐐기를 박듯이 이어 한 말 때문에.

"아, 그리고. 그 입…… 좀. 어떻게 해달라고 하셨습니다."

정확히 에델리스는 다물어달라고 했지만, 차마 황궁의가 그렇게 말할 수는 없었다. 황궁의는 도망치듯 방 안으로 들어갔고 르한은 한동안 정신을 차리지 못했다.

"아악!!!!"

르한에게는 억겁과도 같은 시간이 지나고 에델리스의 비명 소리가 들려왔다. 찢어질 듯한 목소리에 그녀가 뭐라 하든 문을 열고 들어가려고 할 때, 아기의 울음소리가 들렸다.

"폐, 폐하!"

곧바로 나온 황궁의가 르한에게 들어와도 된다고 말을 전했고, 르한은 거의 달려가다시피 빠른 걸음으로 에델리스의 곁으로 갔다.

"씩씩한 왕자님입니다, 폐하."

"울음소리가 아주 우렁찬 것이 매우 건강하십니다!"

르한에게 궁의들이 무어라 무어라 말했지만 그의 귀에는 잘 들리지 않았다. 그는 새하얗게 질린 에델리스의 얼굴을 쓰다 듬으며 그녀가 건강한지부터 살폈다. 왜 아이에 대한 이야기는 하면서 에델리스가 어떻다는 이야기는 하지 않는 건지.

"괜찮습니까, 에델리스."

에델리스가 완전히 지쳐 가물가물해진 눈을 겨우 뜨며 고개를 끄덕였다.

"황후 폐하께서도 괜찮으시니 걱정하지 않으셔도 됩니다, 폐하."

"그래…… 그래."

르한은 에델리스의 땀에 젖은 머리카락을 귀 뒤로 넘겨주었다. 이렇게 머리카락이 젖을 정도로 고생을 한 것이 마음이 아팠다.

"……울어?"

"울기는 누가 운다고 그럽니까."

새빨개진 눈으로 아니라고 부정해봤자 전혀 설득력이 없었다. 에델리스가 힘없는 손으로 르한의 손을 잡고는 배시시 웃었다.

르한도 그녀를 따라 마주 웃자 반달로 접힌 눈에서 맺혀 있던 눈물이 또르르 흘러내렸다.

에델리스는 몇 번이나 르한에게 괜찮으니 걱정 말라고 했지만, 한 번 터져버린 눈물은 쉬이 그치지를 않았다. 그래도 괜찮을 것이다. 슬퍼서 흘리는 눈물이 아니라 행복해서 흘리는 눈물이니까.

"어머……니."

문을 세차게 열고 들어오는 개구진 얼굴의 붉은 머리카락의 소년이 어머니를 부르려다가 멈칫했다. 수업이 끝나자마자 수업에서 칭찬받은 것을 어머니께 자랑하려고 달려왔다. 그런데 그를 반기는 것은 어머니가 아닌 엄하디엄한 아버지였다.

"아버지."

"에델리스는 자고 있으니 조용히 하고 나가거라."

"기다리겠습니다."

아버지의 표정이 썩 좋은 것 같지는 않았으나 이대로 물러날 수는 없었다. 어머니에게 칭찬을 받고 싶어 하는 아이의 마음이 쉬이 포기할 수 없었기 때문이다.

"왜 왔느냐."

"……사회학 교수가 수업에 대해 이야기했습니다."

"또래 아이들보다 진도가 빠르고 최신의 이론에도 관심이 많다고 들었다."

"예."

이럴 줄 알았다. 어머니였더라면 내 아들은 천재야, 역시 너는 천재였어, 누굴 닮아서 이렇게 똑똑하냐고 그랬을 텐데. 아버지의 귀에 들어가니 '그래서 뭐.' 같은 반응이었다.

이거면 차라리 낫지, 검술 수업의 성과에 대해서 말했더니 '내가 네 나이 때는…….' 하셨다. 어렸을 때는 왜 그러나 싶었는데 조금 크니까 아버지께서 투기장에서 검투사였다는 이야기를 들었다. 그런 아버지의 눈으로 봤을 때는 온실 속의 화초처럼 보일 것 같아 그다음부터는 이야기하는 것을 관두었다. 물론 아버지께만. 어머니께서는 역시 르한을 닮아 검술까지 잘한다고 이야기했을 텐데.

"이야기했으니 나가라."

"……저는 어머니께 말씀드리러 온 겁니다."

"쯧."

대놓고 혀를 차다니. 그래도 아들인데. 다른 귀족가의 자제들이 부모로부터 애정을 70을 받는다면 자신은 100을 받는다는 것을 알고 있었다. 하지만 그것은 아버지 1과 어머니 99로 이루어진 것이었다.

어머니는 자신의 얼굴만 봐도 너무 귀엽다며 난리였다. 물론 그 귀엽다는 것이 아버지의 어린 시절과 닮았기 때문이라는 단서가 붙었지만.

'아버지의 어린 시절이라니.'

전혀 상상이 가지 않았다. 그래서 대부인 프라체 공작에게 물었다. 정말로 아버지의 어린 시절이 그렇게 귀여웠냐고.

―예? 누가 그런 말을, 아, 아닙니다. 황후 폐하시겠죠…….

―그래서 어땠습니까?

―……황후 폐하의 말씀에 따르면, 아기 고양이 같았다고 합니다.

아기 고양이라니, 다시 떠올려도 소름이 돋았다. 저도 모르게 몸을 부르르 떨자 아버지의 차디찬 눈이 더욱 차가워졌다.

온기라고는 전혀 느껴지지 않는 것 같은 시리디시린 금색 눈

동자였다.

"……아인?"

어머니의 목소리가 들리자 금색 눈동자에 온기가 가득 머물

기 시작했다. 제 나이가 벌써 열두 살인데 어머니는 아직도 저

를 애칭으로 부르고 있었다. 그래도 다행인 것은 자신이 유일

한 황태자였기 때문에 열둘이라는 나이에 어머니에게 애칭을

불려도 그 누구도 뭐라고 하지 않는다는 것이었다.

"아인이라니, 벌써 나이가 몇인데 그렇게 부르면 자존심 상

해할 겁니다. 그렇지, 아인하르트?"

아버지만 빼고.

"그래도 나는 아인이라고 부르는 게 좋은걸."

"어머니께서 부르고 싶으신 대로 불러주시면 좋습니다."

어머니는 키득키득 웃고 아버지는 혀를 차고 싶은 것을 애

써 참는 것이 보였다.

"그런데 다들 언제 온 거야? 깨워주지."

"곤히 주무시고 계시기에."

"그런 의미에서 앞으로는 노크를 하는 습관을 들이도록 해

라, 아인하르트. 어머니께서 쉬고 계시는데 노크조차 안하고

문을 벌컥 열고 다니면 되겠느냐."

"……죄송합니다."

대체 무슨 의미에서 노크 이야기가 나온 것인지 이해가 가

지 않았다. 자신이 노크를 했더라도 아버지가 답을 안 했을 것이 뻔했다. 어머니와의 시간을 방해받고 싶지 않았겠지. 어머니는 아주 사랑스럽고 둘도 없는 분이라는 것을 알지만 그렇게 좋을까.

"어머니가 그렇게 좋으십니까."

아차. 저도 모르게 생각하는 게 입 밖으로 나가버렸다. 어머니의 얼굴은 붉어지고 아버지는 우쭐해하셨다. 왜 이런 걸로 우쭐해하는 거야…….

"알았다면 나가거라."

"예?"

아버지가 다짜고짜 어머니의 손을 끌어와 입을 맞췄다.

"더 볼 것이냐."

"지금 아인의 앞에서 뭐 하는 거야, 르한!"

"가."

"다, 다음에 다시 오겠습니다."

"아인!"

그는 붉어진 얼굴로 재빠르게 문을 닫고 나왔다. 아버지는 꼭 제 앞에서 어머니와의 애정을 과시하곤 했다. 대체 왜 그러시는 건지 이해가 가지 않았고 얼굴에 열이 올랐다.

"르한! 부끄럽게 왜 그래!"

"부끄럽습니까?"

방 안에서는 르한이 에델리스가 대답도 하지 못하게 입을 맞췄다. 아이 앞에서 이러지 말라고 부끄럽다고 말하고 싶었

514

지만 그의 진득한 입맞춤에 아무런 말도 하지 못했다.

"당신은 내 거예요."

"아들을 상대로 질투하는 거야?"

"당신이 입고 있는 옷에도 질투합니다."

"질투하지 않아도 돼, 나는 네 거니까."

르한은 그녀에게서 몇 번이나 들었던 말이지만 들을 때마다 행복했다. 그의 표정이 풀어진 것을 보고 에델리스가 그에게 입을 맞췄다.

"평생."

녹음을 담은 것 같은 눈동자를 바라보던 르한이 나직이 속삭였다.

"영원히."

"응, 영원토록 사랑해."

"내가 할 말을."

르한이 나지막하게 웃으며 그녀의 입술에 입을 맞추었다. 자신의 말에 맹세라도 하듯이. 그리고 언제나 그래왔던 것처럼 그는 약속을 지킬 것이다.

그가 말했던 대로, 영원이라는 시간 동안.

외전 4 그 책에는 〈19세 미만 구독 불가〉가 붙어 있다

에델리스는 수업을 마치고 서재에서 개인 교사들이 내준 과제를 하고 있었다. 그날따라 집중이 안 됐던 에델리스는 주위를 환기할 겸 로맨스 소설을 모아둔 책장으로 갔다.

몇 번이나 읽어본 책들이었을 텐데, 새로운 책이 꽂혀 있었다. 저도 모르게 뻗어나간 손은 책을 기울여서 책장에서 뽑아냈다.

"……빨간 딱지?"

책의 오른쪽 귀퉁이에는 빨간색 배경에 흰색 글씨로 '19세 미만 구독 불가'라고 적혀 있었다. 에델리스는 붉어진 얼굴로 괜히 주변을 두리번거렸다. 그러고는 아무도 없는 것을 확인하고 조심스럽게 책을 펼쳤다.

『르한이 짙게 미소 지으며 에델리스의 입술에 입을 맞췄다. 평소의 입맞춤은 어린아이의 장난이었던 것처럼 욕정이 그득

히 묻어나고 있었다. 르한의 손이 에델리스의 드레스 안쪽으로 파고들었다.』

자신의 이름이 나오자 에델리스는 깜짝 놀랐다.

"에, 에델리스라고?! 나?"

몇 번을 살펴봐도 자신의 이름이 맞았다. 문제는 자신을 여자 주인공으로 한 책에서 벌어지는 일이 매우 노골적이라는 것이었다. 괜히 표지에 19세 미만은 구독하지 말라는 문구가 적혀 있는 것이 아니었다.

자신의 이름이 나오니 괜히 얼굴이 더 붉어졌다. 마치 자신이 이런 짓을 했다는 것만 같아서 부끄러웠다. 그런데 이상하게도 에델리스의 시선은 책에서 떨어지지를 않았다.

『굳은살이 박인 손이 그녀의 피부를 감싸자 에델리스가 움츠러들었다.

"괜찮아요."

르한이 그녀의 부드러운 살결을 매만지면서 목덜미에 입을 맞추었다. 그의 입술이 점점 아래로 내려오며 흔적을 남겼다. 그보다 한 발 앞서 내려온 손이 에델리스의 드레스를 어느새 벗겨서 바닥에 나뒹굴게 했다.』

에델리스가 꿀꺽— 하고 침을 삼키는 소리가 크게 울렸다.

'에델리스는 나인데, 그럼 저 르한이라는 사람은 누구지?'

자신이 알고 있는 사람 중에 '르한'이라는 이름을 가진 이가 없었기에 자연스레 궁금해졌다. 에델리스의 고민은 길지 않았다. 귀족 연감을 찾아 '르한'을 찾기보다는 눈앞에 있는 책을 읽는 것이 우선이었기 때문이다. 바닥에 드레스가 나뒹굴고 있다는 부분까지 보고 책을 덮을 수 있는 사람은 없을 것이다.

『르한의 손가락이 그녀의 다리 사이에 있는 예민한 곳에 닿자 에델리스의 입에서는 참지 못한 비음이 새어나왔다. 그녀가 저도 모르게 나온 목소리에 황급히 입을 막았지만 이미 르한이 들어버린 뒤였다. 르한은 그녀의 목소리를 더 듣고 싶었는지 기민하게 손을 움직였고, 그의 손짓에 따라 에델리스의 목소리가 높아져갔다. 그의 하반신 역시 피가 몰려 터질 듯이 아파왔다.

"흐웃, 르한……."

제 이름을 부르는 그녀의 목소리에 더운 숨결이 가득 섞여 있었다. 방 안의 달아오른 공기가 르한의 머리를 어지럽게 만들었다. 더 이상 참지 못한 르한이 에델리스를 품에 안았다. 맞닿은 살결이 달아오른 열기를 나눠가졌고, 서로가 서로를 더욱 갖지 못해 안달이었다.

르한은 그동안의 기다림을 보상이라도 받으려는 듯 그녀를 원하고 또 원했다. 에델리스 역시 그를 원하는 것은 마찬가지였기에 그가 욕심껏 저를 안을 수 있게 호응했다.』

책 속에서는 르한에게 뻗었던 에델리스의 손이 종이를 넘기기 위해 책의 귀퉁이에 닿았다.

"아가씨!"

그 순간 밖에서 자신을 부르는 목소리에 에델리스의 심장은 내려앉을 것 같았다. 에델리스는 잘못한 걸 들키기라도 한 것처럼 책을 얼른 덮어서 구석에 잘 안 보이는 곳에 꽂아두었다. 하지만 그 위치만큼은 똑똑히 기억했다. 다시 꺼내볼 거니까.

"응, 왜 그래?!"

하녀가 급하게 문을 열고 들어왔다.

"백작님께서 부르셔요! 얼른 집무실로 가보셔야 해요!"

"왜? 무슨 일인데?"

"저도 잘 몰라요, 얼른 모셔 오라는 말씀밖에 없으셨어요. 얼른요!"

"아, 알았어!"

에델리스는 하녀의 말에 당장 아버지가 계신 집무실로 달려갔다. 이렇게 자신을 급하게 찾은 적이 없었기에 대체 무슨 일인가 걱정이 되었다. 문을 두드리니 안쪽에서는 무거운 목소리의 아버지가 들어오라고 했다.

"아버지, 무슨 일이세요?"

"……너에게 정식으로 구혼서가 도착했다."

"구혼서요?"

브릴 백작가의 유일한 상속자였기에 혼담이 끊이지 않고 들어오긴 했다. 하지만 이렇게까지 다급하게 그녀를 불렀던 적은 단 한 번도 없었기에 이상했다.

"황제께서 너를 황후로 결정하셨다."

"저를 어떻게 아시고……."

얼마 전에 반정으로 젊은 황제가 즉위했다는 이야기는 들었다. 그렇다고 해서 영지에서 조용히 살고 있는 자신을 알고 있을 줄은 몰랐다.

"나와 함께하는 중립 귀족을 포섭하고 싶으신 거겠지. 그러니 크게 걱정하지 말거라. 너를 함부로 대하지는 않으실 테니."

"……."

그래도 황후라면 백작 영애와 비교할 수 없을 정도로 정치에 가까이 있었다. 걱정이 안 될 리가 없었다. 하지만 황제의 명이었으니 고작해야 백작인 아버지를 둔 에델리스가 거부할 수 있을 리가 없었다.

에델리스는 곧바로 짐을 챙겨 도성으로 가게 되었고, 기나긴 시간이 지난 뒤에 마차에서 내렸을 때는 이미 황성 안이었다. 황제는 코빼기도 보이지 않았다. 황위에 오른 지 얼마 되지 않아 수많은 업무를 처리하느라 바쁘다는 말뿐이었다. 에델리스 역시 정략결혼은 귀족의 숙명이라 여겼기에 결혼식을 준비하며 편하게 보냈다.

결혼식 당일, 에델리스는 아름다운 드레스를 입고 있었다. 하녀가 이제 곧 등장해야 할 차례라고 알려주자, 에델리스는 결혼식이 열리는 에메랄드 궁으로 향했다. 그런데 그녀가 머물고 있던 루비 궁 앞에 웬 남자의 뒷모습이 보였다. 새빨간 머리카락에 깔끔한 정복을 차려입고 있는 남자.

"……황제 폐하?"

붉은 머리카락이라고 전해 듣기만 했지 실제로 본 적은 없었다. 에델리스가 부르자 남자는 천천히 뒤를 돌았다. 반짝이는 금색 눈동자가 인상적인 미남자였다.

'와, 와, 멋있다. 진짜 말도 안 되게 멋있다.'

"황후?"

"네, 네."

아직 황후는 아니었지만 이제 곧 결혼식이기에 에델리스가 얼굴을 붉히며 고개를 끄덕였다. 남자가 팔을 내밀었고, 에델리스는 살포시 그 위에 손을 얹었다.

"지금껏 오지 못해 미안합니다."

"아니에요, 과중한 업무로 바쁘시다고 들었어요."

"이해해줘서 고맙습니다."

"제가 도울 일이 있으면 얼마든지……."

"그대는 궁에 들어온 지 얼마 안 되지 않았습니까. 적응하는 것도 힘들 텐데, 나중에 좀 더 여유가 생긴다면 그때 부탁하겠습니다."

황제가 살며시 웃으며 하는 말에 에델리스는 녹아버릴 것만 같았다. 이렇게 젊고 잘생기고 부드럽게 말하는 황제와 결혼하다니, 아버지께 큰 감사를 드렸다. 황제의 에스코트를 받은 채 신관의 앞에 도착하자, 신관이 차례에 따라 결혼식을 진행했다.

"크로나드 제국의 황제 폐하의 결혼식을 주재하게 되어 영광입니다. 그럼 케이르한 라크시드 크로나드 황제 폐하와 에델리스 브릴 백작 영애의 결혼식을 시작하겠습니다."

간단한 인사로 시작한 결혼식은 신관의 장황한 축사로 이어졌고, 마침내 결혼을 맹세하는 선언까지 마쳤다. 그동안 에델리스는 아무런 생각을 하지 못했다. 이제 막 즉위한 황제의 이름을 들을 일이 없었던 에델리스는 처음으로 그의 풀네임을 알게 되었다. 그런데 그 이름이 낯설지가 않았다.

'케이르한? 케이르한이라고? 내가 예전에 책에서 봤었던, 그…… 르한?'

에델리스는 자신이 보았던 〈19세 미만 구독 불가〉라고 적혀 있던 책을 떠올렸다. 결혼을 준비하는 동안에도 심심찮게 찾아보았던 그 높은 수위의 로맨스 소설. 그런데 공교롭게도 오늘 저와 결혼식을 올릴 황제 폐하의 이름에도 '르한'이 들어갔다.

"그러면 이제 맹세의 입맞춤을 해주십시오."

황제가 에델리스의 베일을 걷어 올렸다. 황제는 싱그럽게 미소를 지었다.

"그럼, 눈 감으세요."

에델리스는 당황하여 어찌할 바를 모르다가, 황제의 얼굴이 점점 내려와 자신의 눈앞까지 오자 얼른 눈을 감아버렸다. 조용하게 웃던 황제가 그녀의 입술에 입을 맞추었다. 그러자 하객들 사이에서 그들의 결혼을 축하하는 박수가 터져 나왔다.

그사이 에델리스는 속으로 비명을 내질렀다. 황제가 자신의 허리를 끌어안으며 깊이 입을 맞췄기 때문이다.

'정말로 책에서 보았던 르한이 황제 폐하 아니야?'

두 사람은 수많은 하객들의 박수갈채를 받으며 입을 맞추었다. 그리고 황제는 곧바로 에델리스의 손을 붙잡고 연회장 밖으로 나갔다.

"……폐하, 이제 연회에 참여해야 하지 않나요?"

"이제 막 결혼식을 올린 부부를 잡을 사람이 누가 있겠습니까."

에델리스는 그에게 손을 붙잡힌 상태로 곧바로 결혼식을 올린 에메랄드 궁의 꼭대기 층으로 올라갔다. 화려한 문양이 새겨진 문을 여니, 따뜻한 느낌의 침실이 있었다.

황제는 에델리스가 들어오자마자 곧바로 문을 걸어 잠그고 그녀의 입술에 입을 맞추었다. 결혼식 때 많은 사람들의 앞에서 하던 것과 달리 농도 짙은 입맞춤이었다. 그것이 앞으로 그들이 할 일을 암시했다.

"폐, 폐하."

그녀의 입술에서 새어나오던 숨결을 잡아채가던 황제 탓에 에델리스는 숨을 할딱이며 말했다. 에델리스의 머릿속에는 자신이 지난날 보았던 책의 내용이 펼쳐지고 있었다. 르한에게 안겨 쾌락에 허덕이던 에델리스, 더 갖지 못해 안달이던 르한, 두 사람이 다양하게 사랑을 나누던 그 장면들.

"폐하라고 부르지 마시길."

"그러면 뭐라고 부르면 돼죠?"

"……르한. 그대는 내 아내니까, 르한이라고 불러도 됩니다."

에델리스의 심장이 쿵 하고 내려앉았다.

'정말로 이 사람이 그 책 속에서 봤던 르한이라니!'

책을 보면서 자신도 그런 불같은 사랑을 나누고 싶다고 생각했었다. 그런데 다른 누구도 아닌 젊고 잘생긴 황제가 자신의 남편이었고, 그 사람이 에델리스가 그토록 만나고 싶어하던 르한이라니.

"르한."

"예, 에델리스."

르한이 낮게 웃으며 에델리스의 목덜미에 얼굴을 묻었다. 언젠가 에델리스가 책에서 보았던 것처럼 그녀가 입고 있던 드레스는 이미 바닥에 툭 떨어져 있었다.

"그동안 얼굴도 안 비추셔서 저를 싫어하는 줄 알았어요."

"내가 그동안 얼굴을 못 비춘 것은 그대와 함께하기 위함이었으니 박정한 남편이라 탓하지 마십시오."

"그럴 리가요."

에델리스 역시 르한을 보며 키득거렸다. 이 꿈같은 인연을 믿을 수가 없었다. 책에서 보았던 인연이 실제로 이루어지다니.

"나는 그대와 함께하는 오늘 밤만을 기다렸는데. 설마 거부하진 않으시겠지요?"

"……대환영인데요?"

에델리스가 르한의 목에 팔을 감았다. 그 뒤로 무슨 일이 있을지 에델리스는 아주 잘 알고 있었다.

524

책에서 몇 번이나 보았던 장면이었으니까.

"……하으, 르한. 읏!"

단지 실제는, 책에서 보았던 것보다 훨씬 엄청났을 뿐이다.

"대환영이라고까지 했으니 겨우 이 정도로 끝날 거라고 생각하지 마, 에델리스."

계속 존댓말을 하던 르한이 제 욕정을 날것 그대로 내뱉은 말에 에델리스는 자신의 의견을 고수했다.

완전 대환영이라고.

〈끝〉

작가 후기

안녕하세요, 은서빈입니다. 본 작품은 네이버 오늘의 웹소설에서 연재됐었어요. 연재할 때도 즐겁게 했지만, 종이 책으로 나온다는 소식에 행복한 마음으로 편집했습니다.

문장을 좀 더 가다듬었고, 내용에서 수정된 부분이 일부 있어요. 가장 큰 차이점으로는 네이버에서 챌린지리그, 베스트리그에서 연재하던 때에는 업로드되었지만 정식 연재를 하면서 삭제되었던 부분을 되살리고, 특별 외전을 추가했어요.

어떤 차이점이 있는지 비교해보시는 재미도 있겠지만, 혼신의 힘을 다해서 준비한 이 책을 부디 구매해주신 독자 분께서 즐겁게 읽으셨기를 바랍니다 :)

한 가지 아쉬운 점은, 이야기에 맞는 아름다운 삽화와 함께 보신다면 더 재밌었을 테지만…… 지면에 삽화를 전부 싣지 못했습니다. 궁금하신 분들은 네이버 오늘의 웹소설에 오셔서 연재하는 동안에 김스타 님께서 예쁘게 그려주셨던 100개가 넘는 삽화를 확인해주시면 좋을 것 같습니다.

끝으로 인사드리고 싶은 분들이 많이 있습니다.

부족한 것 많은 저의 데뷔작이 여기까지 올 수 있었던 것은 독자 분들의 관심 어린 응원 덕분이라고 생각합니다. 챌린지, 베스트리그는 물론 오늘의 웹소설에서 읽어주신 독자 분들과 이 책을 구매해주신 모든 독자 분들께 이 자리를 빌어 감사의 말씀을 전합니다. 그리고 독자 분들께 더 재밌는 이야기를 보여드릴 수 있도록 물심양면으로 도와주신 테라스북 관계자 여러분과 많은 독자 분들을 만날 기회를 제공해주신 네이버 웹소설 편집팀 여러분, 그리고 연재 내내 예쁜 삽화를 그려주신 김스타 님께도 감사 인사드립니다.

그리고 글쓰는 아내를 묵묵히 뒤에서 응원해주신 사랑하는 남편님, 고맙습니다. 덕분에 행복하게 글쓰며 무사히 완결까지 달릴 수 있었습니다.

에델리스와 르한의 이야기는 책 속에 머물러 있겠지만, 작가인 저는 계속해서 즐거운 이야기를 써내려갈 테니 앞으로도 잘 부탁드립니다. 감사합니다.

— 산 끝자락의 정원에서, 은서빈.

집착 말고, 이혼해주세요! 2

초판 1쇄 인쇄 2022년 2월 15일
초판 1쇄 발행 2022년 2월 25일

지은이 은서빈 | 펴낸이 강성욱 | 책임 기획 전주예 | 일러스트 김경식 | 로고 김미현
디자인 정민주 | 기획 편집 송진아 최예림 문지현 고현나 임세회 | 교정 서진영
펴낸곳 테라스북 | 등록 제 2021-000006호
주소 (05020) 서울특별시 광진구 동일로 116 제일빌딩 4층 403호 (화양동)
전화 070-4794-5826 | 팩스 0505-911-5826
블로그 https://blog.naver.com/terracebook | 전자우편 terracebook@naver.com
ISBN 979-11-6728-119-7 (04810)
ISBN 979-11-6728-117-3 (SET)

© 은서빈 2022 Printed in Korea

테라스북은 주식회사 스토리펀치의 임프린트 브랜드입니다.

집착 말고, 이혼해주세요!